La magia de
crear libros

LA ROSA DE NARAN

Saray Santiago Fernández

©de la obra: Saray Santiago Fernández
Cubierta y Diseño: Elías Santos Pérez
Imagen cubierta: Carmen Mar Salmerón Rodrigo
Diseño mapa: David Puertas Martín
Diseño medallón: Lidia Mª Fernández Segura
Maquetación y diseño de interiores: Saray Santiago Fernández
Corrección: Cosmin Flavius Stircescu
Imagenes interiores: 123rf

©de la segunda edición: Saray Santiago Fernández.
Septiembre 2016

©de la tercera edición: Saray Santiago Fernández.
mayo 2019

©de le edición tapa dura: Saray Santiago Fernández.
abril 2019

@SaraySantiagoFe
trocitosdelalma@gmail.com
larosadenaran.blogspot.com

ISBN: 978-84-617-4811-2
Depósito Legal: AL 1424-2016

LA ROSA DE NARAN

Saray Santiago Fernández

EDICIONES ARCANAS

A mis hijos, Antonio y Alba, porque sois el motor de mi vida.
Y a vosotros, lectores, por dejarme soñar.

Mar Aguamo
Aguamarina
Leviatania
Vātra
Foriana
Salmina
Rosttisa
Mistika
Frinels
Foliana
Rojam
Laguna Liban
Lisana
Almina
Puente Otero
Verina
Persian
Esmelina
Río Nissa
Bosque Circular
Bruntik
Ristin
Noridor
Visan
Bosque Terrina
Valle de Elianh
Kaliam
Cuenca de las Sirenas
Ventūr
Fluisn
Rast
Fielisa
Iliana
Río Tōr
Mar Cambrio
N
E
S
O

Infierno Oscuro
Pozo del Olvido
Río del Olvido
Fortaleza de Atarran
Cordillera de las Almas
Llanura de la Desesperanza
Theryn
Galtir
Kildon
Bulgar
Jandë
Bosque de Bukham
Rusina
Rus
Rina
Vak
Milina
Contas
Wallwood
Mida
Vûr Sindel
Islas Corinas
Ventiska
Furia
Bridsa
Conina
Mar Briamia

ÍNDICE DE CAPÍTULOS

1

UN DESEO DE CUMPLEAÑOS

Emma se hallaba frente al espejo contemplando su vestido nuevo. Era largo hasta los tobillos, de cálido algodón azul con bordados plateados y dorados. Llevaba los hombros al descubierto, un detalle que su marido escogió especialmente para ella.

Aquel era un día muy importante y quería estar, cuanto menos, presentable. Celebraba sus sesenta y cuatro primaveras, una edad envidiable para muchos en su pueblo ya que apenas una veintena llegaban a cumplirla. Emma vivía en Noridor, una pequeña aldea de Rojam situada en Zailën. Al ser un valle rodeado por el río Nissa, y gracias a la vegetación, la región era conocida en todo el reino por la calidad de sus frutas y verduras.

Mientras se peinaba, pensaba en cómo había cambiado su vida. «Los años no pasan en balde», le dijo su padre en cierta ocasión, cuando aún era muy niña. ¡Cuánta razón tenía...! Su cabello, antaño negro y brillante, ahora se veía blanco y ligero. Su cuerpo, frágil y liviano, se había degradado con el paso de los años cubriéndose de varices y arrugas. Sus ojos de color verde esmeralda reflejaban el conocimiento adquirido con la edad.

—¿Se puede, Emy? —preguntó Ron abriendo la puerta del dormitorio.

—Claro.

Ella se quedó mirándole. Estaba espectacular con sus pantalones de ante negros y su camisa gris. Él también había cambiado mucho con el paso de los años. Llevaban juntos desde que tenían dieciséis años. Con el consentimiento de su padre, Ron le pidió matrimonio delante de todo el pueblo, en la festividad anual de los corderos, que se celebraba cada primero de Julio. Los habitantes se juntaban en la plaza y desayunaban, comían y cenaban cordero. Había música y un enorme mercadillo con las cosas más variadas de todo el reino.

Ron había sido un joven corpulento, de piel morena, con una mata de pelo castaño, todo esto aderezado con una simpatía y sentido del humor natural. Su padre le enseñó los oficios de leñador y labrador. Como buen hijo, él se entregó a esos menesteres en cuerpo y alma. Ahora, con sesenta y cuatro años, era el carpintero más reconocido de Noridor, aunque ya no talaba tantos árboles como antes. Su pelo había desaparecido dejando en su lugar una brillante calva que Emma adoraba. Su sentido del humor y su disposición para ayudar a los demás aún la tenían hechizada.

—Mi amor, tenemos que ir a la plaza del pueblo.

—¿Y eso? —preguntó Emma, imaginando el motivo.

—Esto… —titubeó—. Tengo que comprar… Necesito comprar unas herramientas.

—¿Herramientas? —La mujer arqueó una ceja.

—Sí, necesito herramientas. —Sabía que sospechaba porque nunca se le había dado bien mentir. Ya advirtió a Renata y a los demás, pero no le hicieron caso.

—Está bien. Dame un minuto y estaré lista.

—Seguro —masculló entre dientes—. Cada vez que dices eso, pasan horas antes de que estés lista.

—No masculles, viejo decrépito —rio Emma—. Soy una mujer, y como tal, debo hacerte esperar. Así que sal de la habitación y deja que me arregle —le guiñó un ojo.

—¡Sí, señora! —bromeó—. La espero durmiendo en el salón —agregó soltando una agradable carcajada.

Más de una hora después, la pareja paseaba por el pueblo. Las calles de Noridor estaban construidas en diseño circular, de manera que todas desembocaban en la plaza central, donde se congregaban la mayoría de los comercios. Las casas, pequeñas y acogedoras, eran de madera y piedra, pintadas con colores alegres. Sus tejados, rojos y naranjas, estaban inclinados para protegerlos de las nevadas y las lluvias en los fríos días de invierno.

Ron se paró antes de salir a la plaza, contó mentalmente hasta tres y dio un empujoncito en la espalda a su esposa.

—¡Feliz cumpleaños! —exclamaron muchas voces al unísono.

Emma sospechaba que prepararían algo, pero no de tal magnitud. Se sorprendió al contemplar cómo varias hileras de mesas recorrían la plaza de un extremo a otro. Había platos llenos de carne, fruta y verdura, y una gran cantidad de jarras de vino y cerveza. Ristras de coloridos farolillos colgaban de una orilla a otra cruzando la plazoleta, dándole un aire festivo y lleno de matices.

Dado que no era una localidad muy extensa y llevaban juntos muchas generaciones, todos los habitantes se conocían. Emma y Ron eran una familia muy apreciada en la aldea por su bondad. Al no haber tenido hijos, ambos habían desarrollado un inmenso amor por los niños del pueblo, lo que les hizo ganarse el apodo de los «abuelos» de Noridor. Tal era el afecto que les tenían, que nadie quiso perderse su fiesta de cumpleaños. ¡Además, no todos los días un vecino cumplía sesenta y cuatro años!

Renata y Annie, las mejores amigas de Emma, le prepararon un enorme pastel de frutas como regalo.

—Sopla las velas y pide un deseo, Emy —le dijo Annie emocionada.

Emma juntó las manos y cerró los ojos. Al soplar las velas pidió su deseo de siempre: tener un hijo. Nunca se había cumplido y, por más que lo intentaban y rogaban a los dioses, seguían sin conseguirlo. Aun así, eran muy felices y estaba agradecida por ello.

Ahora, con su edad, la esperanza de que se cumpliera su anhelo había desaparecido. Era consciente de la imposibilidad de ambos para engendrar; no obstante, ella lo había tomado por costumbre.

Ron le dio un efusivo beso en la mejilla y los más jóvenes los vitorearon. Ambos rieron y juntaron sus labios, recibiendo como recompensa los cálidos aplausos de todos los vecinos.

El día transcurrió alegre y festivo hasta muy avanzada la noche. Poco a poco, los invitados se fueron a descansar y la plaza quedó en la más absoluta soledad.

Ya en casa y metida en la cama, Emma no podía conciliar el sueño. Estaba inquieta y no entendía por qué. La fiesta fue un éxito y lo pasaron realmente bien... Ese hecho le hizo pensar en cuántos cumpleaños más les quedarían a ambos.

Estuvo largo rato absorta en sus pensamientos hasta que, vencida por el cansancio, se quedó dormida.

Unos golpes en la puerta la despertaron. Sobresaltada, miró a su esposo, que dormía plácidamente a su lado.

—Ron, alguien ha tocado. ¡¡Ron!! ¡¡Despierta!! —exclamó zarandeándolo.

—¿Qué quieres, mujer? ¡Déjame dormir! —balbuceó entre sueños.

—Ron, ¡han llamado a la puerta!

—Lo habrás soñado, vuelve a dormir.

Nuevos golpes sonaron, esa vez más fuertes.

—¿Lo ves? Están llamando otra vez, ve a ver quién es —pidió ella dándole un toquecito en la espalda.

Ron se levantó de la cama y se dirigió a la puerta fingiendo estar tranquilo, aunque estaba un poco preocupado. ¿Quién iba a tocar en su portillo a esas horas de la noche, si no era para algo malo?

—¿Quién es?

Silencio.

—¿Hola? ¿Quién es?

Al no obtener respuesta, se dio la vuelta para regresar a la cama. Estaba un poco enfadado; cuando volvió a escuchar golpes.

—¡Pero bueno, ya vale con la broma! ¡¿Quién es?! —Su voz sonó más enfadada de lo habitual, pero nadie contestó.

Cansado de preguntar y obtener el mutismo por respuesta, abrió la puerta pensando que sería una broma de algún niño travieso. ¡Cuál fue su sorpresa al contemplar lo que tenía ante sus ojos! Un remolino de sentimientos se mezcló e invadió su ser. Ante él se hallaba la respuesta a más de treinta años de plegarias, el mejor regalo que nadie podía desear.

Se quedó perplejo, sin saber qué hacer o qué decir. Solo gritó y volvió a gritar como un desesperado.

—¡Emma! ¡Emma! ¡Ven! ¡Ven! ¡Rápido! ¡Corre!

Su mujer, presa del pánico, se apresuró hacia la puerta imaginando lo peor. Al llegar, un sofoco inmenso llenó su anciano y frágil cuerpo. La vista se le comenzó a nublar y, acto seguido, se desmayó.

2

EL DESPERTAR

Emma yacía en el suelo inconsciente. Ron, arrodillado a su lado, era presa de una mezcla de sentimientos. Su mayor deseo había sido concedido, algo inimaginable.

La anciana se agitó. Un ruido la hizo volver en sí. Oía un llanto lejano, como el sollozo de un bebé. De repente cayó en la cuenta y se incorporó de inmediato. Su esposo la miraba con cara de satisfacción. En sus brazos había un rollizo bebé de ojos grandes y verdes. Una suave manta de lana marrón lo cubría.

—¿Ron? ¿Qué…? ¿Qué…? —La voz le fallaba y no podía articular palabra alguna.

—Nuestras plegarias han sido escuchadas, mi amor —le susurró henchido de orgullo.

—Pero… ¿Cómo? ¿De quién es?

Temblaba, pero se obligó a sí misma a recuperar la calma.

—Es una niña, mujer. Alguien la ha dejado en nuestra puerta. Es un regalo de los dioses.

Emma cogió a la criatura en sus brazos sin poder creerlo. ¡Una hija! Después de tanto tiempo deseándolo, por fin las divinidades se lo habían concedido. ¡Era un milagro!

—¿Qué es esto? —preguntó Ron, al mismo tiempo que cogía un paquete verde. Algo abultaba en su interior—. Veamos qué es.

Lo abrió. En el interior encontró dos cartas y un anillo. Una iba dirigida a ellos.

—Debe ser de la madre, que nos deja una nota —aventuró.

Se miraron y procedieron a leer su contenido, el cual decía:

«Queridos Emma y Ron:

Sé que siempre habéis deseado tener un hijo, pero la providencia no os lo ha concedido. Por eso el destino ha querido que os encontrase. Yo, por motivos que algún día comprenderéis, no puedo criarla, pero sé que seréis buenos padres. La cuidaréis y la educaréis para que sea una persona bondadosa y respetuosa. Instruidla para que haga el bien. Os ruego que la llaméis Katia, pues ese es su nombre.

En el interior del sobre encontraréis un anillo y una carta. El undécimo día de junio, dentro de dieciocho años, entregádsela. Hacedlo antes de que el reloj marque la medianoche y concluya el día de su cumpleaños. Entonces, y solo entonces, deberéis decirle la verdad. Es muy importante que así sea. Confío en vosotros. Sé que lo haréis bien.

No temáis por el tiempo, no mellará en vosotros del mismo modo que en los demás. Envejeceréis, sí, pero a un ritmo más lento.

De nuevo os pido que le enseñéis la bondad y el amor por el que sois de sobra conocidos.

Con mis mayores esperanzas: Noa, Guardiana de la Tierra.»

Los ancianos, asombrados por lo que acababan de leer, permanecieron en silencio mientras asimilaban el contenido. Pasaron varios minutos antes de que Emma hablara:

—Ron, es la Guardiana de la Tierra. Ni más ni menos que un ser elemental.

Él cogió el anillo y lo contempló absorto. Tenía engarzada una esmeralda en el centro. Sus pensamientos se aglomeraban en su mente sin un orden concreto. No podía creerlo... No sabía qué contestar.

—Ron, ¿me has escuchado?

—Sí, Emy —asintió escueto.

—Es una Guardiana. Ni siquiera creía que fuesen reales. Pensaba que eran leyendas, cuentos para no dormir. Yo... —Su voz se perdió en su interior.

Ambos estaban desconcertados a la vez que emocionados. Su mayor anhelo había llegado de la manera más insospechada.

—Bueno, haremos lo que dice la carta —decidió Ron al cabo de un rato—. La educaremos como si fuese nuestra, pero ocultaremos sus orígenes. Solo diremos que nos la dejaron en la puerta.

No se hablará más de la carta ni del anillo hasta que la niña cumpla dieciocho años. ¿Lo has entendido? No sé cómo vamos a hacerlo, pero… lo haremos, Emy. Seremos buenos padres, aunque tengamos edad para ser abuelos —rio mientras miraba con dulzura a la pequeña—. Tengo un buen presentimiento.

—Sí. Nadie sabrá nada. Es una niña preciosa.

Emma no podía dejar de mirar a la pequeña, que dormía plácidamente en el regazo de la que, a partir de aquellos instantes, sería su madre.

3

CRECIENDO

Los años iban pasando y Katia crecía feliz. Todos coincidían en que era la niña más hermosa del pueblo. Sus cabellos eran de color negro azabache y los ojos de un verde intenso. Su piel, bronceada por las largas horas bajo el sol, era de un tacto suave y sedoso. Tenía unos labios sugerentes que hacían de ella la chica más deseada por todos los jóvenes de la aldea.

Tal como habían prometido, era una niña educada, lista y amable. Todos sentían un gran afecto por ella, pues siempre estaba dispuesta a ayudar a quien lo necesitase.

Una mañana se despertó antes de lo habitual, que por lo general era a la salida de los primeros rayos del sol. Su obligación consistía en hacer las tareas de la casa, dejar la comida preparada y acompañar a su padre al trabajo.

Aunque rara vez lo reconocían, dada su avanzada edad les resultaba cada vez más difícil realizar los quehaceres cotidianos. A pesar de todo, Katia nunca se había quejado, los amaba y los ayudaba en todo lo que podía.

Esa mañana en particular, Katia estaba inquieta. Se sentía extraña.

Permaneció despierta en la cama con la mirada fija en las paredes de color rosa pastel. Los muebles —la cama, una cómoda y un armario— se los había regalado su padre en su quinto cumpleaños. Todo estaba tallado a mano, con hermosos relieves de flores.

Estrujó su colcha con cariño, recordando el día que su madre se la había regalado a juego con las cortinas, de varias tonalidades verdes y estampados de flores. Siempre le habían gustado las flores, con sus hermosos colores y sus diversas fragancias. Adoraba la naturaleza.

Tendida en la cama rememoró el sueño tan extraño que la había asaltado durante la noche. En él se encontraba en un lugar rodeado de árboles —«un bosque», se había aventurado a pensar— donde veía luces cuyo brillo no era natural y una mujer hermosa de rostro sereno, acompañada de un lobo de pelaje grisáceo y ojos plateados. La enigmática mujer le susurraba una frase: «ya falta poco, solo unos meses más y lo sabrás todo, Katia».

La preocupación la invadía. Un terrible presentimiento se apoderó de ella. Algo malo iba a ocurrir. No comprendía cómo lo sabía, pero estaba segura de ello.

No quería darle más vueltas al sueño así que se levantó, se aseó y se vistió.

Mientras realizaba sus tareas y las horas iban pasando, sus preocupaciones y los sentimientos extraños que el sueño le había ocasionado quedaron relegados a un rincón de su mente.

Ron se despertó varias horas después. A pesar de haber dormido mucho, se sentía realmente cansado. Su cuerpo no parecía notar las horas de descanso y estaba agotado todo el tiempo. Los años habían pasado y sus fuerzas lo estaban abandonando. Comprendía que su muerte estaba próxima y, aunque estaba presto para ello, no sabía cómo preparar a su mujer y a su hija.

Con estos pensamientos en su mente se dirigió a la cocina, desde donde llegaba un rico aroma a bollos y pan recién horneados.

—Buenos días, papá —lo saludó Katia mientras le estampaba un sonoro beso en la frente.

—Buenos días, hija. Veo que has madrugado esta mañana.

Cogió un bollo de mantequilla y se sentó a la gran mesa de madera maciza que ocupaba el centro de la cocina.

—Sí, bueno... Es que no tenía mucho sueño —mintió.

Ron escrutó con curiosidad el rostro de su hija y rio.

—Nunca has sido buena mentirosa. ¿Qué sucede?

—Está claro que no lo soy. —Esa vez fue Katia la que rio—. No es nada, papá, solo he tenido un sueño algo raro, pero nada por lo que debas preocuparte.

Su padre cedió. La conocía demasiado bien y estaba claro que no quería hablar más del tema.

—¿No quieres saber dónde iremos hoy a trabajar?

—¡Claro! ¿A dónde vamos a ir? —preguntó aliviada. Siempre sabía cómo hacerla sentir bien.

—Hoy iremos a la orilla oeste del río Nissa, justo al comienzo del bosque. Pull me dijo ayer que vio unos árboles listos para la tala. Muy listo ese chico… ¿Y a ti qué te parece que se preocupe tanto por nosotros?

Ella hizo una mueca ante el comentario.

—Papá, por favor, ¡no empieces otra vez! —se quejó sonriendo—. Ya me lo has preguntado muchas veces y la respuesta sigue siendo la misma, es un buen chico, pero nada más.

—Cariño, ya tienes diecisiete años y, a esa edad, tu madre y yo ya nos habíamos casado.

—Bueno, pues me parece estupendo que ambos lo tuvieseis tan claro. Sois tal para cual, estáis enamorados, perfectos… Se me ocurren muchos adjetivos, papá, pero Pull y yo solo somos amigos, y te aseguro que nada más. Solo habla de árboles, bollos y lo buen marido que será. No, papá, yo deseo algo más. Quiero ese brillo en los ojos como cuando mamá y tú os miráis. Esa comprensión que hay entre vosotros. —Suspiró—. Quiero una persona con la que poder compartir mi vida, alguien con quien poder hablar. Aunque, con las opciones que hay por aquí, o me quedo sola o me caso con un payaso como Pull.

A Ron le dio un ataque de risa y la leche que estaba bebiendo le salió por la nariz.

—No es para tanto —dijo ella intentando no reírse y fingiéndose ofendida.

—¡Venga ya, cariño! Eres una muchacha hermosa y deseada por muchos. Hay un amor escondido en algún joven, solo tienes que abrir los ojos y el corazón para recibirlo.

—Claro, y ahora me vas a decir que si no lo encuentro tengo que ponerme unas lentes.

Ron volvió a reír, y esta vez Katia se le unió.

—¿Qué es todo este jaleo? ¡Me habéis despertado!

Emma, aún con la bata de dormir, entró bostezando a la cocina.

—Lo sentimos, mamá. Es que papá me estaba dando lecciones para buscar marido —le explicó Katia riendo aún.

Emma puso los ojos en blanco.

—¿Tu padre? ¿Lecciones de amor? ¡Eso tengo yo que verlo! —exclamó con una sonrisa pícara.

—¿Llevamos más de sesenta años casados y aún lo dudas, Emy? —preguntó Ron con fingida inocencia.

Al oírlo, los tres comenzaron a reír.

4

EL DESCONOCIDO

«¿Es *ella, Ni Onika?*», preguntó, utilizando el termino Antiguo para «mi señora».

—Sí.

«Se parece a ti. Aunque, si me lo permites, es un poco más guapa».

La mujer sonrió. Lo sabía y le hacía feliz que fuese de ese modo. Había crecido mucho. El momento se aproximaba y cada vez estaba más cercana la hora en que le diría toda la verdad. Esperaba con ansia ese momento.

«Pueden vernos, Ni Onika».

—Tranquilo, Duke, ya nos vamos. Solo unos minutos más.

«¿Por qué no puedes hablar con ella? Al fin y al cabo, es tu hija».

La mujer suspiró.

—Cuando llegue el momento. Ahora sería peligroso, tanto para ella como para mí, ya lo sabes. Vamos, el Consejo espera. —Miró a su lobo con una sonrisa triste y los ojos llorosos.

«Pronto, Onika, todo será como debió ser»

—*Nelma*[1], Duke.

El lobo miró a su ama mientras le pasaba la mano por el hocico. Siempre se había preguntado por qué ella, que era tan buena, tenía que sufrir tanto. Pero pronto volvería a ser feliz, estaba seguro, y él haría todo lo posible porque así fuera. Después de todo la quería como a su propia madre; de algún modo, así lo era.

---

[1] «Gracias» en Idioma Antiguo.

Katia y Ron charlaban mientras caminaban por un angosto sendero rodeado de árboles y espesa vegetación que conducía a la orilla del río. Un sonido de pisadas llamó la atención de la chica y, aunque se giró en busca de lo que la había perturbado, no encontró nada.

—¿Qué ocurre?

—Nada, papá. Me ha parecido oír unas pisadas, pero está claro que no hay nadie.

—Esto te lo provocan esas historias que te cuenta el viejo Pevees. Deberías dejar de ir a escucharle.

Pevees era el cuentacuentos de Noridor. Parecía un anciano, con sus cabellos blancos, sucios y grasientos, pero lo cierto era que no tenía más de treinta primaveras. Su espalda estaba encorvada y siempre iba vestido con harapos y cubierto de suciedad. A pesar de su apariencia y su afición por el alcohol —a cambio de una jarra de cerveza te contaba cualquier historia—, sus ojos siempre estaban atentos al más mínimo movimiento y estaban cargados de sabiduría.

—Papá, eres un exagerado. Pevees no me cuenta historias de miedo… Casi nunca —dijo Katia con una sonrisa en los labios.

Ron la miró exasperado, lo que a ella le provocó la risa.

—Bueno, cariño, estos son los árboles que te había dicho. ¿Lo ves? —le indicó cambiando de tema a la vez que señalaba el que tenía el tronco más ancho de un grupo de viejos olmos—. Están listos para la tala. Ya están astillados por la vejez, aunque conservan las propiedades de la buena madera, tanto para leña como para utensilios. ¿Qué dices, pequeña?

Katia se acercó, pasó la mano por cada uno de los árboles con los ojos cerrados y se concentró para sentirlos.

—Están listos, papá. Aunque al último de la derecha aún le quedan algunos años más.

—Perfecto entonces.

Katia se quedó callada. No entendía cómo, pero desde siempre había sido capaz de hacer ese tipo de cosas; no solo con los árboles, sino con todos los seres vivos.

Podía sentir las emociones. Intuía los pensamientos de los demás, aunque no siempre, incluso algunas veces los anhelos más íntimos. Podía comunicarse con los animales y las plantas a través de la mente. Era como hablar, pero sin palabras. Sabía cosas; como cuándo iba a cambiar el tiempo o sucesos puntuales que les ocurrirían a otros, y aprendía más rápido que los demás chicos de su edad. Su madre decía que estaba bendecida con un extraordinario don y que debía utilizarlo para ayudar a los demás. Ella nunca lo había creído. Pensaba que había algo detrás de todo, solo que aún no era el momento de entenderlo.

Ron observó a su hija. La conocía demasiado bien para saber que algo le rondaba por la cabeza y, probablemente, estaría relacionando con su habilidad. Ya estaba cansado de mentirle, pero aún quedaba más de medio año para poder decirle la verdad sobre su nacimiento y entregarle el presente de su madre; su verdadera madre.

Aunque no lo reconocería en público, estaba aterrado por la reacción que tendría. Esperaba de todo corazón que se lo tomase bien. Últimamente le había dado muchas vueltas a la idea de qué pasaría si él no estuviera ese día. Ya no era joven y en los últimos meses no se había encontrado muy bien.

Como su amigo Tob decía: «Los años no nos dan tregua, Ron. Algún día moriremos y no hay nada que podamos hacer para evitarlo».

Sí, ya lo sentía en los huesos. No sabía cómo preparar a su hija y a su mujer, pero tenía que hacerlo.

—Bueno, Kat, ¿te animas a ayudarme?

—¿Y eso? ¡Pero si nunca me dejas! —Katia comenzó a sospechar del comportamiento de su padre.

—Es cierto, pero ya es hora, ¿no crees? Algún día no estaré y serás tú la que tendrá que hacer mi trabajo; a no ser, claro está, que te cases antes. —Sin poder evitarlo, comenzó a reír.

Ella puso los ojos en blanco y resopló.

—No digas tonterías, papá. Si estás hecho un chaval.

No entendía cómo podía reír diciendo esas cosas.

—Katia, ya no soy joven. Tengo casi ochenta y dos años. Y digamos que no es una edad muy común por aquí. Tienes que empezar a pensar en eso.

—Papá, sé lo que insinúas, pero aún te quedan muchas cosas por hacer y muchas más por ver. Todavía no te vas a morir.

Intentó sonreír, aunque sus labios no le respondían. Su padre jamás había hablado así, y si ahora lo estaba haciendo, tendría un gran motivo.

No se atrevió a preguntar por miedo a la respuesta. No era capaz de hacerse a la idea de vivir sin él. Para ella no solo era su padre; era su amigo, su confidente.

Ron, al ver la expresión que empezaba a dibujarse en el semblante de su hija, decidió apartar el tema. Un ruido interior le sacó de sus cavilaciones. Con tanta charla olvidó que tenía hambre.

—Bueno, ¿qué te parece si comemos algo? A este pobre anciano le suenan las tripas —propuso con fingido entusiasmo.

—Muy propio de ti, tiras la piedra y escondes la mano —replicó Katia algo molesta.

—Vamos, cariño, no dejes que te afecten las palabras de tu viejo padre —le ofreció Ron en tono conciliador para quitarle leña al asunto.

Mientras padre e hija se sentaban a almorzar a la sombra de un viejo ciprés, un muchacho se les acercó. Katia no lo había visto nunca y dedujo que sería un extranjero. Parecía dos o tres años mayor que ella y era alto, robusto, de cabellos castaños y ojos azules, penetrantes. Llevaba un peto dorado de metal, como el de un guerrero, y una espada enfundada.

Una sensación de ahogo inundó a Katia. No podía apartar los ojos del chico.

—Buenas tardes —saludó sin desviar la mirada de la asombrada Katia.

—Buenas tardes. ¿En qué podemos ayudarte? —preguntó Ron, que no podía evitar la idea de que le resultaba familiar; pero que muy familiar.

Katia estaba demasiado nerviosa para contestar. Le temblaban todas las extremidades del cuerpo. Una sensación irreconocible para ella la estaba invadiendo por momentos.

—Usted es Ron Dulac, ¿verdad? —Esta vez era a Ron a quien miraba.

—Sí. ¿Quién lo pregunta?

—¿No se acuerda de mí? No, supongo que no. La última vez que me vio tenía solo seis años.

Ron le observó con detenimiento.

—Mmm... Pues no, aunque tu cara me resulta familiar.

Katia se mantenía al margen de la conversación, observándolo y desviando la mirada cada vez que el joven la sorprendía.

—Soy William Turón, hijo de Tobías Turón.

Ron se quedó atónito al oír el nombre de su mejor amigo.

—¿Qué? ¿El pequeño Will? No me lo puedo creer. ¡Estas hecho todo un hombre! No te habría reconocido si no me lo dices. ¡Cómo has crecido! —Ron estaba exultante de felicidad. Hacía muchos años que no veía a su ahijado—. ¡Pero si eras un «criajo» cuando te cogía en brazos! ¡Ven aquí, chico, y dame un abrazo!

Katia observaba las facciones de Will, su amigo de la infancia. Apenas lo recordaba debido al tiempo que había pasado. Cada vez que reía, se tocaba el pelo o se movía, una sensación de mareo la embargaba. ¡Era tan guapo!

—Kat, este es el hijo de mi gran amigo Tob. No sé si aún te acuerdas de él. Cuando eras pequeña te encantaba ir a su casa y subirte en sus rodillas. Will, esta es mi hija Katia.

—Es un placer, Katia.

—El placer es mío, William.

Se miraron intensamente. Por un momento solo existieron ellos dos. Will cogió con suavidad su mano y le dio un dulce beso, sin desviar la mirada de sus ojos. Katia se sentía abrumada con tanta ternura.

Ron esperó unos minutos antes de asaltar a Will a preguntas, pues se dio cuenta que algo había surgido entre su querida hija y su ahijado. «Por fin», pensó, su hija había encontrado el amor y, lo más importante, parecía ser correspondido.

5

LA HISTORIA DE WILLIAM

Ron pretendía esperar a que los chicos dejaran de mirarse con tanta intensidad. Rememoró el día que vio a Emma por primera vez y recordó como se había sentido. Aunque no quería estropear el momento, se moría de curiosidad por saber cómo estaba su amigo.

—Ejem… Bueno, Will, cuéntame, ¿cómo está tu padre? ¿Cuándo habéis vuelto? ¿Sabe tu madre que estáis aquí? ¡Cuéntamelo todo!

Sabía que su voz sonaba ansiosa y que le había hecho muchas preguntas seguidas, pero estaba demasiado impaciente por saberlo todo.

—Bueno, verá… —La voz se le quebró—. Aún no he ido a mi casa.

—¡Tu madre se pondrá muy contenta cuando os vea! —exclamó, pero al observar la reacción del chico, se dio cuenta de que algo iba mal—. ¿Qué ocurre, Will?

—Mi padre… —suspiró—. Murió hace poco más de un mes.

Ron se puso tenso, no esperaba esa respuesta. Lo peor fue darse cuenta del esfuerzo que suponía para el chico hablar de eso.

—No tienes por qué hablar de ello, muchacho.

Katia tomó su mano sin darse cuenta. Verle sufrir le hacía daño y se sorprendió al percatarse de lo que estaba sintiendo.

—Gracias. —Will reparó en la mano de Katia apretando la suya y eso le infundió valor. Era más fácil sobrellevarlo si aceptaba el hecho de que su padre ya no estaba, y la mejor forma de hacerlo era contándolo. Además, la presencia de Katia le reconfortaba. Quizás, solo quizás, al decirlo en voz alta se sentiría mejor.

Dedicó una sonrisa a la chica como agradecimiento al gesto y tomó una gran bocanada de aire:

—Usted era el mejor amigo de mi padre y tiene derecho a saber cómo murió.

—Will, tu padre es... —La voz de Ron se debilitó—. Era como un hermano para mí...

Will asintió agradecido por sus palabras.

—Antes de vivir en este pueblo, mi padre fue un guerrero, un buen guerrero que sirvió a la reina Loreline de Rojam. Después de treinta años de fiel servicio conoció a una de sus costureras, se enamoró y le pidió permiso para desposarse. Su Majestad, como recompensa por su lealtad, se lo concedió con la condición de que le llevaría a su primer hijo para que la sirviera, tal y como él había hecho. Mi padre, lleno de orgullo, aceptó y se trasladó con mi madre a este pueblo. Inició una nueva vida como herrero para darles a su esposa y a sus futuros hijos una vida tranquila. Esperaba tener mucha descendencia, pero después de la enfermedad que causó mi nacimiento quedó claro que mi madre no iba a poder tener más. Así pues, mi padre esperó hasta mis seis años de edad para cumplir su promesa. Con pesar, partimos hacia palacio. Nos recibieron con mucha alegría. Poco después comenzó mi entrenamiento. Mi padre decidió quedarse conmigo para que no estuviera solo. Yo, egoístamente, se lo permití. Debí pensar en mi madre, pero era un niño pequeño y estaba asustado, no quería que se fuese...

—Eso es normal, Will, solo tenías seis años —lo interrumpió Ron en tono tranquilizador.

Había imaginado que su amigo era un guerrero cuando lo conoció. No porque Tob se lo hubiese dicho, ya que nunca lo había hecho; sin embargo, podía apreciarse en sus gestos y su modo de ser. Ron era una persona muy observadora y captaba rápido a la gente y sus intenciones. Cuando Tob y el chico abandonaron el pueblo, supuso que sería por algo relacionado con su profesión. Así que no estaba muy sorprendido con esa parte de la historia.

Katia, por el contrario, estaba muy impresionada y agobiada con tanto sentimiento. Por su expresión, su padre dedujo que lo estaba pasando mal al imaginar el sufrimiento del joven.

—Supongo que tiene razón… —suspiró William—. Al menos eso es lo que intento pensar, porque si yo le hubiese insistido para que volviera con mi madre, probablemente ahora no estaría muerto.

—Eso es muy injusto, Will. —A Ron le dio pena—. Cada uno tiene su destino y no debes culparte por eso. El destino de tu padre, y su deseo, era quedarse a tu lado. Y conociéndolo, por mucho que hubieses insistido, no te habría hecho caso. Él nunca te hubiera dejado solo, así que no pienses más en eso.

—Mi padre tiene razón, William, hay cosas que no se pueden evitar.

Katia apretó más fuerte su mano para reconfortarlo. Podía percibir su dolor y cómo se culpaba a sí mismo, y se preguntaba por qué a ella le afectaba tanto. Siempre le apenaba sentir el dolor en los demás, ya que no era una sensación agradable; pero con Will era distinto, le afectaba como si fuese propio.

Will le devolvió el apretón mirándola intensamente, haciendo que olvidara sus cavilaciones.

—Gracias a los dos por vuestras palabras.

—Tranquilo, hijo. ¿Qué sucedió después?

Will tomó aire.

—Hace unos meses encargaron a nuestro destacamento escoltar al emisario real en un viaje de paz a Russina. Mi padre no tenía ninguna obligación de ir; pero como siempre, quiso acompañarme. Esta vez yo le rogué que no viniera porque no se encontraba bien. Incluso la reina le pidió que desistiera, mas él, terco como una mula, nos acompañó. Durante el camino de vuelta nos tendieron una emboscada en el bosque de Bukham. Al intentar salvarme le alcanzó una flecha envenenada. No sobrevivió…

»Solo tres quedamos con vida tras el ataque. Nevaba mucho y estábamos tan cansados y hambrientos que nos perdimos. Casi morimos. Les debo la vida a una buena mujer y a su lobo. El animal nos encontró cuando estábamos a punto de morir enterrados en la nieve. La mujer nos dio cobijo y comida hasta que nos recuperamos y pudimos volver a palacio. —Un sollozo se escapó de entre sus labios.

—Lo siento de veras, chico —murmuró Ron. En realidad, no sabía qué decir.

—Yo también, Will. Siento por lo que has tenido que pasar —se compadeció Katia. Estaba abrumada por los sentimientos de su padre y los de Will. Era demasiado dolor que soportar.

—Gracias.

Ron miró a su hija. El color había abandonado su rostro. Sin duda estaría percibiendo demasiado sufrimiento. Nunca le había gustado esa habilidad. Era demasiado joven y además de lidiar con los sentimientos propios, también debía hacerlo con los ajenos. No era justo. Supuso que si se alejaba un poco la aliviaría y, de paso, él mismo se despejaría. Siempre había pensado que sería él quien moriría primero. En realidad, ya debería estarlo. Nadie en el pueblo llegaba a una edad tan avanzada como la suya y la de Emma. Veía morir hombres y mujeres más jóvenes. Pero Tob…

Iba a echar de menos a su amigo. Aunque hacía tiempo que no se veían, se escribían a menudo. Lo quería como a un hermano.

—Kat, quédate con Will un rato. Voy a dar una vuelta para despejarme. Cuida de ella, chico.

—No se preocupe, no le pasará nada.

Katia dio un abrazo a su padre. Sabía por qué se iba y se lo agradecía. Tanto dolor era insoportable.

Will apretó la mano de Katia con suavidad. Le encantaba el tacto de su piel.

Ella le miró. Dos sentimientos bullían en su interior. Por un lado, el inmenso dolor por la pérdida de Will y el miedo que sentía de perder a su propio padre. Y por otro, ese sentimiento tan extraño que la envolvía y que la empujaba hacia ese muchacho tan apuesto. Esa sensación en el estómago la abrumaba y la hacía desear besar sus labios carnosos, acariciar su hermoso cabello y perderse en esos ojos azules como el cielo. Amor. Una hermosa palabra. Jamás había sentido nada igual y eso la asustaba, pero era algo que no podía evitar.

El sol disfrutaba de sus últimos instantes de reinado. Esperaba que su padre no se demorase, ya que su madre se ponía muy nerviosa cuando tardaban.

Una oleada de nervios la inundó y se percató que no provenía de ella, sino de Will. Eso la hizo sonreír. ¿Quién diría que un hombretón como él estaría hecho un flan?

—Estás muy hermosa cuando sonríes. Aunque no entiendo qué es lo que te ha hecho reír.

—No tiene importancia. —Se preguntó qué haría Will si supiera lo que podía hacer.

—Vais a volver al pueblo cuando venga tu padre, ¿no?

Por alguna razón que no entendía muy bien, quería que Katia le acompañara a ver a su madre. Todas sus penas desaparecían al mirarla. Era todo lo que un hombre desearía tener. Eso lo hizo pensar... ¿Estaría Katia prometida? O peor aún, ¿casada?

Sin pararse a pensar, espetó:

—¿Estás prometida?

Bueno, ya estaba dicho. «En el futuro deberías tener más tacto», se reprendió a sí mismo.

—¿Qué? Creo que me he perdido algo —expresó Katia en voz alta. Vaya un impertinente. Si no fuese porque estaba leyendo sus pensamientos y sabía lo que iba a preguntar, estaría enfadada. Pero era difícil enfadarse con él cuando lo que realmente quería era besarle—. Para tu información, no. No estoy prometida ni tampoco interesada en nadie del pueblo. Y no me importaría acompañarte a ver a tu madre, si así lo deseas.

—¿Qué has dicho? —preguntó el muchacho sorprendido.

—Que no estoy prometida.

Will puso los ojos en blanco.

—Eso no. ¿Cómo has sabido que quería que me acompañaras?

Vale, había metido la pata. Con tanto sentimiento mezclado, no se había percatado de que él solo lo había pensado. Normalmente era muy cuidadosa, pero con Will era fácil dejarse llevar. Y ahora estaba metida en un berenjenal. ¿Qué se suponía que le iba a decir...?

—Bueno... Es que... Soy muy intuitiva. —No pensaba que se lo fuese a creer, pero tenía que intentarlo.

—¿Muy qué?

—Intuitiva. —Puso la sonrisa más cautivadora que fue capaz.

—Sí, y yo soy el rey —contestó con sarcasmo—. Eso no es intuición. ¿Cómo lo has hecho? ¿Eres adivina o algo así?

Ella le miró con los ojos como rendijas.

—¿Y qué si lo soy? —No le gustaba nada el tono que había utilizado.

—Nada. En serio. En palacio, la reina siempre estaba rodeada de al menos cuatro adivinos. —Algo en la expresión de Katia le instaba a no meterse con ella. No quería que se enfadara con él. Solo quería la verdad.

—No soy adivina, Will. Solo lo he intuido y punto.

Era consciente de que no dejaría pasar el tema, pero necesitaba tiempo. No sabía qué decirle. ¿Dónde estaba su padre cuando lo necesitaba?

—No te enfades, Katia. Por favor, no quería ofenderte. Solo me ha sorprendido que adivinaras mis pensamientos.

—Yo…

Katia sintió a su padre cerca. Por esa vez se había salvado, aunque Will volvería a preguntarle y tendría que decirle algo. Tenía que hablar con su padre. Él sabría qué hacer.

—Bueno, chicos, ¿nos vamos?

Ron se dio cuenta de que algo había sucedido por la expresión de su hija. Siempre había sido muy transparente. Seguro que se lo contaría cuando estuvieran solos.

—Estaba diciéndole a Katia que le iba a preguntar si querrían acompañarme usted y su familia a ver a mi madre. Como sé que la han cuidado en mi ausencia, he pensado que…

Katia le miró. Sabía que uno de los motivos por lo que le había dicho eso a su padre era para no perderla de vista. No tenía claro si halagarse o preocuparse. Cada vez le gustaba más ese chico.

—No tienes que explicarte, Will. Por supuesto que vamos a ir. Y deja de llamarme de usted. Sé que soy viejo, pero no hace falta que me lo estés recordado a cada momento —le reprendió con una sonrisa.

—No te hagas el ofendido, papá —rio Katia.

Se miraron y rieron los tres.

—A mí la edad no me ofende, me encanta ser tan viejo. Bueno, vámonos que tu madre tiene que estar preocupada por lo tarde que se nos ha hecho.

6

LA NOTICIA

Cuando Emma vio a William su enfado desapareció. Y no solo accedió a acompañarlos, sino que mientras su hija y su marido se aseaban y cambiaban, ella preparó uno de sus famosos pasteles: «alegría de fresa», hecho a base de bizcocho de limón, relleno de fresas naturales y cubierto de crema de chocolate. Solía hacer ese delicioso postre solo para las ocasiones especiales.

La luna se alzaba majestuosa en el cielo, llenando de reflejos plateados las calles nevadas y húmedas del pacífico pueblo. William caminaba ensimismado al lado de Katia, pensando en lo que le diría a su madre. No sabía cómo explicarle que su padre había muerto.

Katia estaba percibiendo su inquietud y la culpabilidad que le embargaba. Apenada, tomó su mano y le dedicó una sonrisa. Pensó en lo contenta que se pondría su madrina al volver a ver a su hijo.

Annie era la costurera del pueblo, una mujer rolliza de cabello cobrizo cuya piel estaba bañada de pecas. Desde que William y su esposo partieran hacia la corte de Rojam, había estado sola; a excepción de Emma, Ron y su querida Katia, que eran como su familia.

Su único deseo en la vida era volver a estar con su hijo y con su esposo, que ya debería haber llegado hacía unos años; sin embargo, ella se había negado a dejar a su pequeño solo. Su William... Tan solo sumaba seis años cuando se fue y tenía muchas ganas de verlo.

Llevaba unos meses sin saber nada de ellos. Eso era algo muy raro ya que Tobías le escribía a menudo. Esa noche estaba inquieta, así que decidió ponerse a bordar. Eso siempre la tranquilizaba;

además, quería tener listo el vestido para el cumpleaños de Katia, y no faltaba mucho.

Un ruido la sorprendió. Era muy tarde para que la visitaran. Dejó el bordado y fue hasta la puerta.

—Emma, ¿eres tú? —quién sino iba a ser.

—Sí, no te asustes. Es que la dichosa puerta se ha quedado atascada y Ron intenta abrirla.

—Es por la nieve, Ann. Al mojarse, la madera se ha hinchado, pero no te preocupes, puedo abrirla.

—Seguro. No la destroces, Ron. Todos sabemos lo manitas que eres y solo tengo esa puerta —rio Annie.

—Muy buena, Annie —bromeó Katia.

—¿Kat? ¿Estás tú también? Vaya, ¿me he perdido algo? —rio de nuevo la mujer—. Abre ya, Ron. Me pone nerviosa hablar a través de una puerta.

—Voy, ya voy. No me metáis prisa —dijo, intentando levantarla un poco del suelo y así empujar mejor.

—Déjame a mí, Ron —se ofreció William, impaciente por ver a su madre.

—Claro, chico.

Al oír esa voz, a Annie le dio un vuelco el corazón. Tenía el mismo tono que la de su marido, pero mucho más joven. No podía ser, seguro que era su mente que le jugaba una mala pasada. Tenía tantas ganas de verlos, que hasta se los imaginaba.

Aun así, esa voz…

Will estaba muy nervioso. Hacía quince años que no veía a su madre. Empujó la puerta, que cedió con un crujido.

Emma pasó la primera, seguida de William. Katia y Ron se quedaron en la puerta.

—Buenas noches, Ann.

—Buenas noches, Emma. ¿Cómo es que habéis…? —La voz se le quedó atascada en la garganta. Ese joven era Will, estaba segura. Era la viva imagen de su amado Tob de joven. No era un sueño, era su bebé.

Will miró a los ojos ambarinos de su madre por primera vez en muchos años. Era la mujer más hermosa del mundo.

—Mamá…

Annie se lanzó a sus brazos. Lloraba de felicidad, no recordaba un momento más feliz en su vida.

Katia observó el encuentro con un nudo en la garganta. Silenciosas lágrimas se derramaban por sus mejillas. La felicidad del momento la embargaba.

—¡Oh, William! ¡Mi pequeño! ¡Cómo has crecido!

—¡Mamá! ¡Cuánto te echaba de menos! —lloró Will.

Ron carraspeó.

—Sé que es un reencuentro precioso y no quiero parecer un insensible, pero podríamos entrar dentro porque ¡me estoy congelando aquí fuera! —exclamó Ron temblando.

—Lo siento… —Annie sacó un pañuelo y se limpió las lágrimas—, pasad, por favor. —Agarró a Will del brazo y lo llevó junto a la chimenea—. Sentaos junto al fuego y entrad en calor.

—Gracias. ¡Es que me estaba helando! —se excusó Ron, cuyos dientes castañeaban.

Katia se sentó en un sillón de piel, junto a William. Estaban en una habitación rectangular de paredes rugosas, pintadas en amarillo pastel. Había una mesita de madera tallada por Ron en el centro de la sala, junto a una chimenea de piedra. La rodeaban varias sillas de madera y un sillón a juego. Una alfombra de piel de oso se extendía bajo la mesa.

Mientras sus padres y Annie se sentaban, ella y Will se miraron unos instantes; una ola de ternura y pasión la recorrió. No fue hasta unos segundos después cuando se dio cuenta de que no eran únicamente sus sentimientos, sino también los de Will. Eso la hizo sonreír.

Él le devolvió la sonrisa, le sostuvo la mano y le dio un tierno beso. Sin soltarla, se giró hacia su madre. Había llegado el momento que más temía. Debía comunicarle el fallecimiento de su padre.

Ni Ron, ni Annie pasaron por alto la pequeña muestra de afecto entre los muchachos. Ambos se miraron sonrientes. Estaba claro que sus hijos se habían enamorado. Era una buena noticia, pero ya habría tiempo para hablar de eso.

«Todo el tiempo del mundo, en realidad», pensó Annie. Ahora que su hijo y su esposo estaban allí, todo sería perfecto. Y ahora que lo pensaba, no había visto a Tob.

—¿Dónde está tu padre, William?

Lo primero que había pensado, era que se habría entretenido hablando con Damen, el vecino, que al verlos a todos pegando golpes en la puerta habría salido a ver qué pasaba. Al ver el cambio en el rostro de William el estómago le dio un vuelco.

—¿Will? ¿Qué pasa? —Empezaba a asustarse. Todos la miraban apenados. Eso no le gustaba nada.

—Mamá, yo… —Era más difícil de lo que había pensado. Las lágrimas comenzaron a inundar sus ojos.

—¡No! ¡No puede ser! Dime que tu padre no… —No pudo seguir.

Toda la pena, la soledad, la frustración, el miedo y todos los sentimientos que había estado guardando tantos años, salieron de golpe. Fue como si le golpeasen con fuerza en el vientre. Se quedó sin aire.

Todo se volvió negro.

7

UNA CONFESIÓN

—Annie, cariño, ¿me oyes?

La voz de Emma parecía preocupada. Annie quería decir que sí, pero ni siquiera podía abrir los parpados. Lo intentó. Cuatro pares de ojos preocupados la miraban. Con la ayuda de Ron, se incorporó.

—¿Te encuentras bien, mamá? —preguntó Will alarmado.

—Sí, tranquilo. Solo un poco mareada, eso es todo. Supongo que no me esperaba esta noticia —contestó ella con la voz quebrada.

—Lo siento, mamá. Fue una emboscada y yo... No pude... —apenas le salía un hilo de voz.

Annie miró a su hijo. Observó sus gestos y sus ojos hundidos por la pena.

—Tú no tienes la culpa, Will —le dijo con firmeza.

—Yo tendría... Yo debería haberle salvado... —Fue incapaz de continuar.

¿Cómo podía pensar que no era su culpa? A Will se le ocurrían un sin fin de argumentos para contradecirla.

—Hijo, mírame. —Annie cogió la cara de Will entre sus manos y, con voz serena, continuó—: No importa cómo pasó, tú no tienes la culpa. Tu padre... —Inspiró hondo, tenía que ser más fuerte que nunca—. Tanto tu padre como yo decidimos que se quedara contigo más tiempo. Estoy segura de que hiciste todo lo que estuvo en tu mano para salvarlo. Su muerte es una tragedia, pero no es culpa tuya. No importa cuánto hubieses hecho, mi niño. Hay cosas que suceden porque deben suceder. No quiero que te culpes nunca más.

Will lloró en los brazos de su madre. Gimió por su infancia perdida, por la pérdida de su amado padre y por la fuerza de su madre. Estaba orgulloso de ser su hijo.

Katia se sentía abrumada por tantos sentimientos. Deseó poder encerrarse en sí misma y no sentir nada más que sus emociones, que ya eran bastantes. En momentos como ese era cuando más odiaba su «don». Ni siquiera podía expresar sus reconcomios por miedo a exponerse, pues no sabía si eran solo suyos. Tenía muchas ganas de abrazar a Will y transmitirle su apoyo, pero se moría de vergüenza porque sus padres estaban presentes.

Ron miró a su hija, comprendiendo su estado. Sabía que estaba muy alterada por todo lo que ocurría. Se acercó a ella y la besó en la frente. Quería a su pequeña más que a nada en el mundo y no le gustaba verla sufrir.

—Te gusta, ¿verdad? —susurró en el oído de Katia.

—¡Papá! —le regaño ella—. ¿Cómo puedes preguntarme eso en este momento?

—Veo cómo le miras, Kat. Nunca te había visto mirar a nadie así.

—¿Y eso es malo?

—Al contrario. Will es un buen chico. Y algo me dice que el sentimiento es mutuo.

—Sufre mucho, papá. Se culpa por lo de su padre y piensa que podría haberlo evitado.

—Eso es una tontería —refunfuñó Ron.

—Yo lo sé, pero él no… —suspiró Katia.

—Bueno, pues esa es tu misión.

—¿Qué? —preguntó ella con una mueca.

—Debes hacerle entender que no fue su culpa y que él no lo hubiese podido evitar. Y si de verdad te gusta, dile lo que puedes hacer. Cuéntale lo de tu don.

—¿Y si me teme, o peor, me odia? ¿Y si cree que estoy loca?

—Entonces no te merece —contestó tajante—. Pero no creo que ocurra nada de eso. Lo veo en sus ojos, mi vida. El amor se basa en la confianza. Si le mientes, sustentarás tu amor en una base inestable que con el tiempo caerá. No te estoy diciendo que se lo cuentes hoy, pero si surge el momento, dile la verdad.

—Gracias, papá. Siempre sabes cómo ayudarme —le dijo con ternura.

—Bueno, esa es mi misión como padre, ¿no? Ahora acércate y dale tu apoyo. Creo que lo necesita.

Katia le dio un beso en la mejilla y se acercó a Will, que seguía abrazado a su madre. El chico notó su presencia. Desde que la vio en el claro del bosque algo había cambiado en su interior, como un puzle al encajar la última pieza. Cada vez que la miraba sentía que el mundo dejaba de girar, como si toda su vida fuese Katia. La amaba. Parecía una locura, ya que la acababa de conocer, pero estaba completamente seguro de ello. Sentía un amor tan fuerte que era inexplicable.

Sintió la mano de Katia en su espalda y le recorrió un escalofrío por todo el cuerpo. Dio un beso a su madre y se giró para abrazar a Katia. El apretón no sorprendió a la chica, que podía percibir todos sus sentimientos. ¡Qué bien se sentía envuelta por esos fornidos brazos! Aspiró su aroma. Olía a hierba fresca. Todas sus preocupaciones desaparecieron mientras William la sostenía.

Una tímida risita y un carraspeo sacaron a los muchachos de su ensoñación. Con pesar, Kat retiró los brazos de Will para darse la vuelta y encontrarse a su madre y a Annie tomadas de la mano, mirándolos con una sonrisa en sus rostros. Su padre era el del carraspeo, aunque los observaba con ternura.

—Lo siento, yo… —dudó Will mirando a Ron con timidez. Se había perdido entre los brazos de Katia.

—No te preocupes, muchacho —lo tranquilizó el viejo.

Annie los miró con afecto. Katia era como una hija para ella y se alegraba de la forma en que ambos se miraban. Se sentía afligida y alegre a la vez. Por un lado, la tristeza de haber perdido a su marido; pero por otro, su hijo había vuelto y en muy buena compañía. «Ya habrá tiempo de llorar —pensó—. Seguro que a mi Tobbie no le habría gustado que estuviese triste en este momento». Decidió apartar por aquella noche su pena y disfrutar de su hijo y sus mejores amigos.

Cenaron todos juntos. Annie preparó una comida estupenda y el pastel de Emma puso la guinda a la velada. Ya era tarde cuando Ron y su familia decidieron regresar a casa. Mientras se despedía de ellos, William se aceró a Katia y le dedicó una prolongada y amorosa mirada.

—Gracias por el apoyo que me has dado antes —le susurró, tomando sus manos con delicadeza. Posó con premura sus labios en ellas.

—No tienes nada que agradecerme. Lamento lo de tu padre y pienso que no deberías culparte por algo que no habrías podido evitar. Todo en la vida tiene un lado bueno, solo debes aprender a verlo.

—Estoy convencido de que tú eres el lado bueno de todo esto. Me siento dichoso por haberte conocido —le confesó con sinceridad.

—Tus palabras son hermosas, Will, y veo la verdad que hay en ellas. El sentimiento es mutuo —admitió Katia con timidez.

El chico le mostró una amplia sonrisa y besó una vez más sus manos.

—Bueno, mi niña, despídete del joven Will y de Annie. Ya es hora de volver a casa —los interrumpió Ron.

Katia asintió.

—Buenas noches, William —se despidió con un tono de voz un tanto alto.

—Que duermas bien, Katia —dijo el muchacho con la misma modulación, y en un susurro, añadió—: Me gustaría verte otra vez, por favor…

Kat se alejó de Will disimulando, se acercó a Annie y le dio un beso en las mejillas.

—Buenas noches, Annie. Te veré mañana en la plaza. A mediodía, ¿cierto? Me prometiste acompañarme a mirar las telas para mi vestido… Mamá no puede porque tiene varios pasteles encargados.

—Sin duda, Katia. A mediodía estaré en la plaza. Seguro que a William le encantará acompañarnos. Hace muchos años que no ve el pueblo y entre las dos podríamos hacerle una visita guiada, ¿Qué te parece, Will? —le preguntó Annie, que se había dado cuenta de las significativas miradas que se intercambiaban los chicos—. Por supuesto, Ron, si no tienes inconveniente…

—Claro que no. Será agradable para ti, muchacho. El pueblo está precioso. Digno de ver.

William asintió agradecido. Podría pasar un rato con Katia y eso era estupendo.

—Hasta mañana entonces —se despidió Annie.

Katia y su familia se marcharon al fin.

—Gracias, mamá, gracias por todo —le dijo Will a su madre.

—No me des las gracias, pequeño. Sé que te mueres por verla. Tu cara lo dice todo.

Una sonrisa se instaló en el rostro del muchacho, incapaz de contenerse.

—No entiendo lo que me está pasando. Jamás había sentido esto por nadie, mamá. La amo y estoy convencido de que es la mujer de mi vida.

Annie rio.

—¿No crees que te estás precipitando, cariño? La acabas de conocer. Katia es una chica muy especial. Es estupenda, cariñosa, buena y servicial y, además, hermosa. Yo la quiero como a una hija y me haría muy feliz que fuese mi nuera, pero no debes ir tan deprisa.

William la miró sin comprender. Annie dejó el plato que tenía en la mano y guio a su hijo hasta una silla de la cocina.

—Verás, Will, al criarte fuera de Noridor, desconoces nuestras costumbres. En Almina, las cosas se hacen diferentes.

—Lo siento, mamá, pero no te entiendo...

—En Noridor, cuando un joven se enamora y es correspondido, debe hablar con el padre de la chica en cuestión y solicitar el permiso de cortejo. —Alzó la mano para indicarle que no la interrumpiera, algo que estuvo a punto de hacer—. Con esto autoriza al joven a que la corteje, visite, obsequie generosamente, etcétera. Cuando finaliza el tiempo de cortejo, cosa que decide la pareja, viene el matrimonio. El muchacho deberá hacerse cargo de su prometida y de todo lo que necesite. Por lo general las novias aportan una dote compuesta del ajuar y algo de valor que el padre le entrega cuando empieza el noviazgo. A veces, el padre acepta y el novio se arrepiente. La muchacha queda marcada y le resulta muy difícil encontrar marido. ¡Y no hablemos de los chismes! Es horrible, pero es así. Yo no quiero que a Katia le pase eso. Las cosas se han de hacer bien; debes estar seguro de lo que sientes por ella y de si te corresponde. No cometas el error de aventurarte y que luego no sea lo que creías. Katia sufriría mucho por esa causa.

William se quedó en silencio y pensativo. No porque dudara de sus sentimientos hacia la chica —para él estaban claros— lo que le preocupaba era que tendría que hablar con Ron y no sabía qué decirle. ¿Y cuándo debía hacerlo…? ¿Y si Ron se negaba…? Se estaba mareando; aunque bastó pensar en ella, en sus ojos puros y profundos que delataban un alma noble, sabia y mágica, para que todos sus miedos se desvanecieran.

—No te preocupes, mamá. Eso no le pasará a Katia. La amo y, aunque sea difícil de entender, es exactamente lo que siento.

Conversaron durante toda la noche. Hablaron de su padre y de su vida en el campamento de la reina Loreline. Annie se alegró sobremanera cuando le dio la noticia de que ya no tenía que volver a palacio; la reina, en compensación por la muerte de su padre, le había relevado de sus cargos para que pudiera cuidar a su madre.

Al día siguiente, como estaba previsto, Katia, William y su madre pasearon por el pueblo. Los muchachos hablaron todo el camino mientras Annie, rezagada, apenas intervenía.

Estaban tan absortos en ellos dos que Katia olvidó incluso las telas de su vestido. William era todo lo que deseaba en un hombre: amable, servicial, culto, hermoso… La respetaba, a ella y sus opiniones; hablaba y escuchaba… no podía creer que existiera un hombre así y que, además, estuvieran paseando juntos.

William, por su parte, se enamoraba más de Katia a cada instante. Le interesaba todo aquello que le contase y observaba con detalle cada gesto, cada mirada, cada movimiento que hiciese.

Annie los observaba. Era evidente el amor que había surgido entre ellos. Deseaba con fervor que algo bonito surgiese de eso. Su hijo había sufrido mucho. Le arrebataron la niñez para enseñarle a ser un guerrero, le apartaron de su madre… Ya era hora de que disfrutase del amor en vez de la guerra. Estaba muy feliz por los dos.

Las mujeres se detuvieron en un puesto de broches. Katia los miraba emocionada, le encantaban ese tipo de adornos. Annie captó el nerviosismo de su hijo mientras las esperaba. Cambiaba el peso de un pie a otro y se secaba continuamente el sudor de las manos en su túnica. Una idea comenzó a formarse en su mente y, sonriendo, se acercó a él.

—Perdonadme chicos, pero me acabo de acordar que Renata me está esperando para tomarle las medidas del vestido nuevo que me ha encargado. William, ¿te importa acompañarla a casa? Yo me voy a entretener un buen rato. Esa mujer es demasiado susceptible con su ropa.

William miró a su madre y, en silencio, le agradeció el gesto.

—Por supuesto. ¿Qué te parece, Kat?

—Por mí estupendo. Ve tranquila, Annie. —Katia hizo un esfuerzo inmenso por no reírse. Estaba percibiendo los pensamientos de ambos y, aunque los de Will eran un poco confusos, captaba lo suficiente para saber lo que tramaba.

Annie se marchó.

Katia se apartó del puesto y retomaron el paseo. William no sabía cómo sacar el tema. Jamás en su vida había estado tan nervioso, ni siquiera cuando tuvo que combatir por primera vez.

—Esto... Katia... Yo... —Nunca había sido muy elocuente.

—¿Hay algo que desees decirme?

—Sí. Verás... Yo... —No le salían las palabras.

—Si quieres decirme algo, lo mejor es que lo digas sin más. Cuanto más lo pienses, más difícil te resultará —lo animó Kat, intentando darle un empujoncito.

—Bueno... Yo... estuve hablando anoche con mi madre y me contó lo del permiso de cortejo y...

—Así que ya conoces nuestras costumbres —sonrió ella—. Me alegro.

—Sí, y me preguntaba...

—Claro que acepto, William —soltó incapaz de aguantar más la emoción—. Puedes hablar con mi padre, si así lo deseas. Mis sentimientos por ti son tan fuertes como los tuyos por mí —exteriorizó su don sin querer.

William se quedó boquiabierto y observó la sonrisa que se había dibujado en el rostro de la muchacha. Estaba feliz de que hubiese aceptado y, a la vez, asombrado de que supiera lo que le iba a decir antes de que pronunciara frase alguna.

Se acercó a ella y la tomó de las manos con ternura.

—Me haces el hombre más feliz del mundo al aceptar. Aun así, algún día me contarás cómo eres capaz de hacer lo que haces —besó su mano.

—Y tú me haces la mujer más feliz del mundo al querer cortejarme. Y, quizás, algún día te lo cuente —le contestó con una sonrisilla de suficiencia.

No podían estar más felices. Sobraban las palabras. Si bien la noche anterior había empezado con malas noticias y sufrimiento, aquella nueva jornada estaba dando un maravilloso giro, aunque con un sabor un tanto agridulce.

Katia no esperaba que las cosas pasaran así y, mucho menos tan rápido. Pero se alegraba; sobre todo por los sentimientos que percibía en Will. Él la amaba tanto cómo ella a él y eso la reconfortaba.

Al cabo de otro rato William la acompañó a casa y quedaron en verse al día siguiente, después de que hablara con Ron.

8

LA VISITA ESPERADA

Katia se despertó sobresaltada. Otra vez la visitó el mismo sueño: un bosque, una mujer y las palabras «pronto sabrás la verdad». ¿Pero qué verdad? No tenía ni la menor idea de qué se trataba. Pensó en preguntarles a sus padres, quizás ellos supieran algo.

Decidió hacerlo más tarde para poder arreglarse primero. William vendría temprano a visitarla. La cita la tenía muy nerviosa, sobretodo porque después de que el chico hablara con su padre irían a dar un paseo a solas. Estaba convencida de que sacaría el tema de sus «poderes», ya que tanto en la cena en casa de Annie, como en el paseo por el pueblo, le había preguntado. No sabía cómo abordar la situación y le preocupaba mucho su reacción.

—Hola, preciosa. ¿Cómo está mi niña? —preguntó su madre asomándose por la puerta de su habitación.

—Buenos días, mamá. Pues un poco nerviosa, la verdad.

—¿Solo un poco? —rio Emma.

—Bueno, en realidad, muy nerviosa.

Emma entró y se sentó en la cama.

—Solo van a charlar y, probablemente, tú serás el tema central de la conversación durante los primeros cinco minutos. —Volvió a reír—. ¿O es la cita lo que te inquieta?

Katia suspiró.

—Supongo que ambas cosas.

Emma observó a su hija y supo enseguida que le ocurría algo. Estaba segura de que no solo era por William.

—¿Qué pasa, cielo? —Le apartó un mechón de pelo que le caía sobre la cara—. Sé que últimamente no charlamos demasiado, pero quiero que sepas que estoy aquí para lo que necesites.

—Lo sé, mamá, y gracias. Pero no te preocupes, en serio, solo estoy nerviosa por todo lo de Will. —No era una mentira, solo le ocultaba parte de la verdad—. Ha sucedido todo muy rápido y estoy un poco desconcertada. Además, no sé lo que ponerme —sonrió.

Su madre la miró con los ojos entrecerrados. No la creyó del todo, pero era evidente que no quería revelarle su preocupación. Decidió no insistir.

—Bueno, con la ropa sí que puedo ayudarte. Espera aquí.

Katia miró como su madre salía de la habitación. Se sentía mal por haberle mentido, pero no le apetecía revelarle su sueño. Aunque en un principio había pensado confesárselo, ahora no le parecía tan buena idea. No quería preocuparlos con una tontería.

Su madre volvió a entrar en la habitación. En esta ocasión llevaba una caja alargada de color blanco en las manos.

—¿Qué traes ahí? —le preguntó emocionada.

Emma sonrió. Había esperado ese momento durante mucho tiempo. Le tendió la caja a su hija, que la abrió y sacó de su interior un hermoso vestido de una tela muy fina con el cuello de pico. Era rosado y tenía unos ribetes del mismo color, en un tono más fuerte. Las mangas se ensanchaban en el puño. Había una capa a juego con los adornos.

Katia se quedó prendada de la vestimenta. Debía haber costado mucho dinero.

—¿Te gusta? —Emma se veía igual de emocionada que ella.

—Es precioso, mamá. Y muy suave. Es muy hermoso.

—Es para ti. Te quedará muy bien.

—¿De verdad? ¡Oh! ¡Me encanta!

—Sabía que te gustaría, aunque pensaba que lo llevarías para Pull —se burló Emma.

—¡Mamá! —la regañó Katia.

Emma rio. Sabía que a su hija no le gustaba Pull, excepto como amigo, pero le encantaba la cara de indignación que ponía.

—Me alegro de que te guste el vestido.

Katia dio un abrazo a su madre. Le había hecho un hermoso regalo e iba a estar preciosa.

—Gracias, mamá. Te quiero mucho, muchísimo. —Le dio un beso en la mejilla.

—Bueno, Kat, será mejor que empieces a arreglarte, Will no tardará mucho en llegar.

—Cierto.

Se levantó de un salto y abrazó de nuevo a su madre.

—De verdad, mamá, muchas gracias.

Emma se quedó observando cómo Katia salía a toda velocidad para asearse. Recordaba con toda claridad el día que la encontraron, cada detalle de ese momento, cada emoción que sintió. Cómo había pasado el tiempo… Dentro de unos meses cumpliría dieciocho años y tendría que decirle la verdad. Esperaba con todo su corazón que se lo tomase bien y que no fuese un impedimento para su relación con Will. Ahora que había encontrado el amor, quería que su hija fuese tan feliz como lo era ella junto a Ron.

La voz ronca de su esposo interrumpió sus pensamientos.

—¡Emma! ¡Veeeeeen!

«Nombra al diablo y el diablo vendrá», pensó yendo hacia la cocina

—Dime, mi amor.

Ron la miró asombrado.

—¿Mi amor? Hacía tiempo que no te escuchaba llamarme así, mi caramelito de fresa —rio.

—¡Oh, por favor! ¡No me llames así! —Intentó no reírse—. Nunca me ha gustado ese apodo.

—¡No inventes! Antes te encantaba —continuó a carcajada limpia.

A ella le fascinaba escuchar su risa. Después de tantos años seguía amándolo como el primer día.

—Deja de reírte viejo decrépito y dime para qué me has llamado —le soltó en tono burlón.

—A ver, mujer mía. ¿Qué pantalón te gusta más? ¿El verde o el gris? —agitó nervioso los calzones.

Esa vez Emma no pudo contener la risa.

—El verde te queda mejor, mi amor. No me digas que tú también estás nervioso… —comentó incrédula.

—No te burles de mí, Emy. No todos los días un padre habla de su hija con su futuro yerno por primera vez, ¿sabes? —Adoptó una pose seria—. Aunque ya haya charlado con él, es la primera vez que Kat será el tema central de la conversación.

Emma, al observar la brillante calva de Ron perlada de sudor a causa de los nervios, soltó una nueva carcajada.

—No te preocupes, Ronnie, todo va a salir bien. Únicamente tienes que cerciorarte de que va con buenas intenciones y, conociéndote, sé que lo harás estupendamente. Siempre has tenido muy buena psicología para con las personas.

—Gracias por tu confianza, Emy. En realidad, sé que Will la quiere, no hay más que fijarse en cómo la mira. Es solo… —Suspiró.

—¿Qué ocurre? —Su actitud la sorprendió un poco.

—Nada, es solo que… Bueno, sabía que pasaría algún día, pero ha sido tan rápido…

—Sí. —Le entendía. Ella también se sentía así. Katia ya era toda una mujer.

Ron suspiró de nuevo. Su pequeña… Era difícil hacerse a la idea que ya había otro hombre en su vida. Le parecía estupendo que se hubiese enamorado, y más aún que fuera de Will, pero eso no significaba que no costase aceptar que ya no era una niña.

—Bueno, basta ya de lamentos. No quiero que nos vea tristes, Emy. Hoy debe ser un día especial para ella.

—Tienes razón. Voy a preparar el desayuno. —Cogió el delantal blanco con lunares negros, su favorito.

—Mmm, comida —se relamió Ron a la vez que se daba unos golpecitos en la barriga.

Emma sonrió. A veces su esposo era como un niño.

Empezó a preparar bollos de mantequilla y canela, los favoritos de Katia.

—Buenos días —saludó Will una hora más tarde, al entrar por la puerta de la cocina—. Mmm... Qué rico aroma... —Se le hizo la boca agua.

—Buenos días, Will —dijeron Emma y Ron al unísono—. Los bollos están recién hechos, muchacho. Sírvete —añadió este último.

—Gracias. —Cogió uno y le dio un discreto mordisco—. Mmm, está riquísimo.

—La verdad es que mi esposa hace la mejor repostería del pueblo —hinchó Ron el pecho de orgullo.

—Cuando hay hambre, todo está rico —rio Emma mientras ponía un plato lleno en la mesa.

—No seas modesta, mujer. Por cierto, ¿quieres ir a ver lo que le queda a tu hija? Por favor. —Miró a Will y le dio un golpecito en el hombro—. Ya sabes cómo son las mujeres cuando se trata de belleza.

Emma miró a su esposo, estaba claro que la estaba «echando» para hablar con el muchacho, aunque no estaba siendo muy discreto. Pensó que no alargaría mucho la conversación, puesto que se había imaginado que saldrían a dar un paseo por los alrededores.

—Por supuesto, cariño. —Salió de la cocina reflexionando sobre el tema.

Will miró a Ron. Había llegado el momento de hablar. Respiró hondo y, mirándole directamente a los ojos, pues su madre le había dicho que eso indicaba confianza, habló:

—Ron, quieroquesepaqueamoasuhija, quenoquierohacerledaño y quemisintencionessonbuenas.

Estaba tan nervioso que lo soltó todo de carrerilla, sin detenerse siquiera a tomar aliento. Ron le miró serio y, sin poder evitarlo, le entró un ataque de risa.

El chico se ruborizó. No era así como había imaginado que le saldría el discurso. Había estado toda la noche preparándolo para demostrarle que era un hombre formal.

—Lo siento, Will —se disculpó Ron entre risas—. Siento reírme, pero es que... —Le sobrevino otro ataque de risa.

William le miraba sin saber qué decir. Se había puesto rojo como un tomate. Definitivamente, no era así como lo había imaginado.

Ron carraspeó, intentando dejar de reírse, pero la cara del chico no ayudaba.

—Esto… ejem. Vamos a ver… —Respiró hondo para calmarse, pero siguió riendo—. ¿Sabes…? Ayudaría mucho… que no… pusieras… esa cara… —expresó entre carcajadas.

—¿Qué cara? —preguntó Will, aparentemente ofendido.

—Lo siento, chico. —Volvió a respirar hondo y, esa vez, se calmó un poco—. Es que no esperaba que me soltaras esa retahíla. Es como si hubieses estado ensayando.

Ron advirtió como Will bajaba avergonzado la cabeza y, sin poderlo evitar, volvió a reír:

—¡Oh! ¡¿No me digas que lo has hecho?!

—Solo quería causarle buena impresión… —Y ahora quería que le tragara la tierra.

—Bueno, ya vale —dijo Ron más para sí que para el chico, e intentó ponerse serio—. Siento haberme reído. Sé que la quieres, Will. No hace falta más que fijarse en tus ojos cuando la miras. Te agradezco que te hayas tomado tantas molestias para impresionarme. Pero te aconsejo que en el futuro me digas lo que sientes, sin importarte las palabras que utilices para hacerlo. Está claro que nervioso, no eres muy elocuente. —Otro ataque de risa invadió al anciano.

—Sí, señor, así lo haré —dijo, aún con el rostro rojo. Hasta las orejas le ardían a causa del bochorno.

Katia espiaba la conversación desde la planta superior de la vivienda. Sabía que estaba actuando como una niña pequeña, pero no podía evitarlo.

—Supongo que es imposible resistirse —dijo Emma mientras se le acercaba por detrás, sin que se diera cuenta.

La muchacha se sobresaltó.

—¡Mamá! Casi me matas del susto —susurró con una mano en el corazón, que le latía frenéticamente.

Emma rio.

—Lo siento, hija, ¿pero no crees que deberías terminar de arreglarte en vez de estar fisgoneando?

—Supongo que sí. —Le lanzó una mirada divertida—. Solo me queda el pelo, y esto es mucho más interesante.

Su madre suspiró.

—Ya has oído bastante. —Señaló con el dedo índice la dirección del baño—. Vamos a peinarte para que puedas bajar.

—A veces eres un poco aguafiestas —refunfuñó Katia mientras se incorporaba. «Espero que Will me lo cuente después».

—Vamos, cotilla.

Entraron en el baño y Emma la ayudó a terminar de arreglarse. Katia se miraba en el espejo. Ya estaba lista. Se recogió el pelo en un moño dejándose unos mechones sueltos. Llevaba prendado un pasador con forma de mariposa de color violeta. El vestido que le había regalado su madre le quedaba perfecto, era como hecho a su medida.

9

UN PASEO POR EL BOSQUE

William y Katia caminaban cerca del río Nissa. Después del desayuno decidieron dar un paseo por el Bosque Circular, llamado así por su forma elíptica. Querían estar un rato a solas. La chica tenía intención de contarle todo acerca de su don, aunque no sabía cómo hacerlo. Tras meditarlo decidió que, si de verdad la amaba, lo entendería y la aceptaría. Pero eso no lo hacía más fácil, más bien todo lo contrario.

¿Y si no la aceptaba? ¿Y si se asustaba de ella? Su padre le había dicho que tuviera fe y que creyera en el amor. Que era mejor hacerlo ahora, antes de que fuese demasiado tarde. Pero todo eso no era más que especulaciones e incluso él estaba preocupado por la reacción de Will.

Una ola de quietud la invadió de la cabeza a los pies, haciendo que olvidara todas sus preocupaciones. Levantó la vista para localizar de dónde provenía. Habían llegado a las entrañas del bosque. En el centro se alzaba un majestuoso roble cuyo tronco era tan ancho como una casa. Parecía que el resto del bosque, en reconocimiento de su grandeza y sabiduría, le hubiese dejado un espacio como la corte se lo deja a un rey y a su trono.

Katia no necesitó acercarse mucho para sentir la armonía que había en torno al roble. Era un árbol sagrado, un ancestro. Envió mentalmente sus respetos y una sensación de paz la embargó. Sintió el impulso de acercarse y posar su mano en él.

William vio la intención de Katia y pensó que iba a detenerse a descansar.

—¿Quieres que nos sentemos un rato? —le preguntó indeciso.

Ella tenía los ojos brillantes por la emoción. Era como si estuviese deseándolo.

—Sí, por favor. —No podía apartar de su mente la idea de acercarse y tocarlo.

William la siguió y percibió que, cuanto más se aproximaba, más fuerte se hacía la sensación de atracción hacia la base del árbol. Como si fuese un imán. No lo entendía… Justo cuando iba a preguntarle a Katia si sentía lo mismo, ella levantó la mano y tocó el tronco. Un viento cálido con aroma a pétalos de rosa se alzó de repente.

Una sensación indescriptible invadió a la chica. Sintió una conexión con todos los animales y plantas del bosque, como si conociera cada ínfimo detalle de todo lo que la rodeaba. Comprendió que el propio árbol la había guiado hasta ese lugar.

«Avast, Katia».

Se sobresaltó. Era una voz potente. Emitía un sonido similar al de un coro de voces celestiales. Todas ellas en perfecto equilibrio para crear una única voz; ni masculina ni femenina, simplemente algo mágico. Pero… ¿De dónde provenía? ¿Del roble? Y si era así, ¿cómo sabía su nombre? Según recordaba, ni Will ni ella lo habían pronunciado en voz alta.

Desconocía el significado de la palabra «avast», aunque dedujo que significaría algo así como «hola».

«En realidad significa "saludos" en el Idioma Antiguo».

—¿Oyes lo que pienso? —Estaba tan impresionada que no se dio cuenta de que lo dijo en voz alta.

—¿Cómo? —se alarmó Will—. Kat, ¿qué sucede? ¿Estás bien?

—No puedes oírlo, ¿verdad?

—¿Oír qué? —William se estaba preocupando.

—El árbol… —se interrumpió. No sabía cómo decirle que le hablaba. Desconocía la forma correcta de hacerlo, lo más lógico era que la tomara por loca.

Captaba la gran confusión que emanaba del interior de Will. Tenía que decir algo…

«Díselo, Katia. Cuéntale lo que te sucede. William merece saberlo», le aconsejó el roble.

Katia suspiró. Quizá tuviese razón.

—El árbol, ¿qué? —Will intuía que algo pasaba—. Dime lo que sucede, Kat. Por favor, confía en mí…

—Verás, Will, el árbol…

«Mi nombre es Bronce, si no te importa, ni Onika». Su extraña voz sonaba divertida.

—Lo siento —se disculpó mirando a Bronce sin entender la última palabra—. Will, sé que va a ser difícil de creer. Yo… —Tomó aire—. Yo puedo hablar con el árbol, es decir, con Bronce. En realidad, puedo comunicarme con todos los seres vivos.

—¿Qué? Que puedes hacer, ¿qué?

—Desde que era pequeña he sido capaz de comunicarme con los animales y con las plantas. Incluso percibo los sentimientos de los demás. A veces intuyo algunos pensamientos… Así fue como supe que deseabas que te acompañara y como he sabido cosas de ti.

Will estaba agitado, podía notarlo, pero también sentía curiosidad.

—Ahora entiendo algunas cosas, pero… ¿Cómo puedes hacer eso? Y lo de los animales, ¿les hablas y ellos te responden? —preguntó atónito.

—En realidad no sé cómo lo hago, simplemente lo hago. Es difícil de explicar, ¿sabes? No utilizan el hocico para hablar, así que no me lo preguntes —dijo algo ofendida ante los pensamientos que se estaban formando en la mente del chico.

William no pudo evitarlo y se echó a reír. Katia sintió cierto dolor por tanto escepticismo.

—¿Te estás riendo de mí, William Turón?

—No es de ti, mi amor —contestó entre risas—. Es que me ha resultado gracioso lo del hocico, eso es todo. Me estoy imaginando a un perro moverlo al hablar como lo hacemos nosotros. —Soltó una carcajada—. Pero no te enfades conmigo —juntó las manos a modo de plegaría.

—No me enfado. Sé que es difícil de creer, pero así es como soy. Y si no me aceptas, lo entenderé —bajó la mirada con tristeza.

William la cogió de las manos. Sabía que su amada no le mentía y le estaba costando mucho sincerarse con él. Le dio un tierno beso en la frente.

—Te amo, Katia.

Ella lo miró a los ojos y pudo sentir como la confusión, la curiosidad, incluso los nervios, desaparecían, dejando paso a un amor inmenso… Amor por ella.

No pudo evitar sonreír.

—Dímelo otra vez.

—Te amo por encima de todo, Kat. Desde que te vi por primera vez, supe que me enamoraría de ti. Ahora eres mi vida y no me importa que hables con los animales, o lo que sea que hagas. Quiero que confíes en mí y que siempre me cuentes lo que te pase, siempre.

Tomándola por la cintura, la besó. Fue intenso y apasionado. Katia sintió que un nido de mariposas se alojaba en su estómago y el mundo dejó de existir. Solo ellos y ese dulce y maravilloso beso.

10

UNA BONITA PROPOSICIÓN

William acompañaba todos los días a Ron y a Katia a trabajar y, luego, se encargaba de vender junto a su prometida la madera y los utensilios que fabricaban. Él hacía casi todo el trabajo porque se negaba que su amada y su futuro suegro lo hicieran. Cuando terminaban, salían a pasear y casi siempre acababan sentándose a la sombra de Bronce, que les contaba historias del bosque.

Katia notaba que el roble la trataba con mucho respeto y, cuando le peguntaba el porqué, solo le decía que el tiempo de las respuestas no había llegado. Le molestaba que fuera tan enigmático pero, por más que insistía, no había forma de que le revelase el motivo.

Poco a poco, el amor que sentían los chicos se iba haciendo más y más grande. Pasaban todo el tiempo que podían juntos y cuando se separaban por la noche para ir a dormir, no dejaban de pensar el uno en el otro.

Una tarde de domingo, Katia preparó un picnic para ir a visitar a Bronce. Estaba esperando a William cuando presintió como si alguien la estuviera observando. Era una sensación extraña, ya que no percibía presencia alguna. Miró en todas direcciones pero, como siempre, no halló nada fuera de lugar. Ya estaba acostumbrada a esa sensación y a la presencia oculta que se la provocaba. Desde pequeña había tenido la misma impresión y, aunque buscaba, nunca descubría quién la acechaba.

Una presencia mucho más grata la hizo sonreír.

Supo que William había llegado al captar su familiar aroma. Recogió la cesta de mimbre azulada donde guardaba la comida y se apresuró hacia la puerta. Al abrirla, le sobrevino una sensación de nauseas. El chico estaba hecho un manojo de nervios.

—¿Qué ocurre? —preguntó preocupada—. ¿Te sucede algo?

William se ruborizó. Tenía que concentrarse o ella le descubriría. A veces odiaba el don de Katia porque era imposible ocultarle nada. Rio para sus adentros.

—Nada, mi amor. Solo tengo algo que contarte. Pero no te preocupes, no es nada malo.

—Bueno, ¿y qué es? —preguntó mientras intentaba leer sus pensamientos

—Tranquila. No seas impaciente, todo a su tiempo.

Katia hizo un puchero, lo que provocó la risa de Will.

—No me hagas eso, pequeña. Tienes que tener paciencia. ¿Nos vamos?

—Está bien —aceptó a regañadientes—. Por cierto, he preparado algo para merendar. Unos pastelitos con una receta de mi madre. Espero que te gusten.

—Seguro. Todo lo que cocinas me encanta. Tienes la misma habilidad que tu madre para la comida.

Katia obsequió a su amado con su más radiante sonrisa.

Una hora más tarde, estaban sentados a la sombra de Bronce.

«¿Cómo está hoy, mi señora Katia?»

—Bronce, te he dicho mil veces que no me llames señora. Llámame simplemente Kat. No me gusta en absoluto que me trates como si fuera alguien importante. Además, que yo sepa todavía no he hecho nada para ganarme tu respeto. Eres un ancestro, soy yo la que te debe respeto. —Hizo una reverencia a la vez que esbozaba una pícara sonrisa.

«Al contrario, mi señora, ese es un derecho que te corresponde por nacimiento».

—¿Qué quieres decir?

«William tiene algo muy importante que contarte, ni Onika».

«Cómo no —pensó—. Siempre igual, cambiando de tema antes de revelar nada».

—Will, Bronce también quiere saber qué es eso tan importante que tienes que contarme —dijo con una sonrisa.

«Eso no es lo que te he dicho, Onika, además yo ya lo sé», rio el árbol. *«Silencio* —le indicó mentalmente a Bronce—. *Eso él no lo sabe. Así no me pone más escusas y me lo dice».*

—Por supuesto... —William respiró hondo intentando calmarse un poco, aunque no lo consiguió.

Ese era el paso más importante que iba a dar en su vida, así que se armó de valor, tomó otra bocanada de aire y se arrodilló. Acto seguido sacó una cajita de terciopelo azul del bolsillo y se la tendió a Katia. Ella, intrigada y emocionada, la abrió.

—¡Oh, vaya! —exclamó sorprendida.

—Este es el anillo de compromiso que mi abuelo entregó a mi abuela y que, después, mi padre entregó a mi madre. Ahora me toca a mí entregárselo a la mujer que amo. Katia Dulac, ¿quieres pasar el resto de tu vida conmigo? —preguntó en tono solemne. Le temblaban hasta los mechones del cabello.

La muchacha se quedó sin respiración. ¡Will le estaba pidiendo que fuera su esposa! En ese momento era la mujer más feliz de Zailën.

—Claro que sí, mi amor —exclamó poniéndose a la altura de Will y dándole un apasionado beso en los labios.

Él la asió con ternura y así estuvieron varios minutos, hasta que sus cuerpos, colmados de felicidad, se separaron.

—Me haces el hombre más feliz del mundo al aceptar, mi vida.

Sacó el anillo de la cajita y se lo colocó a Katia en el dedo anular de la mano izquierda, no sin un gran esfuerzo ya que, a causa de los nervios, sus manos temblaban.

—Es un anillo precioso —dijo admirando la sortija, fabricada en oro y con una pequeña gema roja engarzada—. Te amo, William.

—Yo también.

Se besaron de nuevo.

—Tenemos que decírselo a mis padres y a Annie —comentó Katia con ilusión, mientras se acomodaba en el suelo y se apoyaba en su pecho.

—Por supuesto. Esta noche cenaremos todos juntos para celebrarlo.

Pasaron el resto de la tarde conversando junto a Bronce. Hablaron del futuro, de la boda y de todos los preparativos que tendrían que hacer. El ocaso los sorprendió inmersos en su felicidad y decidieron regresar. Tenían que preparar una cena.

Cuando llegaron a casa de Annie, las mujeres prepararon el festín, que consistió en un cochinillo asado, patatas guisadas con pimientos y cebollas, y un pastel elaborado por Emma a base de fruta roja y queso de cabra llamado «delicias de amor».

Durante la cena decidieron que la boda fuese el día del solsticio de verano, dos semanas después del cumpleaños de Katia. Faltaba poco porque esa noche era la última de mayo.

Todos estaban muy contentos y deseosos de que llegara el día. Celebraron la noticia hasta bien entrada la noche.

Atarrán paseaba por la antesala de la mazmorra. Era un hombre alto y delgado, pero de constitución fuerte. El cabello, que posaba sobre sus hombros, era lacio y negro azabache. Sus gélidos y calculadores ojos verdes reflejaban toda la maldad de su alma. Su expresión, contraída en una mueca de furia, provocaba en el que le miraba respeto y temor.

Su lacayo Asmodeo se encontraba interrogando a un duende. Una pérdida de tiempo en su opinión. Ninguno de los seres de la tierra a los que había interrogado hasta ese momento —y ya superaban la docena— decían algo útil. Nadie sabía el paradero de la maldita sucesora. La había buscado en vano por todas partes. Era imposible dar con ella. No podía sentirla, en ese momento era como una humana cualquiera y eso la hacía prácticamente indetectable. Las guardianas habían hecho un trabajo impecable.

—Nada, mi señor —dijo Asmodeo limpiándose la sangre de las manos mientras salía de la sala de tortura—; otro que no sabe nada. ¿Qué hacemos con él?

Atarrán resopló mientras miraba con furia a su lacayo, atado a él por un conjuro que, sin entender muy bien cómo, había realizado en su juventud. Era un demonio oscuro que, irónicamente, siempre vestía de blanco. Tenía la apariencia de un hombre moreno, fornido y bronceado, que mantenía con magia para que nadie conociera su verdadera apariencia.

—Echádselo a las *estirges*[2]. Seguro que saben bien lo que hacer con él. —Por muy furioso que estuviera, no podía evitar sonreír al imaginar lo que esas criaturas le harían a ese miserable.

—¿Y en cuanto a la chica?

—Seguid buscando. Tiene que estar en alguna parte. Reúne a Elirni y a los drows y estad preparados. Solo falta una semana para que se rompa el maldito hechizo...

—Sí, mi señor.

Asmodeo se dio la vuelta para ir a por el duende. Su amo estaba muy furioso y, personalmente, detestaba estar cerca en momentos así. Solían rodar cabezas y el día menos pensado podía ser la suya.

—Asmodeo —le llamó antes de abandonar la antecámara.

—¿Sí, mi señor?

—No quiero más errores.

—*Atra nie, ni Oik*[3] —juró el demonio.

Sabía que hacer ese juramento en el Idioma Antiguo le ataba mientras viviera, pero si no lo lograba, de igual modo lo pagaría con su vida. Esa indeseable no se le escaparía. La encontraría, aunque para ello tuviese que destrozar toda Zailën.

—Más te vale. No toleraré la incompetencia —le gruñó, y se marchó a sus aposentos.

Había mandado construir una fortaleza de piedra caliza en Infierno Oscuro, una tierra desolada donde nunca salía el sol y cuyo suelo era estéril. La única vegetación que crecía lo hacía gracias a la magia de los elfos de la oscuridad, los llamados drows, que habían sido desterrados a vivir en esas tierras por sus maldades cometidas.

Los aposentos de Atarrán se encontraban ubicados en la torre más alta. Sus paredes estaban pintadas de negro y rojo, ya que eran los colores que más le tranquilizaban. Sus muebles de madera de almendro eran dorados y negros. En los muros de las estancias había cuadros que representaban escenas de batallas antiguas entre los hombres y los seres mágicos. Le encantaba la vista desde esa almena. Siempre le

---

[2] Pájaros parecidos a un cuervo que se alimentan de sangre fresca. Se dice que son espíritus malvados que roban las almas de los infantes.

[3] «Se lo juro, mi señor» en Idioma Antiguo.

relajaba asomarse a las ventanas y observar a esos seres insignificantes, viviendo sus despreciables vidas en un lugar tan lúgubre como aquel.

Al entrar en sus aposentos, una mujer de piel nívea y deslumbrante belleza le esperaba apoyada en una enorme mesa de cristal que había en el centro de la habitación. Iba ataviada con un vestido muy lujoso de color blanco y burdeos, con un generoso escote. La prenda era demasiado larga, de modo que sus pies quedaban ocultos. Su cabellera, larga hasta las rodillas, era de color rojo intenso, a juego con sus ojos, que le miraban con maldad.

—Hola, amor —susurró con dulzura.

—Tú otra vez —resopló Atarrán. Se frotó el puente de la nariz para relajarse—. ¿Es que no tienes a ningún desdichado del que vengarte? —le escupió en tono hosco.

—No me hables así, mi malévolo Ati. Solo soy una pobre *nixe* [4] que busca un poco de amor —se quejó ella con fingida inocencia.

—Vamos, Belina, no estoy de humor para tus juegos. Las cosas no están saliendo como había planeado y se me acaba el tiempo.

—Bueeeno… Si no deseas estar conmigo me iré. Si no quieres saber lo que tengo para ti, yo no te voy a obligar, ¿verdad? —inquirió con picardía.

—¿Qué quieres decir?

—¡Ah, no! Ahora no te lo digo —exclamó mientras su silueta se difuminaba de la vista de Atarrán.

El hechicero, haciendo gala de unos reflejos impresionantes, la agarró del brazo antes de que desapareciera.

—¡Dímelo, Belina, si no quieres perder el brazo!

La nixe se retorció bajo la presión del hechicero.

—Está bien, Ati. No hace falta que me hagas daño. —Atarrán la soltó—. He venido para decirte que sé dónde se esconde la chica, mi querido hechicero.

Sus labios se curvaron en una malévola sonrisa.

---

[4] Criaturas malvadas que se vengan con los hombres de los sufrimientos que están obligadas a soportar, debido a una falta ancestral que todavía no han saldado. Las mujeres nixes son bellas y seductoras, vestidas con ropas elegantes y joyas preciosas. Viven en aguas estancadas, pero visitan el reino de los humanos para aparearse y alimentarse, pues viven de la sangre de los hombres.

11

TODO SE COMPLICA

Katia se despertó sobresaltada y bañada en sudor. De nuevo su sueño se veía interrumpido por la misma pesadilla. Se sentía muy angustiada por ello, durante la última semana se había repetido cada noche. Esa mujer y el lobo en el bosque y la misma frase. No entendía nada.

No quiso continuar durmiendo y se levantó a preparar el desayuno. Ese día cumplía dieciocho años y tenía que estar contenta. Además, Will y Annie vendrían dentro de un rato.

Se asomó a la ventana en el instante en que el sol mostraba tímidamente sus rayos por encima de las montañas de Noridor. Se disponía a asearse cuando oyó unas voces procedentes de la cocina.

Emma se había hecho un recogido con flequillo e iba ataviada con un vestido largo de dos piezas, sin mangas y de color rojo. Los hombros quedaban descubiertos. Estaba sentada en una silla, acariciando a Ron, que aún se encontraba en pijama.

—Vamos, Ronnie, no llores. Yo también estoy asustada, pero ambos sabíamos que esto pasaría. ¿A qué viene que te pongas así? Yo soy la mujer, se supone que tendrías que ser tú el que me consolara y no al revés —le dijo mientras le tomaba las manos.

—Siempre has sido la más fuerte, Emy. Sé que me estoy comportando como un niño, pero hoy debería ser un día feliz. Nuestra pequeña se ha hecho mayor y en lo único que puedo pensar es que le vamos a aguar la fiesta.

—No pienses eso. No tenemos por qué decírselo ahora, podemos esperar a la noche. En la nota decía que lo hiciéramos antes de medianoche. Vamos, amor —intentó tranquilizarlo mientras le pasaba la mano por la calva.

—Lo sé, solo estoy asustado —Ron se enjugó las lágrimas—. Pero tienes razón, se lo diremos después de la fiesta.

—¿Decirme qué? —Katia se asomó por la puerta. No le agradaba aquella situación ni los sentimientos que advertía en sus padres—. ¿Qué sucede?

Emma y Ron se miraron.

—Nada, cariño —contestó su madre de manera precipitada—. Esto… Tu padre, que se ha puesto sentimental esta mañana. —Lanzó una mirada inquisidora a Ron para que le apoyara en la conversación.

—Eso, Kat. Es que me he levantado sensiblero. Mi pequeña ya es toda una mujer. —Se esforzó en mostrar una sonrisa.

Katia los miró a ambos y arqueó una ceja. Era obvio que le estaban ocultando algo.

—¿De verdad que solo es eso?

—¡Sí! —contestaron al unísono.

—De acuerdo… —Se rindió ante la renuencia de sus padres—. No insistiré más. Cuando queráis decírmelo, lo hacéis. Voy a vestirme, ¿de acuerdo?

—Claro, claro. Ve a ponerte guapa, que tu padre y yo prepararemos el desayuno —indicó Emma dándole un codazo a Ron.

—Anda ve a arreglarte, mientras tanto, nosotros nos ocupamos de todo.

—¿Estáis seguros de que todo va bien? Os comportáis de manera muy extraña.

—Anda, anda, no seas exagerada. Venga, ve a arreglarte —la instó Ron.

Katia no hizo ningún comentario al respecto. Se fue a su habitación, no sin antes lanzarles a ambos una mirada acusadora.

Emma esperó hasta que dejaron de escucharse los pasos de Katia por las escaleras.

—Por los pelos. No se hablará más hasta esta noche. ¿Queda claro? Y ahora sube a vestirte, los pantalones grises de algodón y el jubón blanco están en lo alto de la cama.

—Sí, señora.

Una hora más tarde, Annie y William llegaron cargados de paquetes. El muchacho llevaba puesta una levita verde con bordados dorados que le había hecho su madre, unos pantalones de algodón del mismo matiz, pero algo más claro y unas botas de piel marrón. El pelo se lo había peinado hacia atrás para estar más presentable.

Por su parte, Annie se había ataviado para la ocasión con un vestido al más puro estilo maxi. Su parte superior era de tirantes de tinte turquesa, entrelazado por la espalda con cuerdas de la misma tonalidad. La parte inferior estaba decorada con un cinturón azul oscuro. Se había trenzado el pelo con lazos azulados.

William estaba muy emocionado por el cumpleaños de Katia y por su inminente boda. Esos últimos meses habían sido los más felices de su vida gracias a ella.

Katia bajó al oírlos llegar.

—Hola, mi amor —le susurró Will al oído—. ¿Cómo está mi cumpleañera favorita?

Katia rio con disimulo.

—Estupenda.

Annie se acercó para darle un beso en la mejilla.

—Feliz cumpleaños, ardillita —le dijo, utilizando el cariñoso sobrenombre que le había adjudicado cuando era pequeña. Al mismo tiempo le depositó un gran paquete en las manos—. Este es tu regalo. Espero que te guste.

Katia se sentó en la mesa de la cocina y abrió el envoltorio.

—¡Oh, es precioso! —exclamó emocionada y con los ojos relucientes de felicidad.

—¿Qué es? —preguntaron sus padres.

Katia alzó el vestido para que pudieran verlo. Era una prenda de chiffon, una tela muy suave y cara de color verde claro, con amplias mangas en forma de hojas y ribetes dorados, a juego con un lazo a modo de cinturón. El cuello era en hechura de «uve».

Miró a Annie impresionada.

—Me lo has hecho tú, ¿verdad?

—Sí, ¿te gusta, cielo?

—Es precioso, Annie. ¡Me encanta!

—Ahora toca el nuestro, cariño —dijo Emma acercándole un paquete del tamaño de un puño—. Este es de tu padre y mío. —

Intentó en vano que las lágrimas no descendieran por sus ancianas mejillas—. Feliz cumpleaños, hija mía.

Katia lo abrió. En su interior había una gargantilla y unos pendientes a juego con forma de gota y una piedra preciosa de color verde engarzada.

—¿No serán…? —Estaba boquiabierta. Debía haberles costado una fortuna—. No teníais que haberos gastado tanto… —expresó con la voz estrangulada a causa de la emoción.

—No te preocupes, pequeña —la tranquilizó Ron—. Solo son unas esmeraldas pequeñitas. Además, no todos los días cumple tu única hija dieciocho años.

La chica dio un fuerte abrazo a sus padres.

—Bueno, solo falta el mío. Espero que te agrade, mi amor. Aunque, después de los que has recibido, no sé si estará a la altura —dijo Will riéndose.

—No seas tonto —le reprendió Katia sonriente—. Tú me has hecho el regalo más bonito de todos: amarme. —Le dio un beso en la mejilla.

William le dio un paquete alargado. Cuando comenzó a abrirlo, no se podía imaginar lo que había en su interior.

—¿Cómo lo has sabido? —le preguntó sorprendida.

Ron la miró y le guiñó un ojo.

Así que había sido su padre. El regalo de Will consistía en un arco, un carcaj y una docena de flechas. Katia observó el conjunto con detenimiento. La madera estaba tallada a mano con mucho esmero. Los grabados eran extraños. Estaba compuesto por cuatro dibujos: una llama de fuego, una rosa envuelta en una espiral, una gota de agua y una espiral doble unida como si fuera una «ese» tumbada. La posición de los dibujos formaba un rombo. La fusión era preciosa, aunque no entendía su significado.

Distinguió su nombre en el centro del carcaj escrito con motivos florales. Lo más llamativo fue que notaba como si la madera estuviera viva. Le encantaba. Nunca le había contado a nadie su extraña afición por el tiro con arco, salvo a sus padres.

—¿Qué? ¿Te gusta? —le preguntó Will con ilusión.

—Es precioso, muchas gracias —contestó, dándole un beso. Estaba fascinada—. ¿Qué significan los dibujos?

—Lo cierto es que no lo sé. Bronce me dijo lo que tenía que tallar. Su regalo es la madera con la que los he fabricado, puesto que es de sus raíces. Dijo que esperaba que te gustase. Las flechas son especiales. Según Bronce, siempre volverán a ti, así nunca las perderás.

—¿Quién es Bronce, Will? —preguntó Ron con curiosidad.

—Es un roble que hay en el centro del Bosque Circular. Lo encontramos un día por casualidad y ahora vamos muy a menudo a visitarlo. Es muy simpático —contestó Katia afable—. Y, ¿cómo has hablado con Bronce? —le preguntó a Will sorprendida.

—Bueno, fue algo muy extraño. Hace unas semanas estaba buscando madera para hacer el carcaj y el arco. Llegué hasta Bronce y, mientras miraba por los alrededores, le conté lo que pretendía. Oí una mezcla de voces en mi cabeza que se fundía en una sola y… bueno… me dio la madera, me dijo lo que tenía que dibujar de su parte y me envió una imagen a la cabeza. Fue insólito.

—¡Vaya! No sabía que Bronce pudiera hacer eso. Es un gran árbol.

Todos se miraron y comenzaron a reír.

Decidieron salir a comer en la taberna del pueblo después de que Katia insistiera en ponerse el vestido de Annie, la gargantilla y los pendientes de sus padres. Celebraron una pequeña fiesta en honor a Katia. Invitaron a los amigos más allegados —Pull entre ellos— que para sorpresa de Katia asistió con su prometida, Linda, una compañera de la escuela.

Lo pasaron muy bien. Los invitados se marcharon al atardecer, menos Annie y William, que lo hicieron mucho más tarde.

Emma y Ron se miraron. Ya no podían alargarlo más. Había llegado el momento.

La anciana suspiró. Bien mirado, tampoco era algo tan grave.

—Katia, ven a sentarte a la cocina.

La muchacha, que estaba en la sala contigua, sintió un hormigueo recorriéndole la espalda al escuchar su tono. Algo malo iba a pasar, lo sentía en cada fibra de su ser.

Al entrar en la cocina y encarar a sus padres, confirmó sus sospechas. Estaban sentados en la mesa con caras largas. Percibía en su interior una mezcla de culpabilidad y miedo.

—¿Qué sucede? —preguntó preocupada.

—Ven, siéntate —le pidió su padre.

Katia lo miró.

—¿Qué os pasa, papá? ¿Por qué estáis tan preocupados? Lleváis así todo el día.

Ron se acercó a ella y la cogió de la mano. La guio hasta la silla que había frente a Emma y le indicó que se sentara. Él volvió a su asiento. Ambos la miraron. La mirada de la muchacha reparó en un envoltorio pequeño que sostenía su madre.

—¿Qué es eso? ¿Otro regalo? —preguntó con fingido entusiasmo.

Emma se lo tendió.

—Esto, hija, es para ti.

Katia miró el sobre con escepticismo. Algo en la mirada triste de su madre la inquietaba.

—¿A qué viene tanto misterio? ¿Qué es?

—Ábrelo.

Katia lo abrió y comprobó que en su interior había una carta. Al sacarla, un objeto cayó al suelo. Era un anillo, forjado con algún tipo de metal de color gris; quizá plata. El asa formaba un intrincado dibujo que terminaba en una esmeralda engarzada en el centro. La piedra parecía contener un espeso líquido en su interior que se mecía como agua de mar. Era preciosa. Al tocarla la notó caliente y suave.

Incapaz de contenerse, deslizó el anillo con suavidad por su dedo corazón derecho. Al instante percibió que algo ensamblaba en su interior, sintiéndose completa por primera vez en su vida. Había encontrado una parte de ella misma que desconocía. Fue una sensación muy extraña, abrumadora. Tuvo miedo y se lo quitó de inmediato, dejándolo sobre la mesa.

—¿Qué clase de anillo es este? —preguntó alterada.

Ron la miró con ternura y le colocó detrás de la oreja un mechón que caía sobre su rostro.

—Ese, hija mía, es tu legado.

—¿Mi qué? —No entendía nada.

Emma le dio un beso en la frente y le señaló la carta.

—Léela.

La chica miró a sus padres. No le gustaba el rumbo que estaba tomando la situación. Aun así, cogió la carta y la leyó.

12

UNA DOLOROSA PÉRDIDA

«*Querida Katia:*

Lo primero que debo decirte, y es muy importante, es que a partir de la medianoche del día de tu decimoctavo cumpleaños no salgas de tu casa. Pase lo que pase. Tu vida depende de ello.

Te preguntarás quién soy y por qué te digo esto. No puedo revelarte demasiado en esta carta. Nunca se sabe a manos de quién puede llegar. Lo que sí puedo confesarte, es que soy tu madre; tu madre biológica. Emma y Ron son dos buenas personas que te han criado y, aunque los quieras como tal, no son tus progenitores.

Tu vida y tu destino son muy importantes. Iré a recogerte lo antes posible. Entonces hablaremos y podrás preguntarme todo lo que quieras. Sé que tendrás muchas preguntas e intentaré responderlas lo mejor que pueda; pero te aseguro que a partir de ese instante todo cobrará sentido para ti. Entenderás muchas cosas que te han ocurrido y que ahora eres incapaz de comprender.

Siento que todo haya transcurrido de este modo. Me hubiese encantado verte crecer y estar a tu lado, por desgracia no pudo ser. Créeme cuando te digo que eres lo más importante para mí y hubiese dado cualquier cosa por tenerte a mi lado; sin embargo, tu seguridad era primordial.

Si por algún motivo yo no pudiera ir mandaré a alguien en tu busca. Antes de irte con nadie, ponte el anillo, te avisará si estás en peligro. Si no te sientes segura, corre como nunca has corrido, busca a Bronce y él te ayudará.

Pase lo que pase, no le entregues el anillo a nadie, ni siquiera a tus conocidos. Es muy importante que lo hagas así.

Una última advertencia. No confíes en los desconocidos. Ponte el anillo y espérame en casa. Mantente a salvo.

Te quiero.

Tu madre, Noa.»

Katia leyó la carta una y otra vez sin encontrarle sentido. Sus padres permanecían a su lado, pacientes, en silencio. ¿Quién era ella? ¿Toda su vida era una mentira? ¿Por qué ella? ¿Su madre? Mil preguntas se agolpaban en su garganta. Las lágrimas se deslizaban por su rostro.

Emma le acarició el cabello. Su pequeña lloraba y no sabía qué decir para consolarla. Y aún quedaba revelarle una parte de la historia.

—No lo entiendo —confesó Katia al fin—. ¿Mi madre? —Le costaba decir esa palabra sin referirse a Emma—. ¿Por qué ahora?

—Cariño, ella tendrá sus motivos. Lo que está claro es que lo ha hecho por tu seguridad —dijo Ron.

—¿Mi seguridad? ¿Por qué? ¿Y eso de que no salga? ¿Quién soy, papá?

—Katia… —suspiró Ron—. Noa es alguien muy especial. Tu madre… —Respiró hondo—. Tu madre es la Guardiana de la Tierra.

—¡¿Qué?!

Emma le puso la mano en el hombro y le dio un apretón, intentando infundirle valor. Katia no podía creérselo. ¿La Guardiana de la Tierra?

—No puede ser. Es… Es solo una leyenda, los guardianes no… no existen. La magia… —balbuceó.

Ron abrazó a su hija. No soportaba verla sufrir así.

—Mi niña, esto es muy difícil para todos; pero quiero que sepas que te queremos más que a nada en el mundo. Has sido el mejor regalo que tu madre y yo hemos recibido, y estamos muy orgullosos de la persona en la que te has convertido.

Katia abrazó con fuerza a su padre. Emma se acercó y se unió al abrazo.

Un fuerte ruido los sobresaltó.

—¿Qué ha sido eso? —preguntó Katia—. ¿No oléis a humo?

«William, despierta».

Alguien le llamaba, pero tenía tanto sueño…

«William, despierta. ¡William!»

—¿Quién me llama? —preguntó medio dormido.

«William. ¡Despierta ya!», ordenó la voz.

No, no era una voz, sino un coro de voces… ¡Bronce!

Despertó de un salto.

—Bronce, ¿eres tú? —preguntó al cuarto vacío, sintiéndose estúpido.

«Ve a buscar a Katia, ¡rápido!»

—¿A Katia? ¿Qué ocurre, Bronce? ¿Y cómo es que puedo oírte?

«¡William! No hay tiempo para preguntar, ve a buscarla y tráemela. Su vida corre peligro. Daos prisa».

Se vistió lo más rápido que pudo y salió a la calle. La gente corría de un lado a otro intentando salvarse de las llamas. Algunos incluso entraban en las casas para recuperar sus pertenencias. Muchos cuerpos se agolpaban en el suelo mientras sus familiares lloraban. El pueblo era un caos.

Estaban siendo atacados pero, ¿por quién? Antes de ir a por Katia, regresó sobre sus pasos para recoger a su madre.

—Quedaos aquí —ordenó Ron a su esposa y a su hija.

Fue hasta la puerta trasera de la cocina y se asomó a la calle. Alguien le dio un empujón y lo tiró al suelo. Katia y Emma se apresuraron a socorrerlo.

Dos hombres entraron y la miraron fijamente con una amplia y maquiavélica sonrisa. Uno era alto y delgado, pero de constitución fuerte. El pelo era de color blanco. Llevaba unos pantalones de cuero negro y una camiseta sin mangas del mismo color. El otro era prácticamente igual, incluso en la vestimenta. La única excepción era que tenía el pelo negro azabache. Ambos llevaban tatuajes similares recorriendo sus brazos, pero lo que más sorprendió a Katia fueron sus orejas; largas y puntiagudas. Recordó un cuento que le había narrado su madre cuando era pequeña en el que salían seres como esos. Elfos se llamaban, solo que en el cuento eran hermosos, no tan siniestros.

—Mira, Kroll —dijo el moreno, en tono divertido—. Mira lo que hemos encontrado —señaló a Katia.

—Sí, Kriiiill —dijo el otro alargando la i—. Hola princesita.

—Dejadla en paz —gruñó Ron, abalanzándose sobre ellos—. ¡Corred! —les gritó a las mujeres—. ¡Poneos a salvo!

Ron lanzó un puñetazo al moreno. Antes de alcanzarlo, le agarró el puño y se lo retorció. El anciano lanzó un grito de dolor.

—Vamos, viejo —dijo el que se llamaba Krill, apretándole más—. Esto no va contigo. Entrégame a la chica y os dejaremos vivir a ti y a tu esposa.

—Jamás. Moriría antes que entregarte a mi hija —le escupió.

Krill se limpió, sonriendo. Katia aprovechó la distracción para coger con disimulo el arco y el carcaj de la silla, a dos pasos de ella.

—Deseo concedido —exclamó Krill, crispado. Giró a Ron y, sin soltarle, le pasó el brazo por el cuello—. Adiós, estúpido. —Le retorció el cuello.

—¡NO! —gritaron Emma y Katia a la vez.

Ron cayó inerte a los pies del elfo.

Katia observó a su padre yacer muerto en el suelo. Su amado padre… El dolor por su pérdida anuló los sentimientos de los demás en su interior, remplazándolos con una ira que recorría cada fibra de su ser.

—Me las pagarás con sangre —le gruñó a Krill.

Los elfos se miraron y rieron.

—Bueno, bueno… Mira cómo enseña los dientes la princesita —se burló Kroll—. Cuidado, Krill, no vaya a ser que te muerda —soltó una carcajada.

Katia no pudo contenerse y, más veloz de lo que se habría creído capaz, lanzó una flecha que alcanzó de lleno el corazón de Krill, que cayó al suelo sorprendido y agarrándose el pecho.

—¡Hermano! —rugió Kroll, arrodillándose.

La muchacha aprovechó para coger la mano de su madre, que abrazaba el cadáver de su padre.

—Mamá... Vamos, tenemos que salir de aquí —susurró con el corazón encogido por la pena.

—Mi Ronnie —lloró desolada Emma—. Katia, mi niña, mi tesoro, sálvate tú. Busca a Will y huid. Yo me quedo con mi Ronnie.

—Por favor, mamá —suplicó entre lágrimas—. No puedo irme sin ti.

—Eso lo puedo arreglar —siseó Kroll a su espalda.

Cogió a la muchacha del pelo y la lanzó contra la pared. No se dio cuenta de que el elfo se le había acercado por la espalda. Ahora estaba herida y ese desgraciado tenía a su madre cogida por el cabello.

—¡¡Suéltala!!

—No puedo matarte a ti, pero puedo matar a tu madre.

—Suéltala o acompañarás a tu hermano al infierno —rugió apuntándole con una flecha.

—Dispárame, princesita, y tú madre no lo cuenta.

Emma le propinó una patada en sus partes. Kroll se retorció de dolor, pero no la soltó. Le retorció el pelo con más fuerza.

—Di adiós a mamá —le dijo a Katia y, con una mirada de satisfacción, le clavó un cuchillo por la espalda, al mismo tiempo que la flecha de la chica alcanzaba al elfo en el brazo.

—¡¡MAMÁ!! ¡¡NO!!

—Tran-qui-la..., mi niña... No su-fras —jadeó Emma. Le costaba hablar—. A-hora es-taré con tu pa-dre... Te quie-ro... Y él tam-bién.... Siempre... —exhaló su último suspiro.

Katia sintió como algo se quebraba en su interior. Le acababan de quitar a sus padres en un suspiro. Las lágrimas nublaban sus ojos. ¿Cómo había pasado algo así? ¿Qué diablos querían de ella?

Escuchó un jadeo e inmediatamente se dio cuenta de que Kroll aún respiraba, aunque estaba herido.

—¿Por qué? —le preguntó con la voz cargada de ira, a la vez que le apuntaba con una flecha.

—Por qué, ¿qué? —masculló el elfo.

Katia resopló.

—¿Por qué nosotros? ¿Qué queréis?

—No lo sé, princesita. Y aunque lo supiera, jamás te lo diría.

—Deja de llamarme princesita —rugió la muchacha.

—¡Oh! —exclamó con sorna—, a la princesita le molesta que le digan lo que es…

Kroll dio una patada a Katia, que no se lo esperaba y cayó de bruces junto a la puerta. El elfo aprovechó la situación y se incorporó a trompicones. La herida de la flecha le sangraba profusamente. Sacó del bolsillo una piedra azul del tamaño de un huevo y la aplastó, haciéndola añicos.

—Ahora ya saben dónde estás. En unos minutos estarán aquí. —Se agachó y la cogió del pelo.

La herida se le estaba cerrando muy deprisa y apenas sangraba. Katia lo miraba atónita, sin comprender cómo se había curado tan rápido. Tenía miedo y no alcanzaba a coger el arco, que se había caído lejos de su alcance. Si no pensaba rápido en una solución, estaba perdida.

—¿Quién me busca y por qué? —Intentó levantarse. Necesitaba ganar tiempo para pensar.

—Pronto lo sabrás —le susurró al oído, tirándole más fuerte del pelo.

Ella gritó de dolor.

William, que estaba ante la puerta trasera de su casa, la oyó gritar y, sin pensárselo dos veces, la abrió de una patada. Kroll perdió el equilibrio cuando la puerta le golpeó en la espalda, momento que la chica aprovechó para gatear hasta el arco.

El elfo se dio la vuelta. Antes de que a Katia le diera tiempo poner la flecha en la cuerda y disparar, desapareció. William la miró confuso. Ninguno entendía lo que acababa de ocurrir. Ella corrió a su encuentro mientras él contemplaba los cuerpos tirados en el suelo.

—¿Qué ha pasado? —preguntó horrorizado—. ¿Quién es este? —señaló al elfo muerto.

—Él mató a mi padre y yo le maté —contestó conmocionada.

—Tranquila, mi amor —La abrazó para intentar calmarla.

—Mis padres… —Las fuerzas la abandonaron y empezó a llorar, temblando violentamente.

—Cálmate, mi vida.

Le dio un beso en la frente y la apretó con fuerza. Al acariciarle el pelo se manchó la mano de sangre.

—¿Te han herido? —preguntó alterado.

—No te alarmes, estoy… bien.

William le limpió la herida. Era más el susto que la herida en sí, que solo parecía un rasguño.

—Siento no haber venido antes. Yo… No he podido —se disculpó apenado.

«Daos prisa, Elirni está a punto de llegar. Ya habrá tiempo para los lamentos, Onika. Ahora no es el momento, corréis peligro», les apremió Bronce.

—¿Elirni? ¿Ella es la responsable de esto? —preguntó Katia con la voz rota, mirando a sus padres.

«No es momento de preguntas. Tenéis que venir aquí. Katia, te prometo que os lo explicaremos todo, pero ahora debéis salir de ahí porque están a punto de llegar».

Esas últimas palabras le recordaron el contenido de la carta.

—Pero en la misiva decía…

«Sé muy bien lo que mi señora te escribió, Katia; pero ahora ya no importa. Te han encontrado y si no salís de allí, moriréis. Y todo por lo que ella ha pasado para protegerte no servirá de nada».

—Está bien, Bronce. Ahora mismo nos vamos —aceptó William. Agarró a Katia con dulzura del brazo—. Vamos, tenemos que irnos.

—No —sentenció—. Mis padres se merecen una sepultura digna. No puedo dejarlos así. —Su voz volvía a ser firme. No podía perder la calma, ahora no. Se lo debía a sus padres y a sí misma.

«No te preocupes por eso, Onika. Yo me encargo de darles el entierro que se merecen, pero partid ya».

Katia lanzó un penoso suspiro. Tenía un nudo en la garganta.

—Es todo un honor, Bronce. Gracias.

William la rodeó con sus brazos un instante. Fue un abrazo rápido pero sincero. Ambos sentían la misma pena.

—Partamos.

Katia dio un último vistazo al que había sido su hogar durante casi dos décadas. Lo echaría de menos. Cogió el arco, el carcaj con las flechas, la carta y el anillo que aún seguían encima de la mesa de la cocina.

—Vamos —suspiró.

Cerró la puerta tras de sí y se prometió volver algún día.

En el pueblo, Elirni tenía a una mujer enrollada por el cuello con su cola de serpiente. Era de la edad que su señor le dijo que tendría la humana que había criado a la sucesora, aunque con los humanos era difícil saberlo. Todos envejecían muy deprisa.

—¿Cómo te llamas, humana? —preguntó con dulzura.

—Re... Renata. Por...Por favor, no pue-do... respirar —jadeó.

Esa no era. La humana que buscaba se llamaba Emma. Era un pueblo pequeño, así que estaba segura de que la conocería.

—Muy bien, Renata, si me contestas a una simple pregunta, te dejaré con vida. ¿Dónde vive Emma?

Renata se debatía entre la cola de serpiente. No podía respirar, pero no le diría dónde vivía su amiga Emma. Moriría antes.

—Yo... Yo no lo sé.

—¿No lo sabes? ¿Estás segura? —le preguntó arqueando una ceja.

—Sí. No... No sé quién... quién es. —Su rostro se estaba volviendo violáceo.

Un drow de cabello corto, blanco y rizado, robusto y vestido en cuero negro apareció al lado de Elirni.

—Mi señora. —El elfo se arrodilló.

—¿Qué ocurre?

—La han encontrado. Los hermanos Kughen han activado la señal.

—Está bien. —Miró a Renata—. Está claro que a ti ya no te necesito.

Presionó más fuerte hasta que el cuello cedió. Tiró el cadáver al suelo y sonrió de satisfacción. Matar la excitaba, sobre todo si eran humanos.

—Guíame —ordenó.

Llegaron a una casa roja de dos plantas. En el suelo había dos cadáveres humanos y un drow. Kroll reapareció en la cocina de la sucesora.

—Mi señora —se arrodilló.

—Este es uno de los hermanos Kughen, mi señora. Kroll Kughen. Su hermano es el que está muerto.

—¿Qué ha pasado aquí? —preguntó Elirni.

—La sucesora ha matado a mi hermano y ha escapado con otro humano. Iban al bosque, al encuentro de Bronce.

—¿Cómo sabes eso?

—Yo... Yo los escuché hablar.

Elirni miró al elfo oscuro de arriba abajo con una mirada lasciva.

—Buen trabajo. Reunid a los demás e id tras ellos. Yo convocaré a Asmodeo. Cuando la capturéis, esperadnos allí; y cuidado con el roble, es demasiado perspicaz.

—Sí, mi señora —contestaron los elfos al unísono.

Katia y William iban corriendo hacia el Bosque Circular cuando la chica cayó en la cuenta de que no sabía dónde estaba Annie.

Se paró en seco.

—Will, ¿dónde está tu madre? —Estaba jadeando a causa de la carrera.

El chico puso una expresión de tristeza.

—Cuando lleguemos, hablamos. Ahora hay que seguir —dijo de manera entrecortada.

Katia arqueó una ceja. La contestación de Will no le sonaba bien y, tal y como estaba, era incapaz de percibir ningún sentimiento que no fuera suyo. Aun así, siguió corriendo, ya que eso, por alguna extraña razón, la calmaba.

13

LA VERDAD

«Ya los percibo, Bronce. Ya llegan».

«Lo sé, Duke. Yo también los presiento. Ve a buscarlas. Tienen que llevarse a William también. Sin él, Katia no irá».

«No sé si será posible, Bronce. Ya conoces las leyes, no se permiten humanos sin magia».

«Solo sé que, sin él, ella no irá a ninguna parte. Las leyes están para romperlas, Duke. Si Noa no pensara así, tú no estarías con ella, ¿o lo has olvidado?»

«Claro que no —se disculpó—. *Siento ser tan pesimista. No puedo evitarlo».*

«Date prisa. Yo solo no puedo abrir el portal y Elirni va tras su rastro. Son demasiados. ¡Vamos!»

Los muchachos corrían más allá de sus fuerzas.

—Vamos mi amor, ya lo veo —animó William a Katia.

Aminoraron la marcha, la chica casi no podía respirar.

«Me alegra que estéis bien, descansa mi niña, ya casi estáis a salvo».

Se sentó apoyada en el roble. Al tocarlo, sintió un gran alivio y amor por parte de Bronce hacia ella y Will. Eso la reconfortó; pero pensó en Emma y Ron y… Ellos ya no estarían nunca más…

Toda su fortaleza y su coraje se desvanecieron. La gravedad de lo ocurrido la alcanzó. Lloró desconsolada, gimió por sus padres, por su madre biológica, por la mentira que había vivido y por Annie. Por su pueblo, por la gente...

William se derrumbó a su lado. La envolvió en un abrazo. No sabía cómo consolarla, estaba tan triste como ella. Annie había muerto dando la vida por él. Corría hacia la casa de Katia con su madre cuando uno de esos demonios les atacó. Su madre se abalanzó sobre él para que Will pudiera escapar.

Katia lloraba abrazada a su amado cuando un ruido de pasos les sobresaltó. Ella no podía percibir nada, ni sentimientos ni pensamientos. Lo achacó a su propio estado de ánimo. Se encontraba tan afligida que era incapaz de concentrarse. Estaba a punto de intentarlo, cuando vio que un lobo y dos mujeres se acercaban. No podía distinguir bien a la pequeña comitiva porque estaba demasiado oscuro; faltaban pocas horas para la medianoche.

Se levantó y agarró fuerte la mano de Will. Estaba muy asustada.

«No hay nada que temer, Katia. Jamás te harían daño».

Katia absorbió esas palabras. Ya no estaba segura de nada. Esa mujer... La reconoció, era la misma del sueño. Y el lobo...

De pronto lo supo.

«Sí, Katia, es tu madre», le dijo Bronce solo a ella.

Su madre...

Ambas se miraron fijamente. Era menuda y hermosa. Tenía el mismo cabello negro azabache y sus mismos ojos verdes, aunque los de su madre reflejaban una bondad y una sabiduría que ella no poseía. Si profundizaba más, podía apreciar un inmenso dolor oculto. «Me parezco a ella», pensó. No sabía muy bien como la hacía sentir ese descubrimiento.

La otra mujer era más alta, muy atractiva, de mirada fría y calculadora. Su cabello era de color blanco, con algunos mechones negros, y le llegaba hasta la cintura. La piel era suave y bronceada y las orejas puntiagudas. Su ropa la sorprendió. Al contrario que su madre, que llevaba un vestido gris perla sencillo y una capa con capucha que lo cubría prácticamente, esa mujer vestía de una forma muy extraña. Llevaba un corpiño ajustado de color negro con un generoso escote en forma de «uve», un pantalón corto también ajustado del mismo color, unas botas altas y una espada enorme en la cintura. Katia nunca había visto a una mujer vestir de ese modo. Su mirada le ponía los pelos de punta.

Miró de nuevo a su madre. No podía percibir ningún sentimiento en ella, pero su mirada la delataba. Estaba emocionada, al igual que ella, y sus ojos estaban empañados, a punto de aflorar las lágrimas.

No se había dado cuenta de que se había acercado lo suficiente como para tocarla. Sin pensárselo dos veces, la abrazó.

—Mi niña… —lloró Noa—. Al fin. —La abrazó más fuerte.

Katia no habló, solo se quedó ahí quieta, arropada por su madre, llorando. Noa mantuvo a su hija acurrucada un ratito más. Era consciente de que estaban en peligro, pero había esperado tanto ese momento…

—Ejem… Mi señora, sé que está muy feliz, pero deberíamos irnos ya, corremos peligro —agregó la otra mujer en tono sombrío.

«Siempre tan alegre, Aekya. ¿No te das cuenta de que este es un momento muy importante para Noa?», preguntó el lobo en tono infantil.

Tenía los ojos lobunos empañados en lágrimas y movía el rabo de un lado a otro.

—No sabía que los lobos lloraran, Duke —se burló Aekya.

William observaba la escena con asombro. Había visto a esa mujer antes y al lobo también. Estaba seguro de que eran ellos. Y… ¿cómo podía entender al lobo? El animal no hablaba realmente, sino que escuchaba su voz dentro de la cabeza, igual que a Bronce.

Katia y Noa se separaron, pero la mujer no la soltó del todo; le sostuvo la mano con cariño.

—Este muchacho tan apuesto debe ser William, ¿verdad? —preguntó a su hija.

—Hola de nuevo —saludó Will—, gracias por salvarnos.

—No fue nada. Me alegra saber que estás bien y en tan buena compañía —rio Noa.

Katia los observó desconcertada.

—¿De qué estáis hablando?

—Ella es la mujer que me salvó en la nieve, Katia. Gracias a ella estoy vivo.

—Gracias —dijo Katia con sinceridad a su madre.

—No tenéis que darme las gracias, mis pequeños. Solo hice lo que tenía que hacer.

—Mi señora, el tiempo apremia —le recordó Aekya.

—Cierto. Mi niña, tenemos que ponerte a salvo. Debemos irnos ya. Sé que tienes muchas preguntas, puedo sentirlo, pero tendrás que esperar. Ahora debemos ir a Esmelina.

—¿Esmelina? ¿Qué sitio es ese? Nunca he oído hablar de él.

—Esmelina es una ciudad que se encuentra en el Bosque Terrina.

—Creía que en ese bosque no había nada. Todos dicen que está encantado —comentó William.

—Bueno, eso es porque no han mirado bien. —Noa le guiñó un ojo.

—Hay que irse ya, Elirni está convocando a Asmodeo. Puedo olerla —dijo Aekya, aspirando con los ojos entornados.

—¿Qué está pasando? ¿Qué quieren de mí? Yo... Yo no lo entiendo. —Katia se sentía frustrada.

«Onika, con todo mi respeto, este no es ni el momento ni el lugar. Debes ir a Esmelina, allí tu madre te lo explicará todo, pero ahora Elirni se acerca y no viene sola».

«Bronce tiene razón, Katia», señaló Duke.

—Perdonad, pero, ¿alguien puede explicarnos lo que está pasando? —preguntó William, visiblemente afectado.

—Por supuesto. Resumiendo: Esta es Noa Isilrá, la Guardiana de la Tierra, y esta es su hija y sucesora, Katiana Isilrá. Por si fuera poco, el hechicero más malvado que existe y sus secuaces la buscan para nada bueno. ¿Me dejo algo? —enumeró Aekya en el tono siniestro que la caracterizaba—. ¿Podemos irnos ya?

—Siempre tan directa —la regañó Noa con cariño.

William y Katia, aturdidos, se quedaron mirando a Aekya sin saber qué decir.

—¿Todo eso es verdad? —preguntó la chica.

—Sí, mis niños, aunque pretendo explicároslo detenidamente, esa es la verdad. Muy resumida, evidentemente.

—Noa, falta poco para la medianoche —insistió Aekya—. Deberíamos irnos.

—¿Por dónde vamos? —preguntó William confuso.

—¿Vamos? ¿Cómo que vamos? Tú no puedes venir, humano —agregó despectivamente la elfa.

Katia la miró. No le gustaba su forma de hablar.

—Si él no va, yo tampoco voy.

—Tranquila, cariño. —Noa echó una mirada significativa a la elfa—. Lo que Aekya quiere decir, es que en Esmelina los humanos no son bien recibidos…

—¿Humanos? ¿Qué clase de sitio es ese? —bufó Katia, interrumpiéndola—. Bueno, me da igual, sin Will no me voy.

—Peeero… —continuó Noa—, vamos a hacer una excepción.

—¿Qué? —preguntó Aekya ofendida—. ¿Cómo que excepción? ¿Y dónde va a quedarse?

«Pues en tu habitación hay sitio, si no me equivoco», se burló Duke.

—¡Tú cállate!

—Tranquilos los dos. Se quedará junto a Katia, como debe ser —sentenció Noa—. Y ahora, silencio. Vamos a abrir el portal, debemos estar allí antes de medianoche.

—Sí, mi señora —contestaron los dos a la vez.

Noa se alejó un poco. Tenía que calmarse para poder concentrarse. La noche estaba siendo muy intensa. Pese a todo, estaba feliz.

Se sentía triste por Emma y Ron puesto que no debían haber muerto de esa manera tan cruel, pero ya no se podía hacer nada. Ahora debía planear su siguiente paso. Tendría que pensar en algo para enfrentarse al Consejo en defensa de William. Si se enteraban de que era un humano sin el «don de la vista», tendría serios problemas; pero él y su hija se amaban y sabía a ciencia cierta que el muchacho daría la vida para salvar a su pequeña. Jamás le dejaría atrás si eso la dañaba. Se enfrentaría al Consejo por ellos y daría su vida si hiciese falta con tal de que Katia fuera feliz.

«Mira, pues no vas a tener que esperar al Consejo», rio una voz grave.

«Atarrán», comprendió Noa. Podía sentirlo. Con tanta emoción la había sorprendido. «¡Maldición!»

«No le tocarás ni un pelo», le gruño.

«Tranquila, mi vida. La mataré sin tocarla», respondió el hechicero en tono burlón.

«¡Sabes que no puedes matarla!», le escupió, destilando odio.

«¿Por qué no?», preguntó con un tono de risa infantil.

«¡Eres un ser despreciable! Ni siquiera tienes valor de venir en persona…».

«No soy estúpido, Noa».

«Eres algo peor», replicó.

«Gracias. Bonito cumplido».

«Te vas a…», se interrumpió.

«No te puedes mover, ¿a qué no?»

«¡¿Qué me has hecho?!», inquirió furiosa y asustada.

«Tranquila, Noa. Es un nuevo hechizo. Solo te he inmovilizado hasta que venga mi lacayo. Después ya veremos», se carcajeó.

«Maldito». Tenía que ponerse en contacto con Aekya. Desesperada, ocultó su pensamiento a Atarrán. Tenía que concentrarse, él se daría cuenta enseguida.

«Aekya. Aekya, escúchame, por favor», suplicó.

«¿Onika? ¿Qué ocurre? ¿Dónde estás? No puedo verte».

«No te muevas de donde estás. Coge a los chicos y llévatelos a Esmelina. Intenta no hacer ruido. Pide a Bronce que te ayude a abrir el portal a Elianh. Tendréis que ir caminando».

«¿Qué ocurre, Onika?», su voz sonaba alarmada.

Noa suspiró.

«Por favor, Aekya. ¡Date prisa! Atarrán me ha capturado. No hagas ninguna estupidez. Salva a mi hija, a mí no me va a hacer nada. No sé lo que estará tramando, pero me necesita con vida, de lo contrario, ya me habría matado. No te preocupes», la tranquilizó.

«Pero, Onika, no puedo permitir que te hagan daño. Dime dónde estás. No puedes estar muy lejos».

«¡Aekya! —le reprendió—. *Tú deber para conmigo es ahora para mi hija. ¿Lo has entendido?».*

«Pero…»

«¡No hay peros! Id a Esmelina. Cuando mi hija esté a salvo, reúne al Consejo, cuéntales lo que pasa y haz lo que creas conveniente».

«Yo…».

«¡Aekya sinr fuyrt ne[5]!», le ordenó. Ahora no podría desobedecerla.

«¡No! ¿Por qué has hecho eso?»

«Lo siento, mi querida Aekya; pero ahora ella es más importante que yo. Lo prioritario es ponerlos a salvo, incluyendo a William. Él es el corazón de mi hija. Solo te pido que le cuentes a mi niña la verdad, lo más amplia que puedas, pero sin revelarle nada que la ponga en peligro. Dile cuánto la quiero», su voz se iba desvaneciendo mientras hablaba.

---

[5] ¡Aekya, te lo ordeno por mi sangre!, en Idioma Antiguo.

«¡Ni Onika! ¿Qué ocurre?», preguntó Aekya alarmada.
«Me ha descubierto. ¡A prisa! No me falles, mi niña elfa. ¡Os quiero!»
«¡*Onika*! ¡*Onika*!»
No hubo respuesta.
Una lágrima le cayó por el rostro. Cerró los ojos para calmarse, respiró hondo y se puso manos a la obra. Por mucho que le doliera, tenía que hacer lo que le había ordenado.
Se acercó al roble con la cara contraída.
—Bronce, ayúdame a abrir un portal a Elianh. ¡Rápido! —ordenó alterada.
«¿Y Noa?»
Aekya le transmitió la conversación.
«Abrámoslo», aceptó con la voz entristecida.
La elfa puso las manos en Bronce y, con los ojos cerrados, pidió junto al roble en el Idioma Antiguo:
—¡Ents trie girt Terrina kirte, Tyur rike Noa Erhat Girtyua iko!
—¿Qué significa eso? —preguntó Katia a Duke con extraña curiosidad.
«A los Ents que guardan la entrada a Terrina, os pido que la abráis en nombre de Noa, La Guardiana de la Tierra».
—¿Ents?
«Son una raza antigua de híbridos entre árbol y hombre. Son los protectores de los bosques y de la entrada a Terrina».
—¿Árboles que se mueven? ¡Increíble!
«Sí, algo así. Ya los verás».
William agarró a Katia por la cintura. Aquel estaba siendo un día muy extraño. Le pesaban los parpados, pero no quería —ni podía— dormir. No podía quitarse de la cabeza la imagen del cuerpo de su madre sin vida. Emma, Ron tirados en el suelo… Se sentía desfallecer.
Él era un guerrero y estaba entrenado para matar si la ocasión lo requería, pero no había podido hacer nada frente a la fuerza y los poderes de ese ser. No había podido salvarlos, y por poco no llegó a tiempo para evitar la muerte de Katia. Se sentía destrozado y defraudado consigo mismo. Primero su padre y después su madre y sus suegros. Era un inútil. Tenía que hacer algo para remediarlo…

Cuando Will la asió, ella pudo sentir su pena y su remordimiento. Otra vez había recuperado esa capacidad. No obstante, seguía sin poder percibir nada de la elfa y del lobo. Tendría que preguntárselo a su madre.

Se presionó más fuerte contra William, ya que ambos, más que nunca, se necesitaban el uno al otro. Habían perdido mucho esa noche.

—Te quiero, mi amor —le susurró al oído.

—Y yo a ti —le dijo, y la besó en la frente.

Una resplandeciente luz los cegó.

14

OCULTOS EN EL VALLE

Cuando traspasaron el portal, Katia abrió los ojos y vio que se encontraban en una especie de valle rodeado de montañas y vegetación. En el nuevo lugar reinaba la oscuridad y apenas se apreciaba el entorno. Esa noche la luna había acompañado a Katia en su tristeza y se había ocultado tras un manto oscuro.

—¿Dónde nos encontramos? —Ya no podía ver a Bronce, pero lo percibía como si su conciencia estuviese con ellos, como cuando estaba en su casa. Era un ancestro muy poderoso.

—Ahora estamos en el Valle de Elianh —le contestó Aekya escueta.

—¿Valle de Elianh? Nunca había oído hablar de ese valle —confesó William algo escéptico.

La elfa resopló. No estaba preparada para ese tipo de eventualidades.

—Bueno, William, eso es porque los humanos lo llamáis el Valle Prohibido —le respondió con hostilidad.

—Pero ese valle es muy peligroso. Se cuentan muchas leyendas sobre él —dijo Katia.

«No es peligroso. Lo que sucede es que los humanos suelen temer lo que no entienden. No te ofendas, Will».

—No... No me molesta, Bronce. ¿No deberíamos estar en Esmelina? —preguntó desconcertado.

—Sí. Por eso estamos aquí. Nosotros no podemos abrir un portal directo a Esmelina. Esto es lo más lejos que podemos llegar con un portal. Necesitábamos salir del Bosque Circular y confundir a Elirni. Andando hubiésemos tardado demasiado, así que ahora pasaremos aquí la noche y mañana emprenderemos el camino hacia Esmelina —les explicó Aekya.

—Nos vendrían bien unos caballos —opinó Will.

—Cierto, pero aquí no podemos conseguirlos, por eso pararemos en Bruntik.

—¿Bruntik? ¿Qué es eso? —curioseó Katia.

—Bruntik es una ciudad élfica. Allí descansaremos y pediremos unos caballos. Está a un día de camino, atravesando las montañas por un sendero oculto. Es más rápido.

—¿Un atajo? —preguntó Will.

—Exacto.

Katia, arropada por el chico, asintió y tomó asiento. Miró a la elfa y al lobo.

—¿Y mi madre? —preguntó al percatarse de su ausencia.

Aekya la miró entristecida.

«Eso, ¿dónde está Noa, Aky?», inquirió Duke preocupado.

La elfa cerró los ojos y respiró hondo.

—Noa no va a venir…

—¿Qué? —preguntaron Katia y Duke al mismo tiempo.

«¿Por qué?», añadió el lobo.

—Atarrán la ha secuestrado.

«¡No! ¡Tenemos que ir a buscarla! —exclamó Duke—. *No me puedo creer que no me lo hayas dicho antes. ¡Maldición, Aekya!, él puede matarla»*. La fulminó con la mirada.

—¿Atarrán? ¿Ese es el hechicero que habéis mencionado antes? —preguntó Katia en tono lacónico.

«Sí. Aky, tenemos que hacer algo». El lobo se veía angustiado.

—¿Qué quiere de mi madre?

—Tranquilizaos los dos. Atarrán no le hará daño, la necesita con vida. Y no os lo he dicho antes porque me ordenó en Antiguo que primero os pusiera a salvo —explicó dolida.

«Lo siento, Aky —se disculpó Duke al entender lo que eso significaba. Respiró hondo—. T*enemos que salvarla»*.

—Lo sé, pero primero tenemos que llegar a Esmelina. Luego convocaremos al Consejo. Eso es lo que me ordenó.

«Muy bien —aceptó a regañadientes—. *¡Espera! ¿No se supone que Katia recuperará sus poderes a medianoche? Ella podría llevarnos en un santiamén»*.

—¿Mis poderes? —preguntó la muchacha asustada.

Después de todo lo que le había pasado, ¿ahora iba a tener poderes? Era demasiado. Lo que menos necesitaba era que tuviera más problemas. Ni siquiera era realmente consciente del embrollo en el que estaba sumergida. Todo lo veía a través de un velo de estupor. ¿Cuántas personas querían hacerle daño? ¿Y por qué? No aguantaba más. Pronto le fallarían las fuerzas y la situación no hacía más que empeorar. Lo que estaba viviendo tenía que ser una pesadilla. Sí. Pronto despertaría y las cosas serían como antes. Sus padres estarían en la cocina haciéndose carantoñas, esperándola para desayunar, y ella acudiría sonriente para darles un beso.

El labio inferior le comenzó a temblar y no pudo reprimir el llanto.

Aekya se frotó el puente de la nariz exasperada. «¿Es que nunca deja de llorar esta chica?»

—En unas horas, el hechizo que te hicimos para impedir que Atarrán te encontrara acabará y tus poderes te serán devueltos.

—¿Qué quieres decir? —Miró a la elfa confusa. Notaba la mano de Will sobre su espalda, apoyándola.

«Tranquilízate, Onika. Sé que ha sido un día muy largo, pero ahora tienes que ser fuerte. Necesitas descansar un poco. Al menos ahora estáis a salvo», intervino Bronce para suavizar la situación al percibir como Katia se estaba derrumbando.

—A salvo… —susurró la chica, más para sí que para los demás.

—¿Estáis seguros de que no nos encontrarán? —preguntó Will afectado y preocupado.

«Aquí estamos a salvo de esos indeseables —aseguró Duke—. E*lirni y los drows* —apretó los dientes— *tienen prohibida la entrada a Bosque Terrina»*.

—¿Drows? ¿Así es cómo se llaman los hombres que mataron a mis padres y a Annie?

«Sí, Onika. Son elfos oscuros y malvados. Por eso están destinados a vivir en Infierno Oscuro. Atarrán los usa como lacayos. Son sus perros».

Katia se fijó en Aekya. Su rostro se había contraído al escuchar a Duke. El comentario le había dolido, estaba segura. Una idea se estaba formando en su cabeza, aunque… No. Seguro que estaba equivocada, Aekya no podía ser…

Will interrumpió sus cavilaciones:

—Pero, ¿cuántas personas nos están siguiendo?

—Muchos. No sabemos cuántos, pero suficientes para tener mucho cuidado.

—¿Y ninguno puede entrar? ¿Estáis seguros?

—Sí —sentenció la elfa.

—Ellos no, pero… ¿y si mandan a alguien?

Aekya y Duke se miraron. «El humano tiene razón», pensó la elfa, y si eso sucedía, tendrían que pasar a la acción.

—Tranquilízate, William. Haremos guardias, ¿de acuerdo?

—Eso no me tranquiliza mucho, pero estoy de acuerdo.

Todos se sentaron a los pies de un ciprés. Duke trajo en el hocico ramas secas para encender un fuego y descansar. Estaban exhaustos y, si Aekya estaba en lo cierto, aún le quedaban varios días viaje.

Katia se apoyó en el árbol y pensó en Bronce.

—Bronce, ¿mis padres…? —La voz se le atascó en la garganta y no pudo acabar la frase.

«Tranquila, mi niña. Emma, Ron y Annie reposan en paz. Han sido entregados a la llama eterna del descanso. Quemarlos en el fuego sagrado es el mayor regalo que podía darles».

—Gracias —susurró con los ojos anegados en lágrimas.

—Te estaré eternamente agradecido, Bronce —añadió William—. ¿Qué habrá sido de Noridor? La gente… Muchos han muerto.

«Elirni y los Drows han abandonado Noridor. Los supervivientes están reuniéndose, pronto estarán bien. Arreglarán el pueblo y enterrarán a los muertos. Aunque ha habido demasiadas pérdidas, también hay muchos supervivientes. El fuego ha destrozado parte de las casas, pero nada que no se pueda reparar. Estarán bien».

—Eso espero. Todo ha sido por mi culpa —lloró Katia entre los brazos de Will.

—No te culpes, mi amor. Como me dijiste la primera vez que nos conocimos: «no te culpes por lo que no hubieses podido evitar». —Besó su cabello y la abrazó con más fuerza.

Lo que más deseaba ella en ese instante era meterse en su cama y llorar por todo lo ocurrido. Estaba triste, enfadada y frustrada.

Suspiró de nuevo.

¿Cómo podían haber cambiado tanto sus vidas en solo unas horas? Hasta esa noche habían sido muy felices. Se iban a casar y a formar una familia. Emma, Ron y Annie estaban vivos y su vida era perfecta. Pero todo se esfumó de golpe. Sentía un enorme pesar en el pecho. Recordar cómo perecieron le provocaba tanto dolor y desesperación que la desgarraba por dentro.

Comprendía que no eran sus padres, pero los había amado como tal. Ellos fueron su familia. Noa era su madre biológica y, aunque esperaba conocerla y quererla, a quien llamó mamá durante toda su vida fue a Emma. Pero ya no estaban. Jamás volvería a verlos y eso la destrozaba.

Noa necesitaba su ayuda. Se hallaba en peligro y, si quería llegar a conocerla y descubrir el motivo que la empujó a abandonarla, tendría que hacer lo posible por salvarla. No podía pasar por alto el respeto y el amor que Duke, Aekya y Bronce profesaban a su madre. También sabía cuánto había sufrido al separarse de ella. Tenía tantas preguntas que hacerle…

Acarició el colgante y los pendientes, que aún llevaba puestos. Todo ocurrió tan rápido que ni siquiera se había cambiado el vestido que le regaló Annie. Cuánto la echaría de menos. Y Will, que había perdido a su madre justo cuando acababa de recuperarla. Era tan injusto…

Tan absorta estaba en los últimos acontecimientos, que ni se había dado cuenta de que llevaba el arco y las flechas dentro del carcaj, colgado a su espalda.

Will sintió como Katia se agitaba y la abrazó para calmarla. Ella se apretó contra él. Todos sus problemas comenzaron con esa maldita carta y ese… De pronto lo entendió.

—Esto es importante, ¿verdad? —preguntó, sacando el anillo de un diminuto bolsillo que llevaba el vestido.

«*Ese anillo es…* —Duke miró a Aekya con los ojos como platos—. *¿Cómo es posible? Creía que lo tenía Noa. ¡Pero cómo…!*», se interrumpió. Eso no tenía sentido… No podía ser.

—Noa se lo dio al nacer, Duke. Era la única forma de que el hechizo funcionase. Katia era demasiado poderosa para sellarla solo con un hechizo.

«*¡Pero Noa ha estado en peligro durante dieciocho años! ¿Qué hubiese pasado si Atarrán se hubiera enterado de este secreto? Aekya, ¡podría habernos matado a todos!*», exclamó exaltado y gruñendo, enseñando los colmillos.

Katia dio un respingo.

—Cálmate —le ordenó la elfa al lobo, mirando de soslayo a la muchacha—. Tenía que hacerse de ese modo, si no, Atarrán y sus secuaces la habrían encontrado.

«Pero...», gruñó de nuevo.

—¡No, Duke! —le interrumpió Aekya—. Hubiese sido peor. De todos modos, eso ya no importa. Lo hecho, hecho está —sentenció.

—Necesito que me expliquéis todo esto. No paráis de hablar de cosas que no entiendo. ¿Para qué sirve el anillo? ¿Por qué Atarrán es tan peligroso? ¿Y quién es Elirni? Ella es la responsable de la muerte de mis padres, ¿no? ¿Qué quieren de mí y de mi madre? ¿Qué me va a pasar a medianoche cuando recupere los poderes? Necesito respuestas. Me siento como en una horrible pesadilla y lo único que quiero es despertar —explotó llorando.

«Siento todo esto, Onika —le dijo Bronce—. *Las cosas no debían ser así. Tú tendrías que haber crecido en Esmelina, junto a tu madre. Deberías haber conocido todo: tus poderes, tu ciudad y a sus habitantes... Pero no pudo ser. Atarrán y su lacayo Asmodeo intentaron secuestrarte al nacer mediante un hechizo. Al ser la hija de Noa, eres su sucesora. Así que, cuando llegue el momento, tú serás la Guardiana de la Tierra. Tenemos sospechas de que Atarrán quería secuestrarte para criarte y que luego reclamaras el trono de Guardián para él. Pero solo son sospechas, ya que nadie ha podido capturarle. Tu madre decidió enviarte fuera de Esmelina para salvarte. Atarrán puede sentirte a causa de tus poderes, así que ella, Ondina y Aekya, hicieron un hechizo para sellar tus poderes. Noa encontró a tus padres. Vio que eran buenas personas y que deseaban tener un hijo, pero no lo habían conseguido. Así que decidió dejarte con ellos. Con los únicos que estarías a salvo sería con los humanos. Atarrán nunca te encontraría entre ellos»*.

Katia se secó las lágrimas que le caían sin tregua por sus mejillas. Intentó imaginar todo lo que su madre habría tenido que sufrir por ella, pero ¿y su padre?

—¿Qué hay de mi padre? ¿Él no dijo nada? —preguntó entre sollozos.

Duke lanzó una mirada de advertencia a Aekya.

—Creo que esa respuesta no podemos dártela, Katia. Es a tu madre a quien le corresponde revelarte esa parte de la historia, si así lo desea. Lo único que podemos decirte, es que es un humano. De ahí que pudiéramos sellar tus poderes. Al ser mestiza, era posible hacerlo. Cubrimos tus poderes con tu sangre humana —explicó la elfa.

—¿Es? ¿Eso quiere decir que aún está vivo? —preguntó asombrada.

Aekya bajó la mirada. No podía decirle nada porque Noa se lo había prohibido.

—Lo siento, Katia, pero a eso no puedo contestarte —contestó en tono sombrío.

—Eso quiere decir que sí.

—Piensa lo que quieras —soltó Aekya con sequedad y encogiendo los hombros.

—¿Y qué tiene que ver el anillo? —preguntó Will—. Antes le habéis dado mucha importancia.

«El anillo es el amuleto de poder de la Guardiana de la Tierra, Will —explicó Bronce—. *Hay cuatro, uno por cada elemento, y cada uno tiene una gema mágica, a saber: la esmeralda del anillo para la tierra, el zafiro colgado para el aire, el rubí del cetro para el fuego y, por último, la turquesa en la tiara para el agua. En ellos reside el poder de cada elemento. Todos llevan grabado su emblema: la rosa con el espiral que pertenece a la Tierra, la llama es del Fuego, la gota para el Agua y la doble espiral unida para el Aire. El emblema se va borrando mágicamente. Una vez que desaparece, el sucesor debe tomar su puesto como Guardián realizando el ritual de Sucesión, que se lleva a cabo en la tercera luna del año. Si se hace correctamente, el emblema aparecerá de nuevo. Si alguien malvado se apodera de un amuleto de poder, podría utilizarlo para dominar tanto la magia del elemento como a los seres pertenecientes a su mundo».*

—Así que por eso lo quiere… —reflexionó el muchacho.

—Sí. El problema es que solo puede ser entregado por voluntad propia. En caso de ser arrebatado a la fuerza, el amuleto pierde todo su poder —explicó Aekya.

—Por eso quería raptarme, ¿no? Para forzar a mi madre a dárselo.

—Eso es lo que creemos, sí. Y probablemente ahora hará lo mismo. Mientras crea que Noa es quien lo tiene, la mantendrá con vida e intentará capturarte a ti, para así poder forzarla a que se lo entregue. Pase lo que pase, no puedes proporcionárselo, Katia. Sería el fin. Con el anillo Atarrán dominaría toda Zailën.

—Pero son cuatro Guardianes, por lo que debería dominar a los otros también para tener bajo su yugo el mundo entero, ¿no?

«*No, Katia. Sometiendo la tierra, esclavizas a los demás seres elementales, a los seres mágicos y a los humanos, ya que tanto el mundo mágico como el mundo de los humanos necesitan de la tierra para vivir. La Guardiana de la Tierra es la más poderosa, por eso Atarrán va tras vosotras. Si todo ese poder cayera en sus manos, no quiero pensar ni por un momento lo que podría hacer*», manifestó Bronce preocupado.

—Esto es demasiado… ¿Quién es Atarrán? ¿Cómo puede un hechicero ser tan peligroso y tan poderoso? —preguntó William afligido.

«*Atarrán es más peligroso de lo que podrías llegar a entender. Lo mueve la pura maldad. Su meta es conquistar los dos mundos: el mágico y el humano, y le da igual cuánta gente deba morir en su camino. Es un ser malvado y sin moral. Tiene bajo su mando a los seres más malvados de toda Zailën. Su segundo al mando es Asmodeo, su demonio oscuro particular. Elirni es su tercera al mando. Es una naga, es decir, una mujer mitad serpiente. Es casi tan malvada como él*», explicó Bronce.

—¿Atarrán es humano? —preguntó Will. La idea de que un ser así existiera le ponía los pelos de punta.

«*Lo fue hace mucho tiempo.* —Se apreciaba la tristeza en el tono de Bronce—. *En su juventud se caracterizaba por su bondad y su avidez de conocimientos. Tenía una hermana pequeña a la que adoraba, Lilly. Ella poseía un don especial, podía ver a los seres mágicos. Esta no es una cualidad muy usual puesto que muy pocos humanos son bendecidos con el don de la visión; por regla general los humanos nacen con un hechizo llamado privación, que bloquea la capacidad de ver el mundo mágico y a sus criaturas. Lilly hablaba con todos los seres mágicos que encontraba y luego se lo contaba a su hermano. Fue una época muy feliz…*»

Bronce permaneció unos minutos pensativo y en silencio, y el resto del grupo secundó su actitud. Katia esperó a que prosiguiera con la historia, pero, como parecía que no iba a continuar, preguntó impaciente:

—¿Cómo cambió tanto?

«*Supongo que el poder tiene esa facultad*», le contestó reflexivo.

—Mi padre siempre decía que, cuanto más poder posees, más difícil resulta usarlo sin corromperte —recordó William.

—Tu padre era un hombre sabio —respondió Aekya—. Bronce, continúa por favor.

«Descubrió un libro de hechizos enterrado. Al principio solo realizaba algunos inofensivos: ver a las criaturas que su hermana le describía, hablar con nosotros… Cosas así. Me cayó bien y empecé a hablar con él. Venía a verme todos los días, hablábamos del mundo, de la magia y una amplia variedad de temas. Un día estaba intentando, sin éxito, someter a un goblin a su voluntad. Un goblin es un duende domestico —aclaró, ante la cara de desconcierto de Katia—. *Lo intentó una docena de veces sin ningún resultado, y aun así no tenía intención de rendirse. Una actitud mezquina, pensé yo. Le expliqué que para realizar un sometimiento la voluntad del ser que desea llevarlo a cabo debe ser fuerte y debe olvidar la ética, pues lo que se va a realizar es una invasión del espíritu y la propia voluntad de otro ente. A Atarrán no le importó. Volvió a intentarlo hasta que lo consiguió. Ese logro le hizo feliz, demasiado feliz… Algo cambió en su interior. A partir de ese día lo intentó con individuos más altos, grandes y poderosos.*

»Cuando me di cuenta, tenía un pequeño ejército de criaturas mágicas. Su hermana murió mientras probaba uno de los hechizos negros, es decir, malvados. En realidad, nadie sabe con exactitud la parcela de esa historia. Lo único que se sabe es que juró venganza y desde entonces intenta dominar toda Zailën».

Todos se quedaron en silencio, cada uno inmerso en sus propias cavilaciones. Solo se escuchaba el crepitar de las llamas y el ulular de los búhos.

15

UN PODER ESPECIAL

Un grito resonó en medio de la noche. Alarmados, intentaron localizar el lugar de procedencia hasta que observaron que era Katia quien profería los alaridos.

La muchacha se encontraba tirada en el suelo, temblando violentamente y agarrándose con fuerza el abdomen.

—¡Katia! —la llamó Will, pero ella no dio muestras de oírlo.

Todos corrieron hasta ella. El chico la levantó angustiado y la acunó entre sus brazos.

—Katia, mi amor, ¿qué te sucede?

La chica comenzó a convulsionar y cayó al suelo.

—Me duele… —se quejó con la voz entrecortada.

—¿Qué le sucede? —inquirió Will a los demás. Estaba pálido.

—Está recuperando sus poderes —contestó Aekya.

—¿Cómo lo sabes? ¿Por…? ¿Por qué le duele?

—No sé cómo funciona este proceso, Will…

Katia gritó con más fuerza.

—¡Haced algo! —suplicó Will.

—No sé qué podemos hacer. Hay que esperar a que culmine el proceso. Se supone que dura poco tiempo, solo nos queda esperar. Piensa que al anular sus poderes fue como si le hubiésemos seccionado parte de sí misma y ahora tiene que recuperarla.

La chica se retorcía sin dejar de aullar a causa del dolor.

—Por favor… —suplicó con la frente perlada por el sudor—, haced que pare…

—Shhh, mi vida —la tranquilizó Will acariciándole el pelo—. Ya casi está. Tranquila.

Sufría al verla así, se sentía impotente. Le limpió la frente y siguió acariciando su cabello. De pronto su cuerpo comenzó a levitar y William, desesperado, intentó sujetarla a la fuerza.

—¡Aekya! ¡¿Qué diablos está pasando?! —gritó histérico.

«Tranquilízate, Will», le instó Duke con el rabo entre las piernas.

—¡Y un cuerno! —le replicó enfadado—. Esto no debería estar pasando, todo lo que está sucediendo es culpa vuestra. Debisteis cercioraros de lo que le pasaría al recuperarlos —vociferó mientras intentaba sujetar a Katia.

Una intensa luz les cegó. Will entreabrió los ojos y observó que provenía del interior de Katia. No sabía qué hacer y estaba asustado.

La chica volvió a gritar de dolor. De repente la luz se apagó y cayó al suelo inconsciente. Aekya corrió a socorrerla mientras Will la sostenía.

—¡Katia! Katia, mi vida, ¡despierta! —Le dio suaves golpecitos en la cara.

Aekya, haciendo uso de sus poderes, hizo aparecer un cuenco y unos paños. William se quedó estupefacto y se prometió a sí mismo preguntarle más tarde cómo había logrado aquello.

La elfa depositó el cuenco en el suelo.

—*Aquem* —susurró con los ojos cerrados. El recipiente se llenó de agua—. Toma, William —le tendió los paños—, mójalos y pónselos en la frente, la ayudarán a despertarse.

William asintió y se apresuró a obedecerla.

Duke caminaba de un lado para otro, nervioso. Esperaba que a Katia no le sucediese nada, de lo contrario Noa se moriría de pena. Su *Onika*... La echaba de menos. Era como su madre y odiaba no poder hacer nada por salvarla. La idea de reunir al Consejo no le gustaba en absoluto. Esa pandilla de vejestorios no haría nada. Pero si ellos no la intentaban salvar, él y Aekya lo harían. Y si ella tampoco quería, lo haría él solo. No permitiría que le pasase nada a su *Onika.*

Katia percibía la dureza del suelo sobre el que estaba tendida. Su cabeza reposaba en las rodillas de Will, que le acariciaba con delicadeza el cabello. Podía escucharle susurrando palabras de ánimo para que despertara y sentía la angustia en su voz. Oía a Duke en su cabeza, ideando mil y un proyectos para salvar a su madre. Aekya, sentada a su lado, le mojaba las manos. Quería decirles que no se preocuparan, que estaba bien, pero su estado se lo impedía. Sus miembros no le respondían, no podía hablar y era incapaz de abrir los ojos.

«Katia, mi vida».

«¿Noa? Es decir, ¿Mamá? ¿Eres tú?»

«Sí».

«¿Dónde estás? ¿Estás bien?»

«Tranquila, mi niña, estoy bien. No te preocupes. Solo tienes que relajarte y podrás despertar».

«Mamá, ¿de verdad estás bien? Cuando lleguemos a Esmelina convocaremos a los Guardianes para salvarte».

«Lo sé, mi cielo. Ahora no te inquietes por eso».

«Pero...»

«No hay peros, Katia. Tranquilízate».

«¿Qué me pasa? ¿Por qué no me puedo despertar? ¿Y por qué puedo hablar contigo?»

«Estás en trance. He sentido que el hechizo se rompía y me he puesto de inmediato en contacto contigo».

«¿Es esto lo que me pasa? ¿He recuperado mis poderes?»

«Sí. No me queda mucho tiempo, así que escúchame bien».

«Sí».

«Cuando despiertes, ponte el anillo».

«Pero...»

«No, Katia —la interrumpió tajante—. *Póntelo y no te lo quites hasta que yo te lo diga. ¿Lo has entendido?»*

«Sí, aunque estoy confusa y asustada».

«Lo sé, mi vida. Sé cómo te sientes y lo siento de veras. Yo no quería que las cosas pasaran así, pero no sirve de nada lamentarse por el pasado. Ahora intenta relajarte y podrás despertar. No olvides el anillo, es muy importante. Te quiero, mi pequeña, más que a nadie en el mundo. Comunícales a los demás que estoy bien, que no se preocupen por mí y que les quiero mucho», su voz se iba debilitando.

«Mamá, espera...»

«Te quiero, Katia...»

«¡Mamá!». No obtuvo respuesta.

Katia se revolvió en el suelo. William la agarró con suavidad para que no se hiciese daño.

—Katia, mi amor, ¿puedes oírme?

—William… —musitó.

Un tumulto de sensaciones y pensamientos la invadieron, abrumándola. No podía escuchar ni su propia voz. Oía a Will que la llamaba, pero también lo que estaba pensando y sintiendo, y no solo a él, también a Aekya, a Duke, a Bronce y a un sinfín de criaturas. Sentimientos y pensamientos desordenados la aturdían. Hormigas, ardillas… Podía sentir a cada ser del valle. ¿Qué le estaba pasando?

Se agarró la cabeza con fuerza. El dolor era insoportable y deseaba con todas sus fuerzas que parase. No podía respirar, estaba mareada y todo le daba vueltas. Escuchó un fuerte grito y reparó sobrecogida que era su propia voz.

—Aekya, por todos los dioses, ¿qué le pasa? —Will estaba angustiado y no sabía qué hacer.

—Yo… Yo no lo sé.

La miró. Por primera vez estaba asustada y eso lo aterrorizó aún más. Algo extraño le estaba pasando a su amada y nadie lo comprendía.

«Eso es —exclamó Bronce, como si acabara de dar con la solución—. *El anillo, William. Búscalo y pónselo. Eso los bloqueará»*.

El chico no entendió nada, pero hizo lo que Bronce le pedía. Buscó en las bolsas que llevaban encima. Cuando encontró la sortija se apresuró a colocársela en el dedo corazón. El efecto fue inmediato, Katia dejó de gritar y de revolverse en el suelo.

—Gracias, Will —jadeó.

—¿Qué ha pasado?

La chica se quedó sin habla. Todo había cambiado. Los colores eran más intensos y veía perfectamente, aun siendo de noche. Podía apreciar cada detalle en la oscuridad como si fuese a plena luz del día. Algo pasó volando, rozándole la nariz. Al principio pensó que era un insecto aunque, al fijar la vista, se dio cuenta de que se trataba de una mujer diminuta con alas de colores y un vestido blanco de tirantes muy fino. Su pelo largo y suelto le caía en cascada.

«Un hada», se aventuró a pensar. Era hermosa. La criatura le hizo una reverencia y desapareció, dejándola estupefacta.

—¿Qué sucede, Kat? —preguntó Will, superado por la situación.

—No... No lo sé... —titubeó. De pronto podía sentir todas las conciencias del valle. Era muy extraño. Ni siquiera podía pensar con claridad—. ¡Oh Will, si pudieras ver lo que veo! ¡Es tan hermoso!

—¿Qué?

—Todo es diferente. Los colores, los sonidos... ¡Incluso he visto un hada! —Estaba muy emocionada.

William la abrazó. Se sentía confuso por lo que decía, pero se alegraba de que estuviera bien. Había pasado mucho miedo.

«¿Te encuentras mejor?», preguntó Duke.

—Sí. Noa me dijo que me pusiera el anillo, pero no podía cogerlo.

—¿Tu madre? ¿Cuándo has hablado con ella? —preguntó inquieta Aekya.

Katia les relató la conversación.

—Bueno, al menos sabemos que no le ha hecho nada. Esté donde esté, por el momento está bien —reflexionó la elfa.

«Cierto, pero no podemos confiarnos, Aky. No sabemos lo que quiere. Lo único que tenemos son suposiciones. Cuanto más tardemos, más peligro corre», dijo Duke.

—¿Y qué podemos hacer?

«No lo sé, Will. De todos modos, primero tenemos que llegar a Esmelina».

—¿Qué ha pasado con el anillo? En un momento todo era insoportable, confuso y, al ponérmelo, todo se ha aliviado. Aún sigue siendo desconcertante pero ya no duele. ¿Por qué? —preguntó Katia.

«Eso es por el poder del anillo. Probablemente tu madre lo hechizase, por si no podía ayudarte de alguna forma. La verdad es que no tengo idea», conjeturó el lobo.

«El amuleto tiene un poder muy grande y un objeto como ese se puede hechizar para cualquier fin. Noa lo embrujó para que tus poderes no acabaran con tu propia vida o te volvieran demente. Has estado toda tu vida sin ellos. Eres más poderosa de lo que te imaginas. No estabas preparada para recupe-

rarlos de inmediato. Es mejor así, pero debes aprender a dominarlos ya que el hechizo de tu madre no durará eternamente», intervino Bronce.

«Ese es otro de los motivos por los que debemos llegar pronto a Esmelina, puesto que no puedes depender exclusivamente del anillo», agregó Duke.

—Lo sé. Además, si soy tan poderosa como decís, podré salvar a Noa —expresó Katia con decisión.

—Bueno, no adelantes acontecimientos —la cortó la elfa.

«Creo que deberíais dormir —les recomendó Bronce—. Cuanto más descansados estéis, antes llegaréis a Bruntik. Una vez allí, conseguiréis caballos y comida».

—Bronce tiene razón —dijo Katia mientras se tumbaba al lado de la hoguera—. ¡Lo que daría por estar en mi cama, calentita! —suspiró.

Todos rieron ante el deseo de la muchacha. William se acomodó a su lado, la abrazó, y Duke se apoyó en el costado del chico. Aekya se encargaría de hacer la primera guardia.

La antesala del trono era una estancia enorme, oscura y sin ventanas. Elirni esperaba ante la puerta donde había incrustado un gran espejo que le devolvía su reflejo. Se había recogido el pelo negro en una cola de caballo que le llegaba hasta la cintura. La gema de su frente resplandecía verde a causa del recelo que la invadía.

Todas las nagas nacían con una piedra preciosa incrustada en la frente, la cual cambiaba de color según su estado de ánimo. Les confería belleza. Su piel, desnuda en la parte superior —salvo por un collar de varias ristras de perlas negras que cubrían parcialmente sus pechos— se veía rojiza a causa de la falta de luz. Su cola de serpiente se extendía por el suelo.

Observó las paredes. De ellas colgaban siete tapices en los que se narraban escenas de las siete guerras entre los drows y los *driath*[6]. Debajo de cada uno había una silla de terciopelo negro con los bordes dorados. Furiosa, serpenteaba de un lado a otro esperando a que su amo la dejara entrar. Atarrán le había ordenado capturar a

[6] Elfos de la luz.

la hija de la Guardiana, pero esa odiosa elfa se la había llevado con un portal y no la había podido seguir.

La buscaron por el Bosque Circular y los alrededores del Valle de Elianh, pero no la hallaron. No tenía la certeza, aunque suponía que estarían viajando hacia Esmelina. Ahora tenía que explicárselo a su amo, que no aceptaría con agrado la noticia.

«¡Esa indeseable…!» Ella no contaba con que tendría la ayuda de la traidora de Aekya. La elfa era muy buena ocultando su rastro y lo había demostrado con creces. Tharsus, el rey oscuro de los drows, llevaba años intentado capturarla, sin éxito.

«¡¡Malditos, malditos todos!!»

La puerta se abrió y Asmodeo salió con la cara contraída.

—Hola —le saludó ella entre dientes—, parece que el amo no está de buen humor.

—Pues no —contestó secamente.

—Y por lo que se ve, tú tampoco. ¿Algo va mal?

—Entra ya, Elirni, y no le hagas esperar.

—Lo que yo digo. De mal humor… —murmuró mientras se dirigía hacia la sala del trono.

Una alfombra negra con los bordes dorados se extendía desde la entrada hasta el extremo contrario de la enorme estancia, donde se alzaba el trono en lo alto de una tarima. Había cinco ventanas a cada lado y varios sillones de terciopelo, a juego con la larga moqueta. La única fuente de luz provenía de las lámparas con forma de araña que recorrían el techo, reflejadas por las pares oscuras y lisas, desprovistas de cualquier ornamento.

Atarrán ocupaba su sillón de terciopelo rojo. Vestía un *mofarrex* [7] del mismo material azul marino, decorado en pasamanería de plata, y unas calzas finas de color blanco. A Elirni le pareció muy atractivo.

El hechicero tenía los ojos cerrados y se frotaba el puente de la nariz. Era alto y musculoso, aunque se le veía muy desmejorado. Su recio pelo castaño estaba apagado y sin brillo. Su semblante lucía abatido.

—Buenas noches, mi amo —saludó ella con cautela mientras hacía una reverencia.

---

[7] Túnica hendida, propia de los guerreros de la Edad Media. Tenía una abertura desde la cintura, dejando las piernas descubiertas.

—Buenas noches, Elirni. Veo que has mudado de piel. ¿Tienes ya cortejador? —preguntó, aún con los ojos cerrados.

La naga se quedó asombrada. ¿Cómo se había dado cuenta? Y, ¿cómo sabía lo que significaba? Muy pocos estaban al corriente de ello. Sus rayas habían sido azul oscuro y naranja hasta la mitad de la cola. La otra mitad estaba cubierta en su totalidad de un tono azul oscuro. Ahora eran negras y de un naranja más suave. Al cumplir los cien años, las mujeres naga mudaban la piel y cambiaban de color, lo que indicaba a los machos que ya estaban preparadas para ser cortejadas y fecundadas. Ellos debían comenzar haciéndoles ofrendas. Ellas tenían la potestad de declinar la oferta y aceptar o no los regalos. Era un rito muy importante para su especie. No solo se perpetuaban, sino que, al ser fecundadas, las hembras obtenían la plenitud de sus poderes puesto que ya se consideraban adultas. La mayoría de los machos eran sacrificados y entregados a las crías como alimento nada más se rompían los huevos. Algunas hembras se quedaban con ellos más tiempo. Incluso algunas, enamoradas, vivían con ellos toda la vida, aunque esto no era algo muy común.

Elirni se acercó al trono con desconfianza. Asmodeo le había dicho que estaba de mal humor.

—No, mi amo, aún no. Esto… ¿me has mandado llamar?

—Sí. Ya sé que se te han escapado, Elirni. Están en el Valle de Elianh, justo a la entrada del Bosque Terrina. Mañana irán a Bruntik a por caballos. Debes impedírselo.

—Mi señor, ¿cómo habéis sabido dónde están?

—Tengo mis métodos —sonrió con malicia.

Su tono se le antojó extraño. No le parecía enfadado ni de mal humor, al contrario. Simplemente parecía cansado.

—Sí, mi señor —le contestó aún recelosa—. ¿Cómo voy a entrar en Terrina?

—No te preocupes por eso. Yo lo arreglaré.

Elirni hizo una reverencia y se dio la vuelta para irse.

—Una cosa más.

—¿Mi señor?

—No quiero que lleguen a Esmelina. Allí no podré hacer nada. No me falles —dijo con voz solemne.

—No llegarán, mi señor.

16

CAMINO A BRUNTIK

Habían tardado medio día en salir del valle de Elianh para internarse en el Bosque Terrina. Su espesa vegetación y el terreno desigual les retrasaban la marcha.

Solo habían parado un rato para reponer fuerzas. Se sentaron en silencio y comieron pan, queso y un poco de fruta que William, para asombro de todos, llevaba consigo.

Estaba atardeciendo y aún no habían llegado a Bruntik. Katia se sentía exhausta. Había pasado toda la noche despierta, incapaz de conciliar el sueño con tantas emociones. En esos instantes, lo que más deseaba en el mundo era sentarse en la cocina de su casa con un chocolate caliente y hablar con su padre, como hacía cuando estaba triste o preocupada. Los echaba de menos, pero tenía que aceptar que ya no volvería a verlos, aunque fuese doloroso. Debía hacer frente, no solo a su ausencia, sino al rapto de su verdadera madre y a sus nuevos poderes. Eran demasiados sucesos en tan poco tiempo, pero era consciente de que cuanto antes lo aceptase, mejor se sentiría. Aunque eso no lo hacía más sencillo; todo le resultaba extraño.

El anillo lo atenuaba, pero no lo bloqueaba. Era como si su cerebro trabajase a dos bandas. Por un lado, sus propios sentimientos y pensamientos, y por otro los demás. Captaba un cúmulo de voces y emociones que era incapaz de distinguir de dónde o de quién procedía. Su mente era un caos.

Estaba dispuesta a salvar a su madre, pero para eso tendría que aprender a dominar sus poderes. La única forma de hacerlo, según

Aekya, era pedírselo a la amiga de su madre, Elean, una elfa antigua que vivía en Esmelina.

—¿Falta mucho? —preguntó William, sacando al resto del grupo de sus cavilaciones.

—Un par de horas, quizá tres —contestó Aekya.

«¡Menos mal! Me duelen las patas», se quejó Duke.

—Eres un lobo y deberías tener más aguante.

«¡Cállate, Aky! Si apenas he comido, ¿cómo quieres que aguante? Me comería un caballo ahora mismo del hambre que tengo».

—Seguro… —La elfa puso los ojos en blanco.

Katia rio por el comentario de Duke. Le caía bien y la hacía reír. A veces parecía un niño pequeño; aunque, en realidad desconocía la edad que tenía. Al fin y al cabo, era un lobo.

—Me alegra que sonrías, mi amor, echaba de menos tu bonita sonrisa —le susurró William al oído, mientras le acariciaba la cintura. Katia se sonrojó y le dio un beso en la mejilla.

—¡Oh, por favor! ¡Esto es peor que Duke con hambre! —exclamó Aekya con cara de asco.

Los muchachos la miraron e irrumpieron en risas.

—¡Qué exagerada! —exclamó Katia.

—No soy exagerada. Tanto amor me pone enferma. —La elfa se alejó dando grandes zancadas y murmurando.

—¿Qué he dicho? —preguntó sorprendida la chica.

«No te preocupes, Onika, Aky es así de seca. No es muy cariñosa que digamos. Ni siquiera le gusta que la toquen. Yo creo que es un trauma de…»

—¡Duke! —le cortó la elfa—. ¿No tienes nada más que hacer aparte de meterte en la vida de los demás?

«Lo siento, Aky. Solo quería aclararle a Katia el porqué de tu refunfuño», el lobo rio entre dientes.

Aekya le miró con expresión severa.

—¡Como sigas con tus impertinencias te pateo el trasero!

—No te enfades con él, Aekya. Estoy segura de que no quería ofenderte —intentó apaciguarla Katia.

—Seguro… —apuntó la elfa con voz baja y sin entonación, mientras se giraba sobre sus pasos para continuar caminando.

William y Katia se miraron sin entender lo que había pasado. Se cogieron de la mano y siguieron a la elfa, con el lobo a su lado.

«Aekya no es mala, Kat. Solo es rara, pero es una buena persona», les dijo el lobo solo a ellos.

—A veces sus miradas me provocan escalofríos —susurró Katia—. Me recuerda muchísimo a los hombres que mataron a mis padres. Sé que ella no es así, pero... no puedo evitar pensarlo.

Duke desvió la mirada, lo que reafirmó sus sospechas.

—Ella no será una drow, ¿no? —Arqueó una ceja.

El lobo chirrió los dientes.

«No lo sé, eso debes preguntárselo a ella».

Pero a la chica no le hacía falta preguntárselo, estaba convencida de tener razón. Aekya era una drow, pero ¿por qué lo mantendría en secreto? ¿Y no sería peligroso fiarse de semejante ser? Aunque su madre confiaba plenamente en ella, incluso Duke... Algo extraño estaba sucediendo.

—Y, ¿cómo ha acabado una elfa oscura con una guardiana de la luz? —preguntó a Duke.

«Que yo sepa, no he dicho en ningún momento que Aekya sea una elfa oscura. ¡Y baja el tono de voz!»

Katia miró a la elfa, que iba a una distancia prudencial del resto de la comitiva y a paso decidido.

—Así que es un secreto —dijo, más para sí que para los demás.

—Quizás deberías preguntárselo tú misma, cuando las cosas estén más calmadas —opinó Will.

Katia lanzó a Will una mirada divertida.

—¿Y tú crees que me responderá?

—¿Contestarte? Sí. ¿Decirte la verdad? No sé... —Le acarició la espalda.

Aekya los dirigió hasta una enorme montaña. En la base había un espeso manto de enredaderas de más de tres metros de anchura y altura, que ocultaban la piedra. A simple vista parecía que habían trepado por ella creando una capa verdosa; sin embargo, la elfa lo atravesó dejando a los muchachos atónitos.

—Venid. Este es el sendero oculto. La enredadera cubre la entrada —les llegó su voz a través del manto.

Los muchachos cruzaron seguidos por Duke. Salieron a un estrecho camino que discurría entre las montañas. Era tan estrecho que tuvieron que caminar en fila, uno tras otro. Apenas estaba iluminado.

«Por este camino atajamos más de diez leguas. Casi un día a pie. Muy pocos lo conocen», les contó Duke.

Unas horas después salieron de nuevo al bosque. Caminaron un buen rato más hasta que anocheció y Aekya se detuvo.

—Ya hemos llegado. Esa puerta que tenemos delante lleva a Bruntik.

Miraron en la dirección que indicaba la elfa.

—¡Oh, vaya! —exclamó Katia—. ¡Es enorme!

—Yo lo único que veo es más bosque —dijo el muchacho oteando el horizonte.

«Eso es porque eres humano, Will —dijo Duke—. *Solo los mágicos pueden ver las ciudades mágicas, como es normal. Para eso sirve la privación, os impide ver cualquier cosa de nuestro mundo. Ten en cuenta que los humanos no son muy bien recibidos. Pero no te preocupes, solo hay que liberar tu vista. Aekya lo hará encantada, ¿verdad?»*

Mostró una enorme sonrisa divertida con su hocico.

Aekya hizo una mueca nada agradable, pero se acercó al muchacho.

—Que quede claro que lo hago por Noa —replicó en tono severo—. Cierra los ojos —le ordenó al muchacho.

El chico asintió nervioso. Notó como la elfa le ponía sus manos, frías y duras como el mármol, sobre los ojos.

—Tus manos…

—¡Silencio!

Will suspiró y obedeció.

—*¡Trie brismar virka ne ki trie toks ikoloth rilah nie!* —susurró Aekya.

William sintió una quemazón en los ojos y tuvo el impulso de rascarse. La elfa le sujetó la mano, como si adivinase sus intenciones.

—Espera, pasará en seguida.

—¿Qué significa lo que has dicho? —curioseó Will, aún con los ojos cerrados.

—«Que se te revele lo que le ha sido ocultado a los demás humanos» —contestó Katia, sorprendida por haberlo entendido.

«¿Cómo lo has sabido, Kat?», preguntó Duke.

—No lo sé…

—Se debe a que ha recuperado sus poderes —les aclaró Aekya—. Debería haber aprendido el Idioma Antiguo de niña. Al no haber sido así, se le ha restaurado junto con sus poderes.

Katia y Duke se miraron boquiabiertos.

—¿Puedo abrir ya los ojos? —preguntó Will, pensando que se habían olvidado de él.

—Sí —le respondió la elfa con sequedad.

William se quedó estupefacto ante la explosión de colores y formas que asaltaban todos sus sentidos. Resultaba abrumador.

—Ya entiendo lo que me explicabas ayer, Kat. Es hermoso e imponente a la vez. ¡Realmente extraño!

—Sí, los humanos sois unos pobres invidentes ante el mundo. Se os tuvo que privar de la videncia por vuestra arrogancia y codicia —mostró Aekya, una vez más, su simpatía.

—¡No todos los humanos somos así! —le replicó Katia ofendida.

—Tú no eres humana, *Onika*, al menos no del todo, y no puedes entenderlo.

—No seré humana, pero he pasado toda mi vida entre ellos y te aseguro que no todos son así. Además, ¿quién decidió eso? Esto forma parte del mundo y debería ser compartido con todos sus habitantes, ¡incluidos los humanos!

Katia estaba furiosa y no entendía esa postura. Estaba de acuerdo en que algunos humanos eran como los describía la elfa, pero eso no les daba derecho a privar de algo tan hermoso a todos por culpa de unos pocos. Era injusto.

—Con todos mis respetos, *Onika*, tú solo has vivido dieciocho años con ellos y ese es un tiempo muy corto para comprenderlo. Para decidir sobre esta cuestión, los guardianes y el Consejo, pasaron mucho tiempo observando a los humanos y los crueles actos que cometían, las guerras que ocasionaban y todos los males que le provocaban a la naturaleza. Siempre por avaricia y orgullo. El privarlos de ver, no se decidió en dos días. Pasaron siglos esperando que las nuevas generaciones cambiaran, pero siempre pasaba lo mismo. Son una raza ávida de poder y fácil de manipular. Siento si te molesta lo que estás escuchando, pero es la verdad. No digo que algunos no se salven, es por eso, que en cada generación hay unos pocos agraciados a los que se le anula la privación.

—¿Cuántos años tienes, Aekya? —interrogó William.

—Aunque es una impertinencia preguntar eso a una mujer, te diré que dentro de unos meses cumpliré cuatrocientos sesenta y siete años, y aún soy joven. Mi raza suele vivir muchos años. Milenios incluso.

Katia y Will se miraron fascinados.

—¿Milenios? ¿Y cuántos tiene Noa?

—Casi dos mil años.

—¡Vaya! —exclamó Will—. Apenas aparenta treinta.

—¿Y yo? ¿Viviré tanto? —preguntó Katia sorprendida y asustada.

—No lo sé, pero vivirás más que cualquier humano y envejecerás mucho más despacio.

La chica asió la mano de Will. Si eso era así, viviría más que él. ¿Cómo sería capaz de existir en un mundo en el que él no estuviera? Al chico no le hizo falta preguntarle qué estaba pensando, puesto que podía leer su expresión.

—No te preocupes por eso, mi vida. Ya buscaremos una solución. Ahora tenemos que centrarnos en llegar a Esmelina y salvar a tu madre —le dijo, dándole un beso en la frente, la cual tenía invadida por arrugas de preocupación.

—Lo sé… Aun así, esto también es importante. Yo… Yo no quiero perderte —susurró llena de dolor. No podía soportar la idea de perderle a él también.

Sintió emanar la preocupación y la pena de Will. El muchacho la abrazó con todas sus fuerzas.

—Tranquila —musitó con el rostro sepultado entre sus cabellos—. Ya nos ocuparemos de eso cuando llegue el momento. —Intentó disimular su propia preocupación.

«Cuando encontremos a tu madre puedes preguntarle si hay alguna forma de hacer que Will viva más tiempo», comentó Duke.

—Eso no es una solución. Te guste o no, vivirás más que él —dijo la elfa sin poner emoción en su voz.

—Se lo pediré a mi madre; quizás ella sepa qué hacer —se empecinó Katia, ignorando el comentario de la elfa.

«No he dicho que sea seguro, solo que se lo preguntes».

—Lo sé, Duke. Pero mi madre es una guardiana y puede que conozca algún hechizo o algo para conseguirlo. ¡Vamos!, tenemos que llegar a Esmelina.

En cuanto Katia emprendió la marcha, Aekya lanzó una mirada acusadora a Duke y le reprendió:

«No debiste decirle eso. Le has dado esperanzas infundadas. Sabes que Noa no puede hacer eso. Ya no».

«Tal vez lo recuerde… O quizás haya otro modo. Al menos no estará triste».

«Claro. Hasta que se entere de que eso no es posible y se nos hunda».

«¡Qué pesada eres! ¿Y si tengo razón?»

«¿Y si no?»

«Bueno, pues… ¡Ahora no es momento de preocuparse por eso! Tengo hambre y ya hemos llegado a Bruntik», apuntó, echando a andar con la cabeza en alta y meneando la cola.

«Ya hablaremos en otra ocasión de esto. No creas que lo voy a olvidar».

Duke ladró y se puso al lado de Katia. Sabía que había cometido un error, pero al menos ahora la chica no estaría preocupándose por algo innecesario. Tenían que llegar a Esmelina, convocar al Consejo y enseñarle cómo usar sus poderes; lo demás era secundario.

Llegaron a la entrada de Bruntik. La ciudad se encontraba en un pequeño valle, situado entre dos grupos de montañas y cruzado por un arroyo. De lado a lado se había erigido un muro, de manera que sus habitantes quedaban ocultos entre las montañas y la muralla. En el centro se alzaba un enorme portón, fabricado con madera de manzano y decorado con unos intrincados dibujos en plata. La parte inferior acababa en una gruesa reja de hierro para dar paso al arroyo.

«Mmm… ¡comida!», se relamió Duke.

Todos rieron.

—Bueno, ¿cómo se entra? ¿Hay que llamar? —preguntó William interesado.

«Más o menos», contestó el lobo, enigmático.

Aekya puso la mano en el centro de la puerta y cerró los ojos. El portón se abrió, separándose en dos mitades e introduciéndose a cada lado del muro.

—¡Wuaoo! —exclamaron Will y Katia.

—*Kakira ghan*[8].

—¿Quién ha dicho eso? —preguntaron ambos al unísono, realmente maravillados.

«Es un ent. Mirad hacia arriba», les indicó Duke.

Los muchachos obedecieron. Ante ellos se alzaba un árbol de casi cincuenta pies de altura. Era una espeluznante mezcla de hombre y árbol. La frondosa copa parecía una espesa mata de pelo. Bajo ella, se distinguía un tosco semblante, con dos negros orificios por ojos y una rasgadura deforme por boca, mostrando una tétrica sonrisa. La nariz era un pequeño muñón de madera. Dos ramas retorcidas le salían de cada lado, a modo de brazos. Las raíces sobresalían del suelo para poder desplazarse.

—Así que esto es un ent. ¡Es impresionante! —exclamó la muchacha fascinada.

«Sí, Onika. Así son los ents. Enormes y feos», rio Duke.

Aekya le miró con reproche.

—Te has pasado, Duke.

«Lo siento, Aky. Se me ha escapado». Bajó el rabo, avergonzado.

—Entrad. Ya es tarde y supongo que todos estamos cansados y hambrientos —les indicó Aekya.

La ciudad estaba formada en su mayoría por árboles y vegetación. Las calles no estaban construidas de la misma forma que en las ciudades humanas, simplemente eran los espacios libres que quedaban entre las hileras de casas, las cuales se encontraban edificadas en el interior de los árboles. Varios puentes colgantes cruzaban de unos a otros, e incluso algunas edificaciones estaban instaladas en las copas mismas. Se podían ver miles de luces por doquier. Era tarde y apenas había transeúntes.

Llegaron a una posada llamada Luz brillante que Griakal, el ent de la entrada, les recomendó. El mesón estaba construido en el interior de un enorme roble que a Katia le recordaba a Bronce, con quien no había hablado en todo el día. En la parte inferior del tronco se hallaba la recepción y el comedor. En la parte superior estaban las habitaciones y dos baños comunes.

---

[8] «Podéis pasar», en Idioma Antiguo.

La recepción consistía en un mostrador de madera donde una hermosa elfa, de cabellos rubios y ojos verdes, ataviada con un sencillo vestido de lino blanco, anotaba los datos de los huéspedes en un gran libro. El comedor estaba formado por una barra que se extendía de un lado a otro, con una pequeña cocina. Fuera del mostrador, había una chimenea y doce grandes mesas redondas para los clientes.

La cena consistió en un guiso de carne y verduras, y de postre, un delicioso pastel de calabaza y zumo de uva. Una vez terminaron de comer, se retiraron a descansar ya que estaban exhaustos. Aekya y Katia compartieron una habitación, y William y Duke otra.

17

UNA CIUDAD COMPARTIDA

Poco después del amanecer Katia se reunió con los demás en el comedor de la posada para desayunar. Mientras se acercaba a la mesa, pudo observar a la variopinta multitud que comía allí: elfos, enanos, hadas y varias criaturas que no había visto nunca; incluso un par de humanos sentados entre varios elfos.

—Creía que era una ciudad de elfos —dijo Katia mientras se sentaba y daba un beso a Will.

«Eso era hace mucho tiempo, ahora es una ciudad de paso para todos nosotros», comentó Duke sin levantar los ojos del plato de gachas de avena que estaba devorando, tumbado en el suelo.

—No lo entiendo.

Aekya refunfuñó, se tragó la cucharada de gachas y les explicó en tono serio:

—Bruntik está en la frontera del Bosque. Muchas personas pasan por aquí y algunos deciden quedarse. Y es por eso que la llaman la ciudad compartida.

—Así que viven seres de todas clases. ¿Y no se crean conflictos entre ellos? —preguntó Will.

«Como en todos sitios, cada especie tiene unas costumbres y, en ciertas ocasiones, les resulta difícil convivir. No obstante, entre los mágicos la tolerancia es mayor».

—Duke tiene razón, tenemos menos conflictos que los humanos y, por lo general, no acaban en muerte; aunque hay excepciones.

—Vuestro mundo es muy complicado —apuntó Katia.

—«Nuestro», Katia. También es tu mundo —la corrigió Aekya.

La chica suspiró. Le iba a costar hacerse a la idea de que no era completamente humana. De pronto sintió una consciencia abriéndose paso en su mente… ¡Bronce!

«¿Qué ocurre, Bronce?», le preguntó, contenta de hablar con él.

«No lo sé, pero algo va a suceder, puedo sentirlo».

«¿Qué debemos hacer?»

«Mantened los ojos bien abiertos y no os demoréis mucho en partir».

«De acuerdo».

«Cuídate, mi niña».

Katia hizo un puchero. Apenas habían cruzado palabra y no le dio tiempo preguntarle el porqué de su ausencia.

—Mi amor, ¿estás bien? Te has puesto pálida —le preguntó William preocupado.

—Eh… sí, estoy bien. Bronce dice que tengamos cuidado.

Aekya miró a Katia y se puso en alerta.

—¿Acabas de comunicarte con él? ¿Qué te ha dicho?

—Solo que va a pasar algo y que tengamos cuidado. Y que no tardemos en partir.

—Muy bien. Terminad de desayunar mientras yo voy a por los caballos y las provisiones, es mejor no correr riesgos.

«Espera, Aky, te acompaño», se ofreció Duke, que ya se había tomado dos cuencos de gachas.

—No, quédate con ellos y tened cuidado. —Acto seguido se marchó.

—¿Qué creéis que pasa? —preguntó Katia.

«No lo sé, pero me estoy cansando de que me trate como a un niño», gruñó el lobo.

Will y Katia se echaron a reír.

—Bueno, voy a asearme un poco antes de que reanudemos el viaje —dijo la chica.

—Está bien, pero ten cuidado, mi amor.

—No te preocupes, solo voy arriba —le guiñó un ojo.

Elirni se paseaba de un lado a otro mientras llegaba Asmodeo. Atarrán le había dicho que lo esperase en la frontera de Terrina. No tenía ni idea de cómo iba a hacerlos entrar, puesto que las naga tenían el acceso prohibido a Terrina desde que ella tenía uso de razón. La remilgada de Noa era la culpable de haberlos desterrado por algo que, en su día, cometieron sus antepasados, haciéndoles pagar a todos por igual. Por eso se había unido a Asmodeo y Atarrán. Ellos le proporcionaron la oportunidad de vengarse de la Guardiana.

Unos pasos sacaron a Elirni de sus pensamientos. Tres hombres surgieron de entre los árboles. El del centro tenía la tez morena y cabellos negros cómo el ébano. Era musculoso y su andar elegante. Tenía una mirada fría e intensa, que hacía que su cola vibrara cada vez que le veía; aunque eso jamás lo admitiría en voz alta.

—Hola, mi bella Elirni.

«Vaya, hoy está de buen humor».

—Déjate de florituras, Asmodeo, llegáis una hora tarde.

—No hemos podido llegar antes. Este es Balkor —señaló al que estaba a su izquierda—. A Kroll ya le conoces.

La naga saludó al drow con un ligero movimiento de cabeza y observó con detenimiento al otro. No era la primera vez que veía un formoriano, una subraza de demonios deformes, hechos con partes de animales y carne humana, como en un collage. Ese en particular tenía una fea joroba que lo hacía aún más terrorífico. A ella esos seres le provocaban escalofríos.

—Hechas las presentaciones —continuó Asmodeo—, tenemos trabajo que hacer.

Elirni apartó la mirada de Balkor y miró escéptica al demonio.

—Y dime, Asmodeo, ¿cómo vamos a entrar?

Él le dedicó una sonrisa perversa, al tiempo que sacaba un objeto cilíndrico de color dorado y del tamaño de un dedo.

—Atarrán me ha dado esto.

Elirni tendió la mano para cogerlo. Era una especie de cánula con los dibujos en relieve de una rama de secuoya, con hojas y flores de diversos colores, que formaban una espiral a su alrededor.

—Es un *Myrt ok ajkla*[9] —explicó el demonio—. Se utiliza para robar la esencia de alguien y ocultar con ella la propia. De ese modo el hechizo de Noa no nos descubrirá.

A Elirni le brillaron los ojos.

—¿Y qué le ocurre al que despojas de su entidad?

—Al quedar privado de su alma se convierte en un ser sin conciencia ni voluntad. Un esclavo, por decirlo de algún modo.

—Magnífico. —Kroll se frotó las manos.

La naga rio ampliamente.

—Pero, si el amo lo tenía, ¿por qué no lo ha usado antes?

—Sí que lo usó una vez, que yo sepa, pero no salió muy bien.

—¿Y cómo funciona? —Elirni le devolvió el objeto.

—Solo hay que soplar sobre la persona a la que vas a robarle el espíritu. O eso creo.

—¿No estás seguro? —inquirió Balkor con voz áspera y gutural.

—Atarrán me ha dicho que es como una flauta, así que solo hay que soplar y el *Myrt ok ajkla* hará el resto.

—Muy bien. Empecemos. ¡Quiero sangre! —exclamó el formoriano.

—Relájate, Balkor. Primero tenemos que encontrar a alguien a quien robar el alma.

—Lo que tú digas, demonio —le contestó encogiéndose de hombros.

Katrina y sus hermanas habían salido a la frontera a recoger bayas para la comida. Ese era el lugar donde crecían las mejores de todo Bruntik. Sus padres eran los dueños de Luz brillante y, si la posada tenía tanta fama, se debía en parte a los guisos de mamá Ewyn. Todos los días llegaban viajeros de todas partes, incluso algunos humanos eran bienvenidos en la venta.

Ese día mamá Ewyn había ordenado que se llevaran también a Yarina, la más pequeña de las cinco hermanas. Aunque se negaron,

[9] Es un aparato que roba las almas mediante una música que las atrapa en su interior. El alma sirve para ocultar la esencia del que la ha usado. Solo existen dos artefactos, pero se desconoce el paradero del segundo. Su traducción literal sería: «robador de almas».

no pudieron hacer nada por impedirlo. Katrina y Meredith, las mayores, tenían que estar regañando a la chiquilla a cada instante, y por su culpa se estaban demorando mucho más de lo debido.

Katrina estaba a punto de regañarle por enésima vez cuando la asaltó una premonición. Algo malvado se acercaba. Levantó la vista y observó a cuatro personas en la lejanía. Se acercaban hacia ellas. Viajeros, supuso, pero la sensación no desaparecía. Se giró hacia Yarina y la sujetó por los hombros.

—Yarina, escúchame.

—No me regañes más —gimió la pequeña—. Eres peor que mamá. Te prometo que me alejaré solo…

—¡Yarina! Olvídate de jugar y pon atención a lo que te digo. Ve a buscar a papá, corre lo más rápido que puedas y no mires atrás. Corre y dile que venga, presiento que algo malo va a suceder.

Yarina observó el miedo en los ojos de su hermana. Nunca había tenido la oportunidad de verla tan asustada y sintió un escalofrío.

—¿Qué pasa, Katrina? —dijo con el labio inferior temblando y a punto de irrumpir en llanto.

—Corre. ¡Ya! —le ordenó, a la vez que la empujaba.

Yarina hizo un gran esfuerzo por no llorar, le iba a demostrar a su hermana que ya no era una niña, puesto que había cumplido los siete años de edad. La miró y asintió.

Katrina se dio la vuelta para encarar a los desconocidos y contempló delante de ella a una naga y tres hombres. Esto no podía ser nada bueno.

—¿Qué hacemos con la pequeña? —preguntó uno de los hombres mientras miraba cómo corría.

La voz del hombre le provocó a Katrina un escalofrío en la espina dorsal. «Por favor —pensó la muchacha—, que tengan suficiente conmigo y dejen a mis hermanas en paz».

—Déjala irse. A ella no la necesitamos —contestó la naga.

«Corred», les pidió mentalmente a sus hermanas. Pero en vez de hacerle caso, se agruparon su alrededor. ¡No se rendirían sin luchar!

—¿Qué queréis de nosotras? —interpeló a los extraños.

Una lenta sonrisa se extendió por la cara de Asmodeo.

—Vuestras almas.

Y lo último que oyó Katrina fue una dulce melodía.

18

LA PRESECUCIÓN

Katia, William y Duke se fueron de paseo por la ciudad mientras Aekya terminaba de reunir las provisiones y los caballos que necesitarían para llegar a Esmelina. El lobo les había explicado que, si ella controlara sus poderes, podría llevarles con magia. De ahí que sintiera la necesidad de aprender a utilizarlos cuanto antes para no estar tan terriblemente indefensa. Odiaba sentirse así.

Will la abrazaba por la cintura. Le parecía que había pasado una eternidad desde que pasearon la última vez; de modo que disfrutaba de la tranquilidad, la calidez del sol y contemplaba la ciudad y sus extraños habitantes.

Katia se acercó a un puesto de ropa que había cerca de la posada. Pensó que a su vestido le hacía falta un lavado y que necesitaría algo para ponerse mientras se secaba. William le había dicho que no se preocupase por el dinero, él llevaba suficientes monedas de oro.

Estaba mirando un precioso vestido azul cuando, de pronto, un revuelo llamó su atención. Se giró buscando el foco del griterío y observó que provenía de la posada.

«Vayamos a ver qué pasa», sugirió el lobo.

La dueña de la posada, una elfa alta, donairosa, de cabellos rubios y rizados y piel bronceada, estaba acunando a la más pequeña de sus cinco hijas. La niña lloraba desconsolada e intentaba decir algo entre lágrimas. Un gran gentío se aglutinaba a su alrededor.

—Disculpe, señor, ¿puede decirme qué ocurre? —pidió Will a un humano que intentaba calmar a la pequeña.

—No lo sé. Hace un momento la chiquilla de los Leftker ha llegado llorando y diciendo incoherencias sobre unos extranjeros que le han hecho algo a sus hermanas en la frontera de Terrina.

Duke y Will intercambiaron miradas.

—¿Qué crees que ha pasado? —preguntó al lobo entre susurros, con un terrible presentimiento.

«Espero que no tenga nada que ver con nosotros, pero nunca se sabe».

—Quizá deberíamos avisar a Aekya, por si acaso —sugirió Katia.

«Intentad averiguar algo mientras voy a buscarla». Duke se dirigió a la puerta.

Katia se acercó a la posadera, a la que todos llamaban mamá Ewyn, y acarició el pelo de la niña. Llevaba el vestido lleno de barro y el pelo despeinado. Se veía muy asustada y demacrada.

—Tranquila, pequeña —la animó en tono cariñoso—. ¿Qué ha ocurrido?

—Yo... Yo estaba jugando y Katrina... —No dejaba de sollozar.

—Tranquila, ya estás a salvo. Respira hondo —le pidió en tono afable, lo que hizo que la pequeña le obedeciera.

—Katrina me dijo que me fuese a avisar a papá, pero... Yo no lo hice. Me escondí detrás de un árbol y... y lo observé todo. Contemplé lo que esos demonios les hicieron...

—¿Demonios? —le preguntó Katia antes de ser interrumpida por el padre de la chiquilla.

—Voy a buscarlas, ¿alguien viene? —preguntó el señor Leftker con el semblante contraído por la preocupación.

Empuñaba un hacha casi tan grande como él. Varios elfos, humanos y enanos se le unieron profiriendo un grito de guerra, y se marcharon decididos.

Al cabo de unas horas, Aekya regresó a la posada seguida de Duke. Su mirada estaba desencajada, cómo si algo la hubiese asustado.

—¿Qué te ocurre? —le preguntó Katia preocupada.

La elfa la miró, sopesando la respuesta que le iba a dar.

—Nada. No te preocupes, *Onika*. Debemos irnos ya. Está todo preparado. El establo del pueblo está dos calles más abajo, en frente de la plaza central. He conseguido dos caballos y comida suficiente para tres días.

—¿Tres días?

—Sí, Will. Eso es lo que tardaremos; más o menos.

—De acuerdo —accedieron los muchachos.

Katia no pasó por alto la mirada preocupada de la elfa ni su comportamiento. Menos todavía el del lobo. Siempre hablador e incluso infantil, en esos instantes estaba silencioso y con el rabo metido entre las patas. Algo había pasado y sospechaba que tenía que ver con el suceso de las hijas de la posadera. Los hombres habían ido a buscarlas hacía ya varias horas y aún no se tenía noticias de ellos.

—¿Se sabe algo de las hijas de mamá Ewyn? —preguntó incapaz de contenerse.

Aekya palideció.

—Solo tengo una sospecha y no quiero averiguar si tengo razón, así que prosigamos nuestro viaje. Tenemos cosas muy importantes que hacer.

—Pero... ¡No podemos hacer eso! —protestó Katia indignada—. No debemos pasar por alto una cosa así, y menos si tenemos la oportunidad de ayudarles.

—Lo siento, *Onika*, pero no nos queda tiempo para eso. Además, ignoramos lo que ha pasado y si podemos socorrerles o no. Mis órdenes son llevarte a Esmelina y eso es lo que voy a hacer.

—Pero...

—¡No, Katiana! No hay discusión posible —la interrumpió con brusquedad—. Recoged vuestras cosas, solo tenéis cinco minutos.

William asintió y agarró a Katia con suavidad.

—Vamos, mi amor. Aekya tiene razón. Desconocemos lo que ha sucedido y, por otro lado, nosotros ya tenemos bastantes problemas. No podemos hacer nada.

Katia le miró frustrada. Estaba claro que ninguno estaba dispuesto a prestarle ayuda a esa pobre gente y ella sola no podía hacer gran cosa.

Suspiró resignada. Se juró a sí misma que nunca más dejaría sin socorrer a alguien que la necesitase. «Y otra vez —pensó—, esto no habría pasado si supiese utilizar mis poderes».

—Vamos —la instó Will, ante la mirada inquisidora de Aekya.

Recogieron todas sus cosas y se pusieron en marcha.

Katia caminaba cabizbaja, inmersa en sus pensamientos, cuando notó que alguien la tiraba del brazo. Era William, que le indicaba que mirara al frente. Habían llegado al establo, que estaba al aire libre. No se parecía a ninguno de los que había visto con anterioridad. Era un amplio prado situado en las inmediaciones de un arroyo de agua cristalina. El cuidador vivía en un pequeño ciprés situado a la orilla.

—¡Es hermoso! —exclamó con los ojos brillantes de emoción.

—Sí. En Terrina los animales son libres. Los Mágicos no necesitamos someterlos. Solo tenemos que pedirle lo que deseamos que hagan —explicó Aekya a la vez que admiraba el paisaje.

—Vaya —dijo William maravillado con la vista—. Yo creía que tendríamos que comprarlos.

—En las ciudades mágicas no se compra a ningún animal. Nunca.

—Jamás había visto un prado tan bonito y tan verde. Dan ganas de tumbarse al sol —sonrió Katia.

—Estos dos son los que nos van a llevar —les mostró Aekya un semental de color blanco inmaculado y una yegua negra azabache—. El blanco se llama Varkh y la hembra Awaky. Sus nombres significan abundancia y coraje en Antiguo.

—Qué nombres más bonitos. —La chica acarició la crin de Awaky—. Eres una yegua muy bonita, ¿lo sabías? —le dijo en tono cariñoso.

El animal relinchó a modo de agradecimiento y le dio unos suaves golpecitos en la espalda con el hocico.

«Le gustas», dijo Duke con alegría.

Katia sonrió. Le gustaba aquel caballo. Le transmitía fuerza y valentía. El nombre le iba perfecto.

—Viendo lo bien que os habéis caído, Will y tú montaréis en Awaky. —Aekya empezó a cargar las provisiones y sus pertenencias en Varkh, mientras Will lo hacía lo propio con Awaky.

—¿Ya os vais? ¿Tan pronto? —preguntó una voz masculina.

Katia giró sobre sí misma y vio a tres hombres corpulentos y a una mujer algo más apartada, cortándoles el paso. Había algo raro en ellos. No solo era incapaz de percibir ningún sentimiento o pensamiento, sino que daba la sensación de que no estuvieran allí, como si no existiese nada. Era muy extraño.

La mujer tenía una piedra negra incrustada en la frente, lo que al principio llamó su atención. Sus extremidades inferiores no estaban bien definidas, de buenas a primeras eran piernas humanas y, al instante, se convertían en una cola de serpiente.

Uno de los hombres tenía el pelo blanco y le resultaba familiar, aunque veía su rostro borroso y le resultaba difícil distinguir algún rasgo. Lo mismo pasaba con el del centro, que medía al menos seis pies y vestía un traje costoso de color blanco. El tercero era el más desagradable a la vista. Parecía giboso, de pelo grasiento y brazos deformes.

Katia observó la reacción de Will y los demás, pero ellos no mostraban signos de ver esas anomalías en los extraños personajes. La situación era ilógica y no le daba buenas vibraciones.

—¿Quiénes sois? —inquirió Aekya.

—No creo que eso importe —dijo el de pelo blanco—. Baste decir que no vais a ir a ningún sitio —se carcajeó.

Duke empezó a gruñir y a enseñarles los dientes. William y Aekya se pusieron en posición de combate, mientras que Katia cogió el arco.

—¡Alto ahí, princesita! —le gritó—. No te atrevas a usarlo.

«Esa voz...», pensó Katia. Le resultaba familiar, desagradablemente familiar.

El más alto hizo una señal con la mano a la mujer y todos centraron su atención en Katia. El jorobado se abalanzó sobre ella con una velocidad endemoniada. La chica giró y le esquivó por los pelos, a la vez que intentaba sacar una flecha de la aljaba.

Aekya lanzó un rayo de luz arcana a la mujer, pero no alcanzó su objetivo. Gruñó y volvió a lanzar otro, sin darse cuenta que el de pelo blanco se le había acercado por detrás con sigilo.

—Te pillé —le susurró al oído tras asir con fuerza su cabello.

—¡Suéltame bastardo, o te juro que será lo último que hagas! —escupió la elfa intentando zafarse de su captor.

Duke ladraba sin cesar e intentaba llegar hasta Katia, que luchaba contra el jorobado utilizando la flecha a modo de espada. El bruto no le daba tiempo para poder realizar un disparo. Ni Aekya ni Will podían ayudarla, ya que el muchacho se estaba enfrentando al más alto.

Mientras la mujer se acercaba a Aekya con un silbido de serpiente, el lobo aprovechó y corrió a ayudar a Katia, pero no llegó muy lejos. Más veloz que el rayo, adivinó sus intenciones y dejó de ir a por la elfa para lanzarse contra él. Un golpe seco en el pecho dejó a Duke sin respiración y con la vista nublada. La extraña había empleado algo muy duro para atizarle, pero no lograba ver el qué, y de pronto sintió como si le estuviesen estrujando. No podía respirar.

Katia no sabía qué hacer. El jorobado cargaba una y otra vez contra ella y cada vez le costaba más esquivarle. Intentó cargar el arco, pero el enemigo no le dio cuartel. Se le echó encima con la intención de atraparla y, esta vez, lo logró. Ella cayó al suelo bajo el cuerpo pesado de aquel ser y quedó atrapada.

—Eres mía, Sucesora —gruñó con voz gutural.

—Puaj —se quejó asqueada la muchacha a la vez que forcejeaba para quitárselo de encima—. Deberías lavarte los dientes de vez en cuando.

William propinó a su rival un puñetazo en el mentón y echó a correr hacia el lugar donde estaba Katia. Nada más llegar agarró al giboso por la espalda y lo lanzó al suelo, permitiendo así que la chica se liberase. Le tendió la mano para ayudarla a ponerse en pie, cuando una descarga eléctrica le alcanzó en la espalda.

Katia observó como Will caía inerte. Sintió un pinchazo en el pecho que la atravesaba.

—A mí nadie me golpea, estúpido —se desquitó el alto mientras escupía al suelo.

—¡Will! Mi vida... —le llamó a media voz. «No, él no puede estar...» No fue capaz de terminar la frase. Tiró de él para que se despertase, pero no se movía.

Aekya asestó una fuerte patada en la entrepierna de su adversario, dejándolo encogido de dolor, y corrió a ayudar a Katia que intentaba, temblando, reanimar a William. Nada más llegar junto a ellos alzó la vista hacia sus atacantes, aunque veía borroso a causa de una herida en la cabeza que sangraba a borbotones. No sin esfuerzo, pudo distinguir al que atacó al humano y al jorobado, que se acercaba a ellos con una sádica mirada. El ser de pelo blanco seguía hecho un ovillo en el suelo, agarrándose la entrepierna —se alegraba de haberle dado tan fuerte— mientras que la mujer tenía agarrado a Duke en el aire con algo invisible.

—Vamos, Katia, levanta. —No sabía qué hacer, la chica no reaccionaba.

Duke estaba al borde del desmayo.

«Suéltame… maldita…», gruñó el lobo.

—Hoy es tu último día, perrito —se burló la mujer.

«No… No soy un perro», le escupió entre jadeos.

Un desgarrador lamento resonó en el lugar. Duke aprovechó el momento de distracción para intentar liberarse, aunque sin éxito; aquella desalmada le tenía fuertemente agarrado.

Durante su forcejeo pudo ver quién había proferido el alarido. Katia se aferraba a William como si le fuera la vida en ello y lloraba mientras Aekya le gritaba para que se moviese. Tenía que hacer algo. El hombre alto y el jorobado casi las había alcanzado.

Intentó una vez más zafarse. Aunque no podía ver lo que lo inmovilizaba, estaba seguro de que no era magia, podía sentir que se trataba de algo físico. Llegó a la conclusión de que estaba oculto a la vista y, sin pensárselo dos veces, lanzó un mordisco con todas sus fuerzas. Su captora gritó de dolor y, sea lo que fuere lo que le rodeaba, aflojó el agarre.

Duke escupió un trozo de carne viscosa al suelo. Supo que tenía razón y, sin darle tiempo a la mujer para reaccionar, cargó contra ella lanzando dentelladas a diestro y siniestro.

La mujer comenzó a atizarle con un trozo grande de carne —una cola, pudo comprobar— pero siguió mordiendo con todas sus fuerzas, haciendo caso omiso a los golpes.

—Vamos, Katia, suéltale —le pidió Aekya.

—¡No!

El hombre alto se frotó las manos.

—Se acabó. Este circo ha durado bastante. *Jilgryt*[10] —gritó, y Aekya salió despedida chocando fuertemente contra el lobo. Ambos quedaron tendidos en el suelo.

—¡No! —gritó Katia desesperada.

[10] «Lanzar», en Idioma Antiguo.

William yacía inmóvil en el suelo, Aekya y Duke tampoco se movían y el hombre alto y el jorobado la tenían rodeada. Tenía que reaccionar.

La mujer y el otro estaban aturdidos en el suelo. Ahora podía ver realmente el cuerpo de ella. Era una mujer-serpiente. Recordaba vagamente haber escuchado algún comentario sobre ella. Debía ser muy importante.

—Bueno, sucesora… Se acabó. Tus amigos y tus padres están muertos. Ya no tienes nada que hacer. Ríndete y te llevaré junto a tu madre —le dijo el hombre alto.

Su madre, recordó. Por eso estaba luchando. Tenía que salvarla. Aquel demonio la agarró del brazo, alejándola de su amado Will.

—Suéltame —musitó entre dientes.

—Vamos, Sucesora, ¿no crees que este juego ya ha durado bastante? —tiró de su brazo.

—¡He dicho que me sueltes!

Katia notó como la furia se iba apoderando de ella.

—¡Me vais a pagar todo el daño que me habéis hecho! —rugió enfurecida.

—Otra vez enseñando los dientes, princesita —escuchó que añadía el de pelo blanco, que se estaba reincorporando lentamente.

—¡Tú! —le escupió—. ¡Tú mataste a mis padres! ¡Te mataré!

La chica temblaba colérica. ¿Cómo no se había dado cuenta de que era Kroll? ¡Tenía que ser obra de algún hechizo para confundirlos!

Captó un movimiento por el rabillo del ojo. Era William. ¡Estaba vivo!

—Kat… huye… —gimió.

—¡Mi amor! ¡Estás vivo! —exclamó aliviada.

—No por mucho tiempo —escupió Kroll con malicia.

—No te atrevas a tocarlo o morirás igual que tu hermano —le advirtió.

El odio que había en los ojos de Kroll le provocó un escalofrío, pero no se amilanaría por ello.

—Va a morir, princesita, y no hay nada que hacer para evitarlo —apuntó con rabia. Se movió tan rápido que Katia fue incapaz de distinguir su figura, hasta que agarró a Will del cuello.

—¿No te resulta esto familiar? —le preguntó con sorna y una horrible mueca de satisfacción.

Katia jadeó. Ese bastardo iba a matar a William igual que a sus padres. Su hermano y él se los había arrebatado. Recordó la angustia en los ojos de su madre, sus cuerpos sin vida… y ahora, amenazaba lo único que le quedaba. Su único y verdadero amor.

Kroll tiró de la cabeza del chico, arrancándole un grito de dolor. Una rabia infinita se apoderó de ella. Sus ojos brillaron con ira. Dejó que todo el dolor, toda la furia y toda la impotencia que sentía la invadieran.

El elfo observó estupefacto el cambio en ella y, temeroso, se percató de cómo una intensa luz empezaba a emanar de su interior.

—¡Corred!

Oyó que alguien gritaba a lo lejos, pero todo se volvió oscuro.

19

ERROLW

Katia despertó. Se hallaba en una habitación circular de madera. Las paredes tenían incrustaciones de ramas y hojas del propio árbol. El mobiliario consistía en una cama, una cómoda con un espejo de bordes dorados y un pequeño armario con relieves de flores silvestres. De sus tabiques colgaban varios cuadros representando antiguas batallas. La decoración le recordaba a las casas de Bruntik y pensó que quizás estaba en una de ellas, aunque no recordaba cómo había llegado allí.

Su último recuerdo era el de Kroll a punto de matar a William y la rabia que casi la consumió. Lo demás estaba confuso.

Escuchó voces en la planta de abajo. Salió del cuarto sin hacer ruido y bajó los escalones. Tenía todo el cuerpo dolorido y se sentía como si la hubiesen aplastado unos gigantes.

Los demás se encontraban en una sala circular, igual que el dormitorio, sentados alrededor de una mesa en sillas de madera forradas de cuero. En un lateral había una chimenea y una manta a modo de alfombra.

Junto a sus compañeros había un hombre que Katia no había visto jamás. Tenía el cabello largo hasta los hombros y era de un color rojo intenso. Sus ojos eran marrones y profundos, y su nariz aguileña. Las orejas eran puntiagudas, como las de Aekya, de modo que pensó que sería un elfo. Era muy apuesto y parecía joven, no más de treinta años.

Al percatarse de su presencia, el extraño se le acercó.

—Bienvenida, Katia —la saludó mientras le besaba la mano con respeto—. Mi nombre es Errolwinfred, pero puedes llamarme Errolw. Esta es mi casa —señaló el interior con un movimiento circular de la mano.

—Gracias...

Estaba confusa, sin saber qué más añadir. Por suerte en ese momento se le acercó William para darle un fuerte abrazo.

—Tranquila, mi vida, aquí estamos a salvo —le susurró al oído.

Katia no respondió. Inspiró el dulce aroma de su amado, cerró los ojos y se quedó así unos minutos. Solo entre sus brazos se sentía de verdad a salvo, y todo lo vivido se convertía en un mal sueño.

Alguien carraspeó, sacándola de su pequeño oasis. Se quejó en su fuero interno, estaba hastiada por todo lo acaecido. Tan solo quería descansar.

De mala gana, se separó de Will, sin dejar de sostener su mano. El muchacho la guio hasta la mesa y retiró una silla, galante, para que se sentara.

—¿Tienes hambre? —le preguntó Aekya.

Asintió. Ahora que lo pensaba, estaba hambrienta.

—¿Qué ha ocurrido? ¿Dónde estamos? —preguntó incomoda.

—Comamos primero. Las respuestas vendrán después —dijo Errolw alegremente.

Hizo un gesto con la mano y en la mesa aparecieron, por arte de magia, fuentes con fruta, carne y pan caliente. También apareció una copa frente a cada uno con un líquido rojo de olor afrutado.

—¡Vaya! —exclamaron los muchachos asombrados.

Aekya y Errolw, al contemplar las caras de extrañeza de los jóvenes, irrumpieron en risas.

—Está claro que es la primera vez que veis aparecer comida, ¿cierto? —comentó el elfo.

—En mi mundo esto no se ve todos los días —dijo William, cogiendo un trozo de carne y llevándoselo a la boca para comprobar que era real.

—¿Cómo lo has hecho? —preguntó Kat.

—Con práctica —rio Errolw—. La comida no aparece de la nada, simplemente la reúno y la cocino en un tiempo record.

William y Katia se miraron sin entender una sola palabra.

—No lo comprendo —confesó el muchacho.

—Es fácil. No se pueden crear cosas de la nada. Al menos, no con una magia normal. Debes ser muy poderoso para poder crear algo. Cuando hacemos aparecer cosas, simplemente las trasladamos de un sitio a otro. Por ejemplo, si haces que surja fruta en un plato, ambas vienen de un lugar concreto. Por ejemplo, de una palmera —rio—. En este caso, tanto la comida como los recipientes y vasos vienen de mi cocina —les guiñó un ojo.

—Pero si todos los mágicos son capaces de hacer eso, ¿para qué se necesitan las tiendas? Simplemente con desear una manzana, aparecería sin necesidad de comprarla. Sin embargo, en Bruntik he visto un mercadillo y diversas tiendas. No lo entiendo... —comentó Kat.

—En primer lugar, no todos los mágicos son capaces de hacerlo. Cada especie tiene sus propios «dones» o capacidades mágicas. En general, los elfos somos capaces de trasladar cosas y de hacerlas aparecer donde nos plazca. No obstante, has de saber que los mágicos generalmente no robamos, si necesitamos algo que no poseemos, lo adquirimos, ya sea de una tienda o de la propia naturaleza. El hecho de que seamos capaces de usar la magia no significa que lo hagamos todo y a todas horas con ella —explicó Errolw.

—Ahora entiendo lo que ocurrió la otra noche cuando Aekya hizo aparecer el cuenco y el agua. Pensé preguntártelo en algún momento. Para alguien como yo, que nunca ha visto la magia, es algo espectacular —comentó William.

Katia se mostró de acuerdo con el muchacho.

Duke estaba tan entretenido con un muslo enorme de carne que ni siquiera prestaba atención a la conversación. Parecía como si llevase semanas sin comer.

—Todo estaba delicioso. Muchas gracias, Errolw —dijo Katia cuando terminaron.

—No hay de qué. Supuse que tendríais hambre, puesto que habéis estado durmiendo desde que os encontré.

—¿Qué día es hoy? —preguntó William confuso.

—Hoy es quince de junio. Yo os encontré el trece de junio al anochecer.

—Día y medio durmiendo... Eso es mucho tiempo —reflexionó Aekya.

—¿Qué pasó? Lo último que recuerdo es a ese bastardo de Kroll intentando matar a Will —dijo Katia afectada, apretándole la mano al muchacho.

—Hiciste un hechizo de destrucción y casi acabas con todos. Suerte que yo estaba por allí, de lo contrario hubieseis muerto —apuntó Errolw en tono lacónico.

—¿Qué? ¿Que hice qué? Yo no... —sollozó la muchacha.

—Tranquilízate, Kat. No es tu culpa. Tú no sabías lo que hacías.

—¿Qué es un hechizo de destrucción? —preguntó William.

—Es un hechizo muy peligroso que casi nadie puede hacer. Es muy complicado realizarlo ya que, si no tomas las debidas precauciones, todo queda destruido en un radio de al menos media legua, incluido el que lo realiza. Y no solo eso, muy pocos tienen suficiente poder para hacerlo. Lo cual quiere decir que esta chica —señaló a Katia—, es más poderosa de lo que parece.

Cuando Errolw acabó de hablar, se hizo un silencio incómodo.

—Pero yo no quería hacer eso. Yo... Yo solo estaba enfadada por lo que ese... maldito Kroll les hizo a mis padres. Will es lo que más me importa en el mundo —miró al chico con intensidad—. No podía permitir que lo matara. Solo recuerdo la rabia que sentí y cómo un calor recorría mi cuerpo. Oí a alguien gritar «corred», y lo demás está a oscuras.

—Asmodeo fue el que gritó —masculló Errolw con odio—. La mujer es Elirni, a los otros dos no los conozco.

—¿Y cómo es que no los reconocimos? Yo debería haberles sentido. Además, Noa los desterró, con lo cual no deberían haber podido entrar —señaló Aekya.

—No los reconocisteis porque llevaban el *Myrt ok ajkla*. Un aparato místico que oculta la esencia del que lo usa —explicó ante la cara de desconcierto de los muchachos.

«¿Y a quién se la han robado?», preguntó Duke.

—A las hijas de mamá Ewyn.

«Pobres...», se lamentó el lobo.

—¿Qué quieres decir, Duke? —inquirió Kat con un nudo en el estómago.

—Para poder ocultar la esencia del que lo usa, el *Myrt ok ajkla* utiliza el alma de un ser puro, dejando el cuerpo vacío. A quien se la roban se convierte en un esclavo sin sentimientos ni emociones, un cascarón vacío que se mueve mediante órdenes —reveló Errolw.

—Es muy triste. ¿Hay alguna forma de salvarlas? —La chica se sentía enferma por dentro, ¿qué clase de monstruo había inventado ese aparato?

—En realidad, sí. Las almas quedan atrapadas en el interior del *Myrt*, si se destruye, el espíritu se restaura, siempre que el cuerpo esté intacto. Debe haber un lugar al que pueda volver.

—¿Y si no?

—Entonces vagará eternamente —susurró Errolw afligido.

El elfo sacó una pipa alargada, hecha de cáscara de calabaza. La encendió y, pensativo, dio una larga calada.

—Escaparon, ¿verdad? —inquirió Kat.

—Sí. Asmodeo es demasiado listo. En cuanto se dio cuenta de lo que pasaba, avisó a los demás y huyó. A Elirni y al del pelo blanco no les alcanzó del todo tu hechizo, aunque estaban muy malheridos. Del otro no puedo decir nada porque no vi qué le ocurría, aunque supongo que también huyó.

—¿Y cómo es que no estamos muertos? —preguntó Will.

—Ya os lo he dicho. Tenéis suerte de que pasara por allí —repitió, algo molesto.

Katia percibió la incomodidad de Errolw y se extrañó. Desde que lo había visto, esa era la primera vez que percibía emanar algún sentimiento de él. Eso le resultó muy extraño, pero echó un vistazo al anillo plateado que llevaba puesto, invisible para los demás, y lo atribuyó al hechizo que contenía.

«No nos lo quiere contar. ¿Por qué crees que lo oculta?», preguntó Duke solo a Aekya.

«No lo sé, pero no me fío de él. Al menos no del todo, aunque lo que dice es cierto. Kat podría habernos matado, de ahí la importancia de llegar a Esmelina y ver a Elean. Debe instruirla o quién sabe lo que podría pasar. Tenemos que avisar a Kat y a Will para que no digan nada de Noa. Errolw no sabe que ella es la sucesora de la Guardiana de la Tierra, o por lo menos no está seguro y prefiero que siga así. Al menos de momento, ¿de acuerdo?»

«Lo que tú digas, Aky».

«Gracias. Avísales».

Duke hizo lo que le pidió. Los muchachos se mostraron de acuerdo.

Errolw se hizo el disimulado mientras espiaba la conversación de la elfa y el lobo, sin que ellos fuesen conscientes. Así que la hija de Noa… ¿Quién lo iba a decir? Su vida no era tan penosa después de todo. Si actuaba con cautela y astucia, quizás saldara algunas deudas del pasado.

20

UNA COMPAÑÍA MUY DESAGRADABLE

Noa se encontraba tumbada en la cama de su habitación manteniendo una lucha constante contra el sueño. No se atrevía a dormir por miedo a lo que Atarrán pudiese hacerle. El hechicero la mantenía cautiva y en algún momento del traslado del Bosque Circular hasta su fortaleza, que era dónde se hallaba, le habían colocado el *Collar Lejikfra*[11], dejándola indefensa.

Una joven elfa con la cara desfigurada se encargaba de llevarle la comida, lavarle la ropa y tener en correcto estado de higiene el lugar. Noa disponía de un baño propio para sus necesidades, con una amplia bañera, a la cual su carcelera le cambiaba el agua cada día. El resto del mobiliario lo componía una amplia y cómoda cama, un armario, una butaca y una mesita. Todos estaban forrados en terciopelo negro y las partes de madera que sobresalían estaban pintadas en dorado. Las paredes eran de color rojo sangre, lo que daba a la habitación un aspecto lúgubre, pero de una decoración exquisita.

Noa estaba inquieta y muy preocupada. Sabía que Atarrán estaba buscando a su hija y, aunque por el momento no la había capturado, estaba segura que no cesaría hasta lograrlo.

Esa mañana la había visitado, algo que hacía a menudo desde que estaba allí, para contarle —muy enfadado— lo que Katia y los

[11] Collar hecho de bronce liso. Se utiliza para bloquear los poderes del que lo porta y causarle un dolor atroz cada vez que intente utilizarlos.

demás le habían hecho a los lacayos que envió a por ellos. Noa se alegraba de que hubiesen escapado y deseaba con todas sus fuerzas que llegaran pronto a Esmelina. Ignoraba cuánto tiempo más podría engañar a Atarrán. Tarde o temprano se daría cuenta de que no tenía el amuleto y, entonces, su vida y la de su hija estarían en serio peligro.

Unos golpes en la puerta la alarmaron.

—Buenas noches, Noa —la saludó el hechicero entrando a la habitación.

—¿Otra vez tú? ¿No tienes nada más importante que hacer? Como dormir, por ejemplo —le recriminó con acritud, mientras se incorporaba y acomodaba la fina bata de seda rosa que llevaba sobre su *kamese*[12], para después recogerse el cabello en un moño.

—Lo cierto es que no. No tenía ganas de dormir así que he pensado que podríamos hacernos compañía, como en los viejos tiempos —respondió con mordacidad.

Noa observó que iba ataviado con una camisa blanca de seda y unos calzones del mismo color; su ropa para dormir.

—Al contrario que tú, yo sí quiero descansar, así que, si no te importa… —le indicó la puerta.

—Noa, te conozco demasiado bien. Sé por tu apariencia que no estabas dormida. Ni siquiera pareces cansada.

—¿Prefieres que te diga lo que pienso realmente? —le preguntó en tono hosco.

—Que es… —se frotó el puente de la nariz mientras se sentaba en la butaca.

—Odio tu compañía con todas mis fuerzas y, si pudiera, te mataría con mis propias manos.

—Siempre tan arisca, Noa. Solo quiero conversar un rato. Pienso que deberías agradecérmelo. De hecho, si no fuera porque disfruto de tu agradable compañía, en estos instantes no estarías viva.

---

[12] Traje especial para dormir. Consistía en una camisa de lienzo delgado que se superponía a la ropa interior (camisa y calzones cortos para los hombres y un simple camisón sin nada debajo para las mujeres). El kamese solía estar adornado con puntillas o encajes en la abertura del pecho y en los puños, en función del status.

Esa afirmación provocó que Noa soltase un bufido de desaprobación.

—Sabes que si me matas tus planes dejarían de tener sentido. Pero mátame, si eso te satisface —le instó—. Te odio y eso no cambiará nunca, así que, ¿qué es lo que quieres?

—Ya te lo he dicho, Noa. Solo quiero hablar contigo. Además, quería contarte mis progresos; por ejemplo, quiero informarte que he decidido dejarles llegar a Esmelina —reveló con cinismo, a la espera de su reacción.

Noa se contuvo, sabía que estaba tramando algo.

—¿Y a qué se debe ese cambio de parecer? —preguntó con cautela.

—¿Ya no me odias? ¿O es que he captado tu interés? —le inquirió con una mueca.

—¡Por supuesto que te odio! Como te he dicho, ese sentimiento nunca cambiará. No obstante, entenderás que me interese por lo que quieras hacerle a mi niña, con lo cual, te repito: ¿qué te ha hecho cambiar de parecer?

Atarrán soltó una solemne carcajada.

—Simplemente he pensado que es mejor que llegue a tu bonita ciudad y alguien le enseñe a usar la magia de la que la has privado tanto tiempo. Tu «niña» casi destroza mis planes en un instante. En honor a ella, he de decir que la condenada tiene tu temperamento —confesó, aún sonriendo.

Por una fracción de segundo, Noa pudo ver la sonrisa que tanto había admirado en otro tiempo. Pero no duró mucho, pronto fue sustituida por una fría y amoral.

—Aunque creo que también se parece a su padre —continuó, ajeno a los sentimientos de la Guardiana—. Tiene sus mismos ojos y su sonrisa.

Noa chasqueó las mandíbulas ante el comentario. No le gustaba que le recordaran a quién se parecía su amada hija.

Atarrán la observó con detenimiento, apreciando cómo sus facciones se crispaban en una mueca de disgusto. Sus profundos ojos verdes brillaban con odio y amor al mismo tiempo. Pero lo que más atrajo su atención era cómo se le pegaba al cuerpo la tela del suave y ligero *kamese*, realzando sus senos, puesto que estaba recostada en la cama. Era muy hermosa y su belleza no se había marchitado a través de los siglos. Disfrutaba haciéndola enojar. Siempre había admirado su compostura, hasta cuando estaba enfadada, tenía esa aura de elegancia que la hacía única.

—Entonces… ¿piensas quedarte aquí toda la noche? Me gustaría descansar un poco —le apremió ella con un deje de nerviosismo en la voz.

El hechicero arqueó una ceja.

—¿Ya deseas que me vaya? Claro que no. Tienes que avisarla. Adelante, no te detendré. Dile a Katia que puede ir tranquila a Esmelina y que sea buena alumna en sus estudios. —Sonrió.

—Yo no voy a avisar a nadie —dijo demasiado rápido y con la voz exageradamente alta, puesto que había caído presa de los nervios.

Atarrán rio mientras se levantaba de la butaca para acercarse a Noa.

—*Bijket ithek, ni omawa Noa*[13] —le deseó, besándole la mano.

Noa esperó a que se retirara. Se acercó a la puerta y, arrimando la oreja, estuvo atenta a cualquier sonido que se produjera. Pasaron varios minutos hasta que estuvo segura de que ya estaba lejos de su habitación y que no había nadie cerca.

Se tumbó en la cama y cerró los ojos. Tenía que concentrarse, aunque el collar bloqueaba sus poderes, ella podía canalizar los de su hija y utilizarlos; por desgracia solo servía para comunicarse con ella.

Inspiró y expiró hondo varias veces hasta que su respiración se normalizó. Con los ojos cerrados, se puso en contacto con su pequeña.

---

[13] «Buenas noches, mi bella Noa», en Idioma Antiguo.

21

GYPSY, EL DUENDE BROWNIE

El grupo había decidió pasar la noche en casa de Errolw y partir hacia Esmelina a primera hora de la mañana. Pese a que la cama era muy cómoda, Katia no pudo dormir bien. De madrugada, Noa se había puesto en contacto con ella para decirle que estaba bien. Le confirmó sus sospechas de que Atarrán era el que había mandado a Asmodeo y a los demás a por ellos. Además, le dijo que tenían vía libre para ir a Esmelina, ya que el hechicero había decidido dejarles en paz por el momento. Aun así, su madre le advirtió que tuviesen cuidado y que no se fiasen de él. Intentaba recordar el resto de la conversación, pero estaba difusa. Ni siquiera podía asegurar que no hubiese sido un sueño.

Un olor a bollos recién hechos la embriagó. Recordó a Emma, el olor de su cocina y cómo los preparaba, y una punzada de dolor la atravesó. No queriendo derrumbarse, se aseó y vistió rápidamente para bajar a desayunar.

Los demás ya estaban sentados en la mesa del salón. Había varios cuencos que desprendían un rico aroma a leche fresca, un plato de bollos de mantequilla y otro de canela y limón. Eran como los que solía hacer su madre.

Se sentó al lado de Will y le dio un fuerte abrazo. El muchacho la besó con ternura, adivinando el pesar que estaría padeciendo. Duke se acercó a ella alegre, trotando y moviendo el rabo. Katia extendió la mano para acariciarlo entre las orejas, lo que provocó que lo moviese con más rapidez.

—¡Vaya, Duke! ¡Estás contento esta mañana! —exclamó la muchacha más animada.

«¡Claro! He pasado una noche estupenda, hace un día precioso y el desayuno está muy rico».

—Entonces tendrás ganas de ponerte en marcha, ¿no? Aún nos quedan unos días de camino —dijo Aekya en tono mordaz y arqueando la ceja.

Todos la miraron y empezaron a reír.

«¡Tú siempre tan agradable!», exclamó el lobo con ironía.

Después de desayunar, Errolw se encendió su pipa y dio una larga calada.

—Entonces… ¿A dónde os dirigís? —preguntó relajado—. No me malinterpretéis, no soy un chismoso. Únicamente lo pregunto porque yo tengo que partir hacia Esmelina, y si os viene de camino, podríamos ir todos juntos. —Dio otra larga calada a la pipa.

Todos miraron a Aekya esperando su respuesta.

Errolw se dio cuenta del gesto y decidió dejarles intimidad. No le convenía que pensaran que estaba ansioso por acompañarlos, puesto que podía arriesgarse a que sospecharan.

Dejó la pipa encima de la mesa e hizo una reverencia.

—Si me disculpáis, voy a retirarme a preparar mi equipaje. Mientras, podéis decidir si os acompaño hasta donde os dirijáis.

Todos permanecieron callados mientras el elfo se retiraba. Cuando cerró la puerta, Aekya se concentró, comprobando si se había ido de verdad.

—¿Qué pensáis? —preguntó Katia impaciente—. Nos salvó la vida y luego nos dio alojamiento y comida. A mí no me parece mala persona. Es un poco reservado, pero… ¿acaso no lo somos nosotros?

«Katia tiene razón, Aky. Probablemente él esté pensando lo mismo. Ten en cuenta que, sin conocernos de nada, nos metió en su casa», opinó el lobo.

Aekya se acarició la barbilla pensativa. Ella pensaba igual, pero no podía arriesgarse a ponerles en peligro. Ya se habían retrasado bastante. Hacía una semana que habían salido de Rojam y ya deberían haber llegado a Esmelina.

William acariciaba la espalda de Katia. Errolw le caía bien, aunque no estaba del todo seguro de si sus intenciones eran tan honestas como parecían.

—¿Qué hacemos? —preguntó el muchacho.

—¡Ah! ¡No me he acordado de contaros que anoche hablé con mi madre! —exclamó la muchacha golpeándose la frente.

Aekya abrió más los ojos, sorprendida.

—¿Cómo está? —la interrogaron impacientes ella y el lobo al unísono.

Katia les relató todo lo que podía recordar de la conversación.

«*No lo entiendo* —dijo el lobo extrañado—. *¿Cómo es posible que nos deje tranquilos? Esto es muy extraño…*»

—No podemos bajar la guardia. Tal vez deberíamos ir con Errolw, Aekya. Si pudo salvarnos del hechizo de Katia, quizás pueda ayudarnos si surge algún imprevisto. Además, llevamos tres días en su casa y se ha portado muy bien con todos nosotros —sugirió William.

La elfa resopló y accedió.

—De acuerdo, iremos todos juntos, pero estad alerta. No me fío de él.

Errolw permaneció escondido detrás de la puerta de acceso al salón. Había camuflado su esencia con un hechizo para que no pudiesen detectarlo. Ahora ya sabía que todos estaban a su favor. Únicamente la elfa no confiaba en él. Y no era de extrañar, una persona como ella no se fiaría de alguien, así como así. A partir de ahora su objetivo sería ganarse su confianza. Por el momento había conseguido el primer paso: ir a Esmelina con ellos.

Más animado, subió a preparar el equipaje.

Decidieron partir en una hora. Querían salir antes de que el calor comenzase a ser perjudicial. Ese año el verano estaba siendo muy caluroso.

Llevaban todo el día cabalgando y los caballos estaban exhaustos. Aekya se detuvo y miró en rededor.

—Acamparemos aquí esta noche. Los caballos necesitan descansar y beber agua —decidió la elfa, apeándose de Varkh y acariciándole la crin.

Pararon a la orilla de un riachuelo de agua cristalina, rodeado de hierba para que pastaran los caballos. Errolw hizo aparecer cinco platos de carne y verduras asadas, una jarra grande de zumo de frutas y un enorme pastel de chocolate y fresas. Al contemplar los ricos alimentos, Duke se relamió.

«¡Qué buena pinta tiene todo!», exclamó el lobo, salivando.

A Katia y William les entró un ataque de risa por la reacción de Duke.

—¡Siempre tienes hambre! —le dijo la muchacha riendo.

Aekya, molesta por el ruido que causaban, se alejó de ellos y se acercó a la orilla del arroyo, con Awaky y Varkh. Adoraba a los animales. Siempre se mostraban tal y como eran, sin hipocresía ni maldad. Actuaban por instinto, sin dobles intenciones. No como el resto de mortales. En realidad, daba igual que fueran elfos, enanos, humanos o cualquier criatura. Todos los seres eran iguales, capaces de cometer los actos más terribles por interés, y, tarde o temprano, acababan traicionando a los demás.

Su padre le había demostrado cuan certera era su hipótesis. Casi la había matado por no compartir su forma de pensar. La humilló y golpeó delante de todo su pueblo y nadie dijo ni una sola palabra en su defensa. Nadie, ni siquiera su madre.

En ese instante decidió no volver a confiar en nadie más. Hasta que encontró a Noa y a Duke. Ellos le habían enseñado que no todo el mundo era igual. La habían ayudado sin importar lo que eso supusiera, sin pedirle nada a cambio. Por ellos estaba dispuesta a hacer cualquier cosa, incluso daría su vida por su seguridad y felicidad

Mientras se acercaba a donde estaban sentados los demás, se fijó en que el elfo no le quitaba la vista de encima. Era simpático y servicial, pero había algo en él que la hacía dudar de sus intenciones. Lo ignoró y se colocó al lado de Katia.

La muchacha percibía el malestar de la elfa, aunque no podía estar muy segura. Le costaba diferenciar un poco entre la maraña de sentimientos y pensamientos en que se había convertido su mente. Aunque solo eran murmullos, poco a poco se estaban haciendo más fuertes. Por el momento podía controlarlos y, cada cierto tiempo, sacar algo en claro. Pero sabía que pronto el hechizo del anillo dejaría de causar su efecto y, por su bien, esperaba estar en Esmelina cuando eso sucediera.

—Sírvete, Aekya. Debes estar cansada y hambrienta. No has comido nada en todo el día —le ofreció Errolw, viendo que permanecía de pie.

Con galantería, le tendió la mano para ayudarla a tomar asiento. Gesto que la elfa rechazó.

Errolw retiró la mano con discreción, sin mostrarse ofendido, y continuó comiendo.

Después de cenar, Will y Katia decidieron dar un paseo, así podrían estar a solas y conversar. Hacía mucho tiempo que no tenían intimidad. El resto del grupo se tumbó a descansar.

Los muchachos se sentaron a la orilla del arroyo, junto a los caballos, ya dormidos. William la cogió de la mano y le dio un dulce beso.

—¿Cómo estás, mi vida? Últimamente no hablamos mucho —le dijo, besando con suavidad su mejilla.

Katia sonrió, pero la alegría no le llegó a los ojos. Simplemente suspiró.

—No lo sé, Will. Yo… Todo es demasiado confuso para mí. Ya ha pasado una semana y aún no me hago a la idea de que todo esto esté ocurriendo en realidad.

—Te entiendo muy bien, yo también me siento así.

William deslizó el dedo índice de la mano derecha, desde el nacimiento del pelo de Katia hasta la barbilla, deteniéndose un segundo en sus rosadas mejillas y, lentamente, lo posó en sus labios. Katia sintió un escalofrío y besó el dedo de Will.

—Hace una semana planeábamos nuestra boda y ahora… —una lágrima se deslizó por su rostro.

El muchacho observó el recorrido de la lágrima y se la limpió con un gesto suave, a la vez que le colocaba detrás de la oreja un mechón que le caía sobre el rostro.

—Te amo, Katia.

—Y yo a ti, mi amor.

Se besaron con fogosidad, con pasión.

—Sé que lo que hemos pasado ha sido muy duro y que nos costará bastante asimilarlo y mucho más superarlo; pero encontraremos el modo, ya lo verás. Cuando lleguemos a Esmelina y reunamos a los demás Guardianes, salvarán a tu madre y podremos casarnos. Tendremos la vida que deseamos —la animó Will con un entusiasmo que no sentía; al menos, no del todo.

Katia le miró arqueando una ceja.

—Nunca has podido mentirme, mi vida. Aunque me cueste sacar algo en claro de todo lo que percibo, contigo es diferente. Me resulta fácil saber lo que piensas y advertir lo que sientes, y en este momento capto tu miedo. No tienes que fingir para animarme.

William agachó la mirada avergonzado.

—Lo siento…

Katia rio. Percibía su vergüenza y, a pesar de la escasa luz que había, pudo apreciar como sus mejillas se habían teñido de rojo.

—Siempre me sorprende como un hombretón como tú puede ponerse tan colorado —siguió riendo.

A William se le escapó una carcajada.

Se recostaron en la hierba húmeda, agradeciendo la brisa fresca que se había levantado. El verano estaba en todo su esplendor y, aunque en los bosques no hacía tanto calor como en la ciudad, el aire aún era sofocante.

—Qué bien me siento en tus brazos —murmuró Katia dichosa.

El muchacho la apretó contra sí.

—Eres lo más importante de mi vida, Katia. Quiero que no lo olvides nunca porque ahora eres todo cuanto tengo —confesó con la voz adormecida.

Katia suspiró, absorbiendo esas palabras.

—Y yo te amo más que a mi vida y sobre todas las cosas, William.

Y tras esas palabras se abandonaron a los brazos de Morfeo.

Al cabo de unas horas, un inesperado ruido despertó a Katia. La muchacha se giró con brusquedad en busca de lo que la había asustado. Una figura encorvada estaba hurgando entre sus pertenencias, pero no estaba muy segura, a causa de la escasez de luz y la distancia a la que se encontraba.

Se levantó deprisa.

—¡Eh, tú! —Corrió hacia él. Los demás continuaban durmiendo, ajenos a lo que sucedía en aquellos instantes.

La criatura se asustó y comenzó a toser violentamente. Katia se dio cuenta de que lo que tenía en la mano no eran sus enseres, sino un trozo de la tarta de Errolw; y se estaba ahogando.

Se colocó detrás del extraño y, poniéndole las manos sobre el pecho, lo alzó, ejerciendo presión en el centro del tórax. El pequeño ser escupió lo que había obstruido su garganta.

Katia lo depositó en el suelo y, mientras él recobraba el aliento, se fijó detenidamente en su aspecto. No llegaba a alcanzar más arriba de su cintura. Tenía la piel azulada y las orejas puntiagudas. Su pelo, negro y rizado, lo llevaba revuelto por la cara. Sus labios eran de un extraño color violeta, no estaba segura si era a causa del ahogamiento o si ese era su color natural. Eran demasiado gruesos para su rostro y no eran proporcionales. Para su sorpresa, los dientes eran blancos y perfectos.

El ser iba descalzo y con un taparrabos tan sucio que era imposible determinar su color. La chica se detuvo en sus pies, desproporcionadamente grandes para su estatura. Las uñas estaban astilladas y llenas de suciedad, igual que las de las manos.

—¿Estás bien? —le preguntó, dándole golpecitos suaves en la espalda.

—Sí, muchisísimas graciaaaaaas —contestó el duende, con una voz cantarina y alargando la última «a»—. Es de buen nacido ser agradecido. De nuevo mil gracias, mi hermosisísima dama. Mi vida está ahora a su servicio hasta que pague mi deuda.

Le agarró la mano y, con un gesto caballeroso, se la besó. La muchacha, intentando no ser descortés, retiró con discreción la mano, asqueada.

—No te preocupes. No ha sido nada.

—¿Qué ha ocurrido? ¿Quién es ese...? —preguntó Aekya que, al igual que los demás, se había despertado a causa del ruido.

—Permítame, mi malhumorada elfa. Mi nombre es Gypsy —se presentó, haciendo ademán de asir la mano de la elfa.

—¡Puaj! —exclamó Aekya con aversión—. ¡No me toques con esas manos!

Errolw y William irrumpieron a reír.

—Me parece, mi gruñona elfa, que nunca ha estado muchisísimos días caminando sin poder asearse. Antes yo era un duende brownie muy limpisísimo —dijo Gypsy ofendido.

«¿Un brownie limpio?», soltó Duke con una carcajada.

—¿Brownie? —preguntó Katia desconcertada.

—Es un duende del dulce —aclaró Errolw—. Son un tipo de duendes mágicos que adoran las cosas dulces. Suelen dedicarse en exclusiva a una familia. Hacen cualquier cosa que necesiten. No suelen viajar solos, lo que hace que me pregunte: ¿dónde está tu familia, Gypsy?

El duende bajó la cabeza y cerró los ojos con tristeza.

—Mi familia esta muertisísima, señor elfo. Mi ama murió hace unas semanas. La última de una larguisísima familia. Ya era viejisísima y un fallo del corazón se la llevó —añadió entre lágrimas.

—Lo siento, Gypsy —se compadeció Katia.

—No, mi preciosísima dama, no lo sienta. Mi ama disfrutó de una vida muy larga, no siempre feliz, pero extendidisísima. Además, ya he encontrado una nueva familia. Ahora iré con usted porque me ha salvado la vida —añadió, de nuevo contento—. Ya no estaré tan solisísimo.

Katia le miró asombrada. No entendía nada. Miró a Errolw buscando una respuesta. El elfo sonrió.

—Los duendes brownies son muy retributivos, Kat. Uno de los artículos más importantes de su código de honor, dice que un duende debe ser agradecido y devolver lo bueno con lo bueno. Al salvarle la vida, él debe pagarte salvando la tuya. Por lo tanto, no se separará de ti hasta que cumpla su cometido. Ahora tú eres su familia. Y un brownie no abandona.

Katia se quedó traspuesta. Ahora tenía un duende… ¿cómo qué? ¿Familia?

—Yo… Yo no sé lo que hacer. No sabía que pasaría esto. Se estaba ahogando y yo… —Las palabras se le trababan.

«No es nada malo vivir con un brownie, Kat. Al contrario. Son geniales y serviciales, aunque demasiado justos. Mientras esté contento contigo, hará todo lo posible por ayudarte, incluso en las tareas de la casa. Eso sí, a cambio te pedirá dulces», le explicó Duke sonriente.

—Cierto. A un Brownie no le importa trabajar duro y siempre lo hace alegre, pero si no reconoces su esfuerzo, no lo premias o le criticas, te abandonará. Aunque no sin antes salvarte la vida para saldar su deuda —dijo Errolw.

Katia escuchaba a Errolw mientras miraba a Gypsy, entretenido con un pedazo de tarta. Era muy gracioso verle comer.

—¿En qué piensas, mi vida? —le preguntó William acariciándole el cabello.

—Si te soy sincera, no lo sé. Nunca había visto a un duende y no sé cómo tratarle, ni qué decirle.

—Para comenzar, pídele que se bañe y consíguele algo de ropa. Apesta y es asqueroso —dijo Aekya con cara de asco—. Por lo demás trátalo como a un igual, no cometas el error de creerte mejor. Es una criatura mágica y tiene sentimientos.

Katia se sintió ofendida y dolida por el odio que destilaba su voz y la rabia que percibía en la elfa. Esperaba que no fuese hacia ella.

—Jamás haría eso.

Aekya la miró con rostro serio.

—No pretendía ofenderte, *Onika*. Solo avisarte. —Se retiró a dormir.

—No dejes que te afecte, mi vida. Ya deberías aceptar que ella es así, y que no lo dice con mala intención —dijo Will dándole un beso en la frente.

—¡Por favor! —exclamó Katia con los ojos en blanco.

«Quizás deberías decirle que se bañe, Kat, es cierto que apesta mucho y mi sentido del olfato te estaría muy agradecido», dijo el lobo con el hocico arrugado.

Errolw hizo aparecer un taparrabos limpio de lino gris y un gorro a juego.

—Toma —se los tendió a la muchacha—. Dile que se lave en el río y se cambie, aunque no sé yo si querrá... Los brownies no son muy dados a la limpieza —comentó riendo también.

Katia hizo un puchero.

—¿Me vais a dejar decírselo sola? —preguntó con voz lastimera, viendo como los tres se tumbaban a dormir.

Duke se hizo el despistado y se puso de espaldas a Katia. Will y Errolw le imitaron.

—¡Vaya tres caballeros! —exclamó Katia con los brazos en jarra.

El lobo gruñó en señal de protesta, pero no se giró. La chica suspiró. Estaba claro que la habían dejado sola.

Tomó aire y se acercó al duende, que estaba ajeno a todo, disfrutando del poco pastel que quedaba.

—Esto… Gypsy —lo llamó dubitativa.

El duende se giró con un gran trozo de pastel entre las manos. Tenía la cara llena de restos de chocolate.

—Dime, mi preciosisisima dama —dijo con la boca llena.

—Verás, me gustaría que, si es posible, te dieras un baño en el río. Bueno… Yo… No quisiera ofenderte, Gypsy, pero… —No sabía cómo decírselo.

—¿Mi dama quiere que me dé un baño? ¿En el río? ¿Ahora? —preguntó con los ojos abiertos de par en par.

—Bueno… sí. Y por favor, no me llames dama. Simplemente Kat. ¿De acuerdo?

Gypsy suspiró. Estaba claro que su dama era demasiado pulcra.

—Está bien, me bañaré. Pero solo porque me lo pides tú —accedió, y de mala gana se dirigió al río.

—Espera, Gypsy. Aquí tienes ropa limpia. —Le tendió la vestimenta que le había dado Errolw.

—¿También tengo que ponerme otra ropa? ¿Qué le pasa a esta? —se quejó con voz quejumbrosa, quitándose el gorro y observándolo con una ceja arqueada—. Pero si aún está limpisísima.

—Gypsy, esa ropa está muy sucia. Por favor, ponte esta y, cuando lleguemos a Esmelina, te prepararé un pastel con una receta de mi madre que te encantará —le tentó.

El duende se relamió.

—¿Para mí solo? —Cogió la ropa, algo más animado.

—Para ti solo. Te lo prometo.

—¡Mmm! —exclamó dándose varios golpecitos en la barriga, un gesto que a la muchacha le recordó a su amado padre.

Intentó no llorar, pero lo echaba tanto de menos…

—¿He dicho algo que te ha puesto tristisísima? —le preguntó el duende, acariciándole la pierna.

—No te preocupes, Gypsy —dijo, sorbiendo—. Me has recordado a mi padre. Él… Ya no está.

—Lo siento, Kat. Ahora mismo me voy a bañar para que te pongas contentisísima.

La chica sonrió. Vio como el duende se alejaba corriendo y se paraba en la orilla. Primero metió un pie con cautela. Al tocar el agua, su pequeño cuerpo se estremeció. Aun así, se metió en el rio para agradarla.

—¡Ten cuidado, Gypsy!

El duende la saludó desde el agua y se zambulló. Al cabo de un rato salió, se puso la ropa limpia y se sentó a su lado.

—¡Ahora ya estoy limpisísimo! Ya no llorarás, ¿verdad?

—No, ya no lo haré —le dijo con una sonrisa, a la vez que le acariciaba los largos rizos negros.

—Mi dama, quiero decir… Kat, ¿por qué vamos a Esmelina?

Ella suspiró.

—Debemos ir para reunir a los Guardianes.

—¿A los severos y antipáticos Guardianes? ¿Por qué quieres reunir a esos brusquisísimos seres? —preguntó el duende, sin comprender por qué alguien querría hacer tal cosa.

—Es algo muy largo de contar. Tienen que reunirse para poder salvar a mi madre de Atarrán. Es complicado —suspiró la chica.

—¡Huy, sí! ¡Complicadisísimo! Atarrán es malvadisísimo, Kat. Lo mejor es alejarse de él. —Se acostó apoyando la cabeza en el regazo de la muchacha.

Katia también se tumbó y contempló el azul y estrellado cielo.

—¿Por qué todo es tan complicado?

—Porque la vida es así. O eso decía mi ama Lilly —contestó el duende adormilado.

Ese nombre… Lo había escuchado antes, pero no podía recordar dónde. Estaba muy cansada para pensar.

—Duerme, pequeño —dijo acariciándole el pelo—. Mañana será otro día.

22

ESMELINA

El grupo había partido con los primeros rayos de sol, tras tomar un ligero desayuno a base de queso y uvas. Hacía dos días que viajaban casi sin descanso en dirección a Esmelina. Cabalgaban por un angosto sendero casi imperceptible a la vista cuando los sorprendió el ecuador de la jornada. El camino, con irregularidades en el terreno debido al sinfín de ramas y hojas diseminadas por el suelo, les hizo aminorar la marcha. Los troncos de los árboles ascendían hacia el cielo, cubriéndolo con sus extensas copas. La luz se filtraba entre las hojas, iluminando ligeramente el camino. Al estar prácticamente a la sombra, no se percibía el asfixiante calor que hacía.

Los animales corrían de un lado a otro. Lo que más le llamó la atención a Kat fue un grupo de cuatro ardillas, escondidas detrás de un árbol. Tres de ellas atacaban a una cuarta. Katia intentó concentrarse para comprobar si percibía cuál era el motivo de la agresión. De pronto la sobrevino un ataque de risa.

—¿Qué ocurre? —le preguntó Will al oído.

—Nada... Es que esas ardillas... están peleándose porque una de ellas se ha quedado con el macho más cotizado... Y ahora, están intentando afearla con fieros zarpazos para que la cambie por otra... —le contó entre risas.

Will la miró con los ojos como platos.

—¡No sabía que las ardillas hicieran eso!

—Si prestas atención descubres muchas cosas en el bosque que nosotros no alcanzamos a imaginar. Padres que actúan con sus cachorros como humanos, hijos rebeldes, animales que se cuidan unos a otros… Su comportamiento es increíble.

—Supongo que ya no debería sorprenderme. Con todo lo que hemos visto…

—Y aún te queda mucho por ver. Por ejemplo, todavía no has visto a un hada. ¡Verás lo hermosas que son! —exclamó con la intención de animarle, pues empezaba a deprimirse.

Will acabó sonriendo. Ella siempre sabía cómo hacerle reír.

Al cabo de un rato Katia percibió que Awaky se encontraba bastante molesta. Le estaba costando mucho continuar. Las patas se le enredaban a cada paso y estaba sedienta.

—Creo que deberíamos continuar a pie —propuso a los demás—. Los caballos están cansados y necesitan beber agua.

—Aún debemos seguir un pequeño trecho a caballo, pero no falta mucho para llegar. Pronto estaremos en Esmelina —informó Aekya en tono monocorde.

Katia asintió y acarició el lomo de la yegua.

—Tranquila pequeña, pronto pararemos y te daré una buena ración de gachas de avena, que sé que te gustan.

Gypsy se acercó a Katia. El duende iba caminando porque se había negado tajantemente a subir a un caballo. En su defensa, alegaba que le parecía algo «degradantisísimo» tener que llevar sobre tu espalda a los vagos del planeta que no querían andar. Aun así, viajaba al mismo paso que ellos y, a simple vista, no parecía estar cansado. El resto de la expedición había estado toda la mañana escuchando las historias que el duende les contaba de sus homólogos.

—Oye, Gypsy, ¿de verdad que no estás cansado? —le preguntó Kat preocupada.

—No, mi dama. Gypsy está preparado para correr a placer. Los duendes brownie corremos tan deprisísima como queramos. Es una habilidad que pocos conocen. —Se golpeó el pecho, henchido de orgullo.

Katia y Will sonrieron. Errolw, que montaba a Varkh con Aekya, se unió al carcajeo.

—Es cierto, los brownie son muy buenos corredores —corroboró.

«¡Y buenos comedores de dulces!», añadió Duke.

Aekya, reservada como siempre, se mantenía al margen de lo que estaba sucediendo e iba alerta, observándolo todo. A Katia no le agradaba en absoluto la actitud de la elfa, aunque no le dijo nada. Intentó concentrarse para comprobar si percibía algo de su interior, mas solo encontró un vacío. Al principio creía que al recuperar sus poderes podría sentirla, pero era como si se hubiese cerrado por arte de magia. Solo en contadas ocasiones lograba apreciar algo en ella. Como cuando los sentimientos de la elfa eran muy fuertes o la sorprendía desprevenida, el único momento en el que los muros de su mente se debilitaban.

Suspiró resignada. Sintió la mano de Will acariciando su espalda y eso la reconfortó. Iba sentado tras ella. Lo habían decidido así, por el afecto que Awaky mostraba hacia la chica. Solo tenía que pensar en lo que quería y la yegua lo hacía.

El muchacho se recostó sobre su espalda, regalándole un tierno abrazo.

—¿Cuánto crees que falta, Kat?

—No lo sé, pero tengo ganas de llegar. Estoy impaciente por ver cómo es mi ciudad natal, conocer a sus habitantes... Me gustaría saber algo más sobre mi verdadera madre, comprobar sus gustos, ver su casa... Ya sabes.

—Te entiendo. Supongo que si estuviese en tu situación yo también me sentiría así y querría saber todo acerca de mi madre. ¿Sabes?, cuando estaba en el campamento de la reina, siempre que podíamos, mi padre y yo nos sentábamos en una cabañita de madera con una chimenea muy bonita en el centro que había construido con sus propias manos. Allí me relataba cosas de mi madre. De qué forma se conocieron, cómo se casaron... Cosas así. Me describía cada detalle que recordaba, así, aunque estuviese lejos, yo la sentía cerca. —Will suspiró y se oprimió más hacia ella—. La verdad es que la echo mucho de menos. También a mi padre, y a los tuyos. Los bollos de tu madre y las charlas con tu padre.

Una lágrima cayó por el rostro de Katia. Se la enjugó y acarició la alforja de cuero donde guardaba el vestido que le había regalado Annie, la gargantilla y los pendientes de sus padres.

—Yo también les echo de menos a todos.

Permanecieron en silencio un buen rato, abrazados y compartiendo su dolor.

Conforme se iban acercando a la entrada de Esmelina, Aekya se ponía más tensa. Iba con ellos un humano y, aunque tenía permiso directo de Noa para entrar, no sabía cómo reaccionarían los habitantes; mucho menos el Consejo.

A ella no le caía del todo mal. Simplemente odiaba a los hombres en general. Detestaba a cualquier criatura del sexo opuesto que se cruzara en su camino. Aun así, había jurado protegerlo con su vida si era necesario. Respiró hondo…

Errolw, que espiaba el interior de la elfa, se sorprendió ante los pensamientos que tenía. ¿Qué le habría pasado para sentirse así? Era un misterio que le tenía muy intrigado.

Por su carácter, era muy parecida a él. Alguien a quien amaba la había traicionado, volviéndola desconfiada y un poco amargada. Incluso sentía algo de compasión por ella.

De manera inesperada, el caballo frenó en seco y el elfo, que no se lo esperaba, chocó contra la espalda de Aekya. Rugió de dolor.

—Lo siento. Si llego a saber que eres tan flojo, te habría avisado que íbamos a detenernos —dijo Aekya bajándose del corcel y mostrando una mueca entre desprecio y diversión.

Errolw volvió a gruñir.

—No soy flojo, Aekya. Lo que sucede es que eres demasiado huesuda. Deberías comer algo más —le contestó con ironía.

El comentario provocó la ira de la elfa, que le lanzó una pequeña descarga de energía. El ataque le alcanzó en el hombro y lo tiró del caballo.

—Eso te enseñará a no incordiarme —masculló indignada mientras le daba la espalda y se acercaba a los demás, que observaban estupefactos la escena.

—Está claro que no sabes apreciar una broma —se quejó Errolw, frotándose el hombro dolorido.

Aekya se giró y le dedicó una mirada de aversión, con los ojos como rendijas. Con un gesto de desdén, se volvió hacia los demás.

—Recorreremos el tramo final a pie. Katia, coge las riendas de Awaky y guíala. Le costará seguir el paso, así que ve con cuidado —advirtió con brusquedad.

La chica asintió y siguió a la elfa, que abría la marcha. Duke se colocó a su lado con la intención de hablarle:

«Te has pasado, Aky. Podrías haberle matado».

La elfa soltó un bufido.

—Ese rayo no era para tanto. Y será mejor que dejes de incordiarme si no quieres otro tú.

Aceleró los pasos antes de que pudiera replicarle. El lobo movió la cabeza con desaprobación.

Continuaron en silencio durante un buen rato debido a la lentitud con la que avanzaban. De repente Aekya se detuvo una vez más.

—Hemos llegado a Esmelina. ¡Tú! y ¡tú! —señaló a Katia y a William—. Poneos detrás de Duke y Errolw. Gypsy, tú ponte a mi lado. Entraremos juntos, pero por parejas. ¿Queda claro?

—¿Dónde está la entrada? —Katia oteaba el entorno.

—No será visible hasta que pidamos entrar. Es un mecanismo de defensa antiguo que los Guardianes no quieren cambiar —explicó hoscamente—. Así se puede observar a los visitantes sin ser vistos y decidir si se les concede la entrada o no.

Katia y Will, los únicos que no estaban al corriente de esa particularidad de la capital de Bosque Terrina, se quedaron boquiabiertos.

Aekya cerró los ojos e inspiró aire.

—*Avast. Tyuram trie merthum Esmelina kirte nie, ánika Noa, Erhat Girtyua*[14] —dijo alzando la voz, aún con los ojos cerrados.

—*Oka Byuh nika rekia Onika ej tyue kirt, ava thek juhia?*[15] —contestó una voz gutural y masculina, proveniente de todas partes y de ninguna.

—*Aekya Kuntrik, Noa Palhatik*[16] —Aekya parecía avergonzada.

Errolw se sorprendió al escuchar aquello, debía andarse con cuidado. Ese apellido le resultaba familiar, peligrosamente familiar.

---

[14] «Saludos. Solicitamos que se nos muestre la entrada a Esmelina, en nombre de Noa, Guardiana de la Tierra» en Idioma Antiguo.

[15] «¿Quién usa el nombre de nuestra señora y solicita la entrada con tanto descaro?» en Idioma Antiguo.

[16] «Aekya Kuntrik, la paladina de Noa» en Idioma Antiguo.

—*Yah! Oka iehe byuh in phio tokzo! Oka cabikef ne, Aekya Kuntrik, Noa Palhatik?*[17] —La voz parecía divertida.

Aekya respiró hondo porque sabía que a partir de ese instante venía lo difícil.

—*Duke de Kaliam, Errolwinfred ik vikhaf, William Turon, Girtyana amker, Katiana Isilrá, Noa fya ej Gypsy, gejkia brownie*[18].

—*Katiana Isilrá, Girtyana Erhat?*[19] —exclamó la voz asombrada, como si no se lo terminara de creer.

—*Ie* —asintió Aekya con sequedad.

Se hizo un silencio incómodo. Todos se revolvieron inquietos, a la espera de que respondiese la voz.

—*Kakira ghan*[20].

El bosque que se divisaba en el horizonte desapareció y dejó paso a una gigantesca muralla de piedra que estaba prácticamente cubierta de una hiedra muy especial, con flores de variopintos colores.

En lo que Katia supuso que era el centro del muro, ya que no alcanzaba a divisar dónde acababa, se encontraba una gran puerta de dos hojas; era de madera pintada en dorado y con dibujos plateados en relieve. Le recordó a la puerta de Bruntik.

El portón se abrió hacia dentro y fueron pasando de dos en dos, tal y cómo Aekya había dispuesto. Al llegar los muchachos la voz oculta volvió a hablar, esta vez en la lengua de los humanos.

—¡Alto ahí, muchacho! Los humanos sin vista no pueden entrar.

—¿Qué? —preguntó William sin entender ni una palabra.

—A ti no se te ha concedido el «don de la vista». Te han anulado la «privación» mediante magia y eso no está permitido.

Katia apretó con fuerza su mano. Se estaba asustando y el tono que usaba ese ente no le ayudaba a serenarse.

—Yo… Lo siento… No… —balbuceó el muchacho.

Aekya se giró sobre sus pasos y expuso:

---

[17] «¡Claro! ¡¿Quién si no usaría ese tono?! ¿Quiénes te acompañan, Aekya Kuntrik, Paladina de Noa?» en Idioma Antiguo.

[18] «Duke de Kaliam, Errolwinfred el viajero, William Turon, el prometido de la Sucesora, Katiana Isilrá, la hija de Noa y Gypsy, su brownie» en Idioma Antiguo.

[19] «¿Katiana Isilrá, la Sucesora de la Tierra?» en Idioma Antiguo.

[20] «podéis pasar», en Idioma Antiguo.

—William tiene el permiso directo de Noa para entrar a Esmelina. Yo le he anulado la «privación» porque era necesario para entrar en Bruntik —explicó la elfa sin su brusquedad habitual.

Durante unos minutos, reinó un silencio opresivo.

—Su corazón es puro —apuntó el misterioso y oculto personaje—. Puede pasar, pero mantenle vigilado, elfa. Noa no está, así que una sola falta y será expulsado, no lo olvidéis.

—Gracias —suspiró William aliviado, aunque asombrado por la rudeza de la voz.

Katia se emocionó con la panorámica que ofrecía la ciudad. Jamás había imaginado un lugar tan hermoso como el que tenía delante. Desiguales y enormes especies de árboles albergaban las casas y los comercios de los ciudadanos. Aunque las viviendas se asemejaban a las de Bruntik por estar construidas en las frondas, en vez de estar en el interior se asentaban sobre las ramas como frutos. Estaban elaboradas en cristal y madera, tenían forma circular y estaban rodeadas de las más exquisitas barandillas. Los tejados se asemejaban a los de las carpas y eran de un material brillante, desconocido para Katia y William.

Los tallados de las puertas eran intrincados y sin sentido para la muchacha, pero no por ello menos hermosos. Sus frutos y flores enriquecían el paisaje con sus variados colores, agraciados con gustosos aromas.

Había muchas ventanas, decoradas de varios colores y formas. Todo ello unido a los tallados de los troncos, la complejidad y belleza de las construcciones, hacía de las casas un maravilloso espectáculo para la vista.

Al igual que en Bruntik, varios puentes colgaban de unas copas a otras, añadiendo además varios millares de escaleras, facilitando el acceso a las moradas. Las vías las formaban los espacios entre los árboles, pues parecía como si se hubiesen puesto de acuerdo a la hora de crecer para crear la ciudad. Se cruzaban unas con otras, lo cual ofrecía un paisaje impresionante con una sincronización perfecta. Ninguna calle estaba asfaltada ni trabajada, era el mismo suelo del bosque, con sus matorrales, sus desnivelaciones y sus flores.

Miles de luces de múltiples colores colgaban de las carpas. Aunque las copas se extendían suficientemente altas para tapar el cielo, la luz del sol se filtraba por los espacios entre las hojas y, en vez de tener una apariencia oscura o siniestra, se veía cálida y acogedora.

Solo unos pocos habitantes se encontraban en las calles. Caminaban despacio, inmersos en sí mismos y en sus vidas, y no prestaron atención a los viajeros que los observaban. La vestimenta de las mujeres y los hombres era muy similar. Ellos llevaban largas y finas túnicas de lino que llegaban a las rodillas, de colores claros con cuellos en forma de uve. Su confección era sencilla y con escasos bordados. Debajo de las túnicas, y hasta los tobillos, utilizaban calzas en tonos blancos, café con leche o marrón. Algo que sorprendió a Katia era que todos carecían de barba; no se podía distinguir ni un solo vello en su rostro, a excepción de las cejas y pestañas.

Las mujeres, de semblantes suaves y hermosos, lucían vestidos sencillos. Unas hasta los tobillos, otras hasta las rodillas, con escotes y mangas similares a las de los hombres. La diferencia se apreciaba en que estaban más pronunciados y los tifones caían en cascada. Los bordados eran semejantes, aunque más visibles. Los colores de los vestidos eran de tonos más llamativos, como rojos, violetas, verdes…

El calzado de ambos era similar: suelas de cuero con cordones entre los dedos y anudadas hasta la rodilla. Los tocados de las mujeres eran más intrincados, aunque la mayoría lo llevaba suelto; no predominaba ningún tono o tipo en particular, los había lisos, con rizos, rubios, pelirrojos, morenos… Varias lo portaban recogidos en moños demasiado complicados para Katia.

Will y ella se percataron, con asombro, de que no se veía ningún anciano por el lugar. La chica recordó que Aekya le había contado lo mucho que vivían los elfos. Supuso que los entrañables ancianos, con largas y blancas barbas, calvicies, arrugas y manchas en el rostro, propias de la edad, no eran muy comunes por aquel entorno.

Al pensar en Aekya reparó en que no había ningún elfo, de cualquier sexo, con su color de pelo, ni con su rara vestimenta de cuero, que no había cambiado desde que la conoció en el Bosque Circular. Los únicos que había visto semejantes a Aekya habían sido los hermanos Krill y Kroll, algo que reafirmó su sospecha. No dijo nada al respecto.

Estaba cansada y hambrienta. Al ser la hora de comer, miles de aromas se filtraban por los orificios nasales de la muchacha que, al igual que sus compañeros de viaje, salivaba.

El estómago del lobo no tardo en rugir, algo habitual cada vez que su hocico captaba el olor de la comida.

«¡Tengo hambre, Aky!», se quejó, lamiéndose la barriga.

—Y yo. Me comería un deliciosísimo pastel —dijo Gypsy, pasándose la lengua por los labios resecos y agrietados.

—Lo cierto es que tenemos un apetito voraz, Aekya. Quizás deberíamos comer algo antes de hablar con el Consejo —propuso Errolw con amabilidad, pero con firmeza.

Aekya refunfuñó. Aunque no estaba de acuerdo con posponer la llamada al Consejo, puesto que tardarían demasiado en reunirse, ella también tenía hambre.

—De acuerdo. Vayamos a La Casa Principal y comamos algo. Después iremos a La Sala del Consejo.

—¿La Casa Principal? ¿La Sala del Consejo? —preguntó Katia.

La elfa se frotó el puente de la nariz, cansada de las preguntas de la chica.

—La Casa Principal es el hogar de tu madre. Es como si fuese el castillo de Esmelina. Y la Sala del Consejo es un recinto construido en el árbol más alto de la ciudad, el Árbol Raíz. Se utiliza para ponerse en contacto con los Guardianes. Allí residen el dirigente de los driath y los miembros del Consejo de Guardianes: varias criaturas ya ancianas, sabias y engreídas que se encargan de decidir cuándo se debe hacer venir a los Guardianes y transmitir sus órdenes.

—¿Las de mi madre también?

—Por supuesto. Noa es la Guardiana más importante, tal y cómo te dijo Bronce.

—Cierto.

—Y ahora en marcha. Todavía tenemos que andar un rato hasta La Casa Principal —comentó en tono huraño.

Katia se quedó pensativa. Tenía en la cabeza demasiada información que se le había ido acumulando desde que salieran de Rojam y necesitaba ponerla en orden. Además, hacía demasiado tiempo que habían hablado por última vez con Bronce y empezaba a preocuparse. Sabía que estaba muy lejos, pero antes de partir le había explicado que cuando le necesitase, pensase en él y podrían hablar sin importar la distancia. Lo había intentado varias veces sin resultados.

«Más tarde —pensó— le preguntaré a Aekya».

23

LA CASA PRINCIPAL

Hekya les había explicado que la Casa Principal estaba en el límite del muro oeste, a una media hora a pie.

Mientras caminaban, Katia iba observando a cada uno de sus compañeros de viaje. La elfa, siempre en guardia, con su extraña y ajustada indumentaria de cuero y su larga melena blanca al aire abría la marcha. Sabía que su habitual comportamiento era pura ficción; aun así, a veces era molesta.

Duke, el lobo gris moteado de blanco caminaba a su lado. Presentaba una imagen desagradable a la vista a causa de su pelaje lleno de manchas y de aspecto pegajoso. La chica pensó que necesitaba un baño urgente. Todos necesitaban uno. Su propio vestido azul, de mangas caídas y escote cuadrado con detalles blancos, estaba bastante sucio y deshilado. Y eso que solo hacía cuatro días que lo llevaba puesto, desde que se lo había comprado Will en Bruntik.

Su amado no se quedaba atrás. Su ropa, la misma que llevaba el día que partieron de Noridor, estaba indecente y destrozada debido a los contratiempos y la falta de aseo personal. El pantalón holgado, antaño color canela, se había vuelto de un tono indefinido a causa de la mugre. Su *kamese* estaba desgastada, igual que su chaleco naranja de piel. Las botas estaban irreconocibles y su cabello rubio hecho una maraña por la suciedad. El rostro lo tenía cubierto de una exuberante y descuidada barba. Pese a ello, para ella era el hombre más hermoso del mundo. Un simple roce o el más mínimo susurro hacían que todo su cuerpo reaccionara. Haría cualquier cosa por ese hombre y daría, si fuese necesario, su vida por la de él.

Como si estuvieran conectados a través de sus mentes, Will, sin dejar de caminar, giró la cabeza para mirarla. Le dedicó una dulce sonrisa y le apretó con cariño la mano. La muchacha se estremeció y le devolvió la sonrisa.

Gypsy iba pegado a su derecha, observando la escena. No se separaba de ella ni un segundo. Se había convertido en su escudero personal. El duende, ahora algo más aseado que cuando lo encontró, era amable y servicial y, para asombro de la chica, de unos modales exquisitos.

Errolw cerraba la marcha de aquel grupo variopinto. Katia se fijó en él. Al igual que Aekya, su apariencia era inmaculada. Ni una mota de polvo ensuciaba su túnica verde con detalles dorados. Sus calzas blancas estaban impolutas y sus botas de piel marrón parecían nuevas. Su cabello pelirrojo ondeaba ante la cálida y agradable brisa que se había levantado.

Al llegar a Esmelina el elfo insistió mucho en acompañarles y ayudarles en lo que pudiese. Alegaba que, si tenían que reunir al Consejo de Guardianes, era porque les ocurría algo grave, y él no podía irse y dejarlos así. Aunque no quería ser un entrometido, ayudaría en todo lo que pudiese, ya que había venido a visitar a un familiar y no tenía ninguna prisa.

Aekya se mostró en desacuerdo, algo que Katia, en su interior, también secundaba. Pero los demás apoyaron a Errolw y le agradecieron el gesto, así que se decidió que les acompañara.

—¡Vaya! ¿Eso es La Casa Principal? —preguntó Katia asombrada, señalando un árbol enorme. Ante tal magnitud, tanto ella como Will se quedaron embobados.

El árbol, un magnifico ejemplar de ficus, se alzaba en todo su esplendor. Albergaba la morada más mágica y maravillosa que hubiesen podido soñar. Estaba construida entre las ramas y predominaban los techos en forma de arco. Diversas edificaciones se unían mediante pasarelas y escaleras de cristal. Las paredes estaban erigidas de piedra caliza blanca y se completaban con grandes ventanales de vidrio en varios colores. Su tejado, azul oscuro, estaba confeccionado con el mismo material que el de las demás viviendas, reflejando la luz en miles de diminutos destellos de colores, asemejándose a los diamantes.

—¡Es muy hermosa! —exclamó William.

—Sí, esta es La Casa Principal —contestaron Aekya y Duke al unísono, admirando su amado hogar.

«Aquí vivimos Aky y yo junto a tu madre», continúo el lobo.

—Es un lugar precioso. Hace tanto tiempo que no vengo, que ya no recordaba lo bonito que era —confesó Errolw maravillado.

—Bueno, entremos. Todos tenemos hambre y debemos asearnos. Más tarde iremos a la Sala del Consejo a exponer nuestro caso y llevar las indicaciones de Noa. No está muy lejos de aquí.

—¿Cuánto más tendremos que andar? —preguntó Will, extenuado, pero dispuesto a cruzar el mundo.

—A buen paso, en dos horas estaremos allí —explicó Aekya.

William asintió, rodeando a Katia por los hombros. Necesitaba un baño de agua caliente y una buena comida para sentirse como nuevo. Además, estaba impaciente por admirar el interior de La Casa Principal.

Subieron por una pasarela transparente del más puro y brillante cristal. Se extendía desde el suelo hasta la entrada principal. A ambos lados surgían unas barandillas del mismo material, formando unos arcos perfectos, de tacto suave y frio.

La entrada principal carecía de puerta, al igual que los demás accesos. Era una enorme abertura, también en forma de arco, que daba paso a un enorme vestíbulo circular muy iluminado. Las paredes se alzaban en mármol. A ambos lados del vestíbulo, había pasillos y puertas por los que se accedían a las diferentes habitaciones del complejo. En el centro, se encumbraban unas escaleras de cristal que daban entrada al segundo piso, donde se hallaba la residencia de la Guardiana.

Excepto Aekya y el lobo, ninguno de los presentes había visto nunca nada tan hermoso y de tal envergadura. Diversos cuadros de bellas estampas se diseminaban por la sala. Cuatro enormes estatuas decoraban la estancia. Katia se fijó en la segunda de la derecha: era su madre.

—¡No tengo palabras para describir cómo me siento! —exclamó abrumada.

«Sí. Causa ese efecto en todo el mundo. Incluso yo, que hace mucho tiempo que vivo aquí, soy incapaz de no sentirme fascinado cada vez que traspaso este umbral», comentó Duke.

—¿Hay otra entrada? —preguntó Errolw interesado.

Duke se echó a reír.

«¡Por supuesto! Hay varias y cada una lleva a lugares diferentes. Esta entrada se reserva a los invitados y a los que vienen por primera vez. Es muy teatral», explicó.

A Aekya no le gustó la cara que puso el elfo al escuchar al lobo. No confiaba en él.

—Esa de la estatua es mi madre, ¿no?

—Sí, Katia. Estos son los cuatro Guardianes. Pero no te preocupes, probablemente los vais a conocer en persona —dijo la elfa.

—¿En persona? Creía que teníamos que reunir al Consejo de Guardianes…

—Por supuesto. Primero les reuniremos a ellos, pero para que llamen a los guardianes. Son ellos los que tienen la responsabilidad de decidir qué hacer. El Consejo es un grupo de seres de varias especies, pertenecientes a los cuatro reinos. Ellos deciden cosas triviales que les encargan los guardianes, pero los asuntos que les afectan directamente, como es el caso de tu madre, puesto que está en juego su vida, los resuelven entre ellos.

—Has dicho los cuatro reinos. ¿Qué significa eso, Aekya? —preguntó Will.

—Los cuatro reinos son las cuatro regiones en las que se divide el mundo mágico, a diferencia del mundo humano que, como sabéis, se divide en comarcas. Pero no os preocupéis, Elean os lo explicará a ti y a Katia. Aunque en principio solo ella iba a instruirse, he creído conveniente que tú también aprendas. Tus preguntas son muy molestas y, puesto que ya formas parte de la vida de la Sucesora, es justo que seas instruido igual que ella. Ya se os avisará cuando empezáis.

El muchacho asintió agradecido. Era consciente de cuánto necesitaba aleccionarse, sobre todo en combate. No estaba dispuesto a sentirse indefenso de nuevo y mucho menos a arriesgarse a perder a Kat. Debía ser capaz de defenderla.

Aunque Aekya usaba un tono brusco con todo el mundo, creía que no era mala de verdad y que todo se debía, según su propia hipótesis, a un mecanismo de defensa.

La elfa les condujo por la escalera central hasta el piso superior. Entraron por una puerta de madera dorada a un vestíbulo similar al de la entrada, solo que mucho más pequeño. Los cuadros de las paredes eran imágenes grabadas con magia de Katia en diferentes etapas de su vida. Una de ellas llamó su atención. Tenía ocho años. Se veía tirada en el suelo llorando y con una rodilla sangrante. Emma y Ron mostraban una ternura infinita mientras la intentaban calmar. Recordaba con claridad el momento reflejado. Al intentar alcanzar un tarro de galletas que su madre guardaba en una estantería, se subió a un taburete y tropezó. Después de eso, Emma le preparó un enorme pastel de chocolate y pasaron una tarde maravillosa.

Katia se acercó y acarició la imagen de sus padres. Las lágrimas comenzaron a deslizarse por su rostro. No sabía cómo habían realizado los cuadros, pero estaba agradecida. Había creído que jamás volvería a verles. Ahora contemplaba la dulce sonrisa de su padre y la complicidad de su madre.

Percibió el abrazo de Will y la compasión de los demás, incluso de Aekya, algo extraño, pues era la primera vez que percibía ese sentimiento en ella.

—Aekya, estos cuadros… Mis padres… —La voz se le quebró por la emoción.

—Es una técnica mágica para plasmar lo que se contempla. Noa es la creadora de los cuadros. Hay muchos más. Esta era la forma que tenía de verte crecer. —Se acercó a ella y le puso la mano en el hombro, con ternura, algo impropio en ella—. Aunque puedas ver el pasado en ellos, no olvides el presente, Katia.

La muchacha absorbió sus lágrimas y asintió, aún conmovida.

—Vamos, os indicaré vuestras habitaciones para que podáis asearos y cambiaros de ropa. Estas son Elyna, Loriy, Jaquelyn y Lerina —les indicó Aekya, señalando a un grupo de elfas que subían por las escaleras—. Os llevarán ropa, comida y todo lo que necesitéis. En tres horas deberéis estar en esta sala, o me iré sin vosotros, ¿queda claro? —se dirigió a todos, ya con su tono habitual.

Asintieron, incluido Gypsy, que observaba boquiabierto la rapidez con que la elfa cambiaba de actitud.

—¿Siempre es tan rarisísima? —comentó a nadie en particular, incapaz de contenerse—. Hace un instante era amable y ahora, ¡bum! —gesticuló con las manos para imitar una explosión—, vuelve a ser bordisísima. Por cierto… mi dama —le dijo a Kat, señalándola con el dedo de manera acusatoria—, me prometiste un gran pastel.

Todos, excepto Aekya, que miró al duende con los ojos como rendijas, empezaron a reír.

«Por tu bien, Gypsy, no te metas con ella. Suele tener mal genio», le aconsejó Duke guiñándole un ojo.

—Lo recordaré para el futuro —aceptó, dándose golpecitos en la frente y girándose hacia Aekya, que le miraba ofendida—. ¿Sabes? ¿No crees que, si sonrieras más, serías más agradablisísima y le caerías mejor a los demás?

—Mi intención no es agradar, duende. Yo solo quiero salvar a mi *Onika* y seguir con mi vida —confesó en tono sombrío. Y girándose en dirección a una puerta negra, carente de decoración, añadió—: Ahora seguid a las elfas, os llevarán a vuestros respectivos aposentos. ¡Recordarlo bien! Solo tres horas.

Aekya cruzó el portón y lo cerró estrepitosamente.

Los demás, en silencio y pensativos, hicieron lo que les había ordenado. Uno a uno fueron conducidos a sus habitaciones.

24

UN INSTANTE DE TERNURA

William y Katia se encontraban en la habitación que Aekya había pedido que le preparasen a la chica. Elyna le contó que ese fue su dormitorio durante sus primeros días de vida.

Las paredes estaban pintadas de rosa, adornadas con varios cuadros de Katia y sus padres adoptivos que la propia Aekya había colgado. Una amplia cama de madera, con una bonita colcha verde bordada con motivos florales, se encontraba en el centro de la habitación. Al lado de la puerta, hecha en nogal y con su nombre tallado entre intrincados dibujos, había un armario con un sinfín de vestidos, todos de la talla de la chica. En el fondo, una hilera de zapatos de varios colores se extendía de un extremo a otro.

Al otro lado de la habitación se hallaba una cómoda con ropa interior y adornos para el pelo, un enorme espejo y varios objetos de decoración que no estaba segura de su utilidad. A la derecha de la cama existía un amplio ventanal con dos hojas de cristal, tintadas en dorado, que daba a un pequeño balcón decorado con enredaderas y varias especies de flores de diversos matices. En el centro había una mesita blanca de forja y dos sillas a juego, desde donde se divisaba gran parte de Esmelina. Era una vista preciosa. A lo lejos se alzaba un enorme árbol envuelto en luz que se moría por contemplar de cerca.

—Te ves muy hermosa con ese vestido, mi amor. No me canso de admirarte —le dijo Will acariciándole el cabello.

Katia se puso frente al espejo y contempló el vestido que le había regalado Annie el día de su cumpleaños. Dos elfas muy amables se habían ofrecido a lavárselo y enmendárselo para que pudiera volver a lucirlo. Sabía que tenía un armario repleto de ropa, pero se encontraba cómoda con ese en particular. Era un pequeño pedazo de su antigua y alegre vida y no quería desprenderse de él. También se había puesto los pendientes y la gargantilla de sus padres.

A petición de Aekya, había dejado el arco y el carcaj a buen recaudo en el armario. La elfa insistió que en Esmelina no debería protegerse de nada, y que únicamente lo usaría en las prácticas de tiro. En realidad, no solo lo llevaba por protección. Le daba seguridad en sí misma y se sentía cómoda con él. Además, notaba la presencia de Bronce y eso la reconfortaba, aunque el árbol no hubiese hablado con ella en los últimos días.

—Tú tampoco te ves nada mal con esa ropa —le dijo al muchacho, con una sonrisa que iba tomando forma en su rostro—. Aunque no va muy bien con tu apariencia. Te ves demasiado… inofensivo… —añadió mientras le hacía muecas de burla.

El muchacho llevaba puesta una suave y lisa túnica de color ocre que le llegaba casi a las rodillas. Era de manga larga y cuello en uve, con un bonito bordado de un tono más oscuro alrededor de la abertura del cuello. Debajo, unas calzas color canela cubrían sus piernas y llevaba unas sandalias de cuero enredadas hasta las rodillas.

El cabello, ahora limpio y brillante, lo llevaba recogido en una diminuta coleta al cuello. La vestimenta se la habían preparado las asistentas de La Casa Principal, asignadas de dos en dos para satisfacer las necesidades de cada invitado.

Will se levantó de la cama y se acercó a Kat, que aún se encontraba de pie frente al espejo. De pronto la levantó en volandas.

—¡Ven aquí, pequeña e indefensa mujercita! ¡Este inofensivo caballero te va a dar tu merecido! —imitó a un ogro a modo de broma mientras la recostaba sobre el lecho.

—¡No! ¡Socorro! ¡Un hombretón quiere comerme! —le siguió la corriente entre carcajadas.

El chico le hizo cosquillas en el cuello y en la barbilla con sus labios mientras ella se carcajeaba y se movía como un torbellino, revolviendo las sabanas de la cama. Al cabo de un rato, ya sin aliento, se quedaron tumbados bocarriba, sonrientes.

—¡Hacía tiempo que no lo pasábamos tan bien! —apuntó la chica a la vez que se giraba para darle un beso en los labios—. Me siento como si llevásemos meses fuera de Noridor. Últimamente no tenemos tiempo para nada.

—Lo sé. Pero ya estamos aquí. Cuando hablemos con los Guardianes ellos se encargarán del asunto y todo saldrá bien. Ya lo verás.

—¿De veras lo crees así? Porque yo no estoy tan segura, Will. No creo que sea tan fácil. Si lo fuera, ya se habría solucionado. Además, con tantas cosas que nos han ocurrido, ni siquiera hemos tenido tiempo de llorar a nuestros padres. No quiero dar sensación de frialdad, pero creo que necesitamos al menos unas horas para nosotros.

—Te entiendo, pero tienes que ser fuerte. Una vez que se reúnan los Guardianes, podremos pasar maravillosos instantes de tranquilidad, dentro de lo que las circunstancias nos lo permitan. Además, sé que estás impaciente por localizar a Bronce. Más tarde intentaremos averiguar lo que ocurre.

Katia asintió, el chico tenía razón.

En cuanto a Bronce, cada vez estaba más preocupada. La embargaba una extraña sensación y de algún modo sabía que algo malo le ocurría. El árbol le había asegurado que podrían ponerse en contacto, aunque estuviesen muy lejos. Como Sucesora de la Tierra poseía el poder de comunicarse con cualquier ser vivo sin importar la distancia. Aún no era capaz de controlarlo, pero con Bronce solo tenía que concentrarse porque había estado mucho tiempo unida a su consciencia.

A pesar de todo, no podía situarlo. La última vez que habló con él había sido en Bruntik. Desde entonces lo intentó una y otra vez y todos los intentos fueron infructuosos. Quizás el árbol estuviese demasiado ocupado o, simplemente, se había equivocado en cuanto a la distancia a la que serían capaces de comunicarse. Fuera lo que fuese, tenía que averiguar lo que ocurría.

—¿Cuánto crees que tardarán los Guardianes en reunirse? —preguntó a Will, ensimismada.

—No lo sé. Pero al menos un par de días. Piensa que no viven por aquí…

—No estás teniendo en cuenta que son seres mágicos. Dudo que vengan a caballo —indicó con una sonrisa.

—Cierto. No consigo hacerme a la idea. Parece que hay cosas que mi mente no quiere recordar —asintió Will entre risas.

—Eso es normal. Hemos crecido ignorando la magia y ahora debemos convivir con ella. No es fácil, pero tarde o temprano lo veremos como algo normal. —Agarró su mano y se giró para mirarle a los ojos—. Gracias por estar aquí, mi amor. Gracias por aceptar todo lo que nos está pasando con tanta entereza y por apoyarme. No sé lo que habría hecho sin ti. Desde que mis padres murieron, tú has sido mi máximo apoyo y no te has quejado ni una sola vez. Sé que tú has sufrido tanto como yo, y aun así has estado a mi lado sin flaquear. —Suspiró—. Te amo, mi vida.

—Yo también te amo.

Se abrazaron con fuerza y, antes de retirarse, sujetó el rostro de Kat con ambas manos. Dejó un reguero de besos, primero en los labios, luego en las mejillas, en la nariz y, finalmente, en la frente.

—Eres lo más importante de mi vida, Kat. Lo único que quiero es que seas feliz y que estés bien. Y ahora, el único modo que tengo de hacerlo es estar a tu lado. Encontraremos a tu madre, aprenderemos su cultura, sus costumbres y todo lo que nos enseñen. Honraremos a nuestros padres haciendo lo que ellos hubieran querido, casarnos, tener hijos y ser felices.

Ella se apretó junto a él. En aquellos instantes era feliz. Por primera vez en mucho tiempo se sentía a salvo. Sabía que Will daría la vida por ella, del mismo modo que ella lo haría por él. Estaba agradecida por tenerle y, aunque echaba de menos su antigua vida y era consciente del peligro que sufría su madre, en ese preciso instante era feliz.

Un pensamiento extraño y ajeno se coló en su mente. Una tierna sonrisa se extendió por el rostro de la muchacha.

—Gypsy está al otro lado de la puerta y se debate entre entrar o irse a buscar comida —comentó sonriendo.

—Ese duende no se separa de ti, voy a tener que ponerme celoso —bromeó Will.

Se incorporaron y se acomodaron la ropa. Mientras Katia se arreglaba el cabello, el chico abrió la puerta al indeciso duende. Sorprendido de que le franquearan la entrada, hizo una reverencia y se acercó a Katia.

—Mi dama, vengo a avisarte de que es la hora de reunirse en el vestíbulo, de lo contrario Aekya se irá sin ti.

—Gracias, pequeño Gypsy. ¿Has comido ya? —preguntó la muchacha con dulzura.

—Sí, pero el pastel no estaba muy bueno. Estaba sosisísimo —contó apenado.

—Bueno, no te preocupes. Cuando volvamos de La Sala del Consejo, yo misma te prepararé uno muy rico, de una receta que me enseñó mi madre. ¿De acuerdo?

Al duende se le pusieron los ojos como platos, brillantes a causa de la emoción. Cada vez le gustaba más esa dama. Era bondadosa, amable y muy poderosa, más de lo que ella misma imaginaba. Lo triste era que, por esa causa, una ola de odio y maldad se cernía sobre ella y sufriría mucho. Pero él la ayudaría en todo lo que pudiese. Misteriosamente, le recordaba mucho a su amada ama Lilly.

La cogió con cariño de la mano.

—De acuerdo, mi dama. Ahora vayamos al vestíbulo, no se vaya a enfadar Aekya.

—Gypsy, ¿has estado alguna vez en la Sala del Consejo? —preguntó William algo nervioso.

—Sí, es preciosisísima. Ya la veréis. Nadie espera nunca ver lo que es en realidad —contestó enigmático, guiñándoles un ojo—. Los demás ya están en el vestíbulo. Acaban de llegar.

—¿Cómo lo sabes? —preguntó la chica, saliendo por la puerta.

—Los presiento, mi dama. Nosotros, los duendes brownies, tenemos muchos poderes y entre ellos somos capaces de sentir el alma de los demás; y ahora siento las voluntades de la elfa, del lobo y la de Errolw. También percibo la impaciencia de Aekya. Aunque lo niega, no quiere irse sin vosotros —les contó muy serio.

Una lenta sonrisa se extendió por el rostro de la muchacha. Sabía que la elfa no era mala, aunque fuese una drow —o eso era lo que sospechaba—, lo que le hacía preguntarse: ¿qué le habrían hecho para que fuese tan dura por fuera? ¿Y cómo una elfa oscura, si de verdad lo era, había acabado entre elfos de la luz, más concretamente con una Guardiana?

Cuando llegaron al vestíbulo, tal y como Gypsy les había dicho, se encontraban todos reunidos. El semblante de la elfa parecía tallado en mármol, sin mostrar expresión alguna. Tampoco percibió ninguna emoción procedente de ella, aunque su postura transmitía frialdad e indiferencia, algo que Katia estaba segura que fingía.

Duke, sin embargo, emanaba intranquilidad y preocupación. En consecuencia, su mente parecía un hervidero de pensamientos incomprensibles. Errolw, sonriente, desprendía sensación de calma y tranquilidad. A la muchacha le resultaba difícil leer en su mente, al igual que con Aekya y con los elfos que había visto hasta ese momento. De vez en cuando percibía algún sentimiento o pensamiento fugaz procedente de ellos, cada vez más continuos. Aekya le dijo que, si poco a poco percibía más, era porque el hechizo se estaba debilitando y pronto se apagaría. Para entonces debería poder controlarlos o podría morir.

—Estábamos a punto de irnos. Habéis tenido suerte, pero no se repetirá, ¿queda claro? —les advirtió Aekya a los muchachos en tono ácido. Sin esperar respuesta, se giró y ordenó—: ¡En marcha!

25

LA SALA DEL CONSEJO

Aekya guiaba la marcha hacia la Sala del Consejo. Ya llevaban caminando algo más de una hora y aún faltaba un buen trecho. Todos estaban impacientes por llegar, excepto Gypsy, que aumentaba su nerviosismo a cada paso. Le temblaban hasta los pelos de las orejas.

Katia, intrigada por su comportamiento, no pudo evitar preguntarle qué le ocurría.

—¿Qué? ¿A mí? Nada... —titubeó el duende.

Duke se adelantó hasta ponerse a su lado y lo olisqueó. Al cabo de unos segundos, le dio un ataque de risa y todos le miraron interesados.

—¿Qué ocurre, Duke? —preguntó Aekya.

«Gypsy... tirándose pedos... Sus nervios.... Está...», masculló entre carcajadas.

El susodicho, colorado como un tomate, agachó la mirada avergonzado. Se apresuró a colocarse al lado de Katia y enterró su rostro entre los pliegues del vestido. Katia le acarició el rizado cabello, susurrándole palabras de ánimo, puesto que podía sentir sus agitados sentimientos.

Duke seguía riéndose sin parar, con esa risa lobuna que tanta gracia le hacía a la muchacha. No entendía cómo un lobo podía reírse así. Y el hecho de que tanto ella como Will pudiesen entenderle de igual manera que si hablase, era impresionante.

—Bueno, Duke, deja de reírte y cuéntanos lo que te divierte tanto —ordenó Aekya, con una casi invisible sonrisa.

«*A ver…* —cogió aire— *el duende está muy nervioso…* —intentó no reírse, algo difícil en ese momento— *y no para de tirarse pedos…*», el ataque de risa impedía que los demás le entendiesen.

—¡Por favor! Ya pensaba que era algo importante… —soltó hastiada la elfa.

Kat miró al duende, aún escondido entre su falda, y acariciándole el cabello le hizo una pregunta con la mirada. Él asintió y volvió a enterrar la cara.

—Veréis… Gypsy está tan nervioso porque uno de los miembros del Consejo es su futuro suegro, y su futura esposa estará allí.

—¿Y cuál es el problema? —preguntó Errolw extrañado.

—Que él ha estado rehuyéndoles y ahora va a tener que enfrentarse a la situación.

—Yo… Yo no quiero casarme. Ni siquiera la conozco. Solo… Solo la he visto un par de veces y no… —expuso en voz baja.

Aekya disimuló una sonrisa y Duke rompió a reír de nuevo. Errolw, extrañado de que le dieran tanta importancia a algo tan trivial, continuó caminando como si nada.

—Si no quieres casarte, no lo hagas —comentó Will.

—Mi vida, esto no funciona así. Sus padres los prometieron de niños y ahora deben cumplir con sus obligaciones. No hay forma de que se anule el compromiso —le explicó Katia.

—No lo entiendo. ¿Por qué obligar a alguien a que contraiga matrimonio contra su voluntad? —preguntó Will muy extrañado.

Ella se encogió de hombros, ignorando la respuesta.

—Hay muchas cosas que no comprendes, William —intervino Errolw—. En el mundo de los duendes las cosas funcionan de esta forma. Es decir, los padres, o por lo menos la mayoría de ellos, deciden con quién casar a sus hijos. También es verdad que la obligación entra en vigor a partir de los doscientos años de edad, lo que quiere decir que nuestro Gypsy está a punto de cumplirlos, ¿cierto? —inquirió Errolw, dirigiéndose a la masa de nervios en que se había convertido el duende.

Asintió ruborizado, aún más rojo si cabía. El lobo, con algo más de seriedad, se acercó al elfo. Se le habían quitado las ganas de reír al entender el motivo de sus nervios, y se solidarizó con el duende. No era correcto que sus propios padres le obligaran a hacer cosas que no quería solo porque era lo que ellos deseaban. Aunque él no lo había vivido en persona, no soportaba que le hicieran eso a nadie. A modo de disculpa, le frotó con cariño el hocico en el cuello.

«Siento haberme reído de ti, Gyp. No te preocupes, estamos aquí para apoyarte», le animó Duke.

—¿Ves? —le susurró Katia al duende acariciándole el pelo, ya que había descubierto que eso le calmaba—. Lo mejor es explicar lo que te ocurre, si no, los demás no entienden tu comportamiento. Somos tus amigos y te apoyaremos.

Gypsy, ya más calmado, se despegó de las faldas de Katia y agradeció a Duke sus palabras. Aunque todos le estaban dando su apoyo y él se lo agradecía, Katia había sido la única que permaneció a su lado desde el principio y sin reírse ni una sola vez.

Conforme pasaban los días, el duende estimaba más a la muchacha. Se alegraba de haberla conocido; y no solo por haberle salvado la vida, sino porque con ella se sentía bien, amado y protegido. Solo su amada Lilly le había hecho sentirse así, y si hubiese podido, habría dado su vida por ella, igual que ahora la daría por Katia.

La chica, que percibía los pensamientos del duende, se emocionó y una lágrima se deslizó por su rostro. Se la enjugó antes de que los demás se percataran.

Cuando Duke y Errolw le habían explicado las costumbres de los duendes, ella se había preocupado por la implicación que le iba a suponer el que Gypsy se quedase con ella, sin embargo, y ahora que lo conocía, estaba muy contenta de haberlo encontrado. Era amable, educado y muy simpático. Siempre intentaba ayudarla en todo. En definitiva, había resultado ser una muy buena compañía.

De improviso, a Katia la recorrió un escalofrío. Sintió como si los estuviesen observando y, esa vez, no dudó de sus instintos. A lo largo de su vida, la sensación de ser observada le había acompañado a menudo y siempre estuvo en lo cierto. Duke y su madre la habían visitado a menudo en Noridor, el propio lobo se lo confesó.

Observó en rededor sin hallar nada que la hiciese sospechar. Decidió comentárselo más tarde a los demás.

Salieron de la zona habitada de Esmelina para adentrarse en el más puro bosque. Solo la naturaleza formaba esta parte de la ciudad. Caminaron en dirección sur por entre la maleza. Al cabo de unos metros, llegaron a una concentración de diversas especies de árboles que formaban un extraño pasillo en mitad del bosque, y continuaron por él.

El corredor natural desembocaba en un árbol tan enorme que se elevaba hasta el cielo. Estaba iluminado por una cálida y acogedora luz. En el tronco, y ascendiendo hasta la mitad, una apertura triangular se alzaba majestuosa. Era muy hermoso y sobrecogedor. Se acercaron a él.

Katia se sentía insignificante al lado del árbol. Desde donde se encontraba, podía divisar parte de una escalera circular que se elevaba por el interior del tronco para dar acceso a los pisos superiores. Pasillos, puertas, ventanas... todo tallado con exquisita precisión.

Aekya les indicó que se pararan y se giró hacia ellos. Con expresión severa y firme, comenzó a hablar:

—Para los que no lo sabéis, este es el Árbol Raíz. Tiene siete plantas y en una de ellas se encuentra La Sala del Consejo. Este es un árbol sagrado, muy antiguo, y acoge a todos los miembros del consejo. En él se realizan las reuniones que afectan a los Guardianes y al mundo mágico. —Hizo una pausa y miró a Will—. Cuando entremos, nos llevarán a una amplia sala donde hablaremos con el Consejo. No quiero que nadie diga una palabra a menos que un miembro le pregunte. Únicamente contestareis a lo interrogado, ¿queda claro? —Esperó a que todos asintieran—. Muy bien. Todos permaneceréis juntos y no tocaréis nada de lo que veáis, por muy llamativo que os parezca. Si alguno cree que no va a cumplir estas sencillas reglas, será mejor que espere fuera. —Tomó aire antes de continuar—: Una cosa más. Como ya sabéis, los humanos no son bien recibidos, así que digan lo que digan de ellos, vosotros dos —señaló a Katia y a Will— permaneceréis callados.

—Pero... —quiso quejarse la chica.

—No hay peros. O acatáis las reglas u os quedáis fuera. Vosotros decidís.

William tomó de la mano Katia y le transmitió su conformidad. Ya estaba acostumbrado a no ser bien recibido en ningún sitio de ese mundo, y una cosa más, ya no le afectaba. Estando al lado de su amada, sana y salva, lo demás no importaba.

—Está bien, pero no creas que me gusta esto —aceptó Katia a regañadientes y con la voz afilada—. Algún día todas estas absurdas leyes cambiarán.

Errolw y Duke, que estaban de acuerdo con la muchacha, asintieron convencidos.

—Bueno, si ya hemos acabado de quejarnos, estamos listos —agregó Aekya.

Al entrar, un punto de luz los estaba esperando. Katia entrecerró los ojos para ver mejor. Se esforzó por percibir algo, pero le fue imposible.

Sentía miles de consciencias y sentimientos mezclados, haciéndole imposible sacar nada en claro. Por encima de todas, la mente y el corazón del árbol se extendían, cubriendo a los demás con su conducta protectora. Percibía mucho poder emanando del árbol.

El punto de luz resultó ser un hada. Su piel estaba bronceada y tenía el cabello por debajo de los hombros, de un hermoso color plateado. Iba ataviada con un sencillo y fino vestido del mismo tono, largo hasta los tobillos y de anchas mangas que le caían en cascada. Las alas, doradas e iluminadas, le sobresalían por la espalda. Su cara brillaba con purpurina, también bañada en plata, y sus ojos, extraños para Katia, eran totalmente dorados, sin iris. Al mirarlos, daba la sensación de que eran un pozo de oro fundido y agitado.

El hada los miró de uno en uno y habló con voz melodiosa:

—*Avast. Sina jhikat ka derthiaj quytha.*[21]

—*Avast, Kegurthy*[22] —contestó Aekya.

—*Trie Khanth?*[23]

—*Khava dhiart ara dhe derthiaj, fhaokia*[24] —pidió la elfa.

---

[21] «Saludos. Sois bienvenidos a La Sala del Consejo» en Idioma Antiguo.

[22] «Saludos, hermana» en Idioma Antiguo.

[23] «¿Qué queréis?» en Idioma Antiguo.

[24] «Queremos hablar con el Consejo, por favor» en Idioma Antiguo.

El hada los observó unos instantes mientras decidía qué contestar. Reparó en Katia e hizo una mueca de reconocimiento.

—*Kakira ghan*[25] —accedió y, dirigiéndose a Katia, añadió —: *Jhikat, Girtyana.*[26]

—Gracias —saludó la muchacha con un gesto de cabeza.

No le gustaba que hablaran en idioma antiguo porque Will no se enteraba de nada. Y aunque él decía que no le importaba, porque ella se lo traducía, le parecía una falta de respeto por parte de los seres mágicos, puesto que se creían superiores a los humanos. Algún día ella cambiaria todo eso, pensó.

—Mi nombre es Featherglobinwanda y significa «Dulce soplo de viento» en el idioma de las hadas. Sé que los vuestros son más cortos, así que podéis llamarme simplemente Wanda. Seguidme y os conduciré hasta el Consejo —dijo afable en el idioma de los humanos, mirando significativamente a Katia, como si supiese lo que acababa de pensar.

Katia agradeció el gesto. Siguieron a Wanda. Subieron por la escalera de madera. La barandilla estaba tallada a modo de ramas con pequeñas hojas, todo ello con exquisita precisión.

Una nueva extensión de escalera daba acceso a cada una de las plantas, imitando a los gajos de los árboles. Tomaron la extensión de la segunda, a la cual se accedía por un enorme arco de mármol del más puro blanco. En él había grabada una inscripción: *Likho ae trie fhiaz noe virka sen thofkia dhe virka phi xi ki trie fhiaz, phirk xhia rethika ka furthita dhej myrt.*

—¿Qué significa, Kat? —preguntó William interesado.

—Solo aquel que cree sin ver es digno de ver aquello en lo que cree, pues ahí reside la pureza del alma. —Fue Errolw quien contestó—. Es un sabio proverbio de las hadas, Will. En él se basó la ley de privación de los humanos. Cuando nacéis, los guardianes suprimen la privación si vuestra alma es digna de ver.

—¿Y cómo lo hacen? ¡Debe nacer un bebé humano al día, como mínimo! —curioseó Katia realmente interesada.

---

[25] «Podéis pasar» en Idioma Antiguo.

[26] «Bienvenida, Sucesora» en Idioma Antiguo.

Mientras hablaban, iban recorriendo una estancia alargada carente de ventanas, pero iluminada mediante magia, de tal manera que parecía albergar un sol en su interior. El pasillo estaba fabricado de mármol blanco, al igual que el arco. Al otro extremo, había solo una puerta a unos cien pasos de distancia.

—A esa pregunta no sé contestarte, Kat. Supongo que, como Sucesora, algún día te lo explicarán. Probablemente participarás en esas decisiones cuando seas Guardiana.

Katia se quedó en silencio, pensativa. Aunque se había acostumbrado a que le llamasen Sucesora, no era consciente de la importancia de ese término. O, al menos, no quería serlo. Guardiana de la Tierra era un cargo demasiado importante para ella. Ni siquiera estaba segura de qué significaba. Solo quería salvar a su madre y poder seguir con su vida. Pero, como en una ocasión le había dicho Bronce, si no conseguían salvar a Noa, ella debería ocupar su cargo antes de lo previsto. Un suave roce la sacó de sus cavilaciones.

—¿Estás bien? —le susurró Will, al tiempo que le acariciaba la mejilla.

—No pasa nada. Todo esto es muy hermoso, ¿verdad? —señaló la estancia.

—¿Estás cambiando de tema? —El muchacho arqueó una ceja.

Katia rio, e iba a contestarle cuando Wanda indicó que se detuvieran. Habían llegado a la puerta. Era de color dorado y tenía grabados en relieves, una rosa envuelta por una espiral, una llama de fuego, una gota de agua y una espiral doble unida. Los cuatro formaban un rombo.

Eran los mismos tallados que los del arco y el carcaj de flechas que Will le había regalado por su cumpleaños.

—¿Qué son esos dibujos? —le peguntó al hada, al tiempo que echaba la mano hacia atrás para coger el arma, cuando se acordó que no la llevaba encima.

—Esos, Sucesora, son los emblemas de los elementos. Pero no te preocupes, mañana comienza tu instrucción con Elean. Tú y tu compañero podréis hacerle todas las preguntas que queráis. Aunque no podrá estar en todas tus clases, se le ha permitido acompañarte en las clases de historia y costumbres, y en defensa corporal.

También se le enseñará a proteger su mente de intromisiones mágicas. Supongo que Aekya os habrá comentado algo.

—¿Historia y costumbres? ¿Defensa corporal? ¿Qué es todo esto? Creía que iba a aprender a dominar mis poderes —se quejó Katia frustrada.

—Te corresponde aprender mucho más que eso, Sucesora. Debes estar preparada para convertirte en la Guardiana de la Tierra y, para eso, necesitas aprender todo lo que no sabes de este mundo, tu mundo. Deberías estar agradecida de que se le permita quedarse a tu compañero. Generalmente no se tiene tanta consideración con los humanos…

—Sí, claro —interrumpió a Wanda—. Los humanos son malos y no son bien recibidos… Me estoy cansando de escuchar siempre lo mismo —dijo bastante enfadada.

Ella solo quería salvar a su madre y volver a su casa, ¿por qué todo el mundo se empeñaba en llevarle la contraria? Estaba a punto de continuar con su retahíla, cuando el hada alzó la diminuta y brillante mano, indicando que guardara silencio.

—Lo siento, Sucesora, pero no es momento ni lugar de discutir esto. El Consejo os espera. Adelante.

La puerta se abrió silenciosa sin que nadie la tocara.

26

UNAS VALIOSAS REVELACIONES

Atarrán se dirigió hacia su alcoba favorita, lugar en el que había instalado todos sus artilugios mágicos y donde concebía todos sus planes. En ella pasaba la mayor parte de su tiempo.

Al final de la habitación había una gran mesa negra de nogal a juego con un sillón de la misma madera, recubierto con terciopelo rojo. En el centro de la mesa había un pequeño atril en el que descansaba un libro encuadernado en cuero negro. Estaba abierto de par en par. También se podía observar una ristra de manuscritos, plumas, mapas y demás enseres útiles para sus propósitos, diseminados por el tablero. Y detrás de este mueble, un gran ventanal ocupaba prácticamente toda la pared. Una cortina de terciopelo rojo colgaba a cada lado.

En la pared derecha había una chimenea con una fogata vivaz; a pesar de ser verano en Infierno Oscuro nunca salía el sol. Frente a ella había un juego de tres butacas y una mesita. A lo largo de la pared izquierda se extendía una estantería revestida de libros, algunos muy antiguos. No había cuadros ni pinturas que adornaran la sala. A un lado de la escribanía, sobre un trípode de metal, se encontraba un orbe de jade de unas once pulgadas de diámetro.

Atarrán fue directo a la esfera, esperando con ansia que, esa vez le devolviera la imagen que quería ver. Era muy difícil conseguir ver a la muchacha, estaba demasiado escudada y solo cuando sus protectores se distraían era capaz de divisarla por unos instantes.

Acariciando la superficie pulida, susurró:

—*Merthum ka Girtyana*[27].

Hubo una oscilación y, poco a poco, fue apareciendo la imagen de Katia. La joven se encontraba a la entrada de La Sala del Consejo con la elfa, el lobo, el duende, el humano y un hada. De nuevo alguien se ocultaba al orbe, la misma presencia que había descubierto unos días atrás. El misterioso ser se las ingeniaba para eludirle, lo que empezaba a molestar a Atarrán. Y, para colmo, no podía deshacerse de la idea de que conocía a ese duende. Bien era cierto que todos se parecían, pero ese en particular le recordaba al que tuvo su hermana. Su amada Lilly. La desdichada nunca llegó a cumplir diez años… «¡Malditos Mágicos…!»

Observó los gestos de Katia y comprobó que la joven estaba asustada y nerviosa. Probablemente esperaba que esos ineptos le dieran una solución para salvar a su madre. ¡Pobre ilusa! En el fondo sentía lastima por ella, aunque no la suficiente para no continuar con sus planes.

El grupo cruzó la puerta y el orbe se apagó. Ofuscado, lanzó un suspiro y se sentó en una de las butacas frente a la chimenea. Se encendió una pipa de calabaza rellena de tabaco y ópalo para relajarse. Sus propósitos no estaban sucediendo como había planeado en un principio. La Sucesora y sus amigos lo habían trastocado todo; aunque, al menos había conseguido capturar a Noa, y eso era lo único que estaba saliendo bien.

Después del incidente de Bruntik había decidido dejarles llegar a Esmelina porque Katia necesitaba instrucción. Su plan era adiestrarla él mismo más adelante, pero la muchacha había dejado claro que eso no podía esperar. En otro arrebato de ira, podía matarse a sí misma y entonces todas sus aspiraciones se quedarían en nada. Él necesitaba que la Sucesora estuviese preparada para ser la Guardiana de la Tierra y quién mejor que su propia gente para hacerlo. Así, podría dejar de preocuparse por esa parte del plan.

Casi había matado a todos en un santiamén. Lo que no tenía muy claro, era cómo habían salido ella y sus compañeros a tiempo. Sabía cómo escaparon Asmodeo, Elirni, Kroll y el formoriano, pero no tenía detalles de los demás. Solo esa molesta presencia de

---

[27] «Muéstrame a la sucesora», en Idioma Antiguo.

alguien que se estaba escondiendo a sus escrutinios. Debía descubrir, a toda costa, de quién se trataba.

Lo sucedido ese día le había enfadado mucho. Castigó a Asmodeo y a Elirni quitándoles sus poderes, dejándoles como a los seres que más despreciaban. Les obligó a volver andando como simples humanos. En otro tiempo, y a otros sirvientes, les habría matado sin dudarlo. Pero esos dos eran buenos en su trabajo, eficientes y dispuestos a todo. Y ambos estaban al corriente de su plan. Además, no tenía tiempo de instruir a nadie. El demonio y la naga —tenía que reconocerlo— eran los mejores. Ya no tardarían mucho en llegar y, entonces, seguirían con el próximo paso.

Todo estaba dispuesto. Noa, atrapada en su castillo y con el amuleto de la tierra; Katia lista para ser adiestrada como Guardiana y Bronce fuera de juego. Había tenido que investigar mucho para poder realizar un hechizo efectivo que impidiese al roble ponerse en contacto con la chica y sus compañeros. Ese árbol sabía demasiado y estaba contándole cosas a la Sucesora que él prefería que ignorase.

Ahora esperaría a que los Guardianes se reuniesen para ponerse en contacto con ellos, pues tenía que ganar tiempo para que Katia estuviese preparada. Y sería entonces cuándo comenzaría la siguiente fase...

Dio una larga calada a su pipa y, alzando la cabeza hacia atrás, exhaló el humo. De pronto sintió una presencia en su espalda.

—Hola, Belina, ya añoraba tu presencia... —dijo sin emoción en la voz.

—Hola, mi bello Ati. —Se acercó desde atrás y le rodeó con los brazos mientras comenzaba a besarle varias veces en el cuello.

—¿Has realizado la misión que te encomendé?

—Sí, Ati. Aunque me ha costado demasiado encontrarlo y el precio ha subido —contestó sin dejar de besarle.

—¿Qué quieres?

—Dos noches más. Solo una no es suficiente.

Atarrán se frotó el puente de la nariz, único gesto que le tranquilizaba. Tres noches con Belina iban a ser agotadoras y le dejarían exhausto. No era el momento de desperdiciar el tiempo así, tal y como iban sus planes. No obstante, el objeto que había mandado buscar a la nixe era demasiado importante y lo necesitaba; aunque eso supusiese perder tres noches completas con ella.

—Muy bien. Tres noches entonces. Pero solo en una te alimentaré, Belina.

Ella se detuvo en seco y se separó del hechicero. Le dedicó una mirada sádica.

—Lo siento, Ati, pero no estoy de acuerdo. Tres noches completas para mí sola, y eso implica sexo y sangre; si no, no hay trato. —Mientras hablaba, escondió algo plateado en los pliegues de su vestido.

Atarrán bufó. Odiaba sentirse como un simple juguete. Cierto era que los encuentros sexuales con ella eran demasiado buenos para quejarse. Le proporcionaban una provechosa forma de desfogarse, además de un aumento de sus poderes y su energía. Pero que se alimentara de su sangre era otra cosa. Después de las sesiones quedaba exhausto y demasiado débil. Para recuperarse necesitaba mucho tiempo, y eso era muy peligroso. Una gran cantidad de seres mágicos anhelaban su muerte y, en esos instantes, quedaba totalmente expuesto. Cualquiera, con un simple roce, podría destruirlo.

«¡Maldito cuerpo humano!» Debía tener cuidado. Y ahora que faltaba tan poco para conseguir sus deseos, tres días completos fuera de juego era lo último que necesitaba. Aun así, precisaba ese objeto para poder continuar con sus planes…

—De acuerdo, Belina, tú ganas. ¿Cuándo?

—Ahora —dijo, mostrándole una hermosa rosa de cristal y plata.

27

EL CONSEJO DE GUARDIANES

Cruzaron la gran puerta dorada que daba paso a la Sala del Consejo. Katia, William y Errolw, los únicos que no habían estado nunca en ese lugar, se quedaron sorprendidos. Era una enorme estancia circular sin ventanas, hecha en su totalidad de piedra caliza y con vetas oscuras. El techo, una gran bóveda de cristal transparente, desde donde provenía toda la luz, permitía ver el cielo exterior gracias a algún conjuro.

En el centro había una enorme mesa redonda de madera de roble marrón brillante. Veintidós asientos, cada uno distinto, se diseminaban alrededor. Grandes, pequeños, imperceptibles, de hojas, de piedra...

Por arte de magia, la superficie de la mesa se extendió para dar cabida a los cinco nuevos asientos que habían brotado. Las butacas eran similares, tenían el mismo tamaño y estaban fabricadas de madera y piel. La del centro estaba decorada con motivos florales, y en su respaldo, con exquisitas letras, podía leerse el nombre de Katia.

A excepción de ellos, la sala se encontraba vacía. Pero, de repente, fueron apareciendo de la nada diferentes seres mágicos que ocuparon sus respectivos lugares. Katia observó a la variopinta multitud y un sinfín de preguntas se agolparon en su garganta.

William, por su parte, estaba tan asombrado como la muchacha. Ninguno de los dos había visto jamás a ningún ser como los que comenzaron a resurgir. Una diminuta hada, un gigante, varias criaturas de las mismas características que los elfos, un dragón, un enorme ser de piedra, un duende parecido a Gypsy, seres de baja estatura... Y así hasta un total de veintidós individuos tan hermosos como extraños.

En una silla recubierta por hiedra y flores diminutas de varios colores, se sentaba el que parecía ser el portavoz de todos. Este se puso en pie y los demás le imitaron en señal de respeto.

El portavoz era un elfo antiguo. Sus cabellos rubios le caían sobre los hombros, llevando la mitad superior recogida en una trenza. Sobre la frente, había una especie de diadema de hiedra y flores azules entrelazadas. Sus ojos carecían de tonalidad, lo cual impresionó a los chicos. Katia pudo apreciar la bondad y la tolerancia que reflejaban. Iba ataviado con una sencilla túnica beige con cuello cuadrado y decorado con ribetes marrones. Desprendía sabiduría e instaba a presentarle respetos.

Miró a Wanda e, inclinando la cabeza, le dijo:

—*Nelma, Featherglobinwanda. Kiest jsaur*[28] —Su voz era melodiosa.

—*Kalia tuk, ni oik*[29] —El hada inclinó la cabeza hacia los presentes y se retiró.

El elfo, aún de pie, observó a Katia y a sus compañeros detenidamente. Cuando reparó en William, su semblante dibujo una mueca de desaprobación que ofendió a la muchacha

—*Avast ej Jhikat. Iko sekira ma eshgork*[30] —los saludó.

La contorsión de Katia se acentuó y, sin poder evitarlo, habló por primera vez en su lengua natal, con una fluidez que hasta ella misma se sorprendió:

—*Ara ton diks therjum, oik. Tyur trie sest imoph ara trie io fhiaz ma ae trie byuh thons xi wey diagrit, fhaokia*[31].

Todos los presentes, excepto William, que no había entendido ni una sola palabra, se quedaron estupefactos ante la petición de la chica. Aekya, furiosa por su desobediencia, le lanzó una mirada de reproche. Los miembros del consejo murmuraron entre sí, criticando su

---

28 «Gracias Featherglovinwanda. Puedes retirarte» en Idioma Antiguo.

29 «De nada, mi señor» en Idioma Antiguo.

30 «Saludos y bienvenidos. Os estábamos esperando» en Idioma Antiguo.

31 «Con todo mi respeto, señor. Solicito que sea el idioma con el que crecí el que se utilice en esta reunión, por favor» en Idioma Antiguo.

comportamiento. El elfo hacia el que la muchacha había dirigido la petición sonrió y alzó la mano para silenciar el creciente murmullo.

—Conozco el motivo por el cual ha sido hecha esta impertinente petición, Sucesora. No obstante, y en contraposición a las desventuras que, en un corto espacio de tiempo, y a tan temprana edad, habéis sufrido tú y tu compañero, os va a ser concedida —añadió ante el asombro de todos.

Katia, agradecida, inclinó la cabeza en señal de respeto. William, asombrado ante la valentía de su amada, presentó sus respetos al elfo:

—Muchas gracias, eh… —titubeó, sin saber cómo dirigirse a él—, señor elfo.

Aquello provocó una nueva sonrisa en el semblante del elfo y algunos de los presentes.

—Una vez zanjada esta escamosa cuestión, el Consejo ha de continuar con el motivo de esta reunión. Como se ha podido comprobar, yo seré el portavoz de esta congregación. Así pues, os indico que mi nombre es Xaelhon, y soy el representante de los elfos de la luz. Y sin más interrupciones, decidme: ¿qué os trae a esta sala? —preguntó, a la vez que se sentaba e indicaba a los demás que le imitaran.

Aekya se puso en pie, tomó aire y, mirando a Xaelhon, comenzó a hablar en tono solemne:

—Saludos al Consejo. Hemos acudido ante su presencia porque… —vaciló—, Noa, la Guardiana de la Tierra, ha sufrido un difícil y peligroso contratiempo.

El grupo de Katia observó como todos los miembros del Consejo se sorprendían ante tal comentario. Un murmullo de voces alarmadas comenzó a alzarse. Diferentes teorías, cada una más enrevesada que la anterior, surgieron de entre los presentes. Xaelhon alzó la mano para que guardaran silencio y, al instante, el murmullo cesó.

—Aekya Kuntrik, ¿a qué te refieres con «difícil y peligroso contratiempo»? —preguntó, aparentemente tranquilo.

—Mi señora fue a por su hija y sucesora, aquí presente, y en el camino de regreso hacia Esmelina, Atarrán le tendió una trampa y la capturó. Ese es el motivo por el que solicitamos que se avise a los demás Guardianes. Debemos rescatarla —explicó, intentando no mostrar la pasión que sentía.

—*Trie?! Ie! Okida?!*[32] —Todos los presentes, fuera de sí, alzaban la voz sin comprender.

Sentada al lado de Xaelhon, en una extravagante silla, había una hermosa mujer de cabellos azules. El asiento estaba decorado con conchas y perlas de tonalidades rosas y violetas. La dama iba ataviada con una extraña túnica verde y sin mangas, hecha de un material brillante, parecido a las algas marinas. Lo llevaba atado al cuello y dejaba los hombros descubiertos y las piernas, hasta la altura de la pantorrilla, completamente visibles. Sus ojos, del más puro violeta, como rendijas, miraban a Aekya.

—*Okida kiest ma brismar phi, Palhatik?*[33] —la acusó.

—Lo siento, Gallamia. Noa me ordenó dejarla a ella y salvar a su hija. No pude hacer nada —inclinó la cabeza con los ojos cerrados y visiblemente afectada.

Por primera vez, Katia vio a la elfa dolida y triste. Todos los miembros del Consejo la estaban atacando con sus comentarios, culpándola del rapto de su madre y Aekya no se defendía. Todo había sido por su culpa, si su madre no hubiese ido a por ella, nada habría ocurrido. La elfa hizo lo que Noa le ordenó. Los protegió a todos y ahora esa gente la estaba humillando… No podía permitir que la trataran así.

—¡Ya basta! —explotó furiosa, poniéndose de pie—. No culpéis a Aekya de algo en lo que no ha podido hacer nada. Mi madre le ordenó que me salvara, y eso es lo que ha hecho. Nos ha traído hasta aquí sanos y salvos, y en vez de agradecérselo, la estáis condenando. ¡¿Y vosotros os creéis mejor que los humanos?!

Todos se quedaron atónitos y en silencio. Will la cogió de la mano para mostrarle su apoyo mientras, mentalmente le transmitía su conformidad con su actuación:

«Si puedes oírme, quiero que sepas que estoy orgulloso de ti y estoy de acuerdo contigo».

---

[32] «¡¿Qué?! ¡No! ¡¿Cómo?!» en Idioma Antiguo.

[33] «¿Cómo has permitido eso, Paladina?» «Con todo mi respeto, señor. Solicito que sea el idioma con el que crecí el que se utilice en esta reunión, por favor» en Idioma Antiguo.

«Perdón por entrometerme, pero yo también estoy de acuerdo contigo, Kat. Tienes mi completo apoyo», pensó Errolw mientras le dedicaba una sonrisa.

«¡Eso Kat! ¡Ya es hora de que alguien les diga un par de cosas a esos engreídos!», soltó Duke.

«Gracias, Katia», escuchó cómo le decía la voz de Aekya.

La chica le dedicó una sonrisa y, a continuación, les agradeció el apoyo, incluido a Gypsy, que la miraba con orgullo en los ojos. Acto seguido se dirigió al Consejo:

—Si hemos venido hoy hasta aquí es para que, junto a los Guardianes, busquemos una solución a este problema tan importante para todos. El hecho de que estemos asustados y preocupados, no implica que debamos cargar contra los demás. Debemos unirnos contra un enemigo mayor: Atarrán. Así pues, cómo Sucesora de la Tierra, os insto a que convoquéis a los Guardianes y todos busquemos el modo de rescatar a mi madre. —Volvió a tomar asiento, dejando que los asistentes asimilasen sus palabras.

Un incómodo silencio siguió a su intervención. Xaelhon mostraba un semblante crispado ante el descaro de la sucesora. Pero al mismo tiempo estaba, no solo orgulloso de la persona en la que se había convertido, sino también de la decisión y la preocupación que mostraba por los demás, recompensadas por la fidelidad de sus compañeros. Estaba al tanto de la conversación que tuvieron en secreto y estaba gratamente asombrado al ver cómo una chica tan joven y educada por humanos, podía ganarse el cariño y el respeto en tan poco tiempo de alguien como Aekya. Estaba convencido de que, cuando llegara el momento, Katiana Isilrá estaría preparada para desempeñar su papel. Además, podía sentir su poder, aún dormido, y era consciente de cuan poderosa iba a ser.

Poco a poco, el murmullo de varias voces que apoyaban las sabias palabras de la sucesora, fueron llenando la sala. Gallamia, la portavoz de los elfos marinos, asentía ante los comentarios favorables hacia Katia de Fûrth, el representante de los enanos del clan Binnelandberg, que se encontraba sentado en una enorme silla de piedra. Iba vestido en cuero y metal, a juego con un voluminoso casco de acero que cubría su larga melena rojiza. Llevaba una larga y poblada barba del mismo color, y sus ojos, también carmesí, miraban a la dama del agua con agrado.

Katia observó a un duende brownie con el pelo canoso, lacio y con una barba hasta el ombligo. Se asentaba entre un hombre-águila —que poseía la cabeza de un hombre, unido al cuerpo de ese rapaz— y un hermoso varón de cabellos rubios unidos en rastas, ojos azules y piel olivácea, ataviado con un simple taparrabos de algodón blanco y de apariencia difuminada. La reprobadora mirada del geniecillo iba de Gypsy a una bella duende de cabellos naranjas, largos y ondulados, ojos del mismo color y un bonito vestido blanco. Situación que Katia comprendió a la perfección.

«Gypsy, ese duende que se parece a ti y no deja de mirarte, ¿es tu futuro suegro?», le inquirió Katia mentalmente, habilidad recién descubierta.

«Sí. Es ese duende que está entre Rithac, representante de los Garudas, hombres-águilas, y Brothe, el regente de los Folleti, elfos del viento. Alretio, mi futurisísimo suegro, es el representante de todas las castas de los duendes brownies. La que está a su lado es Bianca, mi prometida. Pronto sucederá a su padre en el Consejo».

«Tranquilo, pequeño —le dijo Kat mientras le acariciaba el cabello—. *Bianca es muy hermosa. Estoy segura de que es encantadora».*

«Sí. Pero sigo sin querer casarme, mi dama. Fíjate cómo me mira. Me odia porque no deseo emparejarme aún. No la conozco apenas. No sé qué le gusta y qué no... Yo soy felicisisimo sin esposa», explicó apenado.

«Como no la conoces, no puedes afirmar que ahora eres más feliz que cuando te cases. ¿Por qué no intentas conocerla un poco antes de juzgar tu relación?»

Gypsy suspiró. Quizás su dama tuviese razón. Sus padres se habían casado sin conocerse y eran muy felices. Llevaban desposados más de cuatrocientos años.

«Está bien —aceptó, no muy convencido—. *Intentaré conocerla mientras esperamos a los Guardianes».*

Katia estaba a punto de preguntarle a Aekya el tiempo que tardarían los Guardianes en reunirse, cuando un hombre se levantó dispuesto a hablar. Según había comprobado, para tomar la palabra debían ponerse en pie. El ser en cuestión era pelirrojo y de ojos anaranjados. Iba ataviado con una túnica roja, de manga corta y calzas de algodón en color amarillo. Su piel era rojiza y brillante, y sus orejas puntiagudas; su asiento era una llama encendida.

—¿Quién es ese? —le preguntó en un susurro a Gypsy.

—Ese es Romik, el representante de los elfos de fuego. Es remilgadisísimo —le explicó el duende en voz bajita.

—Deberían haberse presentado al comienzo de la reunión. Es una falta de respeto no haberlo hecho —susurró ofendida.

—Guardad silencio —les regañó Aekya.

Xaelhon, que espiaba la conversación de Kat, no pudo evitar sonreír. Lo cierto era que la chica tenía razón, pero llevaban tanto tiempo perteneciendo al Consejo, que ningún miembro se preocupaba por esos detalles. No estaban acostumbrados a que no se les conociese.

Katia observó a Xaelhon, y cómo no le quitaba los ojos de encima, comenzaba a sospechar que estaba al tanto de sus charlas con los demás. Aunque su presencia le inspiraba respeto y percibía en él amabilidad y bondad, no le agradó su comportamiento, puesto que no estaba bien espiar a los demás.

Xaelhon, ante los pensamientos de la chica, y aun sonriendo, le habló mentalmente:

«Lo siento, mi niña, pero piensas demasiado alto para no oírte. Aun así, te diré que Noa estará orgullosa de ti. Aunque eres un poco impertinente, te estás ganando poco a poco el corazón de los presentes. Sigue así y algún día serás una Guardiana tan querida y respetada como lo es en la actualidad tu madre».

Katia, sorprendida ante el comentario, le hizo una pequeña reverencia con la cabeza en señal de agradecimiento. Sus ojos se humedecieron.

A continuación, Romik les habló a todos los presentes:

—*Avast.* Aunque no estoy de acuerdo con el tono insolente que ha utilizado la Sucesora, sí comparto sus palabras. La Guardiana de la Tierra está en peligro y los demás Guardianes deben ser avisados. No solo debemos intentar salvar a Noa, también tenemos la obligación de proteger a los demás. Quién sabe lo que el malvado de Atarrán tiene planeado, y si ha conseguido capturar a una Guardiana, puede decidir apresar a los tres restantes. Así que debemos impedirlo.

Un murmullo de aceptación recorrió la estancia. Aekya suspiró aliviada. Parecía que las palabras de Katia habían calado hondo en los miembros. Por fin harían algo para salvar a su amada Noa.

La elfa estaba muy agradecida con la muchacha, no solo por la bondad que había demostrado, sino porque se había enfrentado al consejo por ella, para defender su causa. Los difuntos Emma y Ron habían realizado un excelente trabajo con su educación. Noa había estado en lo cierto dejándosela a ellos y lamentaba no haber tenido la oportunidad de conocerlos en persona.

Echó un vistazo rápido a Katia. En esos instantes, Will la besaba en la mano, apoyándola como siempre; ella le miraba con un brillo en los ojos que delataba sus sentimientos hacia él. Se alegraba por ellos y, en el fondo, aún más profundo, deseaba encontrar a alguien que la amase de ese modo. Aunque, tristemente, sabía que eso era imposible. Ella no estaba destinada a ser amada. Su padre se había encargado de ello el día que abandonó su hogar, consiguiendo que sobre ella cayera una terrible maldición: «Todo aquel al que se atreviese a demostrarle su amor, moriría en el acto y de manera dolorosa. Ningún ser podría jamás amarla de ninguna de las formas de las que se pudiese amar». De ese modo, su malvado padre le había demostrado su «amor».

Noa había intentado quitarle la maldición, pero lo único que logró fue reducir su alcance, permitiendo el amor familiar y el de la amistad; el resto le estaba vetado. Era por ese motivo por el que actuaba así con los demás. Siendo hosca y esquiva no se acercaban a ella, y así les evitaba una muerte dolorosa. No era justo, pero no había nada que hacer. Noa seguía buscando la forma de arreglarlo, aunque ya habían pasado más de doscientos años sin haber avanzado apenas. Por suerte, la Guardiana no se había dado por vencida. La amaba como si fuese su propia madre.

Dirathian, el dragón y representante de su especie, se levantó de la piedra caliente en la que se sentaba. Todos, excepto Errolw, se dispusieron a prestar atención al dragón, que en contadas ocasiones participaba en las conversaciones. El elfo se había quedado petrificado ante los recuerdos de Aekya. Ahora la entendía y se solidarizaba con su sufrimiento. Era incapaz de entender cómo un padre, por muy perverso que fuese, había sido capaz de dañar a su hija de un modo tan ruin. Ella jamás sabría lo que era el amor incondicional, como el que compartían Katia y William… No es que él lo supiera, pues había descubierto de una forma horrible que lo que él creía amor, no era más que interés. Pero al menos tenía la posibilidad de amar de nuevo y ser correspondido, algo que ella jamás sentiría.

No era justo, le había arruinado la vida. Si pudiera le daría una paliza a su padre por haberle hecho daño de esa manera. No soportaba pensar en lo que Aekya habría sufrido por todo eso, y lo que aún padecería. La observó unos instantes, y comprobó cómo en sus ojos, ámbar intenso, se podía apreciar un profundo y silencioso sufrimiento... Aekya captó el escrutinio de Errolw. Ese elfo la ponía nerviosa, con sus modales remilgados, sus buenas intenciones y sus miradas de «sé lo que estás pensando». A pesar de todo, y aunque jamás lo aceptaría en voz alta, le agradaba su compañía.

Le lanzó una mirada de advertencia, acompañado de una amenaza:

«Deja de mirarme de ese modo si no quieres permanecer de pie durante una semana».

«Tranquila, Aky, no hace falta que te pongas siempre a la defensiva. Además, no te miraba a ti, simplemente estás en medio de mi punto de visión», le respondió con picardía y una sonrisa de suficiencia.

Aekya bufó y calificó al elfo de cargante. ¿Por qué mentía? Sabía que le miraba a ella... Hombres, jamás les entendería y nunca lo intentaría. Sin más, prestó atención al dragón.

—Mis hermanos —comenzó Dirathian con una voz gutural, pero armoniosa—. Ya es hora de actuar. Convoquemos a los Guardianes y demos caza a ese despreciable ser. Su reinado de maldad ha durado bastante.

Lanzó un poderoso rugido, seguido de una llamarada que salió de sus enormes fauces, en dirección a la bóveda. Sorprendentemente se evaporó sin causar ningún daño.

Muchos de los presentes aplaudieron, mostrando su acuerdo. Solo unos pocos se mantuvieron en silencio.

Xaelhon se puso de pie y alzó la mano para solicitar la palabra.

—Aunque no todos compartimos tus ganas de luchar, Dirathian, estamos de acuerdo en invocar a los Guardianes. No obstante, ¿alguien tiene otra sugerencia?

Todos permanecieron en silencio, intercambiando miradas entre ellos. Transcurridos unos minutos, y convencido de que nadie se opondría, el elfo continúo:

—Así pues, el Consejo ha decidido convocar a los Guardianes. Mientras se les avisa, a la Sucesora y a sus acompañantes se os aconseja que descanséis y repongáis fuerzas. Mañana podéis visitar la ciudad, pues estoy seguro de que os encantará. —Hizo un ademán con la mano y en un segundo apareció Wanda, haciendo una reverencia.

—Mi señor, ¿qué puedo hacer por usted?

—Featherglobinwanda, acompaña a la Sucesora y a sus amigos, y asegúrate que tienen todo lo que necesiten. Cuando hayan descansado, muéstrale a Katia y a su compañero nuestra bonita ciudad, seguro que estarán encantados con todas las bellezas que hay aquí.

—Sí, mi señor. Es todo un honor —añadió girándose hacia los susodichos—. ¿Me acompañáis? —Les dedicó una amplia sonrisa.

El grupo de Katia salió de la estancia guiado por el hada.

Xaelhon tomó asiento, suspiró satisfecho y se dirigió a los presentes:

—Bueno, hermanos y hermanas, debemos realizar la convocatoria. ¿Estáis preparados?

Todos asintieron, se pusieron de pie y al unísono cerraron los ojos. En un santiamén los nuevos asientos desaparecieron y la mesa volvió a cambiar, retornando a su estado inicial. En el centro de la tabla, a unos centímetros de ella, flotaba una enorme piedra verde y circular: El *Ojo de Jade*. Un orbe mágico que se utilizaba para observar cualquier cosa en cualquier sitio, y comunicarse con quien se desease. Aunque con una particularidad: cómo la piedra estaba viva, era ella la que decidía durante cuánto tiempo mostraría la imagen solicitada y si le incluiría el sonido.

Se decía que el orbe se basaba en la pureza de las intenciones, pero no estaba comprobado. De lo que sí estaban seguros, era que le gustaba que lo ensalzaran. El tamaño de la esfera lo elegía el portador, y variaba según la petición de este. Solo existían dos en todo el mundo, pero uno había sido robado de Esmelina hacía dieciocho años y no se había podido recuperar.

Uno por uno, los miembros del Consejo fueron dándoles la mano a los que tenían a su lado. Y cuando el círculo estuvo formado, los veintidós asistentes entonaron al unísono:

—*Derthiaj ne tyue trie kaie merthum kie girtyus, askani hakde iye*[34].

Al cabo de unos segundos, el orbe brilló con intensidad. A continuación, cada vez más nítido, fue apareciendo una imagen. En ella se distinguía una estancia similar a una cueva, pero de mayores dimensiones. Las paredes de selenita rojiza y pura eran rugosas debido a que estaban excavadas en la propia roca. El suelo, rojo intenso, reflejaba los enseres de la sala, debido a su acabado inmaculado. La imagen bailaba al son del aire ondulado, causado por la alta temperatura a la que estaba sometida la habitación.

Al fondo se podía distinguir una mesa rectangular fabricada en piedra máfica y de tonalidad grisácea. Seis sillas del mismo material la recorrían. A la derecha de la estancia había un estante de hierro forjado por los enanos, resistente al fuego. Había sido un regalo. Sobre él se alzaba un enorme jarrón de porcelana decorado con dibujos florales y tonos primaverales. A lo largo del aparador se extendía un enorme espejo que otorgaba a la estancia una sensación de grandeza.

En la pared de enfrente, y de un extremo a otro, había una estantería de piedra caliza repleta de libros y objetos extraños. Una mesita y varias butacas de olivino completaban la decoración de la cámara. Sentada en una de ellas, y con un libro encuadernado en piel ignífuga en las manos, podía observarse una silueta. La imagen proyectada de Xaelhon apareció a su lado.

—*Avast, Xaelhon.* ¿Qué te trae a mis aposentos? —preguntó con amabilidad la silueta, sin levantar la vista del libro.

—*Ni Oik,* el Consejo solicita la presencia de los Guardianes. La Sucesora de la Tierra os ha convocado.

—¿La sucesora de Noa? —preguntó el misterioso personaje, alzando la vista hacia el elfo con una sonrisa en el rostro—. ¡Así que ha vuelto! ¡Me alegro mucho por Noa!

---

[34] «El Consejo te pide que nos muestres a los Guardianes, sabio *Ojo de Jade*», en Idioma Antiguo.

Xaelhon asintió devolviéndole el gesto, pero la alegría no le llegó a los ojos.

—Xael, ¿qué ocurre? —inquirió con una ceja arqueada.

El elfo se quedó unos instantes en silencio, decidiendo qué palabras utilizar para informar al Guardián del Fuego. Aylen se caracterizaba como un ser muy extraño. Su naturaleza real provenía del fuego puro, pues había nacido de él; aunque poseía, mediante magia, la apariencia similar de un elfo de fuego. Tenía el cabello lacio, de un tono rojo intenso, el cual se le posaba sobre los hombros. Sus ojos eran de un matiz naranja y con la particularidad de que parecían líquidos. Su cuerpo esculpido tenía la tonalidad rojiza propia de los elfos del fuego. Esto se debía a que, además de vivir y nacer en el interior de un volcán, los seres del fuego poseían un «alma en llamas», es decir, un alma de fuego. Estos entes poseían el control absoluto de su elemento, puesto que crecían y vivían en él.

Aylen vestía con un simple calzón beige y unas sandalias del mismo color, pues estaba orgulloso de su cuerpo y adoraba los cumplidos que le proporcionaba. A su alrededor, un aura de fuego, no siempre visible, lo envolvía. Aunque era algo presumido y un poco altanero, era a la vez amable, gracioso, campechano y muy justo. Además, muy querido, no solo por sus súbditos, sino por todo el que se relacionaba con él.

Xaelhon tomó aire y dijo:

—Noa ha sido capturada por Atarrán, Aylen. Y, personalmente, creo que hay algo peligroso e inquietante detrás de todo esto.

—¿Apresada? ¡¿Cómo ha sido posible!? —explotó, literalmente, en llamas y, a continuación, se recompuso al instante.

Su aura de fuego, brillante pero inofensiva, se volvió una peligrosa y enorme llama abrasiva. Su silueta se difuminó.

—El hechicero la atrapó cuando fue a buscar a Katia. Su paladina no pudo hacer nada y la chica aún desconoce sus poderes, por no decir que, en ese instante, estaban aún sellados.

—¡Ahhh! ¡El hechizo de Noa! —exclamó, menos furioso. Poco a poco, su aura fue retornando a su estado normal—. Le dije que no lo hiciera, pero no me escuchó. Debieron hacerme caso y eliminar a ese despreciable cuando tuvimos la oportunidad de hacerlo.

Xaelhon suspiró apenado. Conocía esa historia de primera mano y lamentaba cada segundo de su existencia el no haberlo hecho. Le habría ahorrado a su hija, incluso a su nieta, todo por lo que habían tenido que pasar. Si solo hubiese hecho caso a su esposa…

«Diomira…» ¡Cuánto la echaba de menos! Las lágrimas asomaron a sus ojos, pero, antes de que surgieran, las hizo desaparecer. El Guardián del Fuego no quiso pasar por alto ese detalle y volvió al estado físico anterior al ataque de ira.

—Lo lamento, Xael. A veces soy un bocazas y no mido mis palabras.

—No debes justificarte, *ni Oik*. La verdad es verdad, aunque duela.

—Siempre tan sabio. Informa al Consejo que en dos días los Guardianes se reunirán. Avisa a Katiana, pues deseo conocerla, y el resto de Guardianes también. Al fin y al cabo, no falta mucho para su ascensión.

—Estoy seguro de que será una Guardiana a la altura de sus predecesoras. Es la viva imagen de su madre, aunque tiene la impertinencia de su abuela —sonrió orgulloso—. Pero he de avisarte que le ha entregado su corazón a un humano y no permite que se le aparte de él. No obstante, he de decir a su favor que tiene un corazón puro y ama a Katia con sinceridad.

—Veo en tus ojos lo que me cuentas. He observado la lealtad de sus compañeros; sobre todo, y eso sí que es extraño, la de Aekya. Se les va a permitir presenciar la reunión. Y ahora, debes irte, pues he de avisar a los demás guardianes.

Xaelhon asintió, hizo una reverencia y desapareció, dejando a Aylen en sus aposentos, cavilando sobre la conversación mantenida con el elfo. Que Noa hubiese sido raptada, significaba que ese infame de Atarrán era más poderoso de lo que querían creer, y estaba convencido de que tenía algún plan malvado preparado. Debía darse prisa, pues solo tenía dos días para organizar su marcha.

28

UNA ATRACCIÓN INCONFESABLE

Eran más de las tres de la tarde y el sol, en su máximo esplendor, iluminaba el cielo. Asmodeo y Elirni vagaban sobre una pradera desértica, dirección al puente de madera que se encontraba en el centro del Río del Olvido, el único lugar que podían atravesar a pie para llegar a Infierno Oscuro.

Atarrán les había despojado de su magia con un hechizo muy poderoso que los degradó a simples humanos, las criaturas que más despreciaban en el mundo. Y todo como castigo por haber perdido a la sucesora y a sus compañeros; aunque antes les soltó un buen rapapolvo, acompañado de dolorosas descargas de energía que los dejó maltrechos.

A pesar de todo, ambos estaban «agradecidos» de que tan solo les hubiese convertido en humanos, ya que Atarrán no era conocido precisamente por su compasión y benevolencia. Prueba de ello era el estado en que habían quedado Balkor y Kroll. Ambos estuvieron a punto de morir a causa de las heridas que el hechicero les causó y, no contento con ello, les envió a pie hasta sus respectivas ciudades a reunir sendos ejércitos y desplazarlos a Infierno Oscuro.

Asmodeo y Elirni llevaban caminado tanto tiempo que habían perdido la cuenta de los días que pasaron desde lo sucedido en Bruntik. Lo peor era que aún les quedaban varias jornadas hasta llegar a la fortaleza de su señor. Estaban cansados y hambrientos. Su alimentación había sido muy exigua últimamente y, por si fuera poco, la naga estaba herida.

Su cola de serpiente había sido destrozada a mordeduras por aquella estúpida fiera y, al transformarla en humana, el hechicero no se molestó en sanarla. Así que, sus recién adquiridas piernas sangraban sin parar por aquellas heridas tan profundas. Asmodeo se las limpiaba cada pocas horas y le aplicaba, con cuidado, un ungüento que él mismo había preparado con miel de abeja para evitar infecciones, e hipérico, una hierba muy conocida por sus propiedades cicatrizantes. Gracias a ese emplasto las mordeduras estaban sanando y Elirni caminaba mejor, aunque sufría fuertes dolencias. El demonio le preguntaba a menudo por su salud y se mostraba interesado en su mejoría.

Aunque en presencia de los demás la trataba con indiferencia, cuando se encontraban a solas sus modales eran más refinados y detallistas. Le hablaba en un tono que no era propio en él —casi podría jurar que con admiración y afecto— y ella, evidentemente, le devolvía los cumplidos que de vez en cuando le regalaba. Era el demonio más atractivo que había conocido jamás y, aunque un poco estirado, la tenía fascinada. Elirni le estaba agradecida por sus cuidados.

—¿Qué tal te encuentras? —le preguntó él con amabilidad, sacándola de sus pensamientos.

—Estoy bien, gracias, aunque un poco cansada; nada serio.

—Me alegro. Vamos a parar un rato para que te cambie las vendas y para que comas algo. Debes hidratarte y alimentarte para que se curen más rápido.

Asmodeo se detuvo y sacó de su bolsa, la cual llevaba anudada a la cintura, una botellita de cristal con un líquido verde pastoso y varias tiras de tela que había arrancado de su inmaculado traje blanco. Aunque adoraba esa vestimenta, no podía permitir que a Elirni se le infectaran las heridas, ya que eso dificultaría su marcha. Al menos, esa era la excusa que se daba a sí mismo por la preocupación que sentía por la naga.

Desde que la conoció había sentido la necesidad de protegerla, y no entendía el porqué. Ese comportamiento no era propio de él. Era un demonio oscuro y amaba el mal con todas sus consecuencias, no estaba hecho para el amor. Evidentemente tenía necesidades físicas, que no dudaba en satisfacer con cualquier mujer que se lo permitiese; pero había cambiado de actitud desde que vio por primera vez a Elirni.

Para su vergüenza, era incapaz de tener relaciones sexuales con ninguna mujer desde ese instante. Solo ella ocupaba su mente y su cuerpo. Se la imaginaba de todas las formas posibles y le resultaba muy difícil no pensar en ella. En su interior anhelaba que la naga sintiese lo mismo.

Cuando la sucesora realizó el hechizo de destrucción, tan solo fue capaz de preocuparse por ella y por su protección. Eso le resultaba muy extraño, ya que en su forma de ser prevalecía un egocentrismo desmesurado. La idea de poner a alguien por encima de sí mismo era una aberración; y, aun así, era incapaz de evitarlo.

Era consciente de lo que le sucedía. Pero, para su casta, el amor era motivo de deshonra y no lo podía permitir. Solía fingir indiferencia hacia ella; aunque en ese momento, estando los dos a solas mientras le cambiaba los emplastes de las heridas que tanto la estaban haciendo sufrir, y le rozaba la piel mientras ella le tendía las improvisadas gasas, era casi tan difícil como no disfrutar matando. Con cada roce, sus mejillas se sonrojaban y sus ojos, ahora humanos, le miraban con el mismo ardiente deseo que él también sentía.

Asmodeo tendió la mano para coger la última venda que necesitaba y un nuevo roce se produjo, provocado de manera intencionada por ambos. Elirni lanzó un silencioso gemido que hizo que todo su cuerpo vibrara por ella. Se miraron con ardor y, sin poder evitarlo, se besaron apasionadamente.

La naga se apartó con brusquedad, levantándose de un salto de la piedra en la que estaba sentada. Asmodeo la miró creyendo comprender su actitud.

—Lo siento, Elirni. Disculpa mi atrevimiento. —Se incorporó y sacudió su pantalón—. Me he dejado llevar por el momento, pero no te preocupes, no volverá a ocurrir. Son estos malditos sentimientos humanos que nos confunden —se excusó.

Elirni le miró indecisa, dudaba entre decirle la verdad o fingir que estaba ofendida. Mientras le observaba disculparse, sacudirse y devolver a su lugar un mechón moreno que le caía sobre los ojos, entendió que, a pesar de todo, le amaba. Sabía que no estaba permitido, que ninguna de sus razas lo aprobaría; ni siquiera estaba segura de lo que sentía por ella, pero le daba igual.

Se acercó a él despacio y le cogió con delicadeza la mano en la que aún estaba la venda que había provocado esa situación. Una lenta sonrisa se extendió por su rostro al pensar en eso. Él la observó, aspiró su aroma y, acariciándole una mejilla, se dejó llevar por el ardor del deseo.

El duro suelo se convirtió en la cama más mullida, el asfixiante calor dejó de ser importante. Solo sus cuerpos rozándose, sus labios besándose… Solos, la naga y el demonio. Elirni y Asmodeo. Dos seres destinados a odiarse y, sin embargo, unidos por algo más que la lujuria.

Aekya se encontraba dormida en su cama. De repente se levantó de un salto, sofocada. Su piel estaba perlada de sudor y las manos le temblaban violentamente. Intentando calmarse, se dirigió al aseo de su habitación.

En el baño había un mueble de roble de color cerezo con una encimera de mármol en la parte superior. Encima había un enorme espejo tallado por la propia elfa. Sobre la loza había un jarrón y un cuenco, ambos de porcelana y de color rojo, con cenefas doradas. También había un taburete y una bañera. El retrete, fabricado en porcelana fina, era muy sencillo.

Se dirigió al jarrón y, asiéndolo, vertió un poco de agua en la tina. Se humedeció la cara, secándosela con un paño de algodón que sostuvo en la mano al sentarse en el taburete. Acto seguido enterró la cara en el trapo y suspiró. Había tenido un sueño que no debía haberse producido. En él se veía con Errolw, realizando cosas que a ella no le estaban permitidas.

Se levantó, salió del baño y comenzó a caminar de un lado a otro de la habitación. No, se dijo. Solo había sido un espejismo y no debía darle más importancia de la que tenía. Una mera ilusión.

Abrió el armario y comenzó a quitarse el camisón para vestirse. Mientras la suave tela recorría su cuerpo, una imagen cruzó su mente.

—¡No! —lanzó un lastimoso grito. Tenía que quitárselo de la cabeza. Eso no le podía estar sucediendo a ella.

Se vistió con rapidez mientras recitaba en voz alta un antiguo poema épico de lucha para mantener la mente ocupada. Salió de su aposento tan rápido que chocó contra alguien que se dirigía hacia su habitación, yendo ambos a parar al suelo. Cuando se fijó con quién impactó, dio un respingo.

Errolw, sorprendido por la actitud de la elfa, se incorporó y le tendió la mano para ayudarle a levantarse. Aekya no solo rechazó el auxilio que le brindaba, sino que se disculpó en un tono titubeante, impropio en ella, y salió disparada de allí.

El elfo se quedó boquiabierto, sin entender lo que había ocurrido. Él solo había venido para despertarla a petición de Wanda. Lo más sorprendente de todo era que estaba sonrojada y que no le había mirado a los ojos. No entendía a las mujeres y, ella en concreto, era más complicada que todas las que había conocido juntas.

Sin dejar de pensar en lo sucedido bajó a desayunar.

29

LA FAMILIA

Katia y William se encontraban en el salón-comedor de la Casa Principal, junto a Gypsy y Wanda. El hada había despertado a la muchacha para que desayunara y así poder mostrarle la ciudad, tal y como Xaelhon le había encomendado.

La estancia era enorme. Las paredes eran de mármol blanco y el suelo estaba cubierto en su totalidad por una alfombra de color beige. La entrada era una puerta doble que permanecía abierta durante todo el día. Varias ventanas de vidrio recorrían las paredes, otorgándole una luminosidad muy agradable.

La mitad de la sala la ocupaban tres mesas de roble rodeadas por seis sillas cada una, acolchadas con unos cojines de algodón tintados en violeta. En el resto del aposento había varias butacas esparcidas frente a una estantería repleta de pergaminos, libros y diferentes artilugios, todos ellos de aspecto antiguo; aunque bien conservados.

Era una estancia muy concurrida. Katia se sorprendió al ver la cantidad de personas que entraban y salían. Entre ellos estaban los encargados de la limpieza, los cocineros y, en general, todo el que quisiera utilizarla.

A diferencia de los humanos, que se organizaban en castas según su dinero y posición social, los elfos admiraban cualquier labor. Todas eran útiles para la comunidad y, aunque cada familia tenía su propio hogar, todo se compartía. Una vez al mes se reunían todos los habitantes de la ciudad alrededor de grandes mesas repletas de víveres. Comían y cantaban juntos hasta bien entrada la noche. Un espectáculo digno de admirar.

Mientras saboreaban el rico zumo de papaya y los dulces pastelitos de almendras que les habían traído dos elfas muy simpáticas, vieron como Aekya, sonrojada hasta las orejas, se acercaba a la mesa y se sentaba sin decir palabra alguna. Gypsy, siempre tan sincero, preguntó lo que a los demás se les pasaba por la cabeza:

—¿Qué te ocurre, Aekya? Pareces avergonzadisísima.

—Nada. Yo… Esto… —titubeó, algo impropio de ella—. No pasa nada.

Duke y Errolw entraron en ese instante al salón y se unieron a ellos. Antes de que llegasen a la mesa Aekya se levantó de un salto y se fue sin mediar palabra, dejando a todos estupefactos.

—¿Alguien sabe qué le ocurre? —preguntó Errolw atónito—. Esta mañana, cuando he ido a avisarla para que bajara a desayunar, se ha comportado de un modo muy extraño.

—Supongo que será algo de mujeres. Son dificilisísimas de entender —reflexionó el duende, a la vez que se metía un enorme trozo de pastel de almendras en la boca—. No bugqueg la egplicgagiog, Egog.

Gypsy tenía la boca tan llena de pastel que, al hablar, varios trocitos se le cayeron a la mesa y rápidamente intentó recuperarlos. Todos los presentes comenzaron a reír.

—Tú la conoces mejor que nosotros, Duke. ¿Qué opinas? —le preguntó Katia interesada.

El lobo, que estaba mordisqueando entusiasmado un trozo de pastel, se encogió de hombros en un gesto muy lobuno que a la chica le provocó una carcajada.

—¡A veces pareces más un muchacho que un animal! —exclamó ella sonriendo.

Duke la miró, por primera vez, con una enorme tristeza reflejada en sus ojos. Katia pudo percibir todo el dolor contenido que disimulaba en su interior. Sin decir nada, giró su rostro hacia el pastel y continuó comiendo sin la emoción anterior.

La muchacha se sintió mal, aunque no estaba segura de qué era lo que había dicho para hacerle sentir así. Intentó disculparse. Justo cuando iba a hablar, Wanda pidió silencio. Mantuvo los ojos opacos y fijos en un punto, solo visible para ella. Después de unos segundos, recuperaron su brillo y liquidez dorada habitual y se giraron hacia Katia:

—Sucesora, Xaelhon quiere verte. En media hora estará en la puerta principal para recogerte —le comunicó, y siguió desayunando.

Katia asintió. Le gustaba ese elfo. Había algo en él que le resultaba familiar, pero no sabía decir qué era con exactitud.

William se sintió un poco triste; sin embargo, no dijo nada e intentó pensar en otra cosa para que Katia no se diera cuenta. Era consciente de la importancia de su amada en ese mundo y debía apoyarla en todo, incluso si eso significaba quedarse solo en un lugar desconocido y en el que no era bien recibido.

—Mientras la sucesora se reúne con el gran Xaelhon, los demás podemos comenzar con la visita por Esmelina, ¿qué os parece? —propuso el hada, guiñándole un ojo a William, dándole a entender que comprendía su frustración.

—Un momento. ¿Es qué Will no viene conmigo?

—No, Sucesora. Xaelhon quiere verte a solas.

Katia suspiró. Ya no le parecía tan buena idea ir a ver al elfo si su amado se quedaba solo.

William adivinó sus pensamientos.

—No te preocupes, cariño, Wanda me va a enseñar la ciudad. Además, me gustaría ver dónde puedo entrenarme, ya que mis músculos necesitan ponerse en forma —fingió entusiasmo.

—Claro, Katia. Yo mismo iré con ellos. Hace mucho tiempo que no vengo a Esmelina, estoy seguro de que habrá cambiado —añadió Errolw.

Duke y Gypsy asintieron, indicando así que ellos también les acompañarían. Eso la calmaba un poco, al menos William no estaría solo.

—Está bien, pero me reuniré con vosotros lo antes posible. Lo que me hace que pregunte… ¿Cómo os localizo?

—Por eso no te preocupes, Sucesora, Xaelhon te acompañará donde quiera que estemos, solo díselo y él te llevará —dijo Wanda.

—Muy bien. —Katia se levantó y besó a Will en la mejilla—. Te amo —susurró en su oído.

—Y yo a ti, mi dulce niña. Ahora ve, que Xaelhon te está esperando.

La muchacha asintió, se despidió de los demás con un gesto de la mano y se marchó.

Xaelhon ya se encontraba frente a la puerta principal. La muchacha observó que ya no llevaba la diadema de flores.

—Hola, querida Katia, te ves muy hermosa con ese vestido —la saludó con afecto.

—Gracias, Xaelhon —dijo sonrojada. Esa mañana todos le habían dicho lo mismo. Se había puesto uno de los vestidos que había en su habitación. El violeta, confeccionado en seda. Poseía un tacto muy suave y tenía una caída en la parte inferior que le daba un toque muy elegante. El cabello se lo había trenzado con tiras de seda violeta, a juego con el vestido. Como último retoque, se había prendado al pelo la mariposa que le había regalado Emma.

—¡Por favor! —exclamó el elfo—. Puedes llamarme Xael. ¡Xaelhon es demasiado pomposo! Aunque, si quieres… puedes llamarme abuelo —sugirió con una ceja arqueada y expectante ante la reacción de Katia.

—¿Abuelo? ¿Cómo que abuelo?

—Ven, mi niña, demos un paseo. —Le ofreció el brazo para que ella se asiera—. ¡Vamos! ¡No voy a comerte! —bromeó ante la cara de asombro que se le había quedado.

Katia, indecisa y sorprendida, agarró su brazo con suavidad y comenzó a caminar. Varias preguntas se agolpaban en su garganta. ¡¿Tantos secretos había en su vida?!

Siguieron por el camino que llevaba hacia la Sala del Consejo, el mismo que había tomado el grupo el día anterior. Pasearon en silencio, observando a los pájaros disfrutar de las gotas del rocío y a las multicolores mariposas mientras se posaban en las flores o volaban, decorando así el paisaje.

Katia estaba prendada de la belleza que ofrecía la naturaleza en su estado puro. Aunque en Noridor también había bosques y la primavera era muy bonita, allí los animales no se mostraban tan relajados. Aquí campaban a sus anchas sin miedo a nada.

Una hermosa mariposa verde y azul, con varios lunares negros, se posó en su nariz, lo que provocó que se pusiera bizca para admirarla. Xael, observando la cara de su nieta, comenzó a reír. La mariposa salió volando y ella se unió a la carcajada.

Katia carraspeó para ponerse seria. Se detuvo y miró al que se suponía que era su abuelo.

—Has dicho que eres mi abuelo. ¿Eres el padre de Noa? —le preguntó al fin.

—Sí, así es —confirmó sonriendo.

—¿Y también eres el rey de los elfos? Lo digo por la corona que llevabas ayer.

—Bueno, nosotros nos llamamos dirigentes, pero sí, soy el dirigente de los driath o los elfos de la luz. Tu abuela, Diomira, era la Guardiana de la Tierra, hasta que Noa la sucedió, tal y como tú harás cuando llegue el momento. —La instó con suavidad a continuar el paseo.

—¿Mi abuela? ¿También tengo abuela? —preguntó abrumada. Descubrir en este momento que tenía familia, la hacía sentir una mezcla extraña de emociones. Por un lado, la entristecía no haberlos conocido antes. Por otro, ella nunca había tenido abuelos, ni primos, ni nadie más que a Emma, a Ron y a Annie... Y ahora ya no estaban. Tener de nuevo familia la desconcertaba, aunque sentía curiosidad por ellos.

Katia se mantuvo en silencio, pensando en lo que entrañaba el nuevo descubrimiento. Xael no quiso interrumpirla. Sabía que tenía que darle tiempo para digerir lo que no conocía de su vida, que no era poco precisamente. Era consciente de que su nieta había pasado por alto el comentario de su ascensión, se daba cuenta cómo ella hacía oídos sordos a ese tema. Aun así, debía estar preparada. Pronto debería hacer frente a una nueva situación como Guardiana. Le gustase o no, no tenía elección.

—Yo... Yo no sé qué decir. Durante toda mi vida he sido simplemente Katia, hija de Emma y Ron. No sé cómo hacer frente a esta nueva vida. Aquí todo es diferente. Todos me tratan con un respeto que no merezco. Esto no es malo, desde luego, pero es demasiado. Y cuando acabo de aceptar una cosa, alguien aparece con otra nueva. ¿Cuántos secretos más hay en mi vida, Xael? No sé quién soy, ni qué debo hacer... —sollozó. Se sentía superada por la situación.

—Verás, mi niña —dijo él, deteniéndose y posando con suavidad las manos en los hombros de su nieta, de modo que quedaron uno frente al otro—. Entiendo cómo te sientes y sé que es demasiado para una chica de solo dieciocho años. Has perdido a tu familia de un modo muy trágico y ahora descubres que tienes una madre de verdad y un abuelo. También debes lidiar con tu poder recién descubierto y todo lo demás. Créeme cuando te digo que te comprendo, pero no debes dejar que esta nueva situación te supere. Te conozco muy bien, Katia, te he estado observando toda tu vida y sé lo fuerte que eres. También es cierto que los habitantes de Esmelina te tratan con respeto porque eres la sucesora, pero tus amigos te conocen de verdad y, aun así, te apoyan en tus decisiones y te respetan. Incluso Aekya, querida mía, y no es por tu título, sino porque te lo has ganado con tus actos.

Katia se quedó mirando a su abuelo, pensando en lo que acababa de decirle.

—Gracias, Xael. —Guardó unos segundos de silencio—. Has dicho una madre y un abuelo… ¿Y mi abuela?

—Ella ya no está, mi niña. Diomira murió hace algunos años —le confesó apenado.

—¿Qué pasó?

—Una mala decisión, supongo. Pero no hablemos de cosas tristes. —Le dio un empujoncito para que continuaran caminando—. Quiero enseñarte un lugar muy especial para tu madre. Estoy seguro de que te encantará.

—Claro. Xael, ¿quién es mi padre? —Sabía que no le iba a contestar, pero sentía mucha curiosidad por saberlo.

Xael la miró y suspiró. No le correspondía a él revelar ese detalle.

—Lo siento, Katia, pero en eso no te puedo ayudar. No soy yo quien debe decirte eso.

—Pero si eres mi abuelo, ¿por qué no me lo puedes decir? Nadie quiere contármelo y yo…

—Solo tu madre debe tomar esa decisión, Katia. Sé que no lo entiendes, pero tendrás que aceptarlo.

—Supongo que no hay más remedio… —suspiró frustrada.

¿Qué clase de padre tenía que nadie quería hablar de él? El canto de un pájaro la distrajo. Alzó la vista para localizarlo y descubrió el ave más maravillosa que habían visto sus ojos. Era enorme y estaba envuelto en llamas, con un plumaje rojo anaranjado, purpura y oro. Sus alas estaban extendidas con gran majestuosidad y su pico, dorado, emitía un dulce sonido, similar a una nana mientras la miraba fijamente.

—¡Vaya! —exclamó Xaelhon contento—. ¡No me lo puedo creer!

—¿Qué clase de ave es?

—Es un ave fénix, mi niña.

—¿Un qué?

—El ave fénix es uno de los seres mágicos más misteriosos que existen. Es muy especial y muy poderoso. Muy pocos pueden decir que han visto uno.

—¿A qué te refieres?

—Nadie conoce el lugar exacto en el que viven. Lo único certero es que es un animal de fuego, ya que nace y muere en él. Verás, se cree que cada quinientos años el ave fénix recoge y acumula plantas aromáticas como incienso, cardamomo y resinas. Con ellas construye un nido llamado «pira del nacimiento». Después lleva la morada al mismísimo centro de Vâtra, al corazón del volcán donde reside Aylen, el Guardián del Fuego. Lo enciende con un golpe de sus plumas y se incinera junto a él. Entonces, de las cenizas renace un nuevo fénix que vivirá otros quinientos años.

—¡Es impresionante! —exclamó la muchacha sin apartar la vista del ave, que continuaba entonando la canción.

—Así es. Algunos están destinados a encontrar a un *Velikya* que significa literalmente «compañero de un fénix», con el cual estará unido para siempre. El fénix pondrá su vida al servicio de su *Velikya* y lo protegerá con su vida. Entre ambos se crea un vínculo irrompible que solo se acabará con la muerte del *Velikya.*

—¿Y cómo lo encuentra?

—Bueno, eso es lo más interesante. Una de las capacidades de un fénix, pues tiene muchas, es que puede ver en el interior de una persona. Se dice que el elegido tiene algo especial que solo el ave destinada a ser su compañero puede ver. El destino se encarga de hacer que se encuentren, y cuando esto sucede, el ave entona una canción similar a una nana.

El fénix, que se había posado en una rama muy cercana a ellos, aumentó el tono de la canción, como para corroborar lo que Xael estaba contando. Acto seguido, una lenta y orgullosa sonrisa se extendió por el rostro del elfo.

El ave descendió con una increíble agilidad hasta situarse frente a Katia. La cabeza del fénix quedaba a la altura de los hombros de la muchacha. Ambos se miraron fijamente y algo encajó en el interior de la muchacha. El canto del pájaro subió de tono para, con maestría, acabar en su nota final. Xael observó la escena con ojos vidriosos a causa de la emoción. En todos sus años, era la primera vez que veía una unión.

Katia mantuvo los ojos fijos en el fénix, el cual la miraba con determinación y alegría. De repente sintió como si su cuerpo se prendiera en llamas y un haz de luz anaranjada y violeta los envolvió a ambos. Xael se cubrió los ojos con las manos para poder observar lo que ocurría, aunque no pudo distinguir mucho, excepto las siluetas del pájaro y de su nieta. Al cabo de unos segundos la luz fue perdiendo intensidad. Cuando se apagó, el elfo pudo comprobar cómo el ave y la chica seguían mirándose intensamente.

En la muñeca derecha de la muchacha había aparecido el dibujo de un fénix con las alas abiertas hacia arriba: la marca de una *Velikya*. Cuando la luz los había envuelto estableció una extraña comunicación mediante imágenes con el ave. Mirka, que así era cómo se llamaba, le había mostrado su mundo, el mundo del fuego, y le había dicho que estaban experimentando la unión de sus destinos.

Katia había sentido un pinchazo en su muñeca derecha y un calor asfixiante durante unos segundos. Luego todo había acabado. Cuando descubrió que se podía comunicar con el ave, le preguntó qué sabía de lo que les había ocurrido. Él le explicó en qué consistía. Sus almas estaban unidas por una conexión mística llamada *fousix*, mediante la cual, un ave fénix y su *Velikya* adquirían una serie de capacidades, como comunicarse entre sí, compartir poderes y la fuerza vital en caso de necesidad. Ella sería capaz de dominar el poder del fuego gracias a esa unión. Además, por muy lejos que se encontrasen el uno del otro, podrían encontrarse y comunicarse.

Después, le había dicho que lo demás deberían descubrirlo ellos. Pues él no sabía más allá de eso, ya que una vez que un fénix encontraba a su *Velikya*, no solía volver a casa y, los demás, solo conocían leyendas de lo que significaba el *fousix*. Aunque de una cosa sí estaba seguro; si moría el *Velikya*, el fénix no sobrevivía.

Katia suspiró. Se fijó en un tronco que había en uno de los lados del camino, el cual tenía una extraña forma, similar a la de un banco. Se sentó y suspiró de nuevo.

Xael y Mirka se le acercaron.

—¿Estás bien, mi niña? —preguntó su abuelo, a la vez que se sentaba a su lado.

—Sí… Bueno, no… No sé cómo sentirme. Ni siquiera entiendo lo que está sucediendo y… —Su voz se perdió en un suspiro de desesperación.

Mirka frotó con suavidad su pico en el hombro de Katia y le envió la imagen de una playa y el sonido tranquilizante de las olas al llegar a la orilla, pues este era la forma de decirle que se relajara. Ella le agradeció la preocupación acariciándole las plumas de la cabeza.

—Entiendo por lo que estás pasando, Kat. No todo el mundo hubiese afrontado tu situación con tanta entereza. Incluso en la ignorancia has actuado correctamente, pero no puedes dejar que te supere, mi niña. Somos muchos los que confiamos en ti… —Le acarició el cabello—. No sabes cuánto lamento todo esto… Yo… Te prometo que haré lo que esté en mi mano para ayudarte y que te resulte lo más fácil posible.

Katia observó el semblante de su abuelo. De pronto fue consciente de cuán anciano era y de cuanta preocupación, incluso culpa, cargaba sobre sus hombros. Una lágrima descendió por su hermoso rostro, pero la eliminó con tanta rapidez que ella no estaba segura de sí la había visto en realidad.

—No obstante —continuó el anciano, con emoción—, has de saber que lo que te acaba de ocurrir es un hermoso privilegio. Muchos mágicos darían lo que fuese por unirse a un ave fénix. Toda la sabiduría de generaciones, el poder del fuego, la capacidad de volar… Son dones que no están a disposición de cualquiera, Katia.

—¿Volar? —preguntó intrigada.

—Necesitarás práctica, por supuesto. Ahora compartís vuestros poderes. Aunque es recomendable que primero aprendas a utilizar los tuyos propios, antes de experimentar con los suyos. —Sonrió.

—Es una buena idea, abuelo.

—Lo primero que vamos a hacer, va a ser entrenaros a ti y a Will —dijo con renovado entusiasmo—. Hoy mismo vais a comenzar. Elean se encargará de vuestra mente y Sacre de vuestro cuerpo. Empezaréis después de comer, ¿de acuerdo? Ahora continuemos caminando, que son más de las diez de la mañana y quiero enseñarte algo.

La instó a levantarse y le dio un beso en la frente. Katia y Mirka observaron estupefactos el radical cambio de humor de Xael. Ambos se levantaron y siguieron al elfo, que ya había iniciado la marcha.

30

UN LUGAR ESPECIAL Y UN HERMOSO PÁJARO

Xael había guiado a Katia por el mismo camino que conducía a la Sala del Consejo. Un poco antes de llegar giraron hacia un sendero paralelo muy poco transitado y, unos minutos más tarde, se detuvieron en un lugar donde, a simple vista, no había nada.

El elfo alzó la mano con un gesto circular e hizo un aspaviento. De la nada apareció una pequeña cabaña pintada de rojo, similar a la de los humanos. Mirka decidió marcharse para concederles intimidad. Antes transmitió mentalmente a la muchacha que iba a dar un paseo. En el camino habían aprendido que podían mirar en el interior del otro como en sí mismos, compartiendo así los pensamientos y los conocimientos. También descubrieron que lo que uno sentía, el otro lo percibía. De este modo la chica supo que el fénix se sentía incómodo en esos instantes tan personales entre ella y su abuelo.

Xael estaba intrigado por el modo en el que se comunicaban. Aunque Katia se lo había explicado, no lo acababa de entender. Ella le transmitió la decisión de Mirka y el elfo se despidió del ave e indicó a Katia que entrara en la cabaña.

El interior estaba decorado con objetos y muebles utilizados por los humanos. Katia pensó en su propia casa. De algún modo, la decoración se asemejaba. De las paredes colgaban cuadros en los que se reflejaba la imagen de ella y de sus padres adoptivos.

También había varios de una chica parecida a ella en diversas etapas de su vida. Uno de ellos en particular llamó su atención. En el susodicho, una muchacha de unos dieciséis o diecisiete años, muy parecida a ella y de aspecto refinado, posaba junto a una pareja más anciana. La mujer mayor era de tez morena, cabello largo y negro. Sus ojos, verde esmeralda, reflejaban una intensa mirada y un porte de reina. Transmitían sabiduría, amabilidad y paciencia. Katia se sintió como si la mujer la observara. Era muy hermosa. El hombre que la abrazaba con cariño le recordó al propio Xaelhon, aunque sin la pena y la culpabilidad con la que cargaba ahora.

—¿Ese cuadro…? —Miró indecisa al elfo.

—Sí, mi niña. Ese cuadro es el retrato de tu madre, tu abuela y un servidor. Se inmortalizó hace muchos años. Es el único que conservo con la imagen de tu abuela —le respondió con tristeza.

—¿Qué les ocurrió a los demás?

—Alguien… los destruyó.

El semblante del elfo se tiño de renovada culpabilidad y tristeza, más allá de lo imaginable. Katia no podía entender qué había podido suceder para que su abuelo se sintiese tan mal; debido a su reacción, no se atrevió a preguntar.

—Es una cabaña muy bonita, abuelo —cambió de tema para alegrar al elfo, recordándole que tenía a su nieta de vuelta; aunque ella misma no se sentía cómoda llamándole así.

Una sonrisa se extendió por el rostro de Xael, no obstante, la felicidad no se le reflejó en los ojos.

—Tienes la misma habilidad que tu abuela y tu madre para cambiar de tema en los momentos incómodos. —Katia le miró con expresión inocente—. Esta cabaña era de las dos. La construyeron juntas y con sus propias manos cuando tu madre tenía seis años. Usaron un encantamiento para que se conservara intacta con el paso del tiempo. Ambas adoraban la cultura y las construcciones humanas, así que decidieron plasmarlo aquí. Pasaban horas y horas. Cuando Diomira murió, Noa siguió viniendo para mantener vivo el espíritu de tu abuela —suspiró—. Ahora es tuya. Comprobarás que hay muchas cosas sin uso. Puedes hacer lo que quieras con todo lo que encuentres. Solo te pido una cosa… si… si decides deshacerte de los retratos, avísame.

—¿Cómo voy a hacer eso, abuelo? ¡Jamás! Voy a conservar todo —señaló la cabaña con verdadera ilusión—. Así podré ver qué clase de cosas guardaban por aquí…

—Sabía que te gustaría. Supongo que te has dado cuenta que la puerta no tiene llaves. También comprobarás que la única forma de entrar es un pequeño hechizo que tu madre se inventó.

—¿Un hechizo? ¡Pero tú no has dicho ninguno!

Xael sonrió animado.

—Que no lo hayas escuchado no quiere decir que no lo haya pronunciado, ¿verdad? —Le guiño un ojo—. Bueno, ¿quieres aprenderlo o no?

—Claro. Enséñamelo.

Pasaron una hora en la cabaña, mientras Xael instruía a Katia en cómo localizarla y cómo hacer que apareciera y se abriera. Para asombro del dirigente de los elfos, su nieta era más diestra con la magia de lo que había supuesto. En pocos minutos tenía controlado el hechizo y era capaz de realizarlo sin complicaciones, algo que le hizo sentirse orgulloso. Hablaron de la infancia de Noa y de cómo él y su hija la habían mantenido vigilada a ella y a sus padres adoptivos.

Cuando el día alcanzó su cénit, Xael tuvo que marcharse para atender unos asuntos. Antes transportó mediante magia a Katia hasta el sitio donde estaban Will y el resto del grupo. Se trataba de un hermoso lago plateado, en la parte norte de la ciudad. Aekya no se encontraba entre ellos.

Xaelhon se despidió de todos con respeto y amabilidad, no sin antes recordar a Kat y a Will que su entrenamiento comenzaría después de comer y que les estaría esperando en la puerta principal.

—Bueno, ¿qué tal te lo has pasado? —le preguntó el chico a Katia, dándole un beso en los labios y un fugaz abrazo.

Duke y Gypsy giraron la cara, quejándose cómo niños pequeños de lo «repelentisísimas» que resultaban sus carantoñas. Los demás comenzaron a reír.

—Ha sido muy interesante.

Todos la miraban con expectación. Gypsy la instó con un gesto de la mano a que continuara. Entre risas, les relató lo que había sucedido desde que salió de la Casa Principal. Cuando concluyó la historia, la miraban con los ojos abiertos de par en par.

—¡¿Tu abuelo es el dirigente de los driath?! No me lo puedo creer. ¡Desconocía que Xaelhon fuese el padre de la Guardiana de la Tierra! —exclamó Errolw atónito.

«¡¿Eres una Velikya?! ¡Vaya!», Duke estaba muy sorprendido con esta última revelación.

—Lo de mi abuelo ya lo sabías, ¿verdad? —le preguntó la chica, medio acusando, al lobo.

«Sí —asintió con seriedad—. *Pero no se nos permitió comunicártelo. Xael quería decírtelo en persona, pero por favor, mírale el lado bueno… ¡Eres una Velikya! ¿Me vas a presentar al fénix? ¡Porfa, porfa, porfa…!»*

Duke daba saltos como un perro cuando le muestras una pelota. Movía el rabo rápidamente de un lado a otro. Y Gypsy, que estaba justo a su lado y a esa altura, recibía un coletazo en cada movimiento. El duende mostraba una cara contraída, verdaderamente graciosa. Sin poder evitarlo, todos, excepto el propio duende y Duke, que no se había percatado de lo que sucedía, comenzaron a reír a carcajadas.

—¡Gyp, pareces un duende chupando limón! —exclamó Wanda entre melodiosas y sonoras carcajadas.

—No… evitarlo… cola… pelos en la cara… —intentó decir el duende entre colazo y colazo, lo que provocó una nueva oleada de carcajadas, incluso Aekya, que se acercaba de frente, estaba riendo.

—Aléjate un poco de él, Duke —reprendió al lobo a la vez que se colocaba al lado de Katia y evitaba mirar a Errolw.

«Hola, Aky —la saludó Duke mientras se retiraba un poco—. *Lo siento Gyp»*.

—No pasa nada —le restó importancia el duende, mientras se sacudía la lengua con ambas manos—. No sabes nada bien, Duke. Estás malisísimo. Gypsy necesita un buen pastel. —Con un elegante gesto de cabeza hacia los presentes como despedida, salió corriendo.

—Ese duende lo arregla todo con dulces. Bueno, ¿qué tal estas, Katia? —le preguntó Aekya, ligeramente amable.

—Bien, gracias. Supongo que tú también sabías lo de mi abuelo, ¿cierto?

La elfa asintió.

Mirka localizó a Katia de pie junto al lago. Descendió con suavidad para posarse al lado de ella. Los demás, emocionados ante tal belleza, se apartaron y le dejaron un hueco.

«*¡Vaya!*», exclamó el lobo anonadado.

—Este es Mirka, el fénix del que soy *Velikya.*

El ave saludó con una reverencia y se situó al lado de Will. Aprovechando su posición, decidió mirar en el interior del amado de su *Velikya.* Comprobó que el chico era puro de corazón y que su amor era sincero. Sintió su orgullo por Katia y su pasión, y observó los sucesos que guardaba en su interior. Eran imágenes de su vida en el ejército de la reina Loreline y del poco tiempo que vivió en Noridor, junto a su prometida, sus suegros y Annie. Vio el recuerdo de cuando huyeron y sintió el miedo del muchacho de perder a Kat. Admiró su entereza y su decisión de mantenerla a salvo, incluso si eso significaba su muerte. Comprendió su aceptación de lo que ella suponía para el mundo mágico. La amaba más que a nada en el mundo y, por consiguiente, la protegería por encima de todo. Era buena persona y se preocupaba por todo el mundo. La chica no podría haber escogido mejor.

Wanda y Aekya respondieron a su reverencia con otra llena de elegancia y feminismo. Will le miraba con asombro, era un ave muy impresionante y, entre los humanos, una leyenda. Duke no cesaba de dar saltos y mover el rabo con energía. Estaba muy contento y emocionado por conocer a un fénix.

Errolw, por otro lado, no pudo disimular un ápice de incomodidad. Sabía lo inteligentes que eran esos pájaros y conocía muchas leyendas sobre sus capacidades mágicas. No sabía hasta qué punto podía mirar en su interior y eso, en ese momento, era lo que menos necesitaba. Le había costado bastante que todos confiaran en él, y si el fénix descubría su pasado, todo se iría al traste.

Fortaleció su escudo mágico por si acaso, provocando que una gota de sudor se deslizase por su semblante. Llevaba muchos años manteniéndolo para evitar ser descubierto mediante magia e impedir que los demás leyeran en su interior. Reforzarlo le suponía un esfuerzo extra y, por consiguiente, un mayor desgaste que debería recuperar durmiendo más horas de las necesarias. Pero ya se ocuparía de eso en otro momento. Lo importante era mantener sus secretos ocultos.

Nadie se percató de la sospechosa actuación del elfo, pues estaban demasiado distraídos con el ave fénix, o eso creyó Errolw. Duke y Wanda estaban emocionadísimos con su presencia. No todo el mundo podía decir que había visto a uno, y menos tan de cerca.

«Hola, Mirka, yo soy Duke y estoy… estoy…», el lobo no tenía palabras para describir su estado.

El ave abrió el pico como si le sonriera.

—Tranquilízate, Duke. Todos estamos contentos de conocerlo, pero no estamos dando saltos, ¿a qué no? —le reprendió Wanda.

El lobo bajó la mirada avergonzado. Comprendió que estaba haciendo el ridículo. De repente vio en su mente una imagen que le dejó atónito: primero, Mirka le acarició el hocico con el pico, transmitiéndole alegría y paz. Luego vio a su madre, a su verdadera madre.

En la escena que le estaba mostrando el fénix veía el interior de la casa donde había vivido su familia, en Ristin. Su madre estaba sentada en una butaca de madera y mimbre. Le acariciaba el cabello a su padre, tal y como solía hacer cuando se sentía preocupada. Fiorina, su hermana mayor, descansaba sobre una gruesa manta de algodón, junto a una bonita chimenea de piedra rosa que había en un rincón de la casa. Al lado jugaba su hermana pequeña, Laky, con una pelota. Duke sabía qué momento era aquel y recordaba lo que ocurriría a continuación: su familia moriría.

Él no se encontraba en la casa. Había salido a dar un paseo y, en contra de los deseos de sus padres, se alejó demasiado.

Preocupado porque ya había anochecido y él no regresaba, su padre salió a buscarle, dejando a su madre y a sus hermanas solas. Cuando regresaron, se encontraron dos tétricas figuras frente a ellos. Ambas eran altas, de más de dos metros. Tenían una apariencia semihumana, aunque sus brazos eran desproporcionadamente largos y sus manos acababan en garras deformes y oscuras. Iban cubiertos con una capa negra, lo que evitaba que Duke y su padre pudiesen apreciar algún detalle de sus cuerpos. El pelo lo llevaban negro y grasiento, los ojos eran como el tizón y en la boca se apreciaban cuatro hileras de afilados dientes amarillos.

Eran una pareja de *desuellamentes*, unas criaturas oscuras y malvadas que se alimentaban de cerebros de mujeres humanas. También absorbían sus almas, atrapándolas en su interior para utilizarlas como fuentes de energía y así aumentar sus poderes, hasta que las consumían y comenzaban el ciclo de nuevo, con más almas.

Su madre y sus hermanas yacían inertes en el suelo, como cáscaras vacías; ahora malditas y condenadas. Su padre, lleno de rabia y dolor, se lanzó contra uno de ellos, pero era demasiado poderoso y pereció en el intento. Duke, que observaba la escena, cargó contra los dos seres. No consiguió siquiera rozarles. Uno lo agarró con fuerza del cuello y, mirándole con esos crueles ojos negros y una retorcida sonrisa, le susurró al oído: *«Tu destino no es la muerte, muchacho. Tú vivirás convertido en el animal que más odias, y recordarás cada día de tu vida este momento. Y te aseguro que no serán pocos»*.

El ser soltó una grotesca y perversa carcajada. Duke vio una luz verdosa y se desmayó. Cuando despertó, se encontraba en los aposentos de Noa. Ella y Aekya pasaban por allí y consiguieron salvarle; pero ahora era un lobo.

Se odiaba a sí mismo por lo ocurrido y se culpaba día tras día. Era incapaz de dormir sin revivir ese desagradable momento. Y así sería hasta el fin de sus días, que debía haber sido hacía mucho tiempo. Tenía ciento dieciséis años y no había envejecido ni una pizca, y no lo haría hasta que no se convirtiera de nuevo en humano. Algo imposible, pues por más que Noa y Aekya lo habían intentado, todo resultó inútil.

Duke miró al fénix con tristeza y, justo cuando iba a salir corriendo, la imagen cambió y se vio a sí mismo —en su forma humana— con Mirka a su lado sonriendo y dándole ánimos para que tuviera fe. Se quedó estupefacto ante los conocimientos del pájaro. Nadie, salvo Noa y Aekya, conocía su historia. Y prefería que siguiese así. Tampoco entendía si aquello significaba que algún día lo lograría o que el ave le apoyaba. El conjunto de imágenes le hacía sentirse confuso.

El fénix lo observó unos segundos y, acercándose a él, le rozó con el ala emplumada. El lobo se sintió absorbido por un vórtice. Cerró los ojos con fuerza, presa del pánico. Un segundo después notó la presencia de Mirka a su lado. Cuando abrió los ojos se encontró en un prado verde y circular donde únicamente estaban ellos.

—Siento lo que te ocurrió, Duke. Mostrándotelo no pretendía hacerte más daño. Solo quería que supieses que conozco tu historia y que tú no tuviste la culpa. Esos *desuellamentes* ya rondaban tu casa antes de que decidieses salir. Lo que ocurrió no es culpa de nadie. Ese era su destino y no debes dejar que el odio y la culpa empañen el tuyo. También sé que lograrás volver a ser humano. Desconozco cuándo y cuáles serán los sucesos que lo desencadenen, pero sucederá. Cuando me necesites, llámame desde tu interior y te ayudaré en lo que pueda, siempre y cuando mi *Velikya* no resulte perjudicada —le dijo el ave con una melodiosa y armónica voz.

—Yo… Yo… Jamás haría nada que dañara a Katia. Y… Y gracias… de verdad… —medio susurró medio sollozó con la voz quebrada. Estaba muy desconcertado.

Una vez más sintió la sensación de ser atrapado por un vórtice. No le dio tiempo a cerrar los ojos, abiertos como platos por lo que le acababa de ocurrir.

Miró a los demás, parecían ajenos a su reciente «viaje». Mirka le observaba con complicidad. El lobo asintió, entendiendo que solo habló con él, aunque no tenía ni idea de cómo había sucedido.

La voz de Katia le devolvió a la realidad.

—Bueno, chicos, William y yo debemos retirarnos. Después de comer vendrá Xael a por nosotros para comenzar con la instrucción.

El muchacho agarró su mano e hizo un gesto de asentimiento.

—¿Empezamos juntos? —preguntó esperanzado. La había echado de menos durante toda la mañana y no le apetecía volver a estar sin ella tanto tiempo.

—Sí. Xael me ha dicho que hoy conoceríamos a Elean y a Sacre.

—De acuerdo, vayamos pues —aceptó más animado.

—¿Nos acompañáis? —preguntó Katia a los demás.

Mirka, Duke y Errolw asintieron, pero Wanda y Aekya no. Ambas se intercalaron miradas y, acto seguido, miraron a Katia.

—Nosotras iremos más tarde. Wanda y yo tenemos cosas que hacer —dijo la elfa de un modo enigmático.

Indicó al hada con la mano que la siguiera. Los demás tomaron rumbo hacia La Casa Principal.

31

UN LARGO DÍA DE INSTRUCCIÓN

Después de comer, tal y cómo habían convenido, Kat y Will se fueron con Xaelhon, que los condujo por un camino repleto de flores violetas y blancas que a la muchacha le encantó. El elfo les explicó que era la Calle del Morado, el lugar más concurrido de Esmelina porque a lo largo de ella se encontraban prácticamente todos los comercios de la ciudad. El modo en el que se instalaban se asemejaba a los de Bruntik, pues estaban en la parte baja de los árboles.

Las paredes principales estaban construidas en vidrios de colores, a modo de escaparates, donde los dueños mostraban sus productos: telas, ropas, zapatos, artilugios mágicos, perfumes y un sinfín de variedades. Will ya había paseado por el lugar y no se sorprendió; Katia no salía de su asombro. Paraba de escaparate en escaparate sonriente. Los dos hombres caminaban pacientes tras ella. Tardaron más de una hora en recorrerla y ninguno de los dos osó quejarse.

Después de la Calle del Morado siguieron por lugares cada vez menos concurridos y más frondosos. Xael los llevó entre los árboles, por sitios donde no había caminos, hasta que llegaron a un claro. En medio había un castaño enorme, de un tono dorado muy llamativo que albergaba un hogar en su interior. Los vidrios de las ventanas estaban tintados en rojo, al igual que la puerta.

En un lugar apartado del prado había una mesa de forja blanca con varias sillas, a la sombra de un pequeño ciprés. Un bonito columpio de madera pintado en verde y violeta colgaba en una de sus ramas.

Antes de llegar a la puerta, una elfa salió a su encuentro. Era esbelta y muy bella. Tenía el cabello rubio platino, recogido en un intrincado moño adornado con alfileres de colores. Los ojos, almendrados, los observaban con reconocimiento. Su semblante estaba repleto de unas sensuales pecas que le daban un toque de juventud que realmente no poseía. Aunque no parecía mayor de los treinta, rozaba los dos milenios.

Llevaba un vestido largo de gasa en color rojo intenso, con cuello barca y sin mangas. La parte de arriba era de un tono más oscuro que la parte de abajo. Los ribetes que decoraban la prenda eran dorados y plateados.

—William, Katia… Esta hermosa dama es Elean y ella se encargará de entrenar vuestra mente. A media tarde os acompañaré hasta el campo de práctica, donde conoceréis a Sacre. Tenéis unas cuatro horas, usadlas bien porque, en este momento, el tiempo es oro. —Y con esas palabras, desapareció.

Elean se acercó a los muchachos, que la observaban con admiración. Ambos se habían quedado prendados de la belleza, tanto de la suya como del lugar.

La elfa se colocó frente a la sucesora y, con visible alegría, la cogió de las manos.

—No sabes cuánto me alegro de verte, pequeña. —Una diminuta y cristalina lágrima asomó a sus bellos ojos, algo que dejó sin palabras a Kat, que no se esperaba esa reacción.

—Yo…

—Eres muy hermosa, tanto o más que tu madre —le sonrió, y acto seguido miró al chico—. Este apuesto jovencito debe ser el dueño de tu corazón, ¿correcto?

—Sí, señora —contestó Will ruborizado.

Elean los observó con emoción.

—Bueno, mis niños, como ha dicho Xaelhon, el tiempo es oro. Así pues, acompañadme.

Siguieron a la elfa hasta la mesa de forja y tomaron asiento. Con un ademán, hizo aparecer una tetera de porcelana roja con franjas doradas y tres tazas con el mismo color. Sin emitir sonido alguno, las llenó con un humeante líquido dorado y repartió una para cada uno.

—Bebed un poco. Es un licor de miel y castaña que preparo yo misma.

Se llevó su taza a los labios. Los muchachos la imitaron.

—¡Está muy rico! —exclamaron al unísono.

Elean asintió y los observó mientras bebían. Esperó unos minutos y se dirigió a Katia:

—Puedo ver lo poco que queda del hechizo de tu madre, así que hay que ponerse manos a la obra lo más pronto posible. Ten en cuenta que debes dominar tus poderes antes de que se acabe. Y no son pocos. Las consecuencias de no hacerlo serían terribles. Estoy al corriente de lo que ocurrió en Bruntik, lo que hace más urgente tu instrucción. Cada día dedicaremos un rato a la historia del mundo mágico y te enseñaré todo lo que pueda de tu cultura. —Tomó otro sorbo del licor y se relamió los labios—. También es necesario que aprendas a bloquear tu mente para evitar que cualquiera pueda acceder a ella. También William deberá aprender a hacerlo, por tu seguridad y por la suya propia.

—¿Por mi seguridad?

—Claro, mi niña. A través de él te pueden hacer daño y es necesario atar todos los cabos. No quiero parecer fría con estas palabras, pero debemos ser sinceros: ahora mismo, eres la persona más importante de Esmelina. Aunque no lo entiendas, aunque no lo quieras, la realidad es esa. Debemos asegurarnos que estarás a salvo y que la tierra no se quedará sin guardiana. —Una nueva lágrima se deslizó por su rosada mejilla, pero desapareció tan pronto había aparecido—. Tu madre arriesgó demasiado por tu seguridad. Selló tus poderes y tu propia esencia para que él no pudiera localizarte, te privó de tu familia y renunció a ti para que estuvieras a salvo, así que ahora debes honrarla estando preparada. No solo para protegerte, sino también para ocupar tu lugar.

Katia era consciente de la situación y de todo lo que Noa había hecho por ella. Tenían que salvarla. No solo porque era lo correcto y por los motivos emocionales, también quería hacerlo porque tenía la esperanza de que, si lo lograba, podría hacer su vida, tal y como ella y William habían planeado una vez. Su madre era la Guardiana y aún le quedaba mucho tiempo para seguir siéndolo, ella se encargaría de eso. No la dejaría en manos de ese sádico de

Atarrán. La salvaría y todos serían felices: su madre viviría como Guardiana muchos años más y ella, al fin, se casaría y formaría una familia.

Las palabras de William la sacaron de su ensoñación:

—Si no conseguimos salvar a Noa, Katia deberá ocupar su lugar… pero si la salvamos… Katia podría… —William no supo cómo exponer sus pensamientos, pues eran demasiado complicados, no obstante, Elean le comprendió.

—Verás, Will, debemos ser sinceros y aceptar la posibilidad de que no lo consigamos. Créeme cuando te digo que deseo de todo corazón que Noa vuelva sana y salva. La quiero como si fuese mi hermana, pero Atarrán es demasiado perverso. No estamos seguros de lo que quiere hacer con ella y aunque en mi interior pienso que no la mataría… no sé, no es un ser cuerdo, precisamente.

—¿Por qué crees que no la mataría? —preguntó Katia con una horrible sospecha.

—Eso es algo que me guardaré para mí, Katia —contestó con ternura—. Ahora, si no tenéis más preguntas, es mejor que comencemos con la instrucción. Cuatro horas pasan rápido y para entonces debéis ser capaces de crear un muro mental. —Se levantó de un salto y lanzó el primer ataque invasivo a la mente de Katia, que se quedó como un muñeco inerte durante varios segundos.

Elean interrumpió la invasión, se sentó de nuevo y dio un sorbo de licor como si nada hubiese pasado. Katia no salía de su asombro. Durante unos segundos había sentido como si alguien hubiese entrado en su interior a la fuerza, despojándola de su voluntad y desnudándola por dentro. Una sensación muy desagradable.

—Lo que he hecho, es un ataque invasivo mental. Sirve, como Kat ha podido comprobar, para introducirse en la mente del contrario y dominarlo. Con esto, cualquiera podría averiguar cualquier cosa que supierais u obligaros a hacer lo que quisiese. La única manera de impedirlo es creando un muro resistente a esos ataques. Es difícil hacerlo y mucho más mantenerlo cierto tiempo, pero es imperioso que lo logréis.

—¿Y cómo se hace? No me ha gustado para nada la sensación de impotencia y… violación de mi intimidad.

—Escuchad con atención… Debéis concentraros y relajaros —esperó a que lo hicieran—, ahora, imaginad algo que os produzca sensación de calma. Por ejemplo, las olas del mar, un prado, una vivencia, etc. Cualquier cosa que os provoque esa sensación, pero debe ser un pensamiento o recuerdo lo suficientemente fuerte para mantenerlo sin titubear.

Los muchachos se concentraron. Katia recordó la primera vez que cenaron todos juntos en casa de Annie, las caras de felicidad de sus padres, de Annie y de Will. El amor que se respiraba esa noche. Era uno de los recuerdos más bonitos que tenía.

William pensó en la primera vez que vio a Katia en el bosque con su padre. Recordó como el sol brillaba sobre su piel y sobre su hermoso cabello, cómo deslizaba la lengua, hidratando sus carnosos labios, cómo su ropa estilizaba su figura… Se emocionaba solo de pensarlo.

Elean, que supervisaba los pensamientos de ambos, se sonrojó ante la explícita y detallada imaginación de Will. Carraspeó y le dirigió una mirada de desaprobación.

«¿No tienes otro pensamiento para concentrarte, muchacho?», le reprendió.

«Lo siento, Elean. Me he dejado llevar, yo…» Bajó la mirada avergonzado.

«Bueno, no pasa nada, pero para el futuro intenta imaginártela un poco más decente. Al menos, es un pensamiento poderoso».

«Gracias».

Elean asintió y se concentró.

—Bueno, preparaos. Os voy a lanzar un ataque y tenéis que repelerlo manteniendo el pensamiento que habéis elegido. Agarraos a él e intentad que yo no pueda ver otra cosa.

Estuvieron el resto del tiempo que les quedaba repeliendo los ataques de Elean. A Katia solo le hizo falta una hora para dominar la técnica. Incluso aprendió a contraatacar durante un intento de invasión a su mente. William, al carecer de magia, le resultó más difícil. Tan solo consiguió mantenerse firme durante unos minutos, algo que, según la elfa, era todo un logro para un humano.

Mientras descansaban sentados a la sombra del pequeño ciprés, Gypsy apareció en el prado.

—Hola, mi dama y su amadisísimo William. ¿Qué tal os ha ido?

—Muy bien. ¡He aprendido a defender mi mente y a utilizar un ataque invasivo mental! —contestó ella emocionada—. ¡Y Will ha conseguido evitar el ataque de Elean!

—¡Vaya!, me alegro muchisísimo por los dos. Señora Elean —se dirigió a la elfa y tomó su mano en un gesto caballeroso—, soy Gypsy, el duende que acompaña a la sucesora Katia. Es para mí un deliciosísimo honor conocerla y agradecerle que quiera instruir a mi dama y a su amadisísimo compañero. —Le dio un beso en la mano.

—Gracias, Gypsy. —Elean le dedicó una amplia sonrisa—. ¡Qué duende más educado!

Gypsy le devolvió la sonrisa y se acercó a Katia. Le alegraba verla tan feliz.

—¡Qué columpio tan bellisísimo!

Elean sonrió con afecto y le acarició el cabello a Katia.

—Este columpio lo hizo Noa durante su embarazo. Lo talló con sus propias manos. Yo le ayudé a pintarlo —explicó con nostalgia—. Nunca lo llegaste a usar, mi pequeña.

—Aún lo conservas —apuntó la muchacha con la voz triste.

—Bueno, al principio Noa tenía la esperanza de que todo se arreglaría y que volverías a casa. Cuando aceptamos la realidad de los hechos, las dos decidimos conservarlo para cuando volvieses. Quizás algún día tus propios hijos lo utilicen.

Katia se levantó, se acercó al columpio y lo acarició con ternura. Cuanto más tiempo pasaba en ese lugar y más cosas descubría de su madre, más ganas tenía de conocerla realmente y de abrazarla.

Sus hijos… Sí, quizás algún día.

William se colocó detrás de ella y la abrazó con cariño. Le dio un beso en la parte de atrás de la cabeza. Recordó lo que había dicho el duende antes de que fuesen al entrenamiento, e intentó cambiar de tema para animar a las dos mujeres, que parecían deprimidas.

—Bueno, Gyp, ¿has ido a hablar con Bianca?

—Esto… Yo… No… —Intentó esquivar la pregunta poniéndose detrás de la falda de Katia, una costumbre recién adquirida.

—Prometiste hacerlo hoy, Gypsy. Cuanto antes lo hagas, mejor, pequeño —le reprendió Katia con dulzura.

—Mi sabiosisísimo abuelo solía decir: «No dejes para hoy lo que puedas hacer mañana».

—¿Y qué es el hoy si no el mañana de ayer, Gypsy? —le dijo Elean en tono burlesco y guiñándole un ojo.

—¿Qué? Yo no… da igual. Hoy es hoy y mañana es mañana —objetó enfadado.

Rompieron a reír.

Xael, que se aproximaba a ellos, se alegró de verles tan animados.

—Buena tardes. ¿Qué es lo que tiene tanta gracia? —les preguntó con un tono familiar.

—Gypsy y sus ocurrencias —dijo su nieta.

—Los duendes son muy graciosos. Bueno, ¿qué tal os ha ido? Espero que bien.

Elean le contó los progresos de los muchachos. Xael asintió complacido. Su nieta era muy poderosa y diestra con la magia y el humano era muy perseverante y luchador.

—Me alegra. Ahora iremos a ver a Sacre para comenzar con el entrenamiento del cuerpo.

—Mente sana en cuerpo sano —agregó William—. Es un refrán. Solía decirlo mi padre…

—Debió ser un hombre sabio —dijo Elean.

—Sí, lo era. —William se puso un poco triste, pero percibió la mano de Katia cogiendo la suya y, como siempre, le infundió ánimos y fuerza.

La miró y se dedicaron una sonrisa de complicidad, gesto que no pasó desapercibido para Xael.

—Bueno, muchachos, es hora de irnos. Como no disponemos de mucho tiempo, usaremos la magia. Agarraos a mí.

Se despidieron de Elean y obedecieron, no sin antes cerrar los ojos. Sintieron como si fuesen absorbidos por un tornado, sensación que duró apenas unos segundos.

Abrieron los ojos y observaron, maravillados, como el paisaje apacible de Elean había cambiado para ser sustituido por un campamento de entrenamiento que ocupaba todo el claro en el que se encontraban. William estaba familiarizado con el entorno, al contrario que la muchacha y el duende, que observaban atónitos.

En un lateral había una enorme carpa blanca de lona, de la que varios elfos de los dos sexos entraban y salían. En el centro había un cuadrado de entrenamiento, donde varios elfos luchaban unos contra otros empuñando diversas armas o las manos desnudas.

En el otro extremo del claro había un campo de tiro con arco —un grupo de elfos felicitaban a una arquera de cabellos dorados que había conseguido batir un record— y al lado había una carpa más pequeña en la que se podía observar varias armas colgadas de las paredes. En ella, Nisrin de Binnelandberg, una enana de cabellos rojos como llamas y ataviada con un delantal, golpeaba con un martillo muy pesado lo que parecía ser una espada al rojo vivo.

Xael los condujo hasta otra carpa situada al fondo del claro. En su interior, en el centro, había una mesa de nogal cubierta por mapas, papeles ilegibles para los muchachos y varios utensilios que Katia desconocía. Un elfo de cabellos blancos se encontraba de espaldas a ellos. Parecía enfrascado en un libro.

Xael carraspeó y el individuo se dio la vuelta, encarándolos. Hizo una reverencia con la cabeza hacia los tres y dijo con voz ronca:

—Gran Xaelhon, Sucesora, humano… Bienvenidos a mi campo de entrenamiento.

Katia lo observó con detenimiento. Era alto y delgado, pero musculoso. En la cara tenía varias marcas de viejas heridas de guerra. Le faltaba la parte de arriba de la oreja derecha y tenía una fea cicatriz que le cubría desde el nacimiento del pelo hasta le mejilla izquierda, pasando por el ojo que, a causa de la herida, había perdido el color y la visión. Vestía como los demás elfos del campo de entrenamiento, pero sus ropajes eran grises en lugar de verdes.

—Sacre, aquí tienes a la nueva generación. Entrénalos bien, pues algo me dice que lo van a necesitar.

—No te preocupes, Xaelhon, tu nieta y el humano están en buenas manos.

Xael hizo un gesto de cabeza mostrando su agradecimiento y desapareció. Los muchachos se asombraron, pero ambos compartieron un pensamiento de resignación.

—Sucesora, tu abuelo me ha dicho que dominas muy bien el arco, ¿es cierto?

—Bueno… Yo… No se me da mal —confesó ruborizada.

—Entonces comenzarás por ahí. Seguidme.

Dejó el libro sobre la mesa y los dirigió a la zona de tiro con arco.

Sacre se acercó a una muchacha de edad, aparentemente, similar a Katia. Claro que todos los elfos parecían jóvenes, tuviesen la edad que tuviesen.

—Buenas tardes, Irina —la saludó el elfo.

Kat observó que era la misma elfa a la que, momentos atrás, felicitaban por haber batido un record. Era más baja que ella y llevaba los cabellos recogidos en un moño alto. Sostenía un enorme arco en la mano con el que apuntaba a una de las dianas, a la espera de que la flecha que había lanzado alcanzara su meta.

—Buenas tardes, Sacre. —Irina bajó el arco y miró a Kat, a quien dedicó una leve reverencia.

—Como te he comentado, aquí está la Sucesora de la Tierra…

—Sacre dice que eres buena con el arco así que vas a practicar un poco conmigo hoy para ver de lo que eres capaz.

La elfa mostró una sonrisilla de suficiencia. Aunque le habló en tono respetuoso, a Katia no le gustaba la manera en que la miraba.

—Perfecto. —Alzó una ceja.

—Bien entonces… —dijo Sacre al cabo de un breve, pero incómodo silencio—. Os dejamos para que empecéis. Acompáñame humano —se dirigió a Will—. Tú practicarás con las espadas y la lucha cuerpo a cuerpo. Xaelhon me ha comentado que en tu mundo eras un guerrero y eso aquí lo valoramos.

—Gracias. Aunque, si le soy sincero, no tiene nada que ver la lucha de los humanos con la vuestra. Necesito mucho entrenamiento para llegar, siquiera, a acercarme a su nivel.

—No seas tan humilde, humano. En este lugar las noticias se comparten y sabemos cómo protegiste a la Sucesora y todo lo que has aguantado desde ese momento. No todos los humanos son capaces de hacer lo que tú; y mucho menos sin el don de la vista. No todo está en los músculos… —le dijo el elfo mientras caminaban.

—Aun así, no ha sido fácil y reconozco que me hace falta aprender más para poder defenderla.

—Chico, las mujeres no necesitan defenderse. —Rio—. Somos nosotros los que necesitamos protección… de ellas.

Will se sumó a la risa, divertido por su broma.

Sacre lo condujo hasta un grupo de cuatro elfos. Todos eran rubios, esbeltos y musculosos. Sus rasgos eran muy similares.

—Estos, humano, son los cuatrillizos. Yurel, Viorel, Meriel y Diorel. Ellos te van a poner a prueba hoy para saber cuál es tu nivel, ¿de acuerdo?

—Claro —aceptó intimidado y sin saber quién era quién de los cuatro.

—Pues en sus manos te quedas. Disfruta, chico. —Palmeó su hombro y rio mientras se alejaba.

Sacre reconocía que el humano tenía buen corazón y, aunque era fuerte de espíritu y tenía sus músculos bien definidos, los cuatrillizos le darían una buena tunda. Aunque eso no era un problema. Podía leer en su interior y sabía que cuanto más inferior se sintiese, más lucharía por aprender.

Unas horas después, Xaelhon regresó al campamento y se reunió con Sacre en su carpa.

—¿Qué tal les ha ido?

—Muy bien, Xaelhon. Tu nieta es todo un prodigio con el arco. Ha conseguido batir el record de Irina en solo tres tiros —le contó, sin el tono reverencial con el que se había dirigido antes a él.

—¡Vaya! ¡Ochenta yardas! Es igual que su abuela —sonrió orgulloso—. Imagino que Irina no debe estar nada contenta.

—Imaginas bien. Es la primera persona que consigue su puntuación. Pero no te preocupes, eso le viene bien. No es mala muchacha, pero es demasiado competitiva y no acepta perder. Se esforzará al máximo para vencer a Katia y, al mismo tiempo, tu nieta aprenderá a competir y a esforzarse por mejorar.

—¿Crees que es una buena idea?

—Por supuesto, Xael, confía en mí. Tú sabrás mucho de leyes y protocolo, pero en lo referente a la lucha no eres muy diestro, perdóname que te lo diga. —Rio y se acercó a la mesa para coger una pipa azul de caña que había sobre ella. La encendió mientras se sentaba en una sencilla silla de metal y se la tendió a su hermano.

—Gracias. —Xael tomó la pipa y ocupó otro asiento—. Hacía tiempo que no nos reuníamos a charlar mientras nos fumábamos una de tus deliciosas pipas —comentó exhalando el humo con la vista perdida en el pasado.

—Eso es porque estás demasiado ocupado para visitarme.

—Lo cierto es que es tienes razón. En este momento no tengo mucho tiempo para nimiedades. Hay demasiadas amenazas, demasiados problemas... Estamos saturados. Por eso necesito que Katia esté preparada para ser la Guardiana, Sac. —Suspiró.

—¿Ya no hay esperanzas? —preguntó apesadumbrado.

—Siempre las hay, hermano, siempre las hay... Pero tengo el presentimiento de que algo malo va a... —calló en seco—. Yo solo quiero saber que estará preparada y que, si su madre y yo no estamos, sabrá afrontar su destino y defenderse de ese degenerado.

—Tranquilo, Xael. Sé cómo te sientes. Yo tengo el mismo presentimiento, se respira en el ambiente; pero debemos tener fe. Katia es una chica muy lista y muy poderosa, y tiene un buen apoyo a su lado. Además, si estoy en lo cierto, está muy bien acompañada. Según cuentan, hasta Aekya la respeta, y ese humano daría su vida por ella. —Xael asintió—. Cuando llegue el momento, Katiana estará a la altura, estoy seguro.

—Siempre has sido el más optimista de los dos. ¿Así que te gusta William?

—Sí. Me recuerda a mí cuando era joven, es un luchador y tiene un corazón puro. No obstante, necesita entrenarse más. Le he dejado con los cuatrillizos para que «le hagan los roces» —dijo riendo—. El próximo día le entrenaré yo.

—¿Has decidido algún arma para el muchacho?

—Sí, pero eso es una sorpresa. Cuando esté terminada te la enseñaré. Nisrin está haciendo un trabajo magnifico. Esa enana mejora con los años.

Xael sonrió, su hermano tenía razón. Nisrin llevaba como herrera de Esmelina más años de los que podía recordar. Desde que su esposo Ator Binnelandberg, hijo de Sîtur, había fallecido en un combate contra un enano del clan Uitgebreideplain doscientos años atrás, ella y sus cinco hijos habían ido a pasar unos días a Esmelina, a la casa de una amiga. Como dominaba perfectamente el arte de la forja, decidió asentarse allí. Todos les acogieron con los brazos abiertos.

Nisrin estaba cansada de tanta guerra y de tantas muertes. Los dos clanes más importantes y poderosos de los enanos llevaban milenios en guerra. Casi nadie recordaba ya el motivo real de la disputa que había acabado con miles de vidas. Cada clan contaba la historia a su manera, y la verdadera versión se había perdido entre tanta leyenda.

El conflicto se había apodado como: La Guerra de los Designios. La versión más cercana a la realidad, o eso se pensaba, era que había comenzado con un desacuerdo entre Kalhuk y Forigk, los dos hijos del rey Gork, que falleció repentinamente sin decidir quién de los dos dirigiría a su clan. Al no llegar a un acuerdo, Kalhuk, malvado y despiadado, sembró el caos y provocó un duro enfrentamiento contra su hermano. Los seguidores fieles a Gork apoyaron a Forigk y, con el apoyo del dios *Mûrtho*[35], que acudió a su llamada y le otorgó el poder de dominar la piedra, vencieron a Kalhuk. Mûrtho les ayudó a fundar el clan Binnelandberg y les otorgó un nuevo hogar en las montañas Mûrtias, un hermoso y rocoso lugar rico en recursos minerales y animales, lo que les hizo prosperar.

Vencido y humillado, Kalhuk se retiró a la Llanura de la Desesperanza donde, junto a su ejército, realizó malvados sacrificios de inocentes para lograr el favor del dios *Galürion*[36]. Con su nuevo poder, fundó Galür y el clan Uitgebreideplain y, desde allí, se cree que continúa dirigiendo los ataques contra su hermano.

Ya había oscurecido y un brillante manto de estrellas cubría el campo de entrenamiento. Xael determinó que ya era suficiente para ese día y pidió a Sacre que le acompañara a recoger a los muchachos. Katia estaba exuberante con los logros de sus tiros. Will estaba exhausto y cubierto de moratones. Los tres se despidieron del maestro instructor y desaparecieron. Un instante más tarde estaban frente a la entrada de la Casa Principal. Xael les señaló la casa con la mano.

---

[35] Dios de las montañas y los minerales. Acude a la llamada de los justos y ama la bondad de los corazones. Se cree que además de la ayuda y los poderes que le otorgó a Forigk, también le dio la inmortalidad, aunque solo es una parte más de la leyenda.

[36] Dios de la muerte y la guerra. Ama a los malvados y concede cualquier deseo a cambio del sacrificio de bebés menores de un año, a los que absorbe el alma después de alimentarse de su sangre. Al igual que Mûrtho hizo con Forigk, Galürion hizo a Kalhuk inmortal y se dice que su odio es tan grande que jamás cejara su intento de vencer.

—Ha sido un día duro para ambos y estoy seguro de que estáis hambrientos. Comed y descansad, pues mañana os recogeré de nuevo. —Sonrió con amabilidad y se dirigió a William—: Mañana no la acompañarás a las clases con Elean, sin embargo, Sacre pasará la mañana contigo.

Xaelhon chasqueó los dedos y en su mano apareció un pequeño tarro de barro que le tendió a Will. El muchacho levantó la tapa para ver su interior. Un repugnante olor a huevos podridos hizo que se le saltaran las lágrimas.

—¿Qué es esto? —preguntó asqueado.

—Eso, William, es un poderoso ungüento curativo. Úntatelo en cada herida o moratón y en pocas horas desaparecerá. —El chico arrugó aún más el semblante—. Sé que su olor es desagradable, pero es muy efectivo, te lo aseguro.

William asintió con resignación y volvió a colocar la tapa. El olor le estaba provocando nauseas. El elfo sonrió.

—Y ahora, debo irme. Descansad y comed.

—Gracias por todo, Xaelhon —dijo el muchacho mientras agarraba con pasión la mano de Kat y pensaba en que por fin podría estar un rato a solas con ella.

—No hay de qué, muchacho, y buen trabajo. Espero que mañana estés en forma, Sacre tiene preparado algo muy especial para ti. —Le sonrió mientras se acercaba a su nieta y le daba un beso en la frente—. Bien hecho, mi niña, has batido el record de Irina. Buenas noches, chicos. —A continuación, desapareció.

William y Katia se dirigieron al salón. Encontraron al grupo reunido en una de las mesas del comedor, así que se sentaron con ellos a cenar y compartieron las vivencias del día. Los muchachos les contaron todo lo que había ocurrido, primero en casa de Elean y, más tarde, en el campamento de entrenamiento. Todos se mostraron muy interesados.

Al acabar, William y Katia dieron un paseo por los pasillos colgantes de cristal de La Casa Principal. Charlaron animadamente de todo lo ocurrido y después de un tiempo se retiraron, agotados, a descansar.

32

La decisión del Consejo

Faelhon suspiró, triste. Apenas había dormido esa noche y, al salir los primeros rayos de sol, desistió en su empeño y subió a lo alto de la copa del enrome Árbol Raíz, dónde además de la Sala del Consejo, se encontraba su palacio.

Había construido un pequeño balcón con las propias ramas del árbol y lo había decorado con tres bonitas sillas de madera sin trabajar y decoradas con hiedra florecida. También había colocado una mesa a juego.

Allí sentado, admirando el hermoso paisaje bañado por los cálidos y dorados rayos de sol, todo parecía más sencillo. Su cabeza era un hervidero de inquietudes y su culpabilidad cada vez era más pesada. Añoraba a su esposa demasiado y, para colmo, su hija había sido raptada por un sádico sin moral. Su nieta estaba en constante peligro y todo por culpa de su maldito orgullo. Necesitaba hacer frente a la situación. Esperaba que Noa no hubiese sufrido ningún daño. Si estuviera en sus manos, acabaría con ese malnacido de Atarrán... le arrancaría el corazón, aunque pereciera en el intento. No le daría una segunda oportunidad jamás, no volvería a subestimarlo.

Aquel día se reunirían el Consejo y los guardianes, y tomarían una decisión juntos; aunque estaba seguro que ellos ya habían tomado la suya. La reunión no era más que una pantomima para acallar al Consejo y hacerles creer que ellos habían tomado partido en la decisión, pero nada más.

Un suave tintineo le avisó que Wanda había llegado. Dio un nuevo suspiro y se preparó. Era el momento.

—Mi señor Xaelhon, los guardianes están aquí. El Consejo ha de reunirse.

—Por supuesto, avisa a los demás.

Con una inclinación de cabeza a modo de despedida, el dirigente de los driath, padre de la Guardiana de la Tierra, abuelo de la Sucesora y portavoz del Consejo, se dirigió hacia su destino.

En la otra punta de Zailën, en lo más profundo del Infierno Oscuro, Atarrán abrió los ojos. Se encontraba en su habitación de la torre norte. Belina descansaba plácidamente a su lado. La última noche había sido la más agotadora de las tres que tuvo que pasar con la nixe; eso sí, había merecido la pena. Aunque débil por la pérdida de sangre, se encontraba renovado y activo.

Mientras se bañaba, repasaba cada detalle de su próximo paso, pues era una parte fundamental de sus planes y debía salir a la perfección. Nada podía fallar.

Presintió a Asmodeo y a Elirni, sentados en la sala del trono, esperándole. Algo había cambiado entre ellos, olía el aroma incluso desde tan lejos.

Se vistió deprisa y, con cuidado, cogió *La Rosa de Naran*, su bien más preciado. Le dejó una nota a Belina y salió del dormitorio sin hacer ruido.

Nada más entrar en el salón se dirigió a su trono. Ocultó la rosa en un compartimento secreto que había en el respaldo del sillón y encaró a los visitantes.

—Asmodeo, Elirni… Me alegra que hayáis llegado al fin. Por un momento creí que no volveríais.

—Sentimos el retraso, mi señor. Las piernas de Elirni no han podido traerla más rápido.

—¿Es sarcasmo lo que huelo, demonio? —Atarrán arqueó una ceja.

—No, mi señor —se doblegó haciendo una reverencia, no sin reticencia.

—Así está mejor —se jactó el hechicero.

Con parsimonia, hizo un aspaviento con la mano y un delgado haz de luz verde salió de ella y se dirigió hacia la naga, golpeándola en el pecho y haciéndola caer con fuerza al suelo. Asmodeo acudió en su ayuda, pero no le dio tiempo, pues otro le alcanzó a él. Atarrán sonreía sádicamente desde su posición.

—Vuestra magia ha sido restaurada. Espero, por vuestro bien, que sepáis utilizarla. No habrá próxima vez.

—Sí, mi señor —dijeron Elirni y Asmodeo al unísono mientras se incorporaban y se retiraban con rapidez.

Atarrán se frotó el puente de la nariz. Detestaba ser compasivo, pero no tenía elección, esos dos eran los mejores que tenía para el trabajo que debían desempeñar.

Se levantó del trono y se dirigió a los aposentos de Noa. Aún le quedaba tiempo para visitarla. Se negaba a admitirlo, pero se estaba acostumbrando a su compañía y, aunque sabía que ella le odiaba, no podía evitar amarla; a su manera.

—Toc, toc, toc… —rio Atarrán mientras abría un poco la puerta—. ¿Estás ocupada?

Noa miró de reojo al hechicero desde el sillón donde estaba sentada. Hacía varios días que no recibía su visita y había estado muy tranquila. Aunque, para ser sincera, prefería que la visitara de vez en cuando; no porque le agradara su presencia, que no era el caso, sino porque la mantenía informada de sus progresos y de los de su amada hija. Él lo sabía todo, algo para lo que no tenía explicación.

Atarrán entró sin esperar su respuesta y se sentó en el sillón que había junto al de la guardiana. Le tomó la mano y la besó. Ella puso cara de asco.

—No te he dado permiso para hacer eso. Aunque supongo que no lo necesitas para hacer lo que te plazca —dijo con voz seca, retirando la mano.

—Hola, mi bella Noa. ¿Cómo has estado estos días? —preguntó caballeroso—. Ahora no puedo quedarme todo lo que me gustaría. Solo he venido para decirte que voy a hablar con el Consejo. Va a ser muy divertido, incluso estarán presente los guardianes… —soltó una sonora y perversa carcajada—. Se supone que esa panda de inútiles va a decidir cómo te salvan. Espero, querida, que no tengas muchas esperanzas en su decisión porque, si es así, lo lamento.

Atarrán se levantó y, al alcanzar la puerta, hizo una reverencia de despedida. La Guardiana, aturdida a causa de su comentario, permaneció sentada. Necesitaba averiguar cómo era capaz de obtener tanta información. Debía tener algún objeto o hechizo que se lo permitiera. Esperaba que Katia no dijese nada comprometedor en la reunión o el hechicero se enteraría de todo y ambas estarían perdidas. Estaba convencida de que, sí aún estaba con vida, era porque él creía que ella portaba el anillo, pero si se enteraba de que no era cierto… No quería pensar en eso. Debía encontrar la manera de ponerse en contacto con Katia. Últimamente por más que lo intentase no lo conseguía y estaba segura de que era cosa de Atarrán. ¿De quién sino?

En la Sala del Consejo, la mesa cambiante había tomado la forma de un rectángulo. A un lado se sentaban los veintidós miembros del Consejo y en el otro, centrados, los guardianes. Al cabo de unas horas Wanda salió de la estancia en busca de Katia y su grupo, tal y cómo se le había ordenado.

Mientras esperaban a ser convocados, Katia llevó a William a su nueva cabaña y juntos admiraron el sinfín de objetos que la ocupaban. Mirka le había dicho a la muchacha que estaría ausente durante todo el día, aunque no le dio detalles. Gypsy, por otro lado, había decidido hacer caso a su dama y quedar con Bianca para charlar y conocerse un poco más, algo que ambos habían disfrutado.

Aekya decidió permanecer en el campo de entrenamiento con un par de espadas y luchar contra quien osara desafiarla; que, para su enfado, eran pocos. Duke la observaba en la lejanía para evitar su ira. Se había percatado de que la elfa hacía lo imposible para evitar a Errolw. En las contadas ocasiones en que lo veía, se sonrojaba hasta las orejas. Le intrigaba mucho su comportamiento.

Se disponía a preguntarle por él cuando Wanda, «el hada dorada», como él la llamaba, se apareció frente a él.

—Duke, Aekya y tú debéis ir a la Sala del Consejo. Os esperan. Los demás ya han sido avisados y se dirigen hacia allí —le ordenó con voz cantarina.

«Hola a ti también, Wanda —le contestó con sarcasmo—. *¿Quiénes son los demás?»*

—El humano y la Sucesora. Solo se os ha convocado a vosotros cuatro.

«¿Y Errolw? ¿Y Gypsy?»

—Ellos no son necesarios en este momento. No te entretengas, Duke. Vamos —le replicó autoritaria.

El lobo avisó a la elfa mentalmente y siguió al hada sin rechistar ya que, cuando usaba ese tono estaba cumpliendo con una orden directa y era mejor hacerle caso. Se sorprendió que no llamaran también a Errolw. Para él ya era un miembro más del grupo. Le había cogido cariño y estaba agradecido por haberles salvado en Bruntik. Pensó que, cuando la reunión acabara, iría a buscarlo y le contaría todo con detalles.

Lo que ignoraba era que el astuto elfo había escuchado la conversación que mantuvo con el hada y había decidido seguirles. Aunque no podría entrar sin levantar sospechas, aún se guardaba un as en la manga y, gracias a un poderoso hechizo que aprendió en Infierno Oscuro, podría escuchar lo que se dijera en la reunión. A pesar de todo, le había emocionado que Duke le considerara parte del grupo.

Media hora más tarde los cuatro compañeros entraron en la Sala del Consejo guiados por Wanda. Tres pintorescos personajes les observaban con atención. El más llamativo para Katia era un ser que estaba sentado en una nube blanca ligeramente elevada en el aire. En lugar de piernas, de cintura para abajo estaba formado por una condensación de aire gris. Su torso desnudo era robusto, similar al de un hombre, aunque la piel era de color turquesa y brillaba como si llevase una gruesa capa de aceite. Una barba poblada con espeso bigote ocultaba parte de su rostro, solo que en lugar de pelo también eran de aire grisáceo. Sus ojos almendrados carecían de pupila y todo el globo ocular era de un suave color azul.

Un horrible sombrero marrón cubría su cabeza. Alrededor del cuello lucía una bonita y brillante cadena de plata con un enorme zafiro engarzado. Katia se sorprendió al poder contemplar el amuleto del aire. Como su querido Bronce le había contado una vez, las cuatro gemas eran invisibles. Solo el portador decidía quién podía verla. Observó su anillo, invisible para todos salvo Will, y le pareció una muestra de respeto que el Guardián del Aire hubiese decidido mostrársela.

En el centro de los tres había una mujer que, misteriosamente, reconoció como Ondina, la Guardiana del Agua. No sabía por qué conocía su nombre, pero estaba segura de que era ella. Al verla de cerca tuvo que reconocer que era una mujer muy hermosa. Su cabello era del mismo color que el de Aekya, blanco como la nieve, y lo llevaba suelto por debajo de la cintura. Sus ojos rasgados eran de un intenso e inhumano color azul y su piel nívea los hacía más llamativos aún. Sus labios eran carnosos y rosados en contraste con su piel. Llevaba un sencillo vestido azul de manga larga y ancha en las manos.

A causa de la mesa, a Katia le era imposible verla de cintura para abajo; aunque le llamó la atención la silla que usaba: una hermosa concha abierta que mostraba a la guardiana como si fuera una preciosa perla. Al igual que el Guardián del Aire, Ondina mostraba su amuleto, una turquesa engarzada en el centro de la tiara de pedrería azul y verde que llevaba sobre el cabello. Era preciosa y brillante.

Por último, se fijó en el que debía ser el Guardián del Fuego. Sentado en una llama candente, la miraba fijamente y con reconocimiento. Era un ser similar a un elfo de fuego, esbelto y en forma, atractivo. Vestía una sencilla túnica negra con una llama dibujada en el centro. En su mano sostenía un extraño cetro forjado con el más puro oro. El extremo inferior era un simple aguijón. El superior se ensanchaba y formaba la llama de su emblema. En el centro estaba engarzado su amuleto, un rubí reluciente que palpitaba como si fuera un corazón.

La mesa cambiante se alargó y en el lado del Consejo, en el centro, aparecieron cuatro nuevas sillas para ellos. Dos eran simples, de madera, talladas para Will y Duke, ambos humanos. Las otras eran más particulares: la de Aekya estaba hecha de piedra brillante y la parte superior acababa en un par de grandes picos. La última, la de Katia, era igual que la de su abuelo. La muchacha estaba realmente intrigada con las asombrosas sillas.

Xaelhon les invitó a tomar asiento.

—Nos hallamos en presencia de los guardianes a causa de lo sucedido. Todos estamos al corriente de la precaria situación en la que nos encontramos y, por ello, se ha decidido tomar esta decisión: Noa debe ser salvada. —Xael mantenía un tono uniforme y, en apariencia, sin emoción. Se dirigía a todos los presentes, deteniéndose en cada uno de ellos una fracción de segundo.

Cuando estaba a punto de continuar, una luz verdosa les cegó durante un instante. En el centro de la mesa apareció, flotando, el semblante de Atarrán. El hechicero los observaba con malicia y mostraba una sonrisa perversa. Un revuelo de indignación, miedo y asombro recorrió la estancia.

—Bueno, bueno, bueno... ¿qué tenemos aquí? Pero si estáis todos reuniditos...

—¿Cómo es posible? ¡¿Tú tienes la pareja del *Ojo de Jade*?! —gritó furioso Xael, cayendo en la cuenta.

—Has tardado, viejo. ¿Cómo está tu familia? —preguntó con sarcasmo—. Espero que bien... —se carcajeó con maldad.

La cara de Xael se contrajo con una mezcla de sentimientos irreconocibles.

—¿Cómo te atreves, maldito? —le gritó furioso—. Eres un cobarde, siempre lo has sido. Nos muestras tu rostro, pero actúas desde la oscuridad y en el silencio como los zorros del bosque. ¡Nunca tuviste agallas y jamás las tendrás!

Una abultada vena cruzaba la frente del elfo a causa de la rabia y el resentimiento que sentía. Sus reproches provocaron que Atarrán contrajera el rostro con aversión y una mirada de repugnancia le atravesó. Katia observaba la escena asustada y preocupada. Al mirar al hechicero tuvo una horrible sensación de reconocimiento. Algo no estaba bien.

—Algún día acabaré contigo, viejo decrépito. Pero antes, tengo una proposición que haceros a todos. —El hechicero destilaba odio.

Los guardianes, que no se habían perdido detalle y estaban al corriente de la disputa entre el dirigente y el hechicero, observaban lo que acaecía.

—No eres bien recibido aquí, hechicero —intervino Ondina—, y no estás en posición de proponer nada. Mi consejo es que desaparezcas y que devuelvas lo que no es tuyo. Y, por supuesto, que liberes a la Guardiana de la Tierra. —Su voz sonó áspera y violenta.

—Su vida por la de mi hija, ese es el trato. Puesto que no podéis transportaros hasta aquí, os doy un mes para traerla hasta la última entrada del Río del Olvido, justo antes de su desembocadura. Allí encontraréis el Pozo del Olvido. Solo tenéis que tocarlo y acudiré. Si cumplís, liberaré a Noa. Espero haber sido claro —replicó con brusquedad—. Traedme a mi pequeña y os entregaré a vuestra guardiana. —Antes de desaparecer, miró a Katia a los ojos—. Pronto volveremos a estar juntos, mi niña.

La Sala permaneció en absoluto silencio, cada cual sopesando lo ocurrido. Los guardianes desaparecieron ipso facto y Xael se dirigió a los presentes:

—A causa de lo ocurrido, los guardianes se han retirado a deliberar nuestro siguiente paso. Os agradezco la paciencia que estáis mostrando. En unos minutos sabremos su decisión —dijo con voz vibrante pero afilada.

Xaelhon se sentó en su asiento y se frotó el puente de la nariz. La situación se le había ido de las manos. Sabía que se había excedido y no entendía cómo, con todos sus años de experiencia, era incapaz de contenerse cuando tenía algo que ver con ese despreciable…

Le odiaba más allá de lo imaginable. Por su culpa había perdido a su esposa y se había perdió los mejores años de su nieta. Pero lo que más le pesaba era el daño que le había causado a Noa, que no solo había perdido a su madre sino a su propia hija durante demasiados años. Esperaba con ansia que la decisión de los guardianes fuera destruir a ese maldito. Y su nieta… La pobre había descubierto a su progenitor de la peor manera posible.

Katia se sentía mareada. William la agarró con suavidad, pero con firmeza. La chica temblaba bajo sus manos, tenía la mirada perdida y el color había abandonado su semblante.

El muchacho miró a Aekya en busca de ayuda. Duke, preocupado, mantuvo su vista fija en ellos. La elfa observó compasiva a William y puso sus manos sobre la muchacha. Le hubiese gustado que se enterase de otro modo y en otro momento, pero el destino había decidido por ellos. La verdad estaba ahí y sabía que tarde o temprano saldría. Le acarició el cabello y le susurró al oído la única frase que su madre le había dicho con cariño: *Jhande essende myrt wey eshorka, likho ne merthum oxo ejikya ej kahil.*

A Katia no le hizo falta que se la tradujera, pues la entendió a la perfección: «Cuando hasta el alma está rota, tan solo te queda seguir adelante y olvidar». Era un buen dicho, pero, en ese momento, no era factible. ¿Cómo era posible? ¿Su hija? Ahora comprendía el motivo por el que nadie quería hablar de su padre. ¿Cómo había podido su madre…? No entendía nada. Se sentía frustrada y engañada y, sobre todo, muy asustada.

La aparición de los guardianes la hizo forzarse a recuperar la compostura. Dedicó una mirada de agradecimiento a Aekya, que se acomodó en su silla y se atusó el cabello. Observó cómo los guardianes la miraban fijamente, algo que le ponía el vello de punta. Los tres unieron sus manos y cerraron los ojos; juntos, susurraron unas palabras y, algo similar a una burbuja se alzó por encima de los asistentes a la reunión para protegerlos de miradas curiosas.

El Guardián del Aire comenzó a hablar:

—Hermanos y hermanas, después de lo ocurrido en vuestra presencia, los guardianes hemos tomado una decisión… —expuso Nuberum con una masculina y ronca voz—. No podemos fiarnos de este hechicero ni de sus intenciones. Esperamos que todos estéis de acuerdo en que es completamente inadmisible entregar a la Sucesora de la Tierra. No solo porque es algo inmoral salvar una vida sacrificando otra, sino porque, como está en vuestro conocimiento, la Sucesora tomará su lugar en menos de un lustro y, por lo tanto, es igual o más importante que su madre. Es por ese motivo que hemos decidido hacer frente a Atarrán. Con la ayuda de vuestras casas levantaremos un ejército y le derrocaremos de una vez por todas.

Un coro de voces se alzó en la sala en apoyo a la decisión.

—¿Y qué pasa con mi madre? —preguntó Katia, aún aturdida.

Los gritos de guerra cesaron. Ondina y Aylen miraron a la muchacha compasivos. Lamentaban mucho su decisión, pero no había más remedio que hacerlo de ese modo. Katia, sospechando lo que le iban a contestar, buscó con la mirada el apoyo de su abuelo, que la observaba con la misma incertidumbre que ella. Ambos escucharon con atención.

—Hemos decidido que, a pesar de su importancia y trascendencia, su rescate deberá esperar. Atarrán ha subestimado nuestra capacidad de transportación, algo que nos beneficia en buen grado ya que, solo necesitamos unos días para transportar a todo un ejército hasta la Cordillera de las Almas —reveló Nuberum.

—Pero, ¿cómo vamos a llegar hasta el Pozo del Olvido? ¡Nadie sabe dónde se encuentra su emplazamiento! —prorrumpió Kazhak, el representante de los gigantes—. Además, se dice que todo el que entra en la Llanura de la Desesperanza queda atrapado en sus espejismos y vaga errante hasta la muerte.

—Vayamos por partes… Es cierto que desconocemos dicho lugar, y por ello realizaremos un hechizo de localización. Con él seremos capaces de conocer la dirección exacta que debemos seguir. Tomaremos precauciones para afrontar las maldiciones de esa inhóspita tierra y nos precederán varias avanzadillas, integradas por los que mejor dominen la magia. No obstante, estas y otras cuestiones se tratarán en otro momento, ya que hay mucho que organizar.

—Exacto, tenemos unas tres semanas para prepararnos y armarnos a conciencia. El traslado de las tropas tendrá lugar en la última semana del plazo —añadió Aylen.

—¡Pero si esperamos, la matará! —exclamó Katia temblando al tiempo que se ponía en pie.

—Cálmate, Sucesora —le aconsejó Ondina con voz dulce—. Atarrán no le hará ningún daño a Noa, al menos durante ese tiempo, ya que quiere intercambiarla por ti. Además, no se atrevería mientras tenga el anillo… Ni siquiera él es tan estúpido.

—¡¿Qué?! —La muchacha ensanchó los ojos.

—Mientras ella porte su amuleto, Atarrán no la lastimará. Él conoce las consecuencias. —Ante la cara de incomprensión de los muchachos, Ondina decidió darles una breve explicación—: Si un guardián muere asesinado y portando su amuleto, su cuerpo se vuelve una bola de luz incandescente que estalla, de tal modo que destruye todo lo que haya a su alrededor. El amuleto desaparecería al instante y aparecería en las manos del sucesor o sucesora. En este caso, en tus manos, Katiana, pues pasarías a ser la Guardiana de la Tierra. Por este motivo hemos decidido que un pequeño destacamento se encargue de rescatarla mientras los demás luchamos. Así evitaremos contratiempos.

Katia empalideció de repente. No podía creer lo que estaba ocurriendo. Su madre estaba en serio peligro. Si Atarrán descubría la verdad…

—No… pero… mi madre… el anillo…

Las palabras se le agolparon en la garganta y se negaron a salir. Intentó hablar, pero le resultó imposible. No podía articular sonido alguno ni moverse de su asiento. Solo podía mover la cabeza. Una ola de terror la inundó. Se esforzó por moverse y hablar, pero fue en vano. De pronto cayó en la cuenta de que algo, o alguien, la había hechizado. Buscó de un lado a otro cualquier indicio, pero no halló nada extraño. Con la mirada aterrada intentó avisar a Will. Una conocida voz le habló en su interior.

«Lo siento, Kat, pero no puedo dejarte que digas la verdad. Nadie debe saberlo o las consecuencias serían desastrosas. Ten paciencia, por favor. Cuando la reunión acabe, me reuniré contigo y te explicaré todo. Por favor, tranquilízate y no cometas ninguna estupidez», le habló Aekya.

Ella intentó contestarle pero, hasta esa capacidad estaba bloqueada. Asintió con la cabeza.

Sintió la mano de Will en su hombro, dándole apoyo; aunque esa vez ni siquiera eso la calmó. Sabía que estaba preocupado y asustado, ya que percibía sus sentimientos; mas no pudo hacer nada por tranquilizarlo.

Los asistentes, ajenos a lo que le ocurría, atribuyeron su silencio a la situación.

—Sucesora, ninguno de nosotros desea el mal de Noa —intentó calmarla Aylen—. Si pudiéramos, sería lo primero que solventaríamos ya que todos amamos a tu madre; sin embargo, somos conscientes de que Atarrán planea algo malvado, y si nos centramos en el rescate de Noa, le dejamos el camino libre para que lo lleve a cabo. Sabemos que no es de tu agrado nuestra decisión, pero es lo que se debe hacer. Algo que debes aprender para tomar tu puesto en la vida es que, como guardiana, lo último a tener en cuenta son tus necesidades y tus deseos. Por encima de todo están las de tu pueblo. —Le miró compasivo mientras tomaba asiento.

Ondina le sonrió.

Katia intentó, por enésima vez, entonar algún sonido. De nuevo fue imposible, Aekya no se fiaba de ella.

Asintió con la cabeza, ya que era el único modo que tenía para comunicarse. En su interior tenía la creencia de que debía avisar a alguien de su situación. No era Noa quien tenía el anillo sino ella y, por lo tanto, estaba en peligro de muerte. ¿Y si Atarrán lo descubría y en venganza mataba a su madre? ¿Y si no le interesaba el anillo y decidía que la vida de Noa no era necesaria? Si moría por su culpa, no se lo perdonaría jamás.

No comprendía nada de lo que le estaba ocurriendo. ¿Cómo había estado su madre con alguien como Atarrán? ¿Para que la quería el hechicero? ¿Realmente ese ser era capaz de amarla como una hija, o era todo un truco para conseguir su fin? Demasiadas preguntas sin respuesta. Sentía una enorme pena que le oprimía el corazón. Su mente era incapaz de asimilar tantas desgracias y, para colmo, seguía sin saber si Bronce estaba bien…

Estaba angustiada por todo y se estaba apoderando de ella una horrible desesperación, cuando las palabras de Nuberum captaron su atención:

—Una vez decidido el plan de actuación, debemos disponer cómo se llevará a cabo. El hechicero espera a la Sucesora dentro de un mes, por lo tanto, tenemos tres semanas para organizarlo todo. —Nuevos gritos de guerra recorrieron la sala—. Sucesora, te instamos a ti y a tu compañero a que continuéis con la instrucción que Xaelhon dispuso para vosotros. Preparaos a conciencia, pues nunca se sabe lo que puede ocurrir. Vosotros cuatro podéis retiraros, los demás decidiremos cómo elegir y reunir el ejército que se desplazará hasta Infierno Oscuro. El tiempo apremia y necesitamos a los mejores de cada casa…

Nuberum continuó hablando, pero Katia, aturdida, se distrajo al percatarse de que el movimiento había vuelto a sus músculos; no así la voz. Wanda acompañó al cuarteto hacia la salida. Xael miró a su nieta con afecto.

«Cuando acabe la reunión iré a verte, mi niña. Siento de veras que todo haya sucedido así. Yo no…» En realidad, no sabía qué palabras utilizar, estaba tan afectado como ella y no sabía cómo consolarla.

Katia le miró y asintió. Se agarró al brazo de William y se marcharon. Estaba impaciente por abandonar la sala. Necesitaba aire fresco y un poco de agua, tenía la garganta demasiado reseca.

Eran casi las tres de la tarde cuando salieron de la reunión. El sol brillaba con intensidad y el calor del verano estaba presente. Errolw les esperaba impaciente en la puerta principal del árbol. Se le veía nervioso y pálido. Katia observó sus descoordinados movimientos mientras se acercaba a ellos para preguntarles qué había ocurrido. Su actitud preocupó a la muchacha, pero tenía demasiadas preguntas que hacerle a Aekya y, esa vez, se las contestaría.

33

OSCURIDAD EN EL CORAZÓN

Aekya levantó el hechizo. Katia, libre para hablar, se preparó para enfrentarse a ella. Sin embargo, la elfa alzó la mano, pidiéndole paciencia.

—Sé que necesitas respuestas, Kat —le dijo con amabilidad—. Vayamos a casa y allí, tranquilamente y con algo de comer, te contestaré a todo lo que pueda, lo prometo.

Acostumbrados a la hosquedad de la elfa, todos se asombraron ante su tono. Errolw, a pesar de su inquietud, se alegró de que Aekya pudiera mostrar compasión y amabilidad de vez en cuando.

El grupo siguió a la elfa sin rechistar. En cuanto llegaron a La Casa Principal los guio hasta sus propios aposentos y pidió a dos elfas de la cocina que les sirvieran comida y bebida. Katia, incapaz de aguantar más tiempo, explotó:

—¡¿Cómo es posible que Atarrán sea mi padre?! ¡¿Cómo pudo mi madre…?! —La pregunta murió en su garganta y fue remplazada por un brote incontenible de lágrimas.

William la abrazó mientras se desahogaba. Todos se entristecieron al contemplar su lastimero llanto. Aekya esperó unos minutos a que se calmara un poco. La chica tenía derecho a saber lo que había ocurrido y, aunque creía que ella no era la apropiada para contárselo, estaba decidida a hacerlo. Bajo su punto de vista ya debería saberlo, se lo había dicho miles de veces a Noa. Si lo hubiesen hecho antes, ahora no estaría tan destrozada.

Tomó aire y se dispuso a contarle la historia de su familia:

—Verás, Katia, hace algunos años, noventa y cinco en realidad, tu madre, Duke y yo nos aventuramos al mundo humano. Era invierno y el Consejo llevaba tres días reuniéndose para tratar temas sin sentido. Noa estaba cansada de tanta burocracia y decidió dar un paseo.

»En nuestra aventura conocimos una preciosa niña de unos seis años, aproximadamente, que nos veía sin problema. Era muy dulce y simpática. Cuando nos vio, corrió hacia nosotros con un millón de preguntas acerca de nuestro mundo. Lilly, que así se llamaba, había nacido con el «don de la vista», pero nadie en su pueblo lo sabía, y la pobre no entendía muy bien lo que veía. Noa le cogió cariño. Durante los siguientes meses, hasta la primavera, íbamos a verla y le enseñábamos cómo desenvolverse en la vida con su don.

»Un día acudió a nuestra cita con su hermano mayor. El joven, de veintitrés años, estaba preocupado por las escapadas de su hermana y había decidió acompañarla. Su madre falleció al alumbrar a Lilly y su padre murió de pena unos meses más tarde. Así pues, Atarrán había tomado el rol de padre y ejerció desde entonces como tal. Amaba a su hermana sobre todas las cosas, hasta que conoció a Noa. Ese día nació un amor, un hermoso amor que los unió casi al instante.

»Duke y yo decidimos dejarles a solas. Nos fuimos con Lilly a dar un paseo y, cuando volvimos, se habían hecho muy, muy buenos amigos.

»Durante el año siguiente se vieron todos los días a escondidas pues, como sabes, no están bien vistas las relaciones con humanos, y menos en una Guardiana de la Tierra. El amor cegó a Noa, que no vio el verdadero interior de Atarrán. Aunque era amable, cariñoso y detallista con todo el que le rodeaba, sobre todo con ella, había algo insano en su interior. Cometió el error de confiar en él mostrándole nuestro mundo y las maravillas de la magia. Le contó la historia del Libro Perdido y de cómo el que lo encontrara sería el ser más poderoso de Zailën.

Hizo una pausa y tomó un sorbo de licor de castaña.

—¿Qué es el Libro Perdido? —aprovechó para preguntar William.

—Es el Libro del Poder. La leyenda dice que los creadores del mundo plasmaron su sabiduría en un libro y lo escondieron en el interior de un Ancestro para que sus conocimientos nunca se perdieran. Se decía que poseía la magia del mundo y que aquel que lo encontrase, sería el nuevo dios.

—Lo encontró, es el libro que había escondido en las raíces de Bronce —afirmó Katia, que recordaba lo que le había contado el roble.

—Exacto, pero eso pasó mucho después. La historia del libro despertó su codicia y su avidez de poder, pero lo ocultó muy bien. Creo que en ese momento tu madre era más importante para él que cualquier cosa. Se amaban, Kat, solo verles juntos te hacía comprender cuánto. Xaelhon y Diomira no estaban de acuerdo con la relación pero, aunque fuese su hija, no era una niña. Tenía más de mil quinientos años y además era la Guardiana de la Tierra; su decisión no iba a ser cuestionada.

»Pasó el tiempo y seguían juntos. Lilly crecía junto a nosotros y Noa y Atarrán eran muy felices. Solo un problema les preocupaba... Al ser humano, envejecía sin remedio. Aunque solo habían pasado dos años, se había convertido en un hombre. La esperanza de vida de un humano ronda las cuarenta primaveras y eso significaba que no le quedaban muchos años más. Noa empezó a obsesionarse con su pérdida y decidió que debía hacer algo. Ella no poseía el conocimiento de hacerlo inmortal o retrasar su muerte, pero sabía dónde buscarlo...

—En el libro... ¡¿Ella le ayudó a buscarlo?! —aulló atónita Katia.

«¿Qué habrías hecho tú? De hecho, tú misma tienes ese problema, y hace unos días buscabas la misma solución...», arguyó Duke.

—Pero es diferente... Will no...

—No es diferente, Katia —la contradijo Aekya—. Tú amas a William y lo último que deseas es perderlo. Tu madre se encontraba en la misma situación. Jamás habría pensado que la codicia ganaría al amor que él le profesaba. Si lo hubiese sabido, no lo habría hecho. Además, cuando le contó que la solución era el libro, se emocionó en secreto y empezó hacer que sintiera lástima. Le decía que si envejecía ella dejaría de amarle y él moriría de pena... Que se quitaría la vida antes de perderla y muchas cosas más. —Apretó los dientes con rabia—. Manipuló sus sentimientos con frases lastimeras hasta que la convenció. Con ayuda de la magia, buscaron el libro durante un tiempo hasta que al fin lo hallaron. Aunque no pudo hacerlo inmortal, logró alargar su vida y retrasó su envejecimiento. A causa de sus desinteresadas peticiones de ser él quien guardara el libro para evitar que Xaelhon se disgustara, consiguió el poder que anhelaba.

—¿Cómo dejó una mujer con su edad y su experiencia que la manipulara de ese modo? —preguntó Will.

—El amor nos ciega. Solo vemos lo que queremos ver. Cuando se trata del ser amado, evitamos pensar en lo que nos provoca dolor, justificando su comportamiento con mentiras.

—Una mentira no se convierte en verdad solo porque alguien se la crea.

—Cierto. Aun así, cuando estamos enamorados, no podemos evitar hacerlo. Nos ciega la imagen que tenemos de la persona amada y con ella reemplazamos la realidad.

—Hablas del amor y sus consecuencias como si lo conocieras de primera mano, Aekya —comentó Errolw, interviniendo por primera vez en la conversación.

—No lo he vivido en persona, pero estuve lo bastante cerca de Noa como para haberlo experimentado con ella. He sufrido las consecuencias del amor ciego que le tenía a ese malnacido. He vivido su dolor y su alegría como si fueran mías. Noa es como mi madre y verla sufrir me hacía sufrir a mí… Me atrevo a decir que para Duke ha sido igual de doloroso e intenso.

«Así ha sido. Hemos estado junto a Noa durante toda su relación y hemos reído y llorado con ella. Lo triste de todo es que nosotros dos sí vimos lo que le estaba ocurriendo a Atarrán, su codicia y su ansia de ser poderoso. Intentamos avisarla, pero…»

—¿Qué ocurrió? ¿Cómo cambió? —preguntó Katia.

Aekya la miró con compasión. Esa parte de la historia era la más triste y la que más daño causaría a la muchacha, pero estaba dispuesta a continuar y contarle toda la verdad.

—Con el libro en su poder, Atarrán comenzó a experimentar con hechizos que fueron oscureciendo su corazón. Noa no quiso darse cuenta o realmente no se percató. Un mes antes del décimo cumpleaños de Lilly, Atarrán intentaba lograr un hechizo imposible, desconozco cuál fue, aunque sé que Noa le persuadió e intentó arrebatarle el libro para impedírselo. En el rifirrafe, algo ocurrió y el hechizo que Atarrán intentaba realizar alcanzó a Lilly. La pobre murió en el acto de una forma horrible y dolorosa.

»Desde entonces Atarrán no volvió a ser el mismo. Aún seguía amando a Noa, incluso se casaron y vino aquí a vivir con ella. A pesar del amor y de la aceptación de los mágicos, él cambió. Poco a poco se fue haciendo más perverso. Duke y yo la avisamos de su maldad, pero no nos escuchó.

»Disfrutaba matando seres mágicos. Los poseía, probaba hechizos prohibidos… Fue destruyendo su propia alma y el amor que Noa sentía por él, ya que también cambió con ella. Se volvió frio y distante, y tuvo que aceptar en lo que se estaba convirtiendo su amado. Casi nunca estaba en casa, ya apenas le veía y no hablaban.

»Una noche, cansada de su comportamiento, le siguió en una de sus escapadas. Lo descubrió torturando a un duende y bañándose en su sangre. Lo que vio, la dejó perpleja. Huyó antes de que él la viera y, destrozada, tuvo que aceptar la verdad: su amado era ahora un sádico y malvado desquiciado.

»Aterrada, fue a buscarme y me lo contó. Yo lo tenía muy claro, debía decírselo a su padre y abandonarle. Pero de nuevo, no me escuchó. Tenía la absurda creencia que, si hablaba con él, si le convencía, todo volvería a ser como antes. Además, en un último intento de arreglar su situación, decidió quedarse embarazada pensando que eso le haría volver a ser el hombre del que se enamoró.

Aekya no pudo evitarlo y sus ojos se humedecieron. Se enjugó las lágrimas y continuó mientras los demás la miraban conmovidos:

—Cuando ella le contó lo de su embarazo, Atarrán le prometió que ya no haría nada malo y que destruiría el libro, que ahora lo importante era su bebé, su familia. Pero le mintió. Durante unos meses cambió por fuera, volvía a ser cariñoso con todos, pero solo en apariencia. A escondidas planeaba la destrucción de Zailën. Decidió que se convertiría en el Guardián Supremo de los Elementos, matando a los guardianes excepto a Noa. A ella y a su futuro hijo los raptaría y los pondría en contra de todos los mágicos. Y si Noa no quería, también pondría a su hijo en contra de ella, pues en el fondo la culpaba de la muerte de su querida hermana. En realidad, yo creo que nos culpaba a todos los mágicos y por eso cazaba y mataba a todos los que podía.

Aekya detuvo su narración para tomar un poco de agua. Katia aprovechó el momento para preguntar algo.

—¿Qué es el Guardián Supremo de los Elementos?

—En el Libro del Poder hay escrita una profecía: *«Un día de Sol Ardiente nacerá un ser tan poderoso que será capaz de controlar los cinco elementos a su antojo. Con su bondad, conquistará los corazones, y con su sabiduría y poder salvará el mundo de su destrucción. Un día de Profunda Oscuridad se convertirá en el Guardián Supremo de los Elementos»* —recitó la elfa.

—Pero la profecía dice que nacerá, no que se convertirá. ¿Cómo pretendía Atarrán ser el elegido?

—Supongo que con magia. Lo que él no entendió es que un guardián ya debe nacer con la magia y él no la poseía hasta que encontró el libro. Pero eso es lo de menos. Una noche, próxima a tu nacimiento, Noa se despertó sola en mitad de la noche, cansada y con dolores. Sin hacer ruido, buscó a su esposo en el sótano, lugar al que se había habituado a bajar en los últimos meses. Para estar tranquilo, según decía. Noa descubrió lo que planeaba y tuvieron una horrible discusión. Le dijo que le dejaría y él le juró que le robaría a su hijo y mataría a toda su familia si ella no permanecía a su lado. Aterrada y desolada, huyó en busca de su madre y le confesó todo lo que había ocurrido: el libro, los hechizos prohibidos, el afán de matar y lo de sus planes de destrucción. Diomira la tranquilizó y la acompañó a buscar a Xaelhon. El sabría qué hacer. El orgulloso dirigente de los elfos de la luz no dio importancia a las aterradoras palabras de su hija, ni a los sabios consejos de su esposa. Cuán grande fue su error al subestimar a Atarrán y la ancestral magia del libro:

»—Un simple humano mortal con un libro de magia, ¿qué puede hacer un ser tan inferior? Yo soy el dirigente de los driath y tú eres la Guardiana de la Tierra, ¿cómo temes a un simple humano, hija mía? ¿Cómo una mosca podría dañar a un elefante? —Esas fueron sus palabras.

»Al mediodía del día siguiente, Noa se puso de parto. Todo salió bien. Agotadas y bajo el amparo del poderoso Xaelhon nos fuimos a dormir. El simple humano mortal, como lo había llamado, tenía un plan para raptar a su hija recién nacida. Con la ayuda de un driath traidor, penetró en el mismísimo palacio del orgulloso y poderoso Xaelhon. Se dirigió a su alcoba y… —A Aekya le tembló la voz en la última palabra.

Katia la observó y vio cómo sus ojos se empañaban. Duke estaba acurrucado a los pies de la elfa con la misma tristeza en el rostro. Sabía que ahora venía lo peor. Su abuela estaba muerta y temía que hubiese sido obra de Atarrán.

William estaba muy apenado y, en contra de su forma de ser, cada vez odiaba más al hechicero. No la sorprendió el pensamiento de su amado, pues ella misma sentía aversión hacia ese ser tan despreciable. Dispuesta a conocer el final de la historia, acarició el cabello de la elfa para que continuara. Mientras Aekya tomaba aire, captó, aunque impreciso, un potente sentimiento de culpabilidad y arrepentimiento viniendo de Errolw. Intentó concentrarse para captarlo mejor, pero tan pronto como había llegado, desapareció.

Le miró de reojo. Intentó captar algo de nuevo, pero su interior había vuelto a ser un muro impenetrable. Aunque había sido un poco extraño, decidió no darle importancia. Era cierto que se le veía desmejorado, nervioso y preocupado, pero ella lo atribuyó al momento y a lo que se estaba desvelando en esa habitación.

—Creo que no es necesario que conozcáis los detalles de lo que ocurrió a continuación —continuó Aekya con renovada voz—. Baste decir que Atarrán mató a Diomira usando el mismo hechizo que mató a Lilly, dejó a Xaelhon malherido y raptó a Katia. Noa, alertada por los gritos de su padre, acudió a la alcoba de su hija y, cuando vio que no estaba allí, salió en su busca. Encontró a Atarrán con su bebé en la puerta principal y lo detuvo. Se enzarzaron en una lucha mágica y, por supuesto, Noa venció y te recuperó. El humano y el traidor escaparon con dos objetos robados, algo que se ha descubierto mucho después. Antes de irse, Atarrán lanzó un juramento. Dijo que se vengaría de todos los mágicos por orgullosos y engreídos, aunque pereciera en el intento. Les haría pagar por todo lo que le había ocurrido, por el ser en que se había convertido y, sobre todo, se vengaría de la familia Isilrá por la muerte de su hermana y por tener que alejarse de su hija recién nacida. Haría lo imposible por recuperarla.

»Cuando se fueron, Noa y Xaelhon estaban destrozados, aun así, ella tomó la difícil decisión de entregarte a los humanos para protegerte. Ondina, ella y yo, como ya sabéis, cubrimos tu sangre mágica con la humana y sellamos tus poderes hasta tu mayoría de edad, cuando alcanzarías tu madurez mágica. Xaelhon realizó un conjuro de exclusión hacia Atarrán y todas las criaturas que le hubiesen ayudado, para evitar su entrada en Bosque Terrina. Muchas vidas se destrozaron esa noche. Xael se culpa desde entonces.

Todos permanecieron en silencio, cada uno en sus pensamientos. Katia, consternada, fue incapaz de concentrarse para bloquear los sentimientos y pensamientos de los demás, tal y como había aprendido, y tuvo que lidiar con todos, excepto con los de Errolw, que se esforzaba al máximo para evitarlo. Demasiado afectada para soportarlo, se disculpó con todos y salió deprisa de la habitación. William se levantó al momento, dispuesto a seguirla, pero Errolw lo detuvo.

—Déjala, chico. Necesita estar sola.

William asintió, aún a su pesar. Él mismo se sentía mal. ¿Cómo una persona que amaba a otra fue capaz de hacerle tanto daño? Era algo que no entendía, ya que, para él, el poder no era nada comparado con el amor. Katia era lo más importante para él y jamás le haría daño conscientemente, y mucho menos por algo tan nimio como el poder.

Decidió ir al dormitorio de la muchacha y esperarla allí. Seguro que necesitaría todo el amor del mundo y él también lo necesitaba. Se despidió de todos y se marchó. Errolw imitó al muchacho. Duke y Aekya se quedaron juntos y en silencio. Ambos se tumbaron en la cama de ella y permanecieron así hasta que oscureció.

Cuando Katia salió de la habitación, sintió una liberación instantánea al desconectar de las mentes de los demás. Salió por una de las brillantes puertas laterales del vestíbulo y se dirigió a la terraza a la que accedía. La vista era muy hermosa. Con el tono rojizo propio del atardecer, las casas colgantes bullían de vida. Los niños corrían de un lado a otro, los pájaros de brillantes colores cantaban de rama en rama, y los elfos y elfas caminaban por doquier hacia sus casas. Incluso el Árbol Raíz se divisaba a lo lejos, con un precioso tono dorado. Cerró los ojos y aspiró el aire puro del lugar, disfrutando así de los miles de aromas que se mezclaban.

Olores a diferentes y ricas comidas, perfumes florales, hierba fresca... Todo parecía tan normal y, sin embargo, no lo era.

No sabía cómo sentirse. Por culpa de la maldad de su padre, sus padres adoptivos, su futura suegra y su abuela habían muerto. Su abuelo era una sombra de lo que fue y su madre había vivido sufriendo. Todas las personas que eran importantes para ella estaban pagando las consecuencias de la crueldad de Atarrán.

Tenían que hacer algo. Los guardianes ya habrían decidido cómo organizar el ejército y trasladarlos, aunque eran demasiados. ¿Y si no llegaban a tiempo? ¿Y si su madre pagaba con su vida por la tardanza? Había tantas preguntas y tantos miedos... Aunque estaba segura de una cosa: Atarrán tenía que ser castigado. Una persona tan malvada no debía seguir haciendo daño.

Captó los pensamientos de Mirka, que estaba acercándose. El ave se posó a su lado y le mostró su apoyo acariciándole con el pico y mandándole imágenes bonitas. Ella le agradeció el gesto y le puso al corriente de lo ocurrido. Él se puso serio.

«Siento que lo hayas descubierto así y siento que las cosas sean de ese modo, pero debes afrontarlo y superarlo. En este momento, hundirte no es viable».

«Lo sé, Mirka. Aunque es inevitable que me afecte y me entristezca. Demasiadas personas hemos sufrido por su maldad».

«Y las que no conoces, Velikya. Lo que Aekya te ha contado ocurrió hace dieciocho años. En este tiempo se ha vuelto más malvado si cabe. Disfruta con la tortura y es considerado un desalmado por quienes le conocen. Es incapaz de mostrar amor o compasión por nadie, y no le importa matar sin motivos».

«¿Cómo sabes tanto de Atarrán?»

«Soy un fénix y tengo la capacidad de hablar con el viento y el fuego. Es difícil de explicar. Además, se cuentan historias en toda Zailën. Su maldad es conocida en todos los rincones del mundo. Debe ser erradicado».

Katia suspiró. Mirka tenía razón, Atarrán debía ser destruido. Desconocía cuánto tiempo había alargado su vida, y con el Libro era capaz de todo.

«El Libro... Eso es lo primero que deberían haber intentado recuperar. Ese libro no debería estar en manos de un ser como él. Es demasiado poderoso».

«Cierto. Alguien tiene que recuperarlo y salvar a mi madre...» Una descabellada idea tomaba forma en su mente por momentos.

«Ni se te ocurra pensar eso, Katia —le advirtió el fénix—. *Es muy peligroso y no estás preparada. No durarías un segundo».*

«Bueno, para eso se supone que me estoy preparando, ¿no? Para saber defenderme y tomar mi lugar como Guardiana. Aylen me dijo que debía pensar en mi pueblo antes que en mí, y ese libro es el causante de todo. Sin él, Atarrán solo sería un humano más, ¿no?»

«No estoy muy seguro. Se supone que poseerlo es lo que le da el poder, pero desconoces lo que ha podido aprender en este tiempo. Es demasiado arriesgado, Velikya».

«Deja que eso lo decida yo. Por lo pronto debo ponerme al día con mis poderes. Soy consciente de que, en este momento, no sirvo para mucho, pero aprendo deprisa y tengo tres semanas por delante. Si me aplico, al menos puedo intentarlo, Mirka. Se lo debo a mis padres, a Annie, a Noa, a mi abuela, a mi abuelo, a mí misma… Son tantos… Estoy decidida».

«Los guardianes van a preparar un ejército entero para luchar contra él, ¿por qué no te preparas para tu papel como Guardiana y dejas a los guerreros lo de la lucha? Solo eres una niña, buena y poderosa, pero una niña al fin y al cabo».

«Lo sé. Pero tengo que hacer algo, Mirka. Además, cuando se enfrenten, ¿crees que él no los estará esperando? Puede ver lo que hacemos con el Ojo de Jade, aunque no siempre que quiera, sí lo suficiente. Me siento tan mal… Yo…», gimió.

«Tranquila, mi niña. —El ave la cubrió con sus alas y la mantuvo un ratito así, calentita y arropada—. *Sabes que estaré a tu lado, y los demás también».*

Katia se despegó un poco para mirarle a los ojos.

«Por favor, no les cuentes nada de esta conversación. Solo les preocuparíamos por nada. Ambos sabemos que no estoy preparada, así que, ¿para qué decírselo? Prefiero que quede entre nosotros. Ni siquiera a Gypsy».

«Está bien, pero no estoy de acuerdo, Katia. No me parece bien, pero si es lo que deseas…»

«Gracias. Eres mi pájaro preferido».

Katia le dio a Mirka un sonoro beso en la coronilla y se despidió de él para ir a buscar a William. Él la observó mientras se marchaba. Si ella supiera cuánto poder poseía…

Se alejó volando pensando en miles de cosas y en ninguna.

Katia fue en busca de su amado a su propia habitación, pues había supuesto que él no se habría quedado con Aekya. El muchacho estaba recostado en su cama con los brazos detrás de la cabeza, las piernas cruzadas y la vista perdida en el techo.

—Hola, mi amor —lo saludó, y se recostó a su lado.

Él la abrazó y le dio un beso en la cabeza.

—¿Cómo te encuentras, mi niña?

William se acomodó para tenerla sobre su pecho, pasando una mano por debajo de su cuerpo y agarrándole de la cintura. Con la otra mano comenzó a repartir caricias por su frente y su cabello, y fue dándole pequeños besos en los lugares a los que podía acceder en esa posición.

Katia acarició su pecho y su semblante. Alzó la cabeza y se dieron un apasionado beso. Ella acomodó su cabeza en el pecho de Will.

—Si te soy sincera, no sé cómo sentirme. Rabia, dolor, tristeza… Hay demasiados sentimientos en mi interior. Solo quiero que todo esto acabe. Recuperar a mi madre, que él pague por todo lo que nos ha hecho y que nosotros podamos volver a nuestra vida.

—Sabes que eso no es tan fácil. Debes prepararte para ser Guardiana, mi amor. Ya oíste a los guardianes, un lustro es todo el tiempo que tienes para tomar tu puesto.

—¿Por qué? ¿Por qué ha tenido que pasar todo esto? Éramos tan felices… —se lamentó con frustración.

—Sé cómo te sientes. Yo mismo me siento así. Pero debemos dejar de lamentarnos por lo que tuvimos y luchar por lo que queremos tener. Creo que ya es hora de hacer algo. Estoy decidido a participar en la lucha. Mañana a primera hora me voy al campamento de Sacre. Voy a entrenar tan duro como sea posible…

—Pero, William, aunque no me guste admitirlo, eres un humano sin ningún poder… Tu fuerza…

—En parte te equivocas, mi amor. Es cierto que solo soy un humano, pero soy un humano cabreado y que debe proteger a su amada. Tengo experiencia en combate y un cuerpo resistente. No todo está en el poder o en la fuerza. Uno de mis superiores siempre decía que la astucia, a menudo, es más útil que la fuerza. Puedo no tener poderes y no poseer su fuerza, pero mi mente es ágil y, con entrenamiento, puedo aprender a derrotarlos. Al menos debo intentarlo. No puedo quedarme de brazos cruzados mientras los demás nos salvan. Además, tengo una cuenta pendiente con el demonio que te aseguro que saldaré.

Katia sonrió orgullosa. Jamás había visto a Will tan apasionado con algo salvo con ella. Era todo un guerrero y estaba decidido a luchar igual que ella. Le dio un beso en la nariz.

—¿Sabes una cosa? Te pones muy sexy cuando te sale la vena guerrera —rio, mientras le pasaba la yema del dedo por los labios. Él se lo lamió con dulzura y la apretó contra sí, a lo que ella soltó un pequeño gemido.

—Y tú eres la personita más diablilla que existe —le susurró al oído mientras le dejaba un reguero de pequeños besos a lo largo del cuello.

Katia se estremecía bajo su cuerpo. Se besaron con pasión, disfrutando uno del otro. William se retiró con suavidad y la miró a los ojos.

—Te amo más que a mi vida, Katia.

—Y yo a ti, mi amor.

William le dio un dulce beso en los labios y Katia se acomodó en su pecho. Suspiró feliz. Quería contarle lo que había hablado con Mirka, pero estaban tan cansados que, abrazados, se durmieron.

34

LA CONDENA DE XAELHON

Xael se encontraba en su palacio de la séptima planta del Árbol Raíz. Estaba formado por tres habitaciones: la sala del trono, su despacho y el dormitorio. Todas eran circulares, dispuestas en triangulo y se comunicaba entre sí por medio de unas puertas de doble hoja de olmo.

Se dirigió a sus aposentos. En él había compartido los mejores años de su vida junto a Diomira. Después de su trágica muerte la habitación quedó casi destrozada, pero Xael la reconstruyó con sus propias manos para que volviera a ser idéntica a como ella la había decorado. Para ello empleó el mismo tipo de avellano que aportaba calidez al recinto por el tono dorado que adquiría al pulirlo.

Sobre la cama descansaba la colcha que su esposa le había tejido con una rosa bordada en el centro. El resto de sus pertenencias, que permanecieron intactas, fueron retiradas por orden del elfo, a excepción de una pequeña caja de música que permanecía encima de la cómoda, ladeada hacia la derecha, tal y como le gustaba a su amada.

La estancia carecía de ventanas, sin embargo, entre la cómoda y la cama, una puerta corredera de cristal daba a una pequeña terraza decorada con varias flores, una mesita de cristal y dos sillas de mimbre.

Xael salió al balcón y se sentó. Cerró los ojos y conjuró una humeante taza de licor de castaña. Se la llevó a sus agrietados labios y degustó su sabor agridulce. Era uno de sus pequeños placeres.

En la tranquilidad del momento, pensó en su nieta.

La noche anterior, al finalizar la reunión del Consejo, había ido a visitarla, pero la encontró dormida. Decidió preguntar a Aekya cómo se encontraba. La elfa le confesó que le había desvelado la historia de su padre y su nacimiento. Aunque estaba de acuerdo con se lo hubiese contado, lamentaba no haber estado junto a ella en un momento tan duro. La pobre muchacha estaba descubriendo su vida a un tiempo alarmantemente veloz y apenas se había quejado. Merecía un premio por la compostura demostrada.

Dio un nuevo sorbo al brebaje y decidió ir a buscarla. Quería hablar con ella de muchas cosas pero, sobre todo deseaba mostrarle su apoyo. Así que se acabó el licor de un trago, conjuró una vestimenta apropiada y desapareció.

En la otra punta de Esmelina, Katia se despertaba de su inquieto y casi inexistente sueño. Había pasado toda la noche internada en distintas y cada vez más incomprensibles pesadillas. Su frente estaba perlada de sudor y su ropa empapada.

Al levantarse de la cama sintió un fuerte mareo que la hizo trastabillar; William la alcanzó a tiempo antes de que se diera de bruces contra el suelo.

—¿Estás bien? —le preguntó preocupado.

Ella le miró a los ojos y fingió una sonrisa.

—Sí, amor. He tropezado con la sábana, eso es todo —mintió mientras se incorporaba, no sin esfuerzo.

Will la observó incrédulo.

—¿Seguro? Creo que deberías recostarte un poco.

—Ni hablar. Voy a darme un baño bien caliente y voy a salir a dar un paseo. No estoy como para quedarme encerrada y tampoco para ir a casa de Elean.

Se escapó de entre los brazos del muchacho y abrió el armario para coger una túnica verde sin mangas y unos pantalones ajustados de color beige.

El semblante de Will se tiñó de preocupación.

—Está bien, si eso es lo que deseas…

—Tranquilo. Es cierto que estoy cansada porque, sinceramente, no he pegado ojo. Me he pasado toda la noche de una pesadilla en otra y mi cuerpo está exhausto, pero mi mente no desea quedarse aquí. Necesito salir y distraerme un poco, mi vida. ¿Qué te parece si después de desayunar damos un paseo juntos? Podemos ir a la cabaña o visitar las tiendas... No sé, por aquí hay muchas cosas interesantes que ver y qué hacer.

—¿Y qué hay de los entrenamientos?

—Podemos tomarnos la mañana libre, no creo que pase nada por un día.

Katia le guiñó un ojo al atónito muchacho. Al final, una sonrisa de aceptación se instaló en su rostro. Admiraba la capacidad de su amada de cambiar de un estado a otro con tanta rapidez.

Se levantó y fue tras ella, la cogió de la cintura y la besó.

—Siempre te sales con la tuya, pequeña cautivadora —le susurró entre risas—. Voy a asearme. Nos vemos en el salón.

Ella asintió y le devolvió el beso.

Una hora más tarde se encontraron en el salón, donde tomaron asiento en la mesa habitual. Gypsy, Aekya y Duke ya estaban allí. Wanda apareció al instante.

—Buenos días, chicos.

Duke la miró de reojo.

—¿Qué tal, Wanda? —la saludó el duende—. Tengo muchisísima hambre... ¿Dónde está esa amabilisísima elfa pelirroja que nos trae el desayuno?

Katia sonrió ante la impaciencia de Gypsy.

Observó a Aekya que no le había quitado el ojo de encima desde que se había sentado y prestaba atención a cada uno de sus movimientos. Sabía que estaba preocupada por ella y por su reacción ante lo que le había contado, y también debía estar sorprendida ante la pasividad y normalidad que mostraba. Ese pensamiento la hizo sonreír en su interior. A pesar de su dura coraza, Aekya se preocupaba por todos.

Le dedicó una sonrisa para tranquilizarla y la elfa se la devolvió, algo más relajada.

En realidad, Katia solo aparentaba estar bien. Todo lo que había descubierto la afectaba, pero no estaba dispuesta a hundirse. Tenía que ser fuerte y debía asimilarlo cuanto antes, ya que en pocas semanas se enviaría el destacamento hacia Infierno Oscuro y no pensaba quedarse atrás. Le haría pagar a ese miserable todo el daño que había causado a su familia. Aunque primero debía poner todo su empeño en controlar sus poderes. Elean le había dicho que al hechizo le quedaba menos de una semana, así que en unos días ya debería ser capaz de dominarlos lo suficiente para no morir.

Su abuelo apareció en el resquicio de la puerta y le dedicó una agradable sonrisa. Ella se la devolvió.

—Buenos días a todos —dijo con amabilidad el anciano mientras se acercaba a ellos—. Mi niña, me gustaría hablar contigo cuando termines el desayuno; si William no tiene inconveniente, claro. —Guiñó un ojo al muchacho—. No te la robaré mucho tiempo, y así podréis disfrutar de un glorioso día libre.

William sonrió avergonzado, ¿es que a ese elfo no se le escapaba nada? Estaba al tanto de todo sin importar si se había dicho en voz alta o se había pensado. Era increíble y a la vez turbador, ¿dónde quedaba la intimidad en ese mundo?

—Por supuesto que no tengo inconveniente. Mientras vosotros habláis, iré a ver a Sacre para notificarle que hoy no voy a asistir a los entrenamientos. Aunque no creo que le parezca bien…

—No te preocupes por eso, muchacho. Si te pone algún impedimento, dile que soy yo el que lo ha ordenado, ¿de acuerdo? —le sugirió afable.

—Gracias.

Katia miró a su abuelo y asintió. En ese momento llegó Crianha, la elfa pelirroja que se encargaba de llevarles la comida. Les tomó nota de lo que querían y desapareció, para reaparecer al cabo de un rato con una bandeja repleta de manjares. El grupo comió y charló junto a Xael, que se les había unido con un licor de castaña y un pastelito de almendras. Al acabar, Katia y él abandonaron la sala.

Xael llevó a su nieta a la orilla del río Nissa porque sabía lo mucho que le gustaba el paisaje. Se sentó en un tronco mientras ella contemplaba el lugar.

—Dime, abuelo, ¿de qué querías hablar? —le preguntó mientras se sentaba en el tronco que Xael había hecho aparecer para ella.

—En realidad, no quería decirte nada en concreto… Solo quería comentar contigo la reunión de ayer y, bueno… estoy al tanto de lo que te contó Aekya anoche y… me gustaría que supieses que cuentas con mi apoyo incondicional para lo que necesites.

—Muchas gracias, abuelo… —Katia se puso en pie para darle un beso en la frente.

—Solo quiero que sepas que no estás sola para enfrentarte a todo esto, al menos, emocionalmente.

—Lo sé, abuelo. No puedo decir que sea fácil enterarse de todo esto y aceptarlo, pero creo que, poco a poco, me estoy haciendo más fuerte. Además, se está convirtiendo en una horrible costumbre esto de descubrir cada día algo distinto… —Sonrió sin ganas.

—Si pudiese cambiarme por ti, lo haría sin dudar, mi niña, pero no puedo. Esto es algo que, por desgracia, te ha tocado vivir a ti. Es tu propia historia y, aunque todos vamos a apoyarte, eres tú quien, al final, tendrá que superarlo.

Katia asintió y suspiró, alzando la vista al cielo. ¡Todo era tan complicado! Repasó todo lo que le había contado Aekya, y cayó en la cuenta de que sus pesadillas de la noche anterior se habían centrado en dos cuestiones en concreto.

—Hay algo que no logro entender…

—¿Y qué es? —Su abuelo le apretó cariñosamente el hombro.

—Bueno… después de que mi p… de que Atarrán se fuese, mi madre decidió entregarme a los humanos…

—Exacto. Creyó que estarías más segura escondida en un mundo sin magia.

—Pero si tú lanzaste un conjuro de exclusión contra Atarrán… ¿No se supone que el lugar más seguro sería Esmelina?

—En teoría, sí. Aekya no te ha contado la segunda vez que Atarrán intentó raptarte, ¿verdad? —preguntó seguro de la respuesta.

Katia abrió los ojos como platos.

—¿Una segunda vez? ¿Cuándo? ¿Cómo? Pero…

—Tranquila —le aconsejó Xael, recibiendo los agitados pensamientos de la muchacha.

—Pero…

—Después de que Atarrán huyera con el elfo traidor, tu madre y yo quedamos destrozados por la m… muerte de tu abuela. —Sus ojos se empañaron—. Nos recompusimos como pudimos. Ambos nos volcamos en reparar los destrozos causados y en darte todo nuestro amor a ti. Durante unos meses, la vida siguió y tu madre y yo intentamos olvidar el pasado, pero la tranquilidad no duró mucho. En su huida, Atarrán y el traidor habían robado un objeto muy poderoso y terriblemente peligroso en manos oscuras: el *Myrt ok ajkla*. Es un…

—Lo conozco —le interrumpió Katia—. Fue usado por sus esbirros en Bruntik para atraparnos.

—Entonces, conoces los estragos de su uso.

Kat asintió y pensó en las hijas de mamá Ewyn, ¿qué sería de ellas?

—Esa vez —continuó el elfo— Atarrán usó a un demonio como acompañante. Robaron la esencia de dos elfos que, desgraciadamente, andaban cerca de los límites de Bosque Terrina, y vinieron a Esmelina. Indetectables a mi hechizo, se introdujeron en mi casa y, de nuevo, intentaron secuestrarte. Por suerte, tu madre había decidido trasladarte a su habitación y fueron detectados antes de que lograran nada. Por supuesto, volvieron a escapar. Fue entonces cuando tu madre tomó la decisión de mandarte fuera. Se dio cuenta de que él jamás dejaría de intentarlo y a su lado siempre te encontraría.

—¿Pero nadie previó que intentaría algo así cuando robó el *Myrt*?

—Sinceramente, nadie se dio cuenta de que faltaba hasta el momento en que los vimos dentro de tu habitación. Incluso robó el segundo *Ojo de Jade* sin que nadie se percatase.

—¿Cómo? ¿Y qué fue de los dos elfos a los que robaron la esencia?

Xael contrajo el semblante y suspiró. Se entristecía al pensar en esos pobres desgraciados que lo único que habían hecho era estar en el lugar y momento equivocados.

—Murieron por inanición. Cuando encontraron sus cuerpos ya era tarde. Habían vagado durante semanas como zombis hasta que dejaron de respirar…

—Y sus almas permanecen atrapadas… —concluyó Katia con la mirada perdida en el horizonte y cargada de tristeza.

El elfo asintió. Era muy duro pensar en ellos. Quién sabría cómo de horrible seria el lugar donde anidaban, atrapadas en la oscuridad. Y lo más triste de todo era que ya no podrían ser salvados puesto que, aunque el *Myrt* fuese destruido, esas almas ya no tendrían un lugar al que volver y vagarían por toda la eternidad. Xael sentía escalofríos solo de pensar en esa posibilidad.

Katia había escuchado el último pensamiento de su abuelo y llegó a una terrible conclusión.

—Las hijas de mamá Ewyn ya están muertas, ¿verdad? Igual que esos elfos…

Xael miró a su nieta y pudo ver toda la tristeza que había adquirido su rostro. Dos lágrimas se deslizaban por sus mejillas. Se acercó a ella y se las enjugó.

—¿Son las personas que utilizaron sus esbirros? —Katia asintió ante la pregunta—. ¿Cuánto tiempo hace de eso?

—No… No lo sé… Ocurrió cuando llegamos a Bruntik.

—Bueno, entonces aún no es tarde —dijo con esperanza—. ¿Qué tipo de criaturas son?

—Elfas. ¿Tiene eso algo que ver?

—Verás, los cuerpos con magia aguantan más tiempo sin ingerir comida o agua, y si es de un elfo, mejor.

—¿Cuánto tiempo exactamente?

—Yo creo que, por lo menos un mes.

Katia suspiró. Ya no quedaba mucho tiempo. ¿Cómo iban a lograr recuperar el *Myrt*? Era imposible. Sin él no podía salvarlas y estaba en manos de Atarrán, ¿cómo podría hacerlo? Ella sola no sería capaz de enfrentarse a él y sobrevivir. Mucho menos recuperar un objeto mágico cuyo paradero desconocía, y todo ello antes de que los guardianes reuniesen al ejército y el enfrentamiento contra Atarrán tuviese lugar. No. No era factible. Lo lamentaba de corazón, pero tenía que aceptar la realidad. Las hijas de mamá Ewyn estaban destinadas a morir y no había nada que pudiera hacer para cambiarlo.

Una lágrima de impotencia se deslizó por su mejilla. Xael observó su recorrido.

—Lo siento, mi niña, pero no hay posibilidad de salvarlas.

—Pero…

—Si se pudiese hacer algo, te aseguro que lo haríamos, pero… no hay forma de lograrlo. —El anciano suspiró, cansado de dar malas noticias a su nieta—. No puedes hacer nada por ellas salvo evitar que otros pasen por lo mismo. Conviértete en una buena guardiana y aprende a controlar tu magia para que un día puedas liberar sus almas.

—¿Es posible? —preguntó con renovada esperanza.

—Es muy difícil y solo unos pocos han sido capaces de hacerlo alguna vez, pero sí es posible. Hay un hechizo que permite liberar sus almas y guiarlas hacía el más allá, aunque consume demasiada energía y es muy poderoso y complicado —le explicó.

—Pero se puede hacer. Es posible salvarlas. Aunque no pueda devolverles la vida, puedo evitar que permanezcan atrapadas toda la eternidad. Incluso si consiguiésemos el objeto y no pudiésemos salvar sus cuerpos, ellas vagarían para siempre, pero si logro realizar ese hechizo…

—… Salvarías sus almas de una eternidad en agonía —concluyó su abuelo.

Le estaba dando esperanzas infundadas, eso lo sabía. En todos los siglos que llevaba en ese mundo, solo una persona había logrado realizar con éxito ese hechizo, pero eso era algo que su nieta no necesitaba saber en ese momento. Se había sentido demasiado abatida al comprender que no podría ayudarlas de ninguna manera, y él no quería que tuviese otra carga, otro motivo de desaliento. La necesitaba fuerte para lo que estaba por venir y para todo lo que aún le quedaba por afrontar. También él estaba triste por esas pobres chiquillas; sin embargo, lo que se avecinaba podía cambiar ambos mundos tal y como los conocían, y el papel de su nieta era demasiado importante. Tenía que estar preparada.

—Lo conseguiré, lo juro. Cuando todo esto acabe, salvaré a esas niñas cueste lo que cueste —se prometió a sí misma.

—Esa es mi nieta —la animó orgulloso el elfo, mientras le daba unas palmaditas en la espalda—. Tienes la determinación de tu abuela. Y yo te prometo que te ayudaré a conseguirlo.

—Gracias, abuelo. —La muchacha le dio un beso en la mejilla, y él sonrió complacido.

Katia permaneció en silencio observando el paisaje que había a su alrededor. El color verde y el olor a hierba fresca predominaban en el lugar. Los animales corrían a sus anchas de un lado a otro y los pájaros cantaban de rama en rama. Flores multicolores otorgaban diversos tonos a la preciosa estampa, y el sonido de las aguas del rio daba calma y sosiego.

Observando el lugar, nadie diría que a pocas leguas de distancia se estaba levantando por momentos un campamento de guerra. Los guerreros de toda Zailën acudirían a la llamada y todo el mundo se prepararía para lo inevitable. Muchos morirían por su causa, empero, se dejarían la piel con orgullo. Elfos, enanos, gnomos, gigantes, dragones y todo tipo de criaturas mágicas lucharían con coraje para salvar al mundo de su padre. Una pregunta rondaba su cabeza.

—Abuelo, ¿cómo decidirán los guardianes al destacamento que se encargará de salvar a mi madre? —preguntó sin apartar la vista de una hermosa mariposa de alas doradas que permanecía quieta en una flor violeta.

—Primero van a esperar a que lleguen todos los que van a luchar, después los organizarán en grupos según la magia, armas o fuerza de cada uno y pedirán voluntarios para esa misión. Elegirán a los mejores de los que se presenten. Mientras tanto, y hasta que emprendan la marcha, Esmelina proporcionará a los valientes que acudan alojamiento, comida, armas, entrenamiento y, en general, cualquier cosa que precisen.

—Está todo previsto por lo que veo.

—Exacto. Si te soy sincero, va a ser un duro enfrentamiento. Todos creemos que Atarrán estará más que preparado y debemos estar a la altura para evitar un gran número de bajas. Es nuestro deber proporcionar a nuestros guerreros todo lo que necesiten.

—Quiero participar —confesó con firmeza.

Xael miró con dulzura a su nieta, nada sorprendido con su decisión. Le colocó detrás de la oreja un mechón que le tapaba el ojo derecho.

—Lo sé. No comparto tu decisión, pero no puedo obligarte a que no lo hagas. Pienso que harías mucho más por tu madre y por todos quedándote aquí y preparándote para ser guardiana. Piensa en ella, se ha sacrificado por tu seguridad y el hecho de que quieras participar en una guerra que, probablemente acabe con tu vida, no es una buena manera de agradecérselo; pero claro... la decisión es tuya y nadie puede obligarte a hacer algo que no quieras.

—Yo no... —Se había quedado estupefacta.

—Piensa en todo el bien que podrías hacer siendo guardiana. Tendrías el poder de ayudar a muchísima gente, como tu madre y tu abuela hicieron. Deja la guerra para los guerreros, mi niña —le dijo con amabilidad, pero con firmeza.

—Abuelo, yo quiero ayudar…

—¿No crees que aquí ayudarías más? Hija mía, vamos a reunir un ejército de más de diez mil guerreros, ¿no confías en ellos? Sé lo que estás pensando, tú no quieres ir a la guerra, sino a rescatar a tu madre, y de paso enfrentarte a tu padre, pero no estás preparada. No durarías ni un segundo, cariño. Ese… Ese maldito hechicero —dijo con odio—, es más poderoso de lo que imaginas. Ni yo mismo pude hacerle más que una cicatriz en el pómulo. Yo, el dirigente de los driath, padre de la Guardiana de la Tierra y un poderoso elfo de la luz, no conseguí más que hacerle un rasguño. ¿Qué conseguirías tú? No pretendo hacerte daño con mis palabras, únicamente quiero que comprendas la situación. Es demasiado poderoso y, gracias al libro, prácticamente invencible.

—Sé que tienes razón, pero… No quiero quedarme de brazos cruzados mientras otros arriesgan sus vidas. Es mi madre y es mi padre. —Contrajo el rostro al pronunciar la última palabra—. Siento que es mi deber… Es como si dejase que otros arreglasen mis problemas mientras yo observo… No…

—Escucha, mi niña —le dijo con firmeza mientras le sostenía el rostro entre sus manos—, ser guardiana es el mayor honor entre los nuestros, y ser Guardiana de la Tierra es el cargo más poderoso entre los mágicos. La equivalencia en el mundo de los humanos seria reina de reyes, ¿crees que será fácil serlo? ¿De verdad crees que te sentarás en un mullido sillón mientras otros te salvan? No, Katia. Tú serás la que salve, tú serás la que mantenga el orden y se deje el pellejo por los demás. Si de verdad quieres ayudar, prepárate a conciencia para ocupar el puesto para el que has nacido. Puedo leer en tu interior, mi niña, y veo cuán poderosa eres, utiliza ese poder para hacer el bien y para ayudar a todo el que puedas. Muriendo en esa guerra no conseguirás nada, pero luchando aquí, lo ganarás todo. Si te conviertes en la Guardiana de la Tierra y dominas tus poderes, serás capaz de protegernos a todos en el futuro y así evitar que lo que has pasado, que lo que todos hemos pasado por culpa de Atarrán, vuelva a ocurrir. Piensa en William,

¿qué ocurrirá con él si tú mueres? Se quedará solo y todos vuestros planes no serán más que polvo...

—¡Eso es chantaje emocional, abuelo! —se quejó Katia ante la intensidad de sus palabras. No quería que la convenciera, pero lo estaba consiguiendo. Sus palabras estaban haciendo mella.

—No es chantaje, Katia, es la realidad.

La muchacha suspiró. Sabía que tenía razón y era consciente de su inmadurez mágica, pero no podía evitar querer ir a rescatarla. No podía rebatir las palabras de Xael porque era consciente de cuánta verdad había en ellas. Su abuelo era un hombre sabio.

—De acuerdo, abuelo. De momento entrenaré para dominar todos mis poderes y me adiestraré en la lucha. Quizás así no me sentiré tan inútil como en este momento. Es todo lo que puedo prometerte por ahora. Cuando llegue el momento de partir hacia Infierno Oscuro...

Xael sostuvo su mirada y suspiró. Era tan terca como su abuela. Estaba al tanto de sus sentimientos y percibía su determinación anidada en su interior. Quería enfrentarse a Atarrán, pero era consciente de su inferioridad y eso le daba un poco de tregua. Era terca pero no imprudente, y en unas pocas semanas había perdido casi toda su inocencia e ingenuidad. Confiaba en sus palabras y sabía que iba a entrenarse con ahínco. Al menos, eso la mantendría entretenida.

—Bueno, es un comienzo... —Alzó la vista al cielo—. Se nos ha ido el santo al cielo, le prometí a Will que no te entretendría mucho. —Se puso en pie y le tendió la mano—. Te recomiendo que le cuentes nuestra conversación y que le instes a prepararse también. No solo con Sacre, mi niña, también debe ir de vez en cuando a ver a Elean. Él es tu punto débil y tú el suyo, así que es mejor que ambos os podáis cubrir las espaldas. Es un muchacho estupendo y tiene una fuerza interior admirable. No podrías haber elegido mejor. Hacéis una pareja estupenda —le guiñó un ojo.

Katia sonrió agradecida mientras le daba un fuerte abrazo. En el poco tiempo llevaban juntos, le había tomado un inmenso cariño.

Su abuelo sonrió ante sus pensamientos y le devolvió el apretón. Cuando se separó, le tomó de la mano.

—Y ahora, mi cielo, nos vamos a ver a tu amado.

35

EL PODER DE LA MAGIA

Katia se encontraba en un precioso prado repleto de flores. El sol se alzaba en lo alto del cielo y una cálida brisa lo envolvía todo. Varias mariposas adornaban el paisaje. Prendada de la belleza del lugar, se tumbó para admirar el entorno. Al cabo de unos pocos minutos, o eso le pareció, sintió una presencia tras ella y se incorporó.

—¡Mamá! —se sorprendió, y corrió riendo para abrazarla—. ¡Cuánto me alegro de que estés bien!

—Hola, mi pequeña… —le susurró al oído—. No tenemos mucho tiempo y necesito que me escuches.

—¿Qué ocurre, mamá?

—Atarrán está espiándome y no sé cuánto tiempo podré mantener este sueño sin que él lo sepa… —Con suavidad, colocó los pulgares sobre los parpados de Kat y cerró los ojos unos segundos.

—¿Qué…?

—Shhhh —la cortó Noa. Unos segundos después retiró los pulgares—. Siento que lo hayas averiguado así, hija mía. Mi intención era contártelo yo misma, pero… —Las palabras se perdieron en su garganta y fueron sustituidas por un lastimero sollozo.

—Tranquila. No es la mejor manera de enterarse de algo tan importante, pero ya está hecho y de nada sirve que te lamentes. —Puso sus manos sobre los hombros de Noa y le dio un beso en la frente—. De verdad, no sufras por algo que no puedes remediar. ¿Lo has visto todo?

—Sí. Y no debes enfadarte porque los guardianes hayan decidido hacerlo de ese modo. Es lo mejor. Pero tened cuidado, no creo que Atarrán sea tan estúpido para que no lo sospeche. Seguro que espera algo así. Es muy astuto y perverso, Katia.

—Y con la ayuda del *Ojo de Jade* puede vernos…

—Exacto. Ya sospechaba algo parecido. Sé lo que te atormenta pero, por el momento, él no está al corriente de la verdad, cree que el anillo lo tengo yo así que no te preocupes. No voy a dejar que me descubra pero tú debes tener cuidado. Aunque no siempre que él quiera, el *Ojo de Jade* le mostrará lo que desee y estoy segura de que estáis en el punto de mira. Cuidado con vuestras palabras. ¿Cómo vas con tu magia?

—Solo he ido una vez a ver a Elean, aunque no me fue nada mal. El abuelo me ha «ordenado» entrenarme duro y voy a hacer todo lo que pueda.

—Eso es, mi vida. Elean es la mejor y lo sabe casi todo. Aprende todo lo que puedas de ella y esfuérzate, nunca se sabe cuándo te hará falta. Además, cómo te han dicho, pronto serás la guardiana y debes estar preparada. Sé que no es lo que deseas, pero…

—Lo sé. Es mi deber y bla, bla, bla…. El abuelo ya me ha dado la charla. Pero… Yo no estoy preparada para eso, yo…

—Tranquila, lo estarás. Eres muy poderosa y con la ayuda adecuada… —La tomó de las manos—. Siento todo esto, mi vida. Sé cuántos planes tenías y todo lo que deseas, pero… las cosas no han salido como queríamos y no… —Suspiró. No sabía cómo decirle a una niña de dieciocho años que todos sus sueños ahora no eran posibles—. Verás, mi cielo, tú deber es aprender a ser guardiana. Debes hacerlo lo mejor posible porque contamos contigo. No… No sabemos qué va a ocurrir y… bueno… quizás no regrese a tu lado y…

—¡¿Qué intentas decirme, mamá!? Vamos a rescatarte y a derrotar a Atarrán, así que no te despidas de mí… No se te ocurra… —Katia explotó en llanto con violentos temblores. No permitiría que su madre muriera. Ni hablar…

—Tranquilízate, mi amor. —Noa le acarició los hombros, el cabello y las mejillas—. Debes ser fuerte y afrontar la posibilidad de que yo… no…

—¡¡Jamás!! ¡¡Me niego a aceptarlo!! ¡Te salvaré, mamá, aunque sea lo último que haga! No voy a dejarte allí.

—¿Qué quieres decir? ¡Ni se te ocurra hacer lo que estás pensando, Katia! —la advirtió—. No durarías ni un segundo. No sabes utilizar tus poderes y en la lucha no estás preparada. Y no creas que en unas semanas estarás lista. Atarrán es un hechicero muy poderoso, no te imaginas cuanto, y ya conoces a sus lacayos, escapasteis de milagro. Él estará preparado para todo lo que habéis planeado, seguro que ya lo está. No creo que haya dispuesto todo esto para estar contigo, créeme, él es incapaz de amar a alguien y estoy segura de que, sea lo que sea lo que quiere de ti, no tiene nada que ver con que seas su hija. No debes dejar que te coja. Permanece en Esmelina y deja a los guardianes que se ocupen de todo. Ellos sabrán cómo hacerlo y a quién enviar. Escogerán a los mejores, no lo dudes…

—Si estás tan segura de que todo va a salir bien, ¿por qué estabas despidiéndote hace un momento? —la interrumpió con una ceja arqueada y una mueca.

—Yo… Haz lo que te digo, Katia —le ordenó, aunque sin la determinación anterior.

Katia estaba a punto de rebatir cuando observó un cambio en el semblante de su madre. Miedo. Noa alzó la mano pidiéndole que guardara silencio y cerró los ojos un instante.

—Debo irme, Atarrán me ha descubierto. —La cogió de la barbilla y le dio un beso en la mejilla—. Por favor, mi vida, mantente a salvo. Eres todo lo que tengo y no soportaría perderte. Piensa en los que te quieren y no arriesgues tu vida por una tontería… —Le puso los dedos en los labios para evitar que hablara, algo que estaba a punto de hacer—. Yo ya he vivido una larga vida y tú apenas un suspiro. Eres la nueva generación y debes cumplir con tu deber, yo estaré bien. Además, los guardianes me salvarán, ya lo verás. Y con el ejército, derrotaremos a tu padre… Todo saldrá bien, te lo prometo. —La besó en la frente—. Te quiero, mi niña. Dale las gracias a Aekya y a Duke de mi parte por cuidarte tan bien, y diles que les quiero, y a mi padre también. Dile que no hay nada que perdonar, que le quiero con toda mi alma. Y a Will, dale las gracias y mi bendición. Va a ser un marido estupendo… —Su cuerpo se iba desvaneciendo y su voz cada vez sonaba más lejana.

—No te despidas, mamá… Espera… —Katia lloraba y temblaba mientras intentaba agarrarse a las manos de su madre—. Mamá…

—No llores… eres lo mejor de mi vida… te quiero mi pequeña… —Rápidas y diminutas lágrimas corrían por su rostro mientras se despedía.

—Mamá… ¡Mamá, espera…!

Noa desapareció. Katia, ya sola en el prado, se derrumbó y cayó de rodillas en la hierba. Su llanto ahuyentó a las mariposas. Se hizo un ovillo en el suelo, abrazándose a sí misma y permaneció en esa postura mucho tiempo, horas incluso. Lloró hasta quedarse sin lágrimas, hasta que todo lo que llevaba dentro, todo lo que había guardado, salió al exterior. Tantas vidas perdidas, tantas destrozadas… Nadie debería sufrir tanto… Nadie merecía eso… Acabaría con él, aunque fuera lo último que hiciera. Tenía tres semanas, en ese tiempo, tendría que estar preparada. No iba a dejar a su madre allí. La rescataría y no permitiría que nadie le hiciera cambiar de opinión. Noa ya había sufrido demasiado y se merecía vivir tranquila y feliz, ella se encargaría de darle a su madre un futuro, uno sin Atarrán en medio. Todos le decían que era muy poderosa, así que iba a sacar todo ese poder de donde fuera y como fuera. Estaba decidida…

Abrió los ojos un poco aturdida. Reparó en que se encontraba de nuevo en su habitación. Le escocían mucho los ojos y sentía un pesar en el corazón. Will la observaba preocupado y le acariciaba el cabello. Intentó incorporarse, pero estaba un poco mareada. Tenía la garganta demasiado seca para hablar. Will, adivinando sus intenciones, le acercó un vaso de agua a los labios. La preocupación del muchacho se reflejaba en sus ojos.

—¿Te encuentras bien? —le preguntó angustiado.

—Sí… yo… ¿Qué…?

—Has tenido un mal sueño. Al principio sonreías pero, de pronto, has empezado a gritar y a llorar diciendo cosas sin sentido. Por más que he intentado despertarte, no lo he conseguido. Estaba a punto de llamar a Aekya cuando has abierto los ojos.

—He soñado con mi madre. Bueno, la he visto de verdad.

—¿Está bien?

—Sí, bueno, eso creo…

Le relató el sueño, omitiendo su decisión de participar en su rescate.

—Al menos él no sabe lo de…

—¡Silencio! —lo interrumpió—. No lo menciones, podría estar escuchando. Debemos ser cautos.

—Lo siento —se disculpó avergonzado.

Katia se incorporó y le besó en los labios. Él soltó un ligero gemido que la hizo reír.

La chica salió de la cama, se dirigió a la ventana que daba a la terraza exterior y corrió un poco la cortina.

—Apenas está amaneciendo… pensaba que sería más tarde. Me ha parecido que pasaban horas… —dijo con la mirada perdida.

—En realidad no ha pasado más de unos minutos desde que has empezado a revolverte y a llorar. ¿Tienes hambre? —preguntó cambiando de tema.

—No, pero gracias por preocuparte tanto por mí. Eres el mejor compañero del mundo. —Se acercó a Will y se sentó en sus rodillas, de frente. Le atusó el cabello que le caía sobre los ojos y le besó, primero en un ojo y luego en otro, siguió por la nariz, una mejilla y luego la otra. Acabó dándole un apasionado beso en los labios. Él no salía de su asombro—. Voy a asearme y a vestirme, ¿de acuerdo?

—¿Tan temprano?

—Sí. Quiero ir a casa de Elean y ponerme en marcha. Hay mucho que aprender y poco tiempo para hacerlo.

—¿Estás bien, cielo?

Katia asintió, pero pudo observar que no la creía y su preocupación aumentaba.

—Estoy bien, mi vida, en serio. Tan solo estoy cansada de llorar y compadecerme de no poder defenderme. Estoy harta de estar asustada y enfadada. Voy a prepararme a conciencia y voy a aprender todo lo que pueda. ¿No ibas tú a hacer lo mismo con Sacre?

—Sí, tienes razón. Yo también estoy cansado de sentirme indefenso. Vamos a aprender a defendernos en este mundo tan extraño. Voy a asearme y a vestirme también. ¿Nos vemos en el vestíbulo?

Podemos desayunar un poco antes de irnos, además, podríamos ir juntos, al fin y al cabo, la mitad del camino es el mismo.

—Claro. —Se despidió de él con un guiño y se dirigió al baño.

Elean la esperaba sentada en la mesa de forja, con dos deliciosas y humeantes tazas de licor de castaña. A Katia le encantaba por su sabor agridulce. Se sentó delante de la elfa.

—¿Cómo sabías que venía? —Dio un sorbito al brebaje.

—Simplemente he escuchado al viento.

—¿Cómo? Mirka también me dijo que sabía hacer eso. ¿Cómo se hace?

—Aún es pronto para eso, Katia. Primero debes aprender a dominar tus poderes. Aunque algunos ya los has experimentado, otros ni te los imaginas.

—¿A qué te refieres?

—Verás, como Sucesora de la Tierra, puedes comunicarte con todos los seres vivos del planeta, estén donde estén. Algo que llevas haciendo desde que eras niña.

—Eso no es cierto, Elean. Antes podía hablar con Bronce y, desde que salimos de Bruntik, no he podido volver a hacerlo, y lo he estado intentando todos los días, pero…

—Espera un momento, ¿no has conseguido hablar con un Ancestro? Eso no es normal. —La elfa dejó bruscamente la taza sobre la mesa y se levantó de un salto, sobresaltando a Katia.

—¿Qué ocurre, Elean?

—Eso es… sí… sí, eso debe ser. —No dejaba de caminar de un lado a otro murmurando para sí—. Por supuesto… ¿qué otra cosa si no? Claro, ¿cómo no me di cuenta? Eso era la sombra. No le di importancia… pero claro. Eso es…

Katia observaba estupefacta su comportamiento. Sin dejar de murmurar, entró en la casa y salió con un gran libro de aspecto desgastado, con encuadernación de piel. Lo puso con cuidado sobre la mesa y comenzó a buscar algo. Pasaron varios minutos.

—¡Aquí está! ¡Este es el hechizo! —exclamó, pasándose la lengua por los labios resecos.

—¿Me puedes decir qué ocurre, Elean? —Kat se estaba desesperando.

—Verás, la primera vez que viniste a verme, advertí una ligera sombra sobre ti. Supuse que serían los restos del hechizo que te hizo tu madre, pero acabo de descubrir que no era eso. Alguien ha bloqueado tu capacidad de comunicarte con Bronce —le explicó sin apartar la vista del libro.

—¿Cómo?

—Sí. Es como si alguien interfiriera en la señal que emites al comunicarte con Bronce. —Intentó explicarlo de manera fácil, ante la cara de incertidumbre de la muchacha—: Imagina que cada vez que te comunicas con él trazas una línea imaginaria desde tu persona hasta Bronce y viceversa, ¿comprendes? —Katia asintió—. Bueno pues, alguien ha hecho que, cada vez que lo intentes, aparezca en mitad del camino una especie de muro que bloquea la señal, evitando que llegue a Bronce.

—¡Ah! Ya entiendo, pero… ¿por qué Bronce tampoco puede hablar conmigo?

—Eso es porque el muro funciona en ambos sentidos.

—¿Quién puede haber hecho eso?

—¿No se te ocurre nadie? —le preguntó mirándola con una ceja arqueada.

—Por supuesto. Lo que no entiendo es qué saca Atarrán evitando que hable con Bronce…

—Quién sabe. Pero no te preocupes, en este libro hay un hechizo para anularlo. Cierra los ojos y concéntrate.

Katia asintió y obedeció.

—*Trie in sen figtrio ki trie bleht ae phokio dhe Girtyana*[37] —Elean pronunció las palabras en un tono firme y monocorde.

Katia percibió un ligero cosquilleo en las plantas de los pies. La sensación fue en aumento y ascendió hasta las palmas de las manos, atravesándole todo el cuerpo. Entonces se transformó en un temblor violento que la hizo caer de rodillas. Apoyó los puños

[37] «Que sea eliminado lo que bloquea el poder de la Sucesora», en Idioma Antiguo.

en el suelo para controlarlo, pero fue en vano. Apretó con fuerza los ojos e intentó concentrarse...

El temblor cesó de repente. Agotada, abrió los ojos y se incorporó. Sin previo aviso, la conocida y amada voz del roble irrumpió en su mente.

«*¡¡Ni Onika!! ¡¿Me escuchas?! ¡Te percibo de nuevo!*», exclamó Bronce eufórico.

—¡¿Bronce?! ¡¡Puedo oírte!! ¡Cuánto tiempo! ¡Elean tenía razón! ¿Cómo estás? —gritó la muchacha en el mismo tono mientras se ponía de pie de un salto.

«*Cuanto me alegro de que estés bien, estaba muy preocupado. Hace días que intento ponerme en contacto con vosotros, pero me resultaba imposible. ¿Cómo lo has conseguido?*»

«*Elean ha descubierto un hechizo que nos impedía comunicarnos y lo ha deshecho. ¡Es fantástica! ¡Oh Bronce, tengo tanto que contarte!*»

«*Me alegra haber sido útil. ¿Cómo estás, querido Bronce? Hace mucho que no hablamos...*», intervino Elean.

«*Avast, Elean. Muchas gracias por tu ayuda, sin ti seguiríamos incomunicados*».

«*No hay nada que agradecer. Sabes que volvería a hacerlo. Bueno, ahora que ya está todo arreglado, Katia y yo debemos seguir con la instrucción. Más tarde podréis poneros al día, ¿de acuerdo?*»

«*Por supuesto* —accedió el árbol y añadió dirigiéndose a Katia—: *Elean tiene razón. Cuando acabes hablaremos. Como has dicho, tenemos muchas cosas que contarnos. Suerte, mi niña... Hasta otra Elean y, de nuevo, gracias*».

La instructora sonrió. Se acercó a Katia y le pasó el brazo derecho por los hombros.

—Bueno, querida, continuemos con la lección. Acompáñame.

Caminaron juntas hasta la linde donde acababa el amplio prado de la casa de Elean y comenzaba la espesura del bosque. Se internaron en él hasta un punto en el que la elfa le indicó que se detuvieran.

—Como te decía antes de saber lo de Bronce, posees un gran poder que puedes utilizar de muchas maneras diferentes. Tu poder nace de la tierra que te sustenta y de todo lo que te rodea, de ahí que puedas comunicarte con cualquier ser vivo, en cualquier lugar del mundo. Pero eso no es todo. En realidad, desconozco el verdadero alcance que posees, no obstante, conozco lo suficiente para comenzar. Lo primero que debes saber es que, cuando se realiza cualquier tipo de magia, no debes usar únicamente tu fuerza interior, eso te debilitaría y morirías. Debes aprender a extraer la energía necesaria de lo que te rodea.

Elean se colocó frente a Katia, que permanecía atenta a lo que le explicaba. La elfa hizo un aspaviento con la mano y en ella apareció una diminuta semilla verde.

—Tierra y naturaleza son el mismo concepto, Katia, y ya que extraes tu fuerza de la tierra, lo haces también de la naturaleza, es decir, de todo lo que te rodea. La naturaleza forma parte de ti y, por lo tanto, tú de ella. Una de tus capacidades como sucesora y futura guardiana es el control que posees de tu elemento. Por ejemplo, esta semilla que tengo aquí necesita agua y tiempo para crecer, y así convertirse en una preciosa flor, sin embargo, tú posees el poder de hacerla florecer. Solo debes concentrarte y desear que lo haga. ¿Lo intentamos?

Katia asintió.

Elean dejó la semilla en el suelo y se sentó con las piernas cruzadas. Indicó a la muchacha que la imitara. La semilla quedó en medio de ambas.

—Cierra los ojos. Vacía tu mente y concéntrate en tu entorno. Siente lo que te rodea. No busques, déjate llevar. Percibe la energía que te envuelve, la vida del lugar.

Katia obedeció. Con los ojos cerrados y la mente en blanco, se concentró en lo que sentía; poco a poco fue percibiendo olores y sonidos, inapreciables hasta el momento. En su mente se formó una imagen de todo lo que había a su alrededor. Sin necesidad de abrir los ojos, era capaz de distinguir dónde estaban los árboles, los animales e incluso los insectos que la rodeaban. Sintió la energía del lugar. Era como si formara parte de ella. Incluso oía al viento murmurar. Era maravilloso.

—¡Lo estás haciendo muy bien! —la felicitó Elean, sorprendida por la rapidez con que lo había logrado—. Ya has conectado con la naturaleza, ahora siente la semilla. Percibe la vida que guarda en su interior y proporciónale la fuerza necesaria para crecer…

Tardó uno instantes pero, de repente la semilla empezó a crecer hasta que se convirtió en un hermoso tulipán. Elean no salía de su asombro.

Katia abrió los ojos para admirar la belleza de la flor. Acarició sus pétalos, orgullosa de su hazaña.

—¡Muy bien, Katia! ¡Es preciosa!

—Gracias. He notado cómo fluía la energía a través de mí hacia la semilla y la hacía crecer. ¡Ha sido asombroso! —explicó emocionada.

—¿Has usado solo tu energía? —le preguntó Elean con un cambio brusco en su estado de ánimo.

—Sí. No he necesitado tomarla del entorno. No ha sido necesaria mucha y no…

—¿No estás cansada? —la interrumpió la elfa.

—No.

—¿Ni un poco? Como si hubieras corrido o algo parecido…

—Para nada. ¿Eso es malo?

Elean negó con la cabeza. Su asombro no hizo sino aumentar. No era normal que hubiese usado su propia energía para hacer crecer a la flor sin debilitarse. La primera vez que Noa realizó magia usando su propia energía acabó bastante cansada. Era impresionante la capacidad de la muchacha.

—Vamos a probar algo un poco más difícil. Concéntrate igual que antes… Muy bien, ahora percibe la tierra sobre la que estás. Siéntela y elévala, de modo que tú subas con ella, ¿comprendes?

Katia asintió.

Esa vez necesitó bastante más tiempo y un mayor empleo de energía propia. Al abrir los ojos sonrió emocionada. Se alzaba sobre un montículo de tierra de unos dos palmos de alto. Elean estaba boquiabierta.

—¡Muy bien, Katia! —aplaudió con júbilo.

—Creo que puedo hacerlo más grande…

Sin esperar su aprobación, hizo que el montículo triplicara su tamaño. La elfa la miraba con los ojos desorbitados.

—Está bien, Katia, ¡baja antes de que te hagas daño!

—Tranquila —la calmó la chica mientras la tierra volvía a su estado anterior—. Siento como si fuera capaz de hacer cualquier cosa… Es increíble… Mira. —Con un grácil movimiento de manos, hizo que una enredadera repleta de flores formara una silla.

—¿Cómo…?

—Es lo que te decía, siento que formo parte de la naturaleza, como si fueran mis manos o mis piernas... Es como si fuesen extensiones de mí misma...

—¡Es impresionante, mi cielo! ¿De dónde proviene la energía que usas?

—De mi interior. No sé cómo explicarlo, es como usar una mano, ¿sabes? Solo pienso en lo que voy hacer y... ocurre.

—Has nacido para esto. Si tu madre te viera... Vas a ser una guardiana muy poderosa —dijo orgullosa—. Aunque déjame darte un consejo. Que seas capaz de hacer algo, no significa que debas hacerlo. No dejes que el poder te corrompa, Katia, úsalo para hacer el bien.

—Yo no...

Elean la abrazó con ternura. Katia se lo agradeció y se apretó contra ella. La elfa tenía razón, lo había visto muchas veces. El poder podía corromper los corazones de quienes lo poseían o querían poseerlo, pero ella jamás dejaría que eso ocurriera. Solo quería salvar a su madre y proteger a sus seres queridos, no había nada más. Por muy poderosa que pudiera ser, jamás se beneficiaría a sí misma. Emma y Ron la habían enseñado bien y no mancillaría su recuerdo con algo tan efímero como el poder. Jamás.

Elean, atenta a los pensamientos de la muchacha, sonrió orgullosa de su determinación y pureza. Estaba segura de que, algún día, sería una guardiana poderosa, querida y respetada. Noa había acertado con los humanos a los que se la había entregado, y ella haría lo que estuviese en su mano para guiarla por el buen camino.

Se retiró con suavidad y le colocó a la muchacha unos mechones de cabello que se habían soltado.

—Bueno, mi niña, viendo lo bien que se te da hacer magia, vamos a leer un poco, ¿qué te parece? —Alzó la vista y observó el cielo azulado—. Solo has necesitado una hora para aprender lo que tenía previsto que hicieras esta mañana, así que vamos a dedicar tiempo a culturizarte. Hay muchas cosas que debes aprender de este mundo y de sus habitantes. Eso es tan importante como la magia para ser guardiana.

La guio entre los árboles de vuelta a su casa.

Katia se sentó en la silla de forja mientras esperaba a Elean. La elfa no tardó en salir de la casa con tres libros. Uno tenía la encuadernación violeta y los otros dos, verde oliva.

—Vamos a empezar por este. —Le entregó el violeta y puso los otros dos sobre la mesa.

Katia observó el tomo. Estaba escrito en idioma antiguo y, aunque lo entendía perfectamente, cerró los ojos y susurró:

—*Merthum imoph ara trie io fhiaz, fahokia*[38].

Al momento, el libro hizo lo que le pidió.

—¿Por qué?

—No lo sé, Elean… Yo…Supongo que me siento más cómoda de esta manera…

—Está bien, pero tarde o temprano deberás usarlo también, al fin y al cabo, es tu verdadera lengua.

La chica asintió.

—Listado de objetos mágicos conocidos —leyó en voz alta—. ¡Qué título más extraño!

—Creo que te vendría bien empezar por aquí para que te familiarices con este tema. Verás, en todas partes hay objetos que han sido hechizados o que son mágicos de por sí. Algunos son muy útiles, pero hay otros que son muy peligrosos. Y lo peor es que no es necesario que caigan en malas manos para eso. Basta un mal uso o simplemente un roce para desatar el caos. Así pues, y para evitar desastres, quiero que te lo leas. Si tienes cualquier pregunta, no dudes en llamarme, ¿de acuerdo? Cuando acabes, te haré algunas preguntas.

—¿A dónde vas?

—Mis reservas de licor de castaña se están agotando y, como te habrás dado cuenta, es muy popular en Esmelina. Voy a aprovechar para preparar más. Tarda casi una semana en fermentar. Estaré justo detrás de la casa. Llámame si me necesitas —le guiñó un ojo.

Katia asintió. Siempre le había apasionado la lectura así que se puso manos a la obra.

Al cabo de unas horas, Elean regresó.

—¿Qué tal?

---

[38] «Muéstrate en el idioma con el que crecí, por favor», en Idioma Antiguo.

—Pues la verdad es que es muy interesante. ¡Incluso salen los Amuletos de los Elementos!

—Por supuesto. Son, quizá, los más importantes. ¿Tienes alguna duda o quieres preguntarme algo?

—Pues lo cierto es que sí. Hay dos objetos en particular que me han llamado la atención. No se menciona mucho en el libro sobre ellos.

Buscó entre las páginas hasta detenerse en una con la imagen de una silla muy extraña, fabricada de varias partes de otros asientos de distinto material. En la inscripción se leía «Las Sillas de las Esencias». Apuntó con el dedo el dibujo y miró a Elean:

—¿Estas son las mismas de la Sala del Consejo?

—En efecto. Son las Sillas Esenciales o Sillas de las Esencias.

—Es que no entiendo exactamente lo que pone en el libro... *«Materiales vivos que toman forma según la procedencia del que se sienta...»* —citó.

—Verás, Katia, las sillas están hechas de un material mágico que es capaz de absorber un poco de la esencia interior del que toma asiento. De ese modo, la primera vez que alguien la usa absorbe lo necesario para que, la siguiente vez que la utilice, adquiera el tamaño, el material y la forma que resulta más cómoda. Estas sillas se usan para crear confort.

—Por eso la mía está formada por hiedra y flores...

—Exacto. Cuando te sientas estás a gusto porque ha tomado la forma con lo que te identificas o te relajas.

—¡Ya entiendo! —exclamó. Buscó una nueva hoja, cuyo extremo izquierdo estaba ligeramente doblado, y le indicó a Elean con el dedo el dibujo de una rosa muy hermosa. La flor estaba hecha de cristal rosado similar al cuarzo. El tallo y las hojas eran de plata. Ocupaba casi toda la página y las únicas letras que había bajo la imagen eran «precaución»—. ¿Y esta flor? No explica nada, ni siquiera su nombre. He buscado por todo el libro y lo único que sale es esta advertencia.

Elean suspiró y observó en silencio la imagen.

—Esa es La Rosa de Naran. —Tomó asiento.

—¿La Rosa de Naran?

—Es una rosa muy especial, Kat. Con las palabras adecuadas cambia la realidad del que la toca, por ello es tan peligrosa.

—No lo entiendo muy bien. ¿Cómo puede una simple rosa cambiar la realidad de alguien?

—No es una simple rosa. Alberga el alma de la cuarta Guardiana de la Tierra. —Ante la cara de desconcierto de Katia, añadió—: Tu madre es la novena guardiana. Naran, que así se llamaba, fue la cuarta, aunque no lo fue por mucho tiempo.

—¿Qué quieres decir?

—Unos años después de convertirse en guardiana, Naran se enamoró perdidamente de un apuesto y joven humano; a pesar de sus esfuerzos por conquistarlo, no tuvo éxito. El humano no le correspondía porque amaba a otra mujer, una campesina llamada Laia. Naran, despechada y humillada, recurrió a la magia negra, corrompiendo así su alma. Lanzó un hechizo sobre el muchacho para que todo el amor que le tenía a la campesina se lo diera a ella, cambiando así su realidad y la de la muchacha a la que había jurado amor eterno, pues la abandonó para desposarse con la guardiana.

—¡Pobre muchacha! Tuvo que sufrir mucho…

Elean asintió.

—Se quitó la vida un mes después de la boda, lanzándose al mar. Pero eso no fue lo peor. Laia no era una humana cualquiera, era la descendiente de la tercera Guardiana del Agua, y su futura hija, pues estaba en cinta, estaba destinada a ser la siguiente. Ante la injusticia causada por la codicia de una guardiana, los Espíritus de los Elementos se unieron para castigar a Naran. Cristalizaron su alma corrupta en el símbolo de la tierra, una rosa, y la sellaron con la Plata de la Eternidad, creando así la Rosa de Naran.

Elean hizo aparecer dos tazas de cerámica blanca llenas de licor de castaña y dio unos sorbitos mientras Katia, se preparaba para preguntar. La chica era una esponja ávida de conocimientos.

—¿Qué son los Espíritus de los Elementos? ¿Y la Plata de la Eternidad? ¿Por qué advierte el libro que se tenga precaución?

—Detente —la cortó la elfa con una sonrisa. Le tendió una taza humeante y dio otro sorbo a la suya—. Vamos a ir una por una, ¿de acuerdo? —Katia asintió—. Muy bien. Los Espíritus de los Elementos son seres de energía pura. Son los encargados de proveernos de la energía que da la vida y la magia a todo lo que nos rodea, incluidos nosotros. Son la magia y la energía del mundo.

—¿Como si fueran los dioses? —preguntó dubitativa.

—Algo parecido. En realidad, desconocemos el alcance de sus poderes o el número de espíritus que existe. Se cree que, a lo largo de la historia del mundo, han intervenido en situaciones en las que un ser inocente ha pagado con su vida por el mal uso de la magia, y que son los seres más poderosos de los que se tiene constancia. Algunos creen que ellos son los creadores del mundo. Pero todo son conjeturas.

—¡Vaya! Me gustaría conocer a alguno... ¿Y la Plata de la Eternidad?

Elean sonrió.

—Es un metal muy poderoso que se utiliza para crear objetos irrompibles y que canaliza la magia. Es muy utilizado por los enanos para forjar sus espadas. Y en cuanto a por qué hay que tener cuidado con la Rosa de Naran... —alzó un poco la voz ante la intención de Katia de seguir preguntando—, esa rosa contiene un alma viva en su interior. Un alma que se condenó por un conjuro mezquino que acabó con la vida de tres personas, pues al quedar atrapada, el hechizo sobre el hombre se rompió y este, al descubrir la verdad de lo ocurrido, se clavó una espada en el corazón. Con el paso del tiempo la rosa ha adquirido el poder de realizar el último hechizo que condenó a su prisionera. Aunque se desconoce cómo ha sucedido, con ella puedes cambiar la realidad de la persona que desees, eso sí, exponiéndote a las consecuencias de ese hechizo.

Katia se quedó en silencio observando el vaivén de las hojas, provocado por la cálida brisa que la envolvía. Un colibrí verde y rojo intentaba introducir su largo y afilado pico en el interior de una colmena que colgaba de un ciprés cercano. Elean se tomó el resto del licor que le quedaba en la taza y alzó la vista hacia el sol.

—¡Por todos los guardianes! —exclamó poniéndose en pie de un salto con el rostro contraído—. Se nos ha ido el santo al cielo. ¡Son casi las tres de la tarde!

Hizo un aspaviento y las tazas desaparecieron. Con un nuevo movimiento de su mano derecha, los tres pesados y voluminosos libros que había sobre la mesa cambiaron de tamaño, alcanzando poco más de un palmo. Elean los cogió y se los tendió a Katia.

—Ya basta por hoy. Hemos avanzado mucho y es hora de descansar. De ahora en adelante y hasta nueva orden vendrás todas las mañanas a primera hora y acabaremos a la hora de comer. Por la tarde irás a entrenarte al campamento de Sacre. Debes entrenar cuerpo y mente, ambos son igual de importantes. Llévate los libros y léelos. Muéstraselos a William y que él también los lea. Cualquier duda que tengáis, preguntadme, ¿de acuerdo?

—Claro. Una cosa... ¿cómo los vuelvo a hacer grandes? —preguntó mientras los escrutaba con detenimiento.

—Simplemente pídeselo. Eso sí, en Idioma Antiguo, si no, no te harán caso —advirtió.

—Gracias por todo, Elean.

—No hay por qué darlas, mi niña, lo hago encantada. —Le dedicó una sonrisa sincera—. Y ahora, vámonos. Aunque es muy tarde, voy a enseñarte la última lección de hoy. Cierra los ojos y piensa en el vestíbulo de la Casa Principal. —Tomó su mano—. Visualízalo en tu mente, ¿lo tienes?

—Sí.

—Muy bien. Ahora desea con fervor estar ahí. Toma aire y piensa con fuerza que ambas estamos allí. Puedes contar hasta tres si eso te ayuda... —le aconsejó.

—De acuerdo... Uno... dos... y... tres —Sintió una ligera ráfaga de aire y una sensación parecida a ser absorbida por un agujero. Notó un cambio en el ambiente y abrió los ojos—. ¡Vaya!

Se encontraban en la Casa Principal, tal y cómo ella había imaginado. Lo había conseguido, se había transportado a ella y a Elean hasta el vestíbulo en unos segundos.

La elfa miraba orgullosa en rededor. Cada vez estaba más segura de sus sospechas respecto a la muchacha y su poder, y por ese motivo, había decidió tener una charla con Xaelhon y contarle tanto los avances de su nieta como sus propias cavilaciones. No obstante, sospechaba que Xael estaría al tanto.

—¡Felicidades por tu nuevo logro! ¡Ya sabes transportarte! Aunque es muy rápido, es adictivo, así pues, no subestimes el placer de caminar.

Le guiñó divertida un ojo y desapareció.

Katia fue hacia el comedor, donde encontró a todo el grupo reunido en la mesa que habían tomado por costumbre ocupar. Se sentó al lado de Will, no sin antes besarle en la coronilla, y entre risas les contó a sus amigos sus progresos y sus descubrimientos.

36

LA CIUDAD CAMPAMENTO

Katia entró en su habitación y se tumbó en la cama. Estaba exhausta y necesitaba urgentemente un baño. La ropa de entrenamiento —unos pantalones ajustados de color caqui, una túnica corta color pistacho y el chaleco de cuero sin mangas— necesitaba ser lavada con apremio.

En las últimas semanas no había descansado más allá de unas pocas horas que tenía libres entre los entrenamientos con Elean y Sacre. Había avanzado mucho, eso era cierto, pero necesitaba descansar. El ritmo en Esmelina había cambiado de manera radical en cuanto los guerreros comenzaron a llegar, dos días después de la reunión del Consejo, y se asentaron en campamentos. Desde entonces llegaban más y más soldados casi a diario.

Toda la ciudad estaba volcada en prepararse para el enfrentamiento contra Atarrán. Los habitantes habían donado víveres para abastecer al ejército durante la preparación de la batalla. La Calle del Morado había cambiado sus mercancías por útiles para los soldados y las posadas no daban abasto con todos los visitantes. A todas horas se oían choques de espadas y rugidos de batalla. Los talleres trabajaban día y noche para fabricar armas. Vista desde las alturas, Esmelina parecía un enorme campamento de guerra.

Por lo que Katia había averiguado, el Guardián del Aire había mandado una sigilosa avanzadilla de alvens —seres de aire cuya labor consistía en transportar mensajes por todo el mundo— para investigar la situación del enemigo. Estos diminutos y delgados personajes eran de piel azulada, casi transparente, y tenían el cabello blanco y ligero. Sus ojos eran verdes y redondos, desproporcionados para su cara. Eran rápidos como el viento y capaces de camuflarse con el entorno, por lo que resultaban muy difíciles de detectar.

La comitiva había descubierto que a orillas del Río del Olvido se estaba formando un enorme y peligroso ejército de elfos oscuros, enanos Uitgebreideplain y otras criaturas desagradables. Tal y como su madre la había avisado, Atarrán estaba al corriente de los preparativos de los driath y, por lo tanto, él también había organizado una ofensiva. No obstante, según el informe de los alvens, el hechicero esperaba que se le entregara a su hija sin impedimentos.

Se había decidido quienes serían los encargados de llevar a cabo la misión de rescate de Noa: un grupo de veinte guerreros diestros en la magia y expertos en el arte de la guerra. Katia y William, pese a querer participar, recibieron órdenes explícitas de Xaelhon de mantenerse al margen y prepararse a conciencia para ocupar sus puestos. Aunque no estaban de acuerdo con esa decisión, acataban su orden y absorbían todos los conocimientos que podían.

Will ya era capaz de igualar a tres de los cuatrillizos. Meriel, el más fuerte y diestro de los hermanos, aún se le resistía. A pesar de eso, el muchacho no se rendía y cada día lo intentaba con renovadas fuerzas. Había mejorado sus habilidades con la espada y la lucha cuerpo a cuerpo, y ya era capaz de proteger su mente de ataques de invasión mágicos. En las contadas ocasiones que tenía algo de tiempo, su amada y él leían los libros que les daba Elean.

Katia, a punto de ser vencida por el sueño, se obligó a sí misma a incorporarse. Se desvistió con magia y se acercó al aseo. Con un gesto de su mano, la bañera se llenó al instante de agua caliente, inundando la pequeña estancia de vapor. Una vez limpia y seca se puso un sencillo *kamese* blanco e hizo un ovillo con la ropa sucia, cerró los ojos y la envió a las lavanderías. Sonrió ante la desenvoltura con la que ya utilizaba la magia. Sus sentidos se habían desarrollado con rapidez y cada día le resultaba más natural aceptar quién era y en lo que debía convertirse. La ayuda de Elean había sido primordial para comprendiera la importancia de su papel. Cada vez que regresaba de ver a la instructora sentía que pertenecía un poco más al mundo mágico y, cuando terminaba los entrenamientos físicos, se sentía más segura de sí misma. También había notado los mismos cambios en William.

Con él en mente se tumbó en la cama y cerró los ojos. Se concentró para contactar mentalmente y darle las buenas noches. Estaba en sus aposentos, dándose un baño de agua caliente. Su torso definido, su piel bronceada y sus musculosos brazos la hicieron suspirar. Sus mejillas se tiñeron de un rojo profundo al contemplarlo. Ya le había visto el torso en otras ocasiones, pero verle así, empapado en miles de diminutas gotas brillantes, le daba un delicioso aspecto.

Le observó con detenimiento mientras se enjabonaba el cabello con delicadeza y pensó en cómo sus manos, rudas y fuertes en combate, podían realizar una tarea con tanta finura. Se sorprendió a sí misma imaginando lo que esas manos le harían cuando se desposaran, cómo la tocarían, ya sin reservas, y lo bien que se sentiría acariciando su cuerpo… Suspiró más alto de lo que pretendía.

—Hola, mi amor. Había notado la sensación de que me observaban y he supuesto que eras tú, aunque me extraña que hayas tardado tanto en hacerte notar —comentó William con una sonrisa de satisfacción, sin dejar de enjabonarse el pecho, lentamente.

«Yo… bueno… no quería interrumpirte y… —dijo avergonzada—. *He visto que estabas ocupado y… solo quería darte las buenas noches».*

—No te avergüences, Kat. No es malo mirar algo que es tuyo.

«Pero es indecoroso. No estamos casados y esto no está bien visto y…» Ninguna justificación de las que estaba planteando satisfacía su interior. Quería verlo, quería probarlo y tocarlo, y no tenía excusa para eso.

Will sonrió, imaginando la cara que estaría poniendo. Katia podía verle sin necesidad de estar en el mismo lugar, pero él era incapaz de hacer eso. Podía comunicarse con ella porque su magia le permitía escuchar lo que dijera o pensara en cualquier sitio.

—Katia, mi amor, no hemos hecho nada malo. Ni siquiera puede considerarse indecoroso, ya que te encuentras en otra habitación. Deja de preocuparte por cosas sin sentido. Y ahora, si no quieres verme desnudo, te aconsejo que dejes de mirar, pues tengo que levantarme para enjuagarme —le dijo divertido.

«Claro yo… Buenas noches, Will».

—¿Te importa que cuando acabe vaya a verte? Ya sé que estás cansada y que es tarde, pero…

«¿Cómo me va importar? Nos vemos en un rato».

Will sonreía mientras enormes gotas de jabón le descendían por la cara al enjuagarse. Kat podía ser poderosa en cuestiones de magia, pero se sonrojaba con facilidad y eso era algo que adoraba. Ella le deseaba tanto como él, y cada día que pasaba resultaba más duro esperar el momento. Según las tradiciones humanas no debían yacer juntos hasta el matrimonio. Hacerlo antes se consideraba un escándalo. Si todo hubiese salido como estaba planeado, ya estarían casados; pero su mundo se vio vuelto del revés. Elfos, magia, hechiceros, muertes… todo había cambiado.

En ese momento la tradición le parecía una burla a su amor, aun así, esas reflexiones se las guardaba para sí mismo.

Salió de la bañera, se secó y vistió con premura, y fue hasta la habitación de Katia. La muchacha le esperaba sentada en una de las sillas de mimbre que había en la pequeña terraza de su habitación. A la luz de la luna, la ciudad se veía preciosa y a ella le encantaba admirar su belleza.

Will se le acercó y le dio un beso en los labios. Después colocó una silla a su lado y se sentó.

—Qué vista más hermosa.

—Lo sé, me encanta sentarme aquí y contemplar el paisaje. Veo que te has vestido —sonrió con picardía.

—Había pensado no hacerlo, pero alguien se habría sorprendido al verme venir aquí en paños menores —rio.

—Es una lástima.

Se miraron y rieron juntos. Él le cogió la mano entre las suyas y la besó.

—¿Tienes hambre, mi vida? —preguntó Katia.

—Lo cierto es que sí. He salido corriendo desde mi habitación y he olvidado traer algo de comida.

—No te preocupes.

La muchacha hizo un movimiento circular con la mano y aparecieron tres platos en la mesa: uno de fruta, otro de carne y otro con verdura asada. También apareció una jarra de vino con dos copas.

—¿Qué te parece? —preguntó sonriente.

—¡Vaya festín! Aunque creo que es mucha comida para nosotros solos.

—No creo. Cuando tienes hambre, eres capaz de comerte un caballo —bromeó.

—¡No tanto!

Comieron entre charlas y risas, como si nada malo hubiese pasado, como si solo existieran ellos y no hubiese más sentimientos que amor y felicidad. La noche culminó en brindis de licor de castaña por su amor y por todos los que habían conocido. Will, agotado, se despidió de ella con un beso y se retiró a descansar. Katia hizo desaparecer los restos del festín y, exhausta, se durmió.

A la mañana siguiente el chico se levantó con energía. La noche anterior fue una de las mejores que había pasado con Katia desde sus días en Noridor. Con sus pensamientos en ella, se puso un pantalón de color caqui, un jubón corto de color canela y un chaleco de cuero marrón. Se embutió las botas altas de piel y se dirigió silbando hasta el salón.

Aekya se encontraba sola y pensativa en la mesa del centro. Últimamente estaba más silenciosa que de costumbre y su semblante permanecía con una expresión permanente de preocupación.

Se acercó y tomó asiento a su lado.

—Buenos días, Aekya.

—Hola —respondió distraída—. Sírvete tú mismo lo que desees —le ofreció, indicando la jarra de zumo de papaya y la bandeja con varios pastelitos diferentes.

—Gracias. ¿Puedo hacerte una pregunta?

La elfa le lanzó una mirada de advertencia, pero asintió.

—¿Hay algo que te preocupe?

Aekya le miró con extrañeza ante la obviedad de su pregunta.

—Quiero decir, a parte de todo lo que está ocurriendo... Algo personal o que solo te afecte a ti... No sé... Tan solo quiero saber si estás bien. Últimamente estás diferente...

—Gracias por preocuparte, pero no es necesario —lo cortó—. Estoy bien, en la medida de lo posible, dadas las circunstancias y lo que se avecina. Céntrate en lo tuyo y olvídate de lo demás.

William asintió mientras terminaba el trozo de pastel de almendras y chocolate que había cogido. No pudo pasar por alto el hecho de que su pregunta incomodó a la elfa, pero no podía evitar que se sintiese así. Divisó a Katia entrando al recinto con Errolw y les saludó aliviado. Aekya se giró para ver quién era, pues estaba de espaldas a la puerta. Al ver al elfo su semblante se tornó rojo de pura rabia y salió disparada del salón sin siquiera despedirse, murmurando frases incomprensibles. Su actitud reafirmó las sospechas del muchacho.

Katia observó estupefacta la reacción de la elfa. Intentó alcanzarla antes de que se fuera, pero lo único que logró fue rozar su antebrazo. El ligero contacto le ofreció una visita fugaz a su interior. La visión de los horrores que percibió le provocó náuseas y el color abandonó su semblante. Aekya, al tanto de lo que acababa de suceder, le mantuvo la mirada con rostro impertérrito.

—No necesito tu lástima, Katia. Ni la tuya ni la de nadie —espetó, lanzando una mirada de desprecio a Errolw.

—Yo no pretendo ofenderte…

—No me ofendes, solo olvídalo y mantén la boca cerrada —la cortó con hosquedad, sin embargo, mientras se giraba dispuesta a irse, añadió «por favor» en voz tan baja y lastimera que Katia creyó que se lo había imaginado.

Nadie comentó el incidente, hicieron como si no hubiese ocurrido.

Errolw evitó a toda costa tocar a Katia durante el desayuno, algo que la hizo sospechar de su actitud. Desde hacía varias semanas, venía notando una conducta extraña en él. Ahora que controlaba bastante mejor sus poderes, era capaz de indagar más y mejor en el interior de los seres mágicos, y cada vez percibía con más claridad los esfuerzos del elfo por ocultar, no solo sus pensamientos o sentimientos, si no todo su ser al completo. No le había comentado a nadie sus sospechas, y no lo haría hasta que averiguase qué era lo que ocultaba el elfo. De alguna manera estaba convencida que se trataba de algo oscuro. Nadie se tomaría tantas molestias en protegerse de ese modo si no tuviese algo malo que ocultar.

En ese momento no tenía tiempo de indagar más en el interior del elfo ya que en un rato le tocaría lidiar con cosas más importantes y peligrosas. Elean le había dicho que el momento de terminar de deshacer el hechizo de su madre había llegado. Katia no creía estar preparada. Además, acababa de descubrir un nuevo poder y deseaba poder controlarlo, pues se estaba convirtiendo en un problema.

Ya había aprendido a dominar su percepción extrasensorial mental. Era capaz de decidir cuándo y qué percibir de los demás o de cerrarse a voluntad a los pensamientos y sentimientos ajenos. Era todo un alivio ya que, por primera vez en su vida, podía decidir no vivir ningún sentimiento que no fuese suyo y no lidiar con otro pensamiento más que con los propios.

El nuevo poder funcionaba con el tacto. Al tocar la piel de otro ser era capaz de ver en su interior, no solo los pensamientos o sentimientos que albergara, sino todas y cada una de las vivencias experimentadas. También absorbía sus conocimientos y los añadía como propios.

Durante el desayuno practicó con William y resultó ser una experiencia abrumadora. Sintió una sobrecarga de energía que le provocó un desmayo instantáneo; no obstante, había merecido la pena. Comprobó cómo los recién adquiridos conocimientos poseían cada fibra de su ser y la proveían de las enseñanzas que tantos años y tanto esfuerzo le habían costado a su amado. Era consciente de que estaba haciendo trampa pero, ¡ahora se ahorraría horas de entrenamiento en la lucha! Y una vez que lo dominase, el poder iba a ser muy útil para todo lo que se avecinaba.

Preocupada por las maravillosas pero indebidas expectativas que se le estaban ocurriendo para utilizarlo, se despidió de William y Errolw, que una vez más evitó tocarla, y se apareció ante la puerta de Elean.

—Hola, Katia, te esperaba algo más temprano. —Le indicó que la siguiera.

—Sí, bueno… Es que ha ocurrido algo y…

Elean se detuvo, la miró expectante y la animó a continuar hablando. Escuchó con atención mientras le contaba lo del nuevo poder y sus sospechas sobre Errolw. Cuando terminó, reflexionó unos instantes.

—Lo del poder no es nada raro —opinó al fin—. Ya te dije que ocurriría algo así. Eres hija de una guardiana muy poderosa y, cuando fuiste concebida, tu padre ya había sido corrompido por la magia del libro, así que no es posible conocer el alcance de tu poder, ni qué cosas eres o serás capaz de hacer. Lo único en lo que todos coincidimos es que, cuanto más fuerte te hagas, más poderes descubrirás. En cuanto a lo de Errolw… Solo son sospechas. Ándate con cuidado y permanece alerta. Intenta averiguar lo que puedas, pero no tomes ninguna decisión sin una prueba que te avale. A veces, nuestras sospechas son infundadas. Quizá solo tiene algo doloroso que ocultar.

Katia sopesó la respuesta. Algo en su interior le decía que no era eso. Tenía la sensación de que el elfo ocultaba algo más siniestro pero, como Elean había dicho, no tenía ninguna prueba. Decidió guardarse sus pensamientos y le dio las gracias a por sus consejos.

—Ahora, mi cielo, debemos ponernos manos a la obra —continuó la instructora—. Solo quedan unas horas del hechizo de tu madre y te he preparado una especie de examen.

—¿Examen? —preguntó sorprendida.

—Así es. —Trazó un círculo en el suelo con una ramita—. Al medio día, el hechizo expirará, y entonces recibirás tu poder en todo su esplendor. Si estás preparada, y así lo creo, no notarás demasiada diferencia pero, para estar seguros, voy a presionarte un poco.

—¿Sabes? Sinceramente, no lo entiendo…

Elean dejó la rama en el suelo, la miró con dulzura y le apartó un mechón que le caía sobre el rostro. Podía sentir la confusión en su interior. Miles de dudas la estaban embargando, incluso una brizna de desesperación comenzaba a tomar forma.

—A ver, mi niña, ¿qué es lo que no entiendes?

Kat soltó una carcajada nerviosa.

—Varias cosas. ¿Cómo sabes qué va a ocurrir? ¿Y qué quieres decir con que no notaré la diferencia? Y, ¿cómo sabes exactamente cuándo va a terminar? ¿Y…?

Elean la interrumpió tapándole la boca con suavidad.

—Vamos por partes —rio—, lo que va a ocurrir, nadie lo sabe a ciencia cierta, ni siquiera tu madre, que es la que ha realizado el hechizo. Ten en cuenta que la magia te ha servido para proteger tu mente y tu cuerpo de la recuperación instantánea de tus poderes, evitando volverte loca o algo peor. Con su protección has sido capaz de dominarlos progresivamente, a la vez que el hechizo iba perdiendo fuerza, de modo que mientras tú te hacías fuerte, el hechizo se hacía débil. Por eso, creo que no notarás mucha diferencia. En cuanto a cómo sé la fecha exacta... Tu madre me habló a través de un sueño y me dijo que Atarrán estaba usando un objeto mágico que bloqueaba sus poderes y que no podía alargarlo más.

Katia respiró hondo varias veces y, conforme con la explicación, cerró los ojos. Elean la observó en silencio. Cuando se tranquilizó un poco, exhaló y abrió los parpados.

—Gracias, Elean. Ya estoy preparada.

La elfa sonrió orgullosa. Salió del círculo que había trazado y le indicó con la mano que entrara. Se colocó frente a Kat a un par de pasos de distancia.

—Solo hay dos reglas. La primera es que no puedes salir del círculo hasta que acabe la prueba. Cuanto menos espacio, más presión. Y la segunda es que, si te sientes mal o no puedes continuar, deberás indicármelo alzando la mano derecha, ¿de acuerdo?

La última regla la descolocó un poco; no obstante, asintió y se puso en guardia. Sin mediar palabra, Elean le lanzó un rayo de energía que impactó en su pecho y la hizo caer sobre su trasero. Quemaba.

Se irguió con rapidez restregándose la zona dolorida. Elean atacó de nuevo, pero esta vez también le lanzó un ataque mental. Kat esquivó el rayo y consiguió crear un muro en su mente, pero fue demasiado débil y perdió el control de su cuerpo. Como castigo recibió otro rayo en un hombro.

—¡Puedes hacerlo mejor! —la animó la elfa.

La chica asintió y se preparó. Cuando Elean retomó los ataques, ella contraatacó lanzando un rayo con cada mano. Para su sorpresa, la elfa se movió tan rápido que no pudo distinguir más que una ligera estela. Esquivó los dos mientras se colocaba detrás de ella y la golpeaba con un hechizo de inmovilización. Katia se giró a tiempo para esquivarlo, mientras hacía brotar varios tallos de hiedra de cada mano. Los lanzó hacia Elean para atraparla, pero fue más rápida y los deshizo en miles de gotas de agua. La chica se quedó estupefacta, lo que dio a la elfa la oportunidad de sorprenderla con un hechizo de transformación que la convirtió en un ratón.

—¡Vamos, pequeña ratita! No te estás esforzando —le gritó.

La muchacha intentó contestarle, pero solo salieron unos ruiditos estridentes de sus labios. Volvió a su forma natural y lanzó un hechizo paralizante que esta vez alcanzó su objetivo, aunque no duró mucho. Elean respondió con otro intento de invadir su mente; pero Katia estaba preparada y dio contra un grueso muro. La elfa volvió a moverse más deprisa que los ojos de la muchacha, hasta detenerse a su espalda. Kat sonrió.

—¡Esta vez no me sorprenderás! —rio mientas una ristra de madreselva agarraba a Elean por los pies.

—¡Eso es! Sé una con la naturaleza. Concéntrate y no te harán falta ojos para ver ni oídos para escuchar.

Katia asintió y observó cómo Elean desaparecía y aparecía a unos metros de distancia. La muchacha estuvo a punto de salir en su busca cuando recordó las reglas y se detuvo. La elfa la miró alegre. De repente, una jaula de tierra firme aprisionó a Kat, pero ella se concentró y con un simple toque se deshizo en arena. La elfa estaba gratamente sorprendida. Lanzó un rayo de fuego que la chica evaporó antes de que la alcanzara. Con un grácil movimiento de mano, una bandada de mariposas multicolores rodeó a Elean asemejándose a una cárcel. Ambas sonrieron por la ocurrencia.

La instructora alzó la mano e intentó lanzar un rayo de energía, pero rebotó entre las miles de alas coloreadas de las mariposas. Probó varios hechizos más y todos rebotaron de igual modo. Satisfecha y orgullosa, reconoció su derrota.

—Felicidades, Katia, has pasado la prueba. Ya eres capaz de dominar tus poderes. Por supuesto, tu entrenamiento no ha terminado, pero has progresado muchísimo.

—Gracias, Elean. —Hizo que las mariposas se alejasen volando con un ademán.

—Estoy orgullosa de ti, Katia, y sé que tu madre también lo estaría. —Le acarició la mejilla sonrojada por el esfuerzo. Alzó la vista al sol que se alzaba sobre sus cabezas—. Es la hora mi cielo. Cierra los ojos y concéntrate.

Kat hizo lo que le ordenaba. Esperó en silencio a que algo ocurriera, pero durante unos minutos no pasó nada. Impaciente, cambió el peso del cuerpo de un pie al otro y jugueteó con los dedos de las manos.

—¡Quédate quieta, chiquilla! —la regañó Elean.

—Lo siento, es que estoy nerviosa.

Cerró los ojos y se concentró de nuevo. Sin previo aviso, sintió una punzada en la espalda que la atravesó como una daga. Hincó las rodillas en el suelo y se agarró el pecho. Tomó aliento a la vez que un nuevo aguijonazo, algo más ligero, la atravesaba en las plantas de los pies. Un cosquilleó le recorrió todo el cuerpo hasta las puntas de los dedos de las manos. Los ojos le escocieron y sintió un estruendo en los oídos; después, todo cesó.

—Respira —le indicó la elfa.

Katia obedeció al darse cuenta que había estado aguantando la respiración. Abrió los ojos con lentitud y observó el mundo con la totalidad de sus poderes. Todo era más claro y más brillante y su oído estaba más agudizado. En su interior sentía bullir más energía de la que había experimentado en su vida y supo, con toda seguridad, que su capacidad mágica había aumentado.

—¿Cómo te encuentras, mi niña? —preguntó Elean mientras le acariciaba el cabello.

—Bien. Realmente bien. Me siento más poderosa que antes y mis sentidos se han agudizado, pero… —aún estaba aturdida—. No sé…

—No notas demasiada diferencia —ratificó la elfa.

Kat asintió.

—Lo que yo pensaba. Desde que comenzaste con tu instrucción, te has esforzado al máximo y eso, junto con tu capacidad innata para la magia, ha hecho que la expiración del hechizo de protección no te haya influido en exceso —le explicó mientras le daba un cariñoso abrazo—. Eres más poderosa de lo que crees.

Katia se quedó unos instantes observándola. Si Elean estaba en lo cierto, y ella creía que sí, en tan solo tres semanas había sido capaz de dominar sus poderes lo suficiente para sobrevivir sin que la mataran. ¿Quién decía que no podría rescatar a su madre y sobrevivir? Incluso, con su nuevo poder, ¿podría enfrentarse a su padre y vencer?

Xael apareció ante ellas y se obligó a volver a la realidad. Elean le transmitió al dirigente de los elfos, mediante imágenes, las últimas horas de su nieta. Él, orgulloso, las felicitó a ambas.

—Hoy todos los halagos deben ser para Katia —sonrió la instructora.

—¡Ni mucho menos! —exclamó la muchacha—. Sin ti, no lo habría logrado. Todo lo que he aprendido es gracias a ti.

Las mejillas de Elean se tiñeron de rojo y se le escapó una risita nerviosa mientras la chica la abrazaba.

—Estoy orgulloso de ti, mi querida nieta. Me alegra profundamente que te hayas convertido en una joven tan poderosa y tan prometedora. Pero tu instrucción no acaba aquí. Ahora que no tienes la protección del hechizo, tus poderes llegarán con más rapidez y deberás aprender a dominarlos correctamente.

—¿Cuántos más voy a tener?

—No lo sé, mi cielo. Eres la siguiente Guardiana de la Tierra y es imposible saber qué tipo de magia anida en tu interior. Una cosa sí puedo decirte, alcanzarás tu madurez mágica a los veinte años, como todos los mágicos.

—¿Descubriré poderes en mí durante dos años más? —preguntó estupefacta.

—Es posible. También eres una *Velikya*, así que nos es imposible conocer cómo influirá eso en tu madurez. Pero no te preocupes, nos tendrás para guiarte y, quizás también tendrás a tu madre —añadió con pena Xaelhon.

—Eso espero. Me gustaría poder contar con ella —se lamentó.

Los tres se quedaron en silencio.

Katia besó a su abuelo en la mejilla y le dio otro abrazo a Elean. Se excusó y, a continuación, se apareció en sus aposentos. Con un giro de mano, sus ropas desaparecieron y, en su lugar, un ligero *kamese* de color verde cubrió su cuerpo. Se deshizo la trenza y se metió en la cama. Solo eran las tres de la tarde y no había comido, pero su cuerpo pedía a gritos un poco de descanso. En menos de tres minutos se durmió.

37

UN REGALO PARA WILLIAM

William permaneció sentado mientras Katia se alejaba. Iba a encontrarse con Elean para afrontar el final del hechizo de su madre. Él se había ofrecido a acompañarla, pero la elfa le había aconsejado lo contrario. Le explicó que, como desconocían lo que iba a suceder, sería muy peligroso para un humano estar cerca con una magia tan poderosa descontrolada. Muy a su pesar, había aceptado el consejo.

Para no pensar demasiado y preocuparse por algo que escapaba a su control, decidió ir al campamento de Sacre. Allí al menos se distraería con los cuatrillizos. Habían hecho buenas migas y, cuando no estaban luchando, se sentaban con unas jarras de hidromiel y charlaban. Solían hablar de ambos mundos y compartían experiencias de combate.

Se terminó el zumo de un trago y se atusó el cabello. Errolw, con la mirada perdida y gesto distraído, acariciaba con las yemas de los dedos el filo del vaso de zumo, que aún permanecía intacto. Su actitud había sido muy extraña. En cuanto Katia les contó lo del nuevo poder, él evitó tocarla a toda costa, con movimientos discretos pero obvios.

Su comportamiento, y el de Aekya, era cada vez más inusual.

—¿Estás bien, Errolw? Te veo preocupado.

—¿Qué? No, yo… —titubeó—. Es que con todo lo que está pasando… y… —Se quedó pensativo unos instantes—. ¿Crees que Aekya está diferente conmigo? —cambió el tema aposta.

Will alzó la ceja con sospecha.

—Aekya está rara con todo el mundo. Pero, si eso te preocupa, habla con ella.

—¿Hablar con ella? —preguntó con sarcasmo—. Llevo ya varias semanas intentándolo, pero no lo consigo. O me esquiva, o cambia de tema a cosas tan nimias que cualquier excusa le sirve para marcharse —explicó apenado.

—Bueno, no sé… Intenta ser directo para que no pueda esquivarte… —le aconsejó algo confuso—. Lo cierto es que las mujeres se escapan a mi entendimiento.

Comenzaron a reír.

Al cabo de unos minutos, Will se despidió de Errolw y se encaminó hacia el campamento. Iba silbando cuando vio a Duke sentado en la fuente de cristal que había en el centro de Esmelina. El lobo suspiraba apenado y mantenía la vista perdida en el horizonte. Decidió acercarse a él.

—¿Qué te ocurre, Duke? —Tomó asiento a su lado.

El lobo le miró y le dedicó una sonrisa lobuna a modo de saludo, a continuación, volvió la vista hacia el mismo lugar al que había estado mirando.

«Estoy esperando a Wanda. Debía haber venido hace una hora», sollozó.

—¿Wanda?

«Sí. No debería haberle dicho nada… Sabía que sería mejor no decírselo, pero Gypsy… Ese maldito duende…», se lamentó.

—¿Decirle qué? —Will le acarició el lomo.

«Al principio empezó como una amistad, ¿sabes? Todos estáis con eso de los entrenamientos y andáis muy ocupados de un lado para otro. Yo me sentía solo y ella se hizo mi amiga. Cuando no estaba ocupada con sus tareas del Consejo, venía a verme. Nos lo pasábamos muy bien: paseábamos, bromeábamos, hablábamos y reíamos juntos. Incluso, últimamente, ha estado viniendo a comer con nosotros. Y ahora…», una lágrima se deslizó por su hocico y se la lamió.

Will creía entender por qué estaba tan apenado. Le dio unas palmaditas en el lomo y lo animó que continuara.

«Me duele respirar cuando no la veo, Will. Estar con ella se ha convertido en algo necesario para vivir. La necesito para respirar, para caminar… Sin ella el mundo se oscurece porque es lo que le da color… ¿entiendes algo de lo que digo?», preguntó confuso, pues ni el mismo lo entendía.

—Claro que sí, Duke. Eso es lo que siento por Katia. Ella es la razón por la que me levanto cada mañana. Cuando la miro a los ojos siento que soy capaz de todo. Ella es mi mundo, lo es todo para mí y sin ella... no sé lo que haría —suspiró, agradecido por tenerla—. ¿Le has confesado tus sentimientos?

Duke bajó el rostro avergonzado y asintió.

«Gypsy me aconsejó que lo hiciera, me dijo que lo mejor era ser sincero, que ella valoraría eso...», se justificó sollozando.

—Vale, vale... tranquilízate —le aconsejó William mientras le acariciaba entre las orejas—. Veamos, ¿qué te ha dicho ella?

«Se quedó en silencio un rato, pensativa, y luego dijo que tenía que irse. Me dio un beso en la cabeza y se fue. Antes de cometer la estupidez de declararme, habíamos quedado en vernos hoy, pero no ha aparecido. Supongo que no quiere verme más...»

Will observó a Duke. Estaba tirado en el suelo, cabizbajo y con la mirada perdida. No sabía cómo consolarle. Lo peor que podía pasarle a alguien era amar y no ser correspondido, pero, por otra parte, no estaban seguros de que fuese eso lo que le ocurría a Wanda.

—No debes dar nada por sentado hasta que hables con ella, Duke. Quizás no ha podido venir porque ha tenido que hacer algo para el Consejo.

«¿Tú crees?», preguntó esperanzado.

—Es posible. Pero, como te he dicho, hablar con ella sería lo mejor.

El lobo se incorporó algo más animado. Will temió haberle dado esperanzas infundadas, pero le apenaba verlo tan triste. Además, tampoco es que estuviese seguro de que Wanda no sintiese nada por él. De hecho, era más probable que se hubiese sentido abrumada o asustada ante los sentimientos de ambos. Al menos, eso esperaba.

«Gracias por tus palabras, Will, me han servido de mucho. —Se irguió más animado—. *Eres el mejor amigo que se pueda tener».*

—Gracias, Duke, y... suerte —le deseó con una sincera sonrisa.

Ambos continuaron con su camino, cada uno en una dirección.

William deseaba de corazón que todo saliese bien entre Duke y Wanda, se merecían ser felices y el amor era la mayor felicidad que conocía. Aún seguía dándole vueltas a la situación del lobo y el hada cuando llegó al campamento. Sacre lo recibió antes de que pusiera un pie en la arena. Le gustaba mucho estar con él porque le recordaba a su padre y siempre tenía palabras de apoyo para él. Desde que había comenzado con los entrenamientos, se preocupó por sus avances y se interesó a cada instante por él.

Sacre se le acercó y le pasó un brazo por el hombro, un gesto amistoso habitual en él.

—Buenos días, muchacho, estaba esperándote.

El elfo lo guio hasta la carpa central, lugar que consideraba como su hogar. Le indicó que se sentara en una de las sillas mientras él revolvía en un desgastado y sencillo baúl. Will lo observó con curiosidad.

—¿Cómo le van a Katia los entrenamientos mágicos? —le preguntó, enfrascado en el baúl.

—Ha avanzado muchísimo en estas semanas. Tanto Elean como Xael están muy contentos con sus progresos.

—No me sorprende. Su madre siempre ha sido muy adelantada y diestra con la magia. ¡Ah, aquí estás! —exclamó, extrayendo una especie de coraza púrpura con vetas negras.

Se acercó a la mesa central y la depositó encima. Cogió un frasco con un líquido rosado que vertió sobre un paño, se sentó en la silla que había a la derecha de Will y comenzó a frotarla.

—He oído que vas a participar en la batalla —comentó Sacre como si nada.

—Así es.

—¿Eres consciente del peligro que eso supondría para un simple humano sin poderes? —le preguntó alzando la vista de la coraza.

Will le miró a los ojos. Sabía que no tenía intención de ofenderle con sus palabras, solo constataba un hecho. Le gustara o no, eso es lo que era.

Asintió.

—Y, a pesar de todo, vas a luchar, aunque eso suponga tu muerte.

Volvió a asentir.

—No puedo quedarme sentado mientras otros nos salvan. Sé que no servirá de mucho y que no supondrá mayor diferencia, aun así…

—Sientes que debes hacerlo.

—Sí. Es algo que debo hacer. Si te soy sincero, tengo miedo. Miedo de perder a Katia, miedo de que Atarrán nos derrote, miedo por todo… Pero debo ser fuerte y mostrar mi coraje…

—El coraje no es la ausencia de miedo, Will, sino el conocimiento de que hay algo más importante que el miedo —le cortó el elfo con amabilidad—. Y admitirlo te honra.

—Gracias, pero admitirlo no me hace mejor, simplemente es la verdad.

Sacre observó al muchacho con detenimiento. Era solo un humano y, sin embargo, se había ganado su respeto casi al instante de conocerlo. No solo era honesto, virtuoso y perseverante, sino que también se sacrificaba por los demás sin dudarlo. Era por todas las virtudes que había descubierto en él por lo que había tomado una decisión.

Alzó la coraza para comprobar que ya estaba limpia y se la tendió.

—Esta coraza, Will, es uno de los bienes más preciados que poseo. Está hecha con las escamas de un dragón de fuego que yo mismo ensamblé al coselete. Con ella, he peleado en más de mil batallas, sin perecer en ninguna de ellas. Es perfecta para el combate, ligera como una pluma, pero muy poderosa y prácticamente indestructible; espero que te sea de utilidad.

—¿Qué…? Yo… No puedo aceptarla, es…

—¡Paparruchas! Tienes una gran fuerza interior, Will, estoy seguro de que llegarás lejos. Debes luchar y sobrevivir. Esta coraza protegerá tu corazón de golpes indeseados, úsala.

—Gra… gracias, no… sé qué decir —susurró, observando el precioso regalo que le había otorgado.

—No hay de qué, muchacho, ¡hazme sentir orgulloso! Ahora vamos a ver a Nisrin.

—¿La herrera?

—Exacto. También tiene algo para ti. —Le guiñó un ojo y sonrió con afecto.

Will le respondió de igual modo y ambos se encaminaron hacia la carpa de la forja.

Nisrin los observó acercarse. Vio la coraza que Will sostenía y la reconoció al instante: «La coraza de Efhirt, el dragón de fuego». Todos los enanos conocían su historia. Varios milenios atrás, tuvo lugar la batalla más encarnizada de la que se tenía constancia. El Clan de Los Dragones Oscuros, malvados por naturaleza, se sublevó contra los demás dragones. Deseosos de sangre y ansiosos de poder, saquearon y mataron todo a su paso. Efhirt, el rey de los dragones de fuego y un gran ejército le hicieron frente. Después de varios años y muchas vidas perdidas, Los Dragones Oscuros fueron derrotados, no sin antes herir de muerte a Efhirt. El dragón se sentía en deuda con Sacre ya que, gracias a él, habían logrado vencerlos; así pues, y con su último aliento, le otorgó su bien más preciado: sus escamas. Con ellas, el elfo hizo la coraza más poderosa e invencible de toda Zailën. Y ahora, se la había entregado a un simple humano.

—*Avast*, Nisrin, esposa de Ator Binnelandberg, hijo de Sîtur —la saludó Sacre con cortesía.

—*Avast*, Sacrelhon —le respondió en el mismo tono.

—Te traigo a William, compañero de la Sucesora.

—Saludos, humano, acércate.

Will obedeció. La enana tendió sus manos y, con un gesto, le indicó que posara las suyas encima. El muchacho se sorprendió con la suavidad de su piel, carente de irregularidades, a pesar del duro trabajo que realizaba. La miró expectante.

—Eres un humano de corazón puro y nobles intenciones. Fuerza, valor y coraje son las cualidades que te describen y, con ellas, ha sido forjada tu espada. Su fin es vencer al mal y para ello debes empuñarla con el corazón, pues de ahí es de donde obtendrá su poder.

William asintió asombrado por las palabras de la enana, que le soltó las manos y se alejó hasta el interior de la tienda. Unos minutos más tarde, salió con un paquete alargado envuelto con hojas de avellano. Antes de tendérselo, acarició la envoltura con la ternura con la que una madre arropa a su hijo.

El muchacho apartó las hojas con todo el cuidado del que fue capaz y se maravilló ante la belleza de la vaina en la que descansaba la espada. Estaba confeccionada con piel endurecida. Había sido tintada en verde oscuro y decorada con hilos dorados a modo de tribales. La punta había sido reforzada con acero.

Incapaz de contenerse por más tiempo, soltó la tira de sujeción que mantenía cerrada la vaina y extrajo la espada. Se quedó prendado de su belleza. La hoja estaba forjada en acero, pulida a espejo, con doble filo y en forma de rombo, estrechándose hacia la punta. La empuñadura estaba hecha en madera y forrada con piel del mismo tono que la vaina, decorada con una espiral de hilo dorado. En el pomo había una esmeralda engarzada con un brillo sobrenatural que le recordaba al anillo de Katia. La guarda, con forma de cruz y parecida a dos hojas de avellano curvadas hacia la punta, estaba forjada en el mismo acero que el resto de la espada. En la acanaladura podía leerse una inscripción: *«Ni phokio sen ti albinak ej ni valhetka ti kahiak»*.

—Mi poder es tu energía y mi fuerza tu valentía —tradujo Sacre.

—La espada será tan poderosa como determinación y fortaleza halles en tu corazón —le reveló la enana.

—Es muy hermosa y muy ligera —dijo William sin apartar la vista del arma.

—Me alegra que te guste. Ahora debes bautizarla y unirte a ella.

William la miró con las cejas arqueadas sin entender a qué se refería.

—Para que la espada sirva a su propósito debe ser bautizada y marcada con tu sangre. De no ser así, cualquiera podría utilizar su poder y es demasiado valiosa para que caiga en manos de un corazón oscuro —le explicó Nisrin.

—Muy bien, ¿y cómo se hace?

La enana, extrajo una pequeña daga de su delantal y se la tendió. Will la cogió con vacilación.

—Primero, vacía tu mente de cualquier distracción y concéntrate en la espada, debes conectar con ella. Cuando la sientas palpitar, hazte un corte en un dedo y deja que caiga una gota sobre la hoja. Puedes sentarte si eso te ayuda.

Indeciso, tomó asiento en el suelo. Nisrin y Sacre lo imitaron, uno a cada lado del chico, que colocó la espada sobre sus piernas y tomó la daga entre sus manos. Cerró los ojos e intentó concentrarse. Dejó a un lado todos sus pensamientos y se centró solo en la espada. A causa de los nervios le costó un poco lograrlo, pero al cabo de varios minutos comenzó a notar una sensación extraña en las piernas. Poco a poco la sensación se fue incrementando hasta convertirse en un palpitar similar a un corazón, era la espada. Abrió los ojos con lentitud y se cortó en el dedo pulgar de la mano izquierda, dejando caer un hilo de sangre sobre la hoja. En unos instantes la absorbió y adquirió un intenso color rojizo, como si hubiese sido bañada en sangre completamente. Will sintió un calor abrasador en el lugar donde reposaba la espada y la vaina y tuvo la tentación de levantarse. Sacre le puso una mano sobre el hombro para indicarle que no se moviera. Sintió un remolino de aire caliente que le envolvió y, al instante, todo volvió a la normalidad, salvo por ocho letras escarlatas que aparecieron justo donde se juntaba la guarda con la hoja: *«Dairhiak»*.

—Corazón valiente —susurró el muchacho, pasando el dedo por la palabra, ahora grabada en su espada.

—Exacto —corroboró la enana, observando cómo la palabra perdía el tono escarlata y permanecía grabada.

—Es un nombre muy acertado, la verdad. Bueno, muchacho, ¿qué tal si pruebas a *Dairhiak*? —le dijo con complicidad.

—¡Hombres, solo pensando en luchar! El momento de la unión es una ceremonia muy importante y debe dársele la transcendencia que tiene —les regaño mientras se alejaba soltando improperios.

—Creo que la hemos enfadado… —comentó Will preocupado.

—No te preocupes, se le pasará —rio Sacre mientras comenzaba a andar hacia el cuadrado de entrenamiento—. Estoy deseando ver lo que puedes hacer con tu nueva espada.

—Yo también. —La guardó en la vaina y se la colocó en el cinto.

William pasó el resto de la mañana probando a *Dairhiak*. Todos le felicitaron por su regalo y, sobre todo, por la decisión de Sacre de regalarle la coraza. Algunos se molestaron, al considerar inapropiado que fuese un humano el portador de una armadura tan especial, aun así, fue un grupo reducido y decidió no hacerles caso.

Con la espada y la coraza se sentía preparado para enfrentarse a cualquier cosa. Jamás había probado un arma tan poderosa como aquella. Era ligera, lo que le permitía ejecutar movimientos con rapidez y pericia. En ocasiones sentía que era la propia espada la que efectuaba los golpes, cumpliendo sus pensamientos como si fuese una extensión de su brazo. Ahora estaba armado para defender a Katia hasta la muerte.

Hacia las tres de la tarde, Mirka apareció en el campamento. Katia le había enviado para avisarle que ya estaba en la Casa Principal y que todo había ido muy bien, pero que estaba muy cansada y se iba a recostar. Will se puso muy contento, una cosa menos por la que preocuparse. Katia ya era capaz de dominar su magia y estaría mejor preparada para lo que se avecinaba. Conocía la intención de su amada de participar en el rescate de su madre y, aunque no compartía esa decisión, tampoco podía interferir, ya que él mismo tenía intención de luchar. Lo único que podía hacer era acompañarla e intentar defenderla.

Se despidió de los pocos que permanecían en el campamento, dio las gracias de nuevo a Sacre por sus regalos y se fue con Mirka a La Casa Principal.

38

PALABRAS SIN SENTIDO

Katia se despertó jadeando. Su mente era un hervidero de pensamientos y apenas había descansado a causa de las pesadillas.

Se pasó la sabana por la frente perlada de sudor y suspiró. Miró hacia el cielo desde la cama y reparó en que el sol apenas se había movido. Decidida a no volver a dormir, llenó la bañera con magia, mandó la ropa sucia a las lavanderías y se dio un baño. El agua caliente y el agradable aroma a lavanda relajaron sus sentidos. Sus músculos doloridos agradecieron el contacto y se permitió vagar por sus pensamientos.

El hechizo de su madre ya no la protegía y había sido capaz de sobrevivir sin problemas, incluso afrontó la prueba de Elean sin mucho esfuerzo. Por primera vez se sentía capaz de rescatar a Noa. Pero ver lo poderosa que se había vuelto en poco tiempo la asustaba. Incluso fue capaz de controlar su nueva habilidad en un tiempo record. Estaba preocupada por cómo la afectaría, no quería que cambiara la manera en la que los demás la veían; sobre todo Will. Temía que tanto poder la corrompiese.

Su decisión, por el momento, era no hablar con nadie acerca de sus inquietudes. Ni siquiera las había compartido con Elean. Sabía que estaba preocupada por ella y ahora no era momento de añadir otra preocupación más. Primero debían salvar a su madre.

Mientras se vestía con unos pantalones ajustados de color canela, una blusa sencilla marrón y sus sandalias de cuero, sintió una presencia.

«Avast, ni Onika».

«Avast, Bronce», contestó ella.

«Elean me ha contado que has superado la prueba».

«Sí, todo ha salido bien», comentó sin mucha emoción en la voz.

«¿Te ocurre algo, Onika?»

«No… tranquilo, Bronce. Simplemente tengo muchas cosas en la cabeza…».

«Onika, sabes que puedes contar conmigo para lo que necesites. Siempre estaré para escucharte».

«Gracias, Bronce, gracias por estar aquí. Es que ha pasado tanto en tan poco tiempo que… mi mente no lo ha asimilado aún. Siento que soy poderosa, Bronce, muy poderosa… Realizar magia me resulta tan sencillo como respirar y… no sé… empiezo a asustarme», confesó, incapaz de contenerse.

«Bueno, eso es porque eres la Sucesora de la Tierra y dentro de poco tomarás tu cargo. Vienes de una familia muy poderosa, Kat. Sin ir más lejos, tu abuela fue la Guardiana de la Tierra y también tu madre, y tu abuelo es el dirigente de todos los elfos de la luz. Incluso tu padre era poderoso cuando te concibió. Y no olvides que eres una Velikya, eso también ha aumentado tu magia, Kat. Te has criado entre humanos, pero tu sangre posee más magia que la de la mayoría de los mágicos, es normal que se te de tan bien y que te sientas abrumada. Te resulta extraño porque no has crecido con ella, pero así es como eres».

«Aun así, es demasiado fácil…»

«Pero eso es bueno, Onika. Cuanto más poderosa seas, mejor protegerás a tu pueblo y a Will cuando seas guardiana».

La chica se quedó en silencio para considerar las palabras de Bronce. Le había dicho lo que ella misma pensaba. Will era humano después de todo y, aunque era un guerrero fuerte y valiente, estaba expuesto ante los mágicos, sobre todo ante los malvados seguidores de su padre. Si ella era lo bastante poderosa podría protegerlo. Y no solo a él, sino a toda Zailën, como lo habían hecho las demás Guardianas de la Tierra.

«Sé que es bueno, Bronce, pero eso no lo hace menos aterrador. —Y sin pensarlo dijo en voz alta lo que de verdad le preocupaba y le quitaba el sueño—. *¿Y si sucumbo al poder como lo hizo Atarrán? ¿Y si el poder que poseo corrompe mi corazón y me vuelvo malvada? ¿Qué sucedería entonces? ¿Dañaría a las personas que amo, como hizo mí… él?».* Sollozó enjugándose las lágrimas que se deslizaban por sus mejillas.

«No te compares con tu padre, Katia —le regañó el ancestro—. *Tú has nacido para albergar el poder que posees, sin embargo, él lo robó. Tu destino está escrito desde antes de tu nacimiento y, cuando llegue el momento, estarás preparada para aquello en lo que te convertirás. Su corazón jamás fue tan puro como lo es el tuyo y su amor jamás fue verdadero. Atarrán es incapaz de amar a alguien más que a sí mismo y eso no ha cambiado por la magia. Su corazón ya era oscuro antes de conocer a tu madre. Tú, por el contrario, amas a los demás por encima de ti misma. Darías la vida por aquellos que te importan sin dudarlo y, por ello, serás recompensada. Has dominado el poder que se te ha concedido tal y como se escribió que lo harías. No dudes jamás de lo que los Espíritus de los Elementos han decidido para ti».*

Katia nunca había escuchado la voz de Bronce con tanta fuerza y solemnidad. El árbol confiaba en ella más de lo que ella misma lo hacía, y eso era un honor. No obstante, varias cosas la habían turbado.

«Gracias por confiar tanto en mi entereza, Bronce, pero... ¿qué quieres decir con "aquello en lo que me convertiré"?»

La ligera risa de Bronce la envolvió.

«Eso es algo para lo que aún no estás preparada. Todo a su tiempo... William viene hacia aquí y tiene algo bueno que contarte».

«¡Siempre me haces lo mismo! —se quejó Kat entre risas—. *Sueltas la bomba y cambias de tema...»*

Cuando William llegó a la habitación, aún estaba riendo. La miró un poco preocupado hasta que ella le dijo que estaba hablando con Bronce.

—Hola, Bronce. ¡Ya te echábamos de menos! —exclamó el muchacho sabiendo que le escucharía.

«También te echaba de menos, Will. Sacre me ha contado lo bueno que eres luchando, ¡incluso dice que eres capaz de medirte con los cuatrillizos!»

—Sacre es un poco exagerado —comentó con las mejillas teñidas de rojo.

—¡No te avergüences, Will! ¡Es cierto que has conseguido plantarles cara de igual a igual! —le apoyó Kat.

«Exacto. No creas que es habitual ver a un humano enfrentarse a un grupo de cuatro elfos y no morder el polvo. No te quites méritos, Will, es una gran hazaña por tu parte».

—Gracias, Bronce.

Katia tomó el rostro del muchacho entre sus manos y le besó en ambas mejillas, que habían adquirido un tono tan rojizo como el del mejor tomate.

«Bueno, chicos, se me ha acabado el tiempo de ocio —rio el roble—. *Ha sido un placer charlar con vosotros. No olvidéis que estoy aquí para cualquier cosa que necesitéis. Por cierto, William, felicidades por tu adquisición»*.

—Gracias.

«No hay de qué».

—Adiós, Bronce —se despidieron los chicos.

Katia sintió cómo la presencia del ancestro desaparecía. Miró a William, que la observaba con una risilla de autosuficiencia.

—¿Por qué estás tan feliz?

—Por muchas cosas… —La tomó entre sus brazos y la besó en los labios—. Mirka me ha dicho que todo ha salido bien. Me alegro, mi amor, una cosa menos de la que preocuparnos.

—Cierto. Una cosa menos. Y bueno… ¿por qué te ha felicitado Bronce? —cambió deliberadamente de tema.

Will la miró interesante y haciéndose de rogar, Katia le puso morritos y él, incapaz de contenerse, la besó. Le contó lo que le había ocurrido en el campo de entrenamiento. Cuando terminó, ella lo contempló orgullosa.

—¿Puedo verlos? —preguntó emocionada.

—Por supuesto. Están en mis aposentos, vamos y si quieres damos un paseo…

—Claro, no me vendría nada mal.

Se dirigían a la habitación cuando se toparon con Duke. El lobo caminaba con el rabo entre las piernas y las orejas y el hocico hacia abajo. Katia percibió su tristeza.

—¿Qué te ocurre, Duke? —le preguntó preocupada, a la vez que se arrodillaba para quedar a la altura de su hocico y le cogía la cabeza entre sus manos—. ¿Por qué estás tan triste?

Negó con la cabeza y se lamió una lágrima que caía sin rumbo desde sus ojos.

«No ha querido hablar conmigo. Lo he intentado, pero me ha dicho que por el momento era mejor no vernos…», lloró.

—Pero… ¿ni siquiera te ha escuchado? —preguntó Will.

«No... Cuando me ha visto me ha dicho que necesitaba pensar. No me ha dado tiempo...»

—Tranquilo, pequeño...

Will intentó consolarlo acariciándole entre las orejas. Katia les miraba confusa.

—¿Qué ocurre?

—Duke ha intentado hablar con Wanda sobre sus sentimientos hacia ella, pero parece que no ha querido escucharle —le resumió el chico.

Katia asintió. No había pasado por alto los sentimientos que habían nacido entre el hada y el lobo, aunque no comprendía la reacción de Wanda. Por lo que ella pudo percibir de la diminuta mujer, sentía lo mismo.

—No te preocupes, Duke. Wanda solo está confusa y asustada. Eres un buen amigo y está abrumada con los nuevos sentimientos, dale un poco de tiempo y verás como todo se soluciona —le animó.

«Pero... ni siquiera me ha mirado a la cara...», sollozó.

—Confía en mí, cariño. Dale un poco de tiempo.

«¿Cómo estás tan segura?», preguntó sorbiendo.

—Puedo leer el interior de cualquier ser, ¿recuerdas? —Le guiñó un ojo.

«Eso... ¿Eso quiere decir que me quiere?», comenzó a mover el rabo de un lado a otro.

Will intentó transmitirle a Kat que no le diera tantas esperanzas por si luego era peor, pero ella hizo caso omiso.

—A ver, sus sentimientos hacia ti no son solo de amistad, pero está confusa y abrumada porque no los comprende. Debes tener paciencia y esperar a que se aclare. Cuando acepte lo que le ocurre, seguro que te busca.

«¿Y mientras tanto?»

—Deberás ser paciente, Duke. No la presiones o tardará más en darse cuenta y aceptarlo. Es un hada y no está acostumbrada a experimentar más de un sentimiento a la vez por nadie. Ahora debes ser su amigo más que nunca, así que déjala pensar, ¿de acuerdo? —Le limpió las lágrimas con su pañuelo—. Will y yo vamos a dar un paseo, ¿te apuntas?

«De acuerdo —accedió, un poco más animado—. *No me vendrá mal hablar con alguien. La verdad es que tengo un poco de hambre… Es que no he comido nada desde esta mañana».*

—Podemos hacer un picnic en algún lugar bonito. Últimamente no hemos pasado mucho tiempo juntos con todo el ajetreo de los entrenamientos. Podríamos llamar a los demás, ¿qué os parece?

—¡Estupendo! Creo que a todos nos vendría bien algo de normalidad, para variar —comentó William.

Kat se concentró en Mirka. Cuando lo localizó le contó el plan y el fénix estuvo encantado con la idea. Se ofreció a avisar a Errolw y Aekya, ya que ambos estaban luchando en el campo de entrenamiento uno contra el otro. La elfa le estaba machacando.

La muchacha trasladó su conversación a Will y Duke, que rieron al imaginar la escena, y juntos fueron a buscar a Gypsy. El duende estaba en la fuente central de Esmelina con Bianca, que no se separaba de él, no sabían si por placer o por miedo a que desapareciera. Ambos se unieron al picnic que prepararon a la sombra de un pequeño manzano cercano a la fuente. Mirka, Aekya y Errolw aparecieron veinte minutos más tarde, ambos aseados y con túnicas parecidas.

—Hola —saludó la elfa con sequedad, sentándose lo más lejos posible de Errolw sin que fuera descortés.

Mirka se acomodó entre Katia y Duke. El grupo formó un círculo en torno a la cesta de mimbre, repleta de pastelitos de almendra y nueces. Katia hizo aparecer una taza frente a cada uno y, con un gesto, se llenaron de rico licor de castaña. Gypsy y Duke aplaudieron emocionados.

—He oído que Sacre te ha regalado la Coraza de Efhirt y que Nisrin te ha forjado una espada —le dijo Aekya a Will menos brusca de lo habitual, casi amable.

—Es cierto.

—¡¿La Coraza de Efhirt el Dragón del Fuego?! —exclamó Errolw.

Will asintió sonrojado. No entendía muy bien porqué todo el mundo se sorprendía tanto al enterarse.

—¡Vaya! Pues es todo un honor haberla recibido. Nadie salvo Sacre ha llevado puesta esa coraza… —Errolw no cabía en sí de la sorpresa. Aunque el humano le caía bien, jamás hubiese pensado que el guerrero más afamado de los elfos le otorgaría tal honor.

Kat percibió el pensamiento de Errolw y comprendió el bien tan preciado que su Will había recibido. Sintió orgullo.

—Errolw tiene razón. Esa coraza ha sido muy codiciada entre los elfos, y que Sacre te haya elegido a ti como portador, dice mucho de tus habilidades —comentó Aekya.

—Gracias. Creo.

La elfa sonrió disimuladamente, pero todos se dieron cuenta.

—¡Pero si la bordisísima de Aekya puede sonreír! —gritó el duende con los ojos como platos.

Todos se quedaron callados ante el comentario y esperaron una mala reacción que no llegó. Para asombro de todos, Aekya soltó una carcajada. Los demás se le unieron y, durante un rato, solo fueron un grupo de amigos compartiendo un picnic.

—¿Qué nombre ha recibido tu espada, Will? —preguntó la elfa, dándole un mordisco a un pastel de almendras.

—*Dairhiak*.

«Es perfecto para ti», le transmitió Mirka solemne.

—Gracias.

El ave inclinó la cabeza en señal de respeto. No conocía a nadie mejor que él para llevar esa coraza y poseer una espada como la que Nisrin había forjado. El chico no era consciente de los preciosos regalos que le habían otorgado.

«¿Podemos verla?», preguntó ansioso Duke.

—Claro. Está en mi habitación.

Se levantó, dispuesto a ir por ella. Kat le detuvo con la mano.

—No es necesario que vayas hasta. —Hizo un chasquido con los dedos y, tanto la espada como la coraza aparecieron a sus pies.

El asombro del grupo se hizo visible al instante. Se fueron pasando los objetos de unos a otros para observarlos de cerca.

—Veo que ya no tienes problemas con la magia —le comentó Aekya a Kat con una ligera sonrisa.

—Sí, bueno... He avanzado mucho. Elean es una excelente profesora.

—Me alegro por ti. Noa estaría orgullosa de tus progresos.

Katia la miró a los ojos con agradecimiento. Hoy la elfa estaba de muy buen humor y creía saber por qué.

—Vas a participar en el rescate, ¿no? —le preguntó, pillándola por sorpresa.

—Así es —admitió—. Soy su paladina y es mi deber.

«¿Qué? ¿Cómo que tú sí vas y yo tengo que quedarme aquí?», gruñó Duke indignado.

—Ha sido Xaelhon quien lo ha decidido, así que habla con él si tienes algún problema.

«No lo dudes… Pienso decírselo esta noche en la cena…». Estaba tan enfadado que comenzó a caminar de un lado a otro entre gruñidos.

—Hubieses ido de todas formas, aunque mi abuelo no te hubiese elegido.

—Exacto. No voy a dejar en manos de otros la vida de tu madre. He aguantado todo lo que he podido por su bien, pero ahora ya está todo preparado. Mientras se enfrentan a tu padre, yo salvaré a Noa —manifestó decidida.

—Yo te acompañaré.

—No. Tu deber es quedarte aquí, como te dijo tu abuelo —le cortó Aekya con seriedad.

—Estoy preparada, no sabes cuánto. Me he preparado a conciencia y estoy decidida, iré con o sin tu ayuda —defendió su postura.

—Tú no irás a ninguna parte. Crees que estás preparada, pero… No durarías ni un segundo frente a Atarrán. —La poca felicidad que había mostrado la elfa se esfumó más rápido que el viento. Una vena de indignación cruzó su frente.

—Me da igual lo que digas, Aekya. No pienso quedarme aquí de brazos cruzados.

—¡Eso! ¡Tira por la borda el sacrificio de tu madre! ¡¿No te das cuenta?! ¡Ha sacrificado su vida por salvar la tuya, y tú corres a enfrentarte a tu padre! ¡¿De verdad crees que, porque eres capaz de llenar unas tazas de licor o hacer aparecer una espada, estás preparada para luchar con un ser tan malvado y poderoso que ni tu madre ha sido capaz de vencer?! ¡No seas ilusa, Katia!

—¡¿Y tú sí?! No me lo trago. ¡Tú estás tan indefensa como yo!

El resto del grupo observaba la escena con preocupación. Ninguno había visto enfrentarse a las dos mujeres de ese modo, y se debatían entre interferir o permanecer al margen. Duke, que conocía suficiente a Aekya, se apartó e indicó a los demás que hicieran lo propio.

—¿Qué sabrás tú? Me he enfrentado a más peleas de las que tú has soñado siquiera, ¿qué te da derecho a compararte conmigo? Yo ya luchaba cuando tú aún no habías nacido. Tu madre me pidió que te protegiera, y por mi vida que lo voy a hacer. Me da igual lo que digas, si tengo que atarte con cadenas irrompibles, no dudes que lo haré. ¡Tú no vas a salir de Esmelina, Katia! —sentenció.

—Y tú no vas a decidir por mí. Se supone que voy a ser la Guardiana de la Tierra y ya soy mayor para decidir por mí misma, así que, si te atreves, átame. Encontraré el modo de soltarme, eso no lo dudes.

Los ojos de Katia, al igual que los de Aekya, echaban chispas. Ninguna de las dos iba a ceder y ambas lo sabían.

—Eres una niña consentida y una ingrata, tu madre da la vida por ti, se sacrifica por tu seguridad y tú arrojas su sacrificio a la basura. No te la mereces.

Su voz ya no sonaba enfadada, sino simplemente decepcionada. Sus palabras hirieron a Katia. Sus ojos se tiñeron de lágrimas, pero se obligó a sí misma a reponerse. Aekya no comprendía sus razones, no entendía que se sentía culpable... Se sintió tan mal que explotó.

—¡Tú no lo entiendes! —gritó fuera de sí—. Ella está atrapada por mi culpa. Su vida corre más peligro que la mía, Aekya. ¡Si él se entera que soy yo quien tiene el anillo la matará!

Tan pronto como soltó esas palabras se tapó la boca arrepentida, pero ya era tarde. Lo había dicho, el secreto que mantenía a su madre a salvo había sido revelado. Aekya la miró furiosa y Errolw, ajeno a ese hecho, fue consciente del peligro en el que estaría Noa si Atarrán lo descubría.

—Yo no... quería... —se derrumbó en el suelo consciente de su error.

Will se arrodilló a su lado.

—Espero que estés contenta. Tu arrebato de niña malcriada podría costar la vida a tu madre —Aekya la acusó con crueldad, se levantó y se giró para irse—. Tú serás la única culpable.

Duke le cortó el paso y le gruñó.

«Te has pasado, Aky. No deberías haberle dicho eso».

Kat lloraba desconsolada en los brazos de Will. Gypsy y Bianca le acariciaban el cabello, pero sus hombros temblaban violentamente.

—Se lo merece. Por su culpa, Atarrán podría haberse enterado. Es una niña malcriada. —Continuó su marcha sin mirar atrás.

«Kat no es una malcriada, Aekya —la defendió Duke—. *Solo quiere rescatar a su madre. Ha sufrido mucho y no quiere perder a Noa. Ella también la quiere».*

La elfa no le prestó atención.

—Si la quisiera habría tenido más cuidado. —Para evitar que el remordimiento se apoderara de ella, desapareció, dejando al lobo con la palabra en la boca.

Duke se sacudió resoplando por la terquedad de su amiga y se acercó a Kat.

«No le hagas caso. Solo estaba enfadada, pero no lo dijo en serio…»

—No… Tiene razón… Soy una… desagradecida… —lloró.

—Cálmate, Kat. Si Atarrán te hubiese escuchado ya lo sabríamos. No te preocupes. Vete a tu cuarto, serénate y prepárate para la cena de despedida de esta noche. Allí podréis pediros perdón. Seguro que Aekya tampoco se siente bien. Cuando nos enfadamos, decimos cosas que no sentimos… Ambas os habéis ofendido… —intentó consolarla Errolw.

—Tiene razón, mi dama. No es que la bordisísima de la elfa me caiga bien, pero no es tan malisísima como parece. Estaba enfadada y…

—Gracias a todos… pero prefiero estar sola. Nos vemos luego.

Se despidió de todos, incluso de Will, y se apareció en su cuarto. Se echó a la cama y lloró todo lo que pudo hasta que se quedó dormida.

39

UNA VIDA POR OTRA

Atarrán estaba sentado en el sillón de su alcoba. Había colocado el orbe sobre su escritorio para mantener a su hija vigilada mientras llevaba a cabo los preparativos del enfrentamiento que se avecinaba.

Los guardianes habían mandado a unos cuantos alvens para espiarle. ¿Qué se creían esos mágicos de pacotilla? ¿Que eran más astutos que él? ¿Qué les sería fácil averiguar sus planes? Contaba con que intentasen algo parecido, por eso tomó medidas y lo único que vieron esos seres patéticos e ingenuos fue una simple visión de un ejército cien veces menor que el real. ¡Se iban a enterar esos imbéciles que se creían superiores a los demás!

Los gritos de su hija llamaron su atención. Estaba discutiendo con Aekya. En las últimas semanas la había vigilado más de lo habitual y descubrió en ella atributos que le agradaban. Era impetuosa como él y no se amedrentaba con facilidad. Tenía su carácter y era perseverante y poderosa. Serviría muy bien a sus propósitos; aunque no le gustaba su pésimo gusto para elegir a los hombres. Ese Will era demasiado débil para ella, aun así, tenía que reconocer que se esforzaba.

Aekya dijo algo que disgustó a Katia, por el gesto contraído que mostraba su rostro, pero se recompuso y se tragó sus lágrimas. El orbe le mostraba una imagen clara, por desgracia el sonido le llegaba alterado, haciéndolo incomprensible. Tan solo la última frase que pronunció su hija le llegó alta y clara: *«Ella está atrapada por mi culpa. Su vida corre más peligro que la mía, Aekya. ¡Si él se entera que soy yo quien tiene el anillo la matará!»*

¿El anillo? ¿Katia tenía el anillo? ¿Pero cómo…?

Un poderoso sentimiento de rabia inundó su negro corazón. La ansiedad por estrujar alguna cabeza con sus manos y destrozarla lo embargó. La pluma que aún sostenía en la mano atravesó la puerta de nogal de su habitación y se clavó en la pared del pasillo, tal fue la fuerza con la que la lanzó.

Salió de la habitación casi sin tocar el suelo con los pies y fue todo el camino hasta los calabozos de la fortaleza soltando grotescos improperios. Abrió la puerta de la primera celda que encontró con tal brusquedad que la arrancó de la pared con bisagras incluidas. Un pequeño y tembloroso duende estaba acurrucado en la esquina más alejada de la puerta.

—¡Ven aquí, escoria! —le escupió, mientras lo cogía por el grasiento cabello, tirando tan fuerte que le arrancó hasta el último pelo de la cabeza. Sus gritos resonaron por todas las galerías.

Cuando acabó con el pobre duende, sus restos estaban esparcidos por cada rincón de la celda y Atarrán estaba completamente bañado en su sangre. Asmodeo, de pie frente a la celda y con los brazos cruzados sobre el pecho, observaba el estropicio, asqueado. Aunque era un demonio, no encontraba placer en despedazar a los mágicos sin motivo. Su amo era un desquiciado, claro que esos pensamientos los guardaba para sí.

—Tus criados han salido huyendo de la fortaleza —comentó carente de emoción.

—Sí, bueno… Les habrán asustado los gritos de esta escoria —señaló toda la habitación con una mano chorreante de sangre. Se la limpió en los pantalones.

—¿Y tienes algún motivo en particular para este estropicio, o lo has hecho por disfrute personal?

—Esa estúpida de Noa le dio el anillo a mi hija… Ella es quien lo ha tenido todo el tiempo. —Sus facciones, hasta ese momento relajadas por el placer de haber despedazado al duende, volvían a adquirir el tinte rojo del enfado.

—¿Puedo preguntarte qué piensas hacer?

—No lo tengo claro, esto da un giro a la situación… ¡Ya no te puedes fiar ni de los guardianes! —sonrió sarcástico—. Por lo pronto, voy a darme un baño y después contactaré con ellos, está claro que ya no hay trato. —Se sacudió las manos pringadas y se levantó para irse.

—¿Me permites una sugerencia? —El demonio estaba cansado de la situación en la que se encontraban.

—¿Por qué no? No me vendrá mal una visión distinta. ¿Qué me sugieres?

—No le digas nada a los guardianes. Contacta solo con tu hija. Dile que ya sabes la verdad y que le propones un trato: ella y el anillo por la vida de su madre. Por lo que sé, está deseando enfrentarse a ti y salvarla, así que se lo pondrías en bandeja.

Atarrán se dio varios golpecitos con el dedo índice en la barbilla, pensativo. Las palabras de Asmodeo le habían abierto un nuevo abanico de posibilidades para su plan. Katia confesó que tenía el anillo, y por lo que había aprendido de ella en las últimas semanas, se estaría sintiendo muy culpable, así que le daría la oportunidad de arreglar su error. Su vida por la de su madre. No era una mala idea.

—Últimamente me preguntaba por qué te mantenía con vida… pero ya veo que de vez en cuando me resultas de utilidad. Puedes volver con tu amorcito, yo debo prepararme para hablar con Katia. Por cierto, no sabía que los demonios de tu especie se enamoraran. —Soltó una carcajada cruel mientras desaparecía.

Asmodeo contrajo el semblante. No estaba seguro de si lo que le había molestado era el desprecio que utilizó para referirse a Elirni, o que fuese tan obvio lo que sentía por ella. Pero ese perro tenía razón, a su raza no le estaba permitido enamorarse y mucho menos de una mestiza. Si alguien lo descubría, le serían retirados todos sus títulos y jamás sería bienvenido en su mundo. Si pudiera, lo mataría con sus propias manos por su impertinencia… Si pudiera.

Y con estos pensamientos, desapareció.

Katia despertó con la boca seca e hinchada. Le escocían los ojos de tan resecos que los tenía y le dolían la garganta y la cabeza de tanto llorar. Conjuró un vaso de agua que se bebió de un trago y volvió a cerrar los ojos. ¿Cómo podía haber perdido los nervios de esa manera? Había estado a punto de tirar todo el esfuerzo de su madre por tierra en un arrebato de niña pequeña.

«¿Estás bien, Velikya?»

La voz de Mirka atravesó la cortina de estupor de su mente. Localizó al pájaro en el alfeizar del balcón de su habitación. Había estado cuidando de ella todo el tiempo que estuvo llorando, hasta que se quedó dormida.

El fénix le mostró lo que había ocurrido en su ausencia. Vio imágenes de Will recorriendo el pasillo frente a su puerta. Aún seguía ahí, preocupado. También le mostró a Duke, Gypsy y Bianca preguntándole al muchacho por ella. Todos estaban angustiados, incluso Errolw, a pesar de sus rarezas y sus mentiras. Tan solo Aekya no había ido, o por lo menos Mirka no la había visto…

La culpabilidad volvió a recorrer su cuerpo y nuevas lágrimas brotaron de sus ojos resecos.

«No llores más, Katia. No ha pasado nada. Solo unas cuantas palabras sin sentido, pero nada más. Ella está arrepentida de lo que te ha dicho y siente haber sido tan dura contigo. Quiere venir a disculparse, pero es demasiado orgullosa para hacerlo».

«No es solo eso, Mirka. Imagina lo que podría haber pasado… ¿Cómo voy a ser una guardiana si no soy capaz de contenerme con algo tan importante?», sollozó.

«No pienses en eso. Lo importante es que no ha pasado nada que debas lamentar. Sobreponte. Tú eres fuerte para afrontar esto y más. Arréglate y habla con ella en la cena. Además, todos están preocupados por ti».

«Lo sé. Aunque no me apetece ir a esa cena…»

«Es tu deber. Es la cena de apoyo y despedida a los guerreros y, como Sucesora, debes estar presente. Es en una hora y sería descortés por tu parte llegar tarde o no aparecer».

«¿Cuándo parten hacia la Cordillera?»

«Al alba. Por lo que he oído, tardarán un día en llegar a la Cordillera y, desde allí, deberán andar hasta el punto de encuentro uno o dos días más».

«¿Cómo van a transportar con magia a tantos, Mirka? ¿Cómo es eso posible?»

«Son tres guardianes y varios mágicos poderosos, tu abuelo y Elean entre ellos. Cada uno transportará a un número determinado, aunque desconozco cuántos por vez, ya que harán varios viajes».

«¿Varios viajes?»

«Exacto. Cada uno transportará todos los que pueda varias veces. Tantas como se lo permita su magia».

«Pero es un ejército muy grande».

«Lo sé. Yo mismo me he ofrecido a ayudar. Puedo cargar con seis o siete. No es un número muy grande, pero puedo hacer varios viajes, mis alas son fuertes y resistentes».

«¿Puedes tomar algo de mi magia o de mi fuerza? —le preguntó algo *más animada».*

«Sí, pero no será necesario. La unión también me fortaleció a mí, y no olvides que soy un fénix, joven pero fuerte. Aun así, gracias. Eres muy considerada».

«Solo quiero ayudar. Me siento tan inútil...», sollozó con la amenaza de nuevas lágrimas.

«Pero no lo eres, Katia. Tu destino está escrito y tienes algo muy importante que hacer, solo que aún no es el momento. Deja de preocuparte por lo que podría haber sido y preocúpate por lo que es. Will está muy intranquilo y deberías hablar con él».

«Tienes razón —se levantó y se lavó la cara—. *Se acabó. Ya he llorado bastante»*, se dijo así misma y se dirigió a la puerta.

Will daba vueltas de un lado para otro con los brazos cruzados sobre el pecho. Se le veía demacrado. Al verla, sus ojos se iluminaron y se abalanzó sobre ella, enterrándola entre sus brazos.

—¿Cómo estás, mi vida? —le preguntó entre besos.

—He tenido momentos mejores... pero estoy bien. No te preocupes más. Ahora voy a arreglarme y vamos a ir a la cena, ¿de acuerdo?

—Por supuesto, pero si no quieres ir... puedo disculparte con Xael —se ofreció él, aún sin soltarla.

—No. Es mi deber asistir. Sería una falta de respeto y no voy a avergonzar a mi abuelo. —Le besó en la frente y se volvió a su alcoba—. ¿Vas a acompañarme?

—Claro. Voy a prepararme.

William acudió en busca de Katia para ir juntos a la cena. La muchacha se había puesto el vestido rosa que le regaló su madre. Una vez que había aprendido a dominar sus poderes, había transportado varias de sus cosas desde Noridor. Se sentía mucho mejor con ellas cerca. Le recordaban su antigua vida y lo feliz que había sido. Aún no había vuelto al pueblo, pero tenía decidido hacerlo cuando todo acabase.

Se había colocado unas sandalias de color fucsia y se dejó el cabello suelto, salvo por un sencillo recogido a un lado, con la mariposa violeta de su madre engarzada. Estaba espectacular y William se quedó sin habla ante su belleza.

Él había elegido unos pantalones verdes y una casaca a juego. También llevaba unas sandalias propias de Esmelina y se había peinado hacia atrás porque sabía que Katia adoraba ese peinado. Se aceró a él y le dio un apasionado beso en los labios.

—Me encanta cómo te queda. Se te ve muy apuesto… será mejor que no te separes de mí, hay muchas chicas sueltas por ahí —bromeó mientras le pellizcaba el trasero.

Él rio y la besó.

—No tienes de qué preocuparte. No tengo ojos nada más que para ti, preciosa. Esta noche hasta las flores envidian tu belleza. —Se volvieron a besar y, cogidos de la mano, se marcharon.

La cena se celebraba al aire libre, en el centro de Esmelina, que había cambiado para albergar a la cantidad de invitados que iban a asistir. Los árboles que rodeaban el lugar se engalanaron con brillantes luces de colores. Se prepararon treinta mesas paralelas con cien comensales cada una. En vertical y en el centro se hallaba la mesa central. En ella se acomodaron los guardianes, incluida Katia y William, junto con el Consejo y Xaelhon, sentado a la izquierda de su nieta.

Los manteles que cubrían las mesas eran blancos con vetas doradas en los bordes y las servilletas iban a juego. El servicio se hizo con magia, naturalmente, ya que eran demasiados invitados para ser atendidos. Miles de platos repletos de comida aparecieron de la nada. Carnes, pescados, frutas y verduras asadas con ricos aromas embriagaron el ambiente. Cientos de jarras de licor de castaña, hidromiel y zumos de varios sabores completaron el convite. De fondo, una dulce música de flauta amenizaba el ambiente y calmaba los ánimos de los asistentes.

La velada transcurrió tranquila. Se realizaron varios brindis en honor de los guerreros y se oyeron palabras de apoyo. Por más que la buscó, Katia no encontró a Aekya. Cómo descubrió más tarde, la elfa se había excusado para no asistir. En cuanto pudo retirarse sin ser descortés, ella también se marchó a descansar. Will la acompañó hasta su alcoba y se despidió con un beso, no sin antes cerciorarse de que se encontraba bien y que de verdad estaba cansada.

Sola en su habitación, se colocó el *kamese* violeta y se metió en la cama. No llevaba más de unos minutos cuando una desagradable voz la dejó sin habla.

—Buenas noches, pequeña. Ya pensaba que no te alejarías de ese fastidioso humano y esos jactanciosos.

La voz procedía de todas partes a la vez y transmitía desprecio.

—¿Qué diablos...? —Asustada, buscó el origen de los sonidos hasta que vio su proyección y la comprensión de la situación la dejó sin palabras—: Atarrán...

—No veo que te alegres de ver a tu padre... —soltó con sarcasmo.

—¿Qué quieres?

—Así me gusta, al grano. No hay necesidad de palabras vacías. Verás, vengo a ofrecerte un trato.

—¿Qué te hace pensar que voy a aceptar algo que tú me propongas?

—Bueno, ¿qué te parece la vida de tu madre? —Una carcajada despreciable y fría resonó en la habitación.

—¿Qué...? ¿Qué quieres decir? —demandó con la voz quebrada.

—Veo que comenzamos a entendernos. Si no fueses mi hija, te habría matado sin dudarlo. Primero a tu madre y luego a ti —le garantizó con frialdad—. Pero ya que tienes mi sangre, he decidido darte una oportunidad. Eso sí, a cambio de que te entregues con el anillo, por supuesto.

El mundo se le vino encima. El secreto que mantenía a su madre con vida y que les daba una oportunidad de vencer se había esfumado por su culpa. Todas sus esperanzas perdidas por culpa de su estúpido arrebato.

—¿Qué le pasará a mi madre?

—Si no me das problemas y vienes voluntariamente, la soltaré en cuanto te tenga a ti.

—No soy estúpida —rechinó—. ¿Crees que voy a confiar en ti?

—No tienes elección, princesita…

—¡No me llames así! —rugió entre dientes con los puños apretados. Le había recordado a Kroll.

Atarrán soltó una carcajada. Cada vez le gustaba más. Definitivamente era hija suya.

—No tengo ninguna intención de ir sola hasta Infierno Oscuro, si eso es lo que pretendes, y mucho menos sin saber si mi madre está bien —continuó Kat en el mismo tono.

—Bueno, eso se puede arreglar. Podemos llegar a un acuerdo… —ofreció con falsa amabilidad.

—¿Cómo?

—¿Qué te parece si te mando a dos sirvientes de confianza a que te recojan? No hasta Bosque Terrina, por supuesto, pero pueden esperarte a mitad de camino.

—¿Y mi madre? ¿Crees que me iría con tus lacayos sin asegurarme de que mi madre está bien? No me subestimes, Atarrán —le advirtió.

—No te subestimo, hija —acentuó la última palabra provocando un gesto de rabia en Kat—. Elirni y Asmodeo llevarán a tu madre al lugar donde deban recogerte, así, te cerciorarás de su buen estado de salud. Luego tú te irás con ellos y tu madre será libre.

Katia permaneció en silencio. Sabía que no debía confiar en él, pero no tenía elección. Tal y cómo le había recordado ese despreciable…

—Está bien. Pero si algo le sucede a mi madre, desearás no haber nacido; ni tú ni tus malditos lacayos —le advirtió airada.

—Muy bien. Antes de irme, Kat, te voy a hacer una advertencia. Si apareces con alguien o haces algo estúpido, olvidaré que eres mi hija y ni los cuatro amuletos podrán salvar a tu humano y a Noa de lo que les haré. No te conviene olvidarlo —amenazó con severidad.

Kat no dudó de sus palabras.

—De acuerdo —aceptó resignada—. ¿Dónde será el encuentro?

—¿Hasta dónde te han enseñado esos vanidosos a llegar con la magia? —preguntó con desprecio.

—Solo puedo aparecerme en lugares en los que haya estado con anterioridad. Si mi madre no hubiese tenido que entregarme a los humanos, ahora sería capaz de ir a cualquier sitio porque habría aprendido a hacerlo mucho antes —lo acusó con el mismo tono que había usado él.

Una maquiavélica sonrisa cruzó el perverso rostro de Atarrán. Katia reparó en el hecho de que cada vez que le había rebatido o amenazado, él se había sentido... ¿Orgulloso? Un escalofrío le recorrió la espina dorsal y desechó esa hipótesis.

—Es posible que tengas razón, pero la culpable fue ella. Si no hubiese amado tanto a esos despreciables mágicos, te habríamos criado juntos, como una familia.

—Sí, claro... —ironizó la muchacha.

—Puedes creértelo o no, me importa bien poco... Volvamos al asunto que nos ocupa. Asmodeo y Elirni te esperarán en el Puente Olero, ¿sabes dónde está?

—Sí, es el puente que une la Dehesa de Niara con Bosque Terrina.

—Muy bien, entonces. Nos vemos pronto, querida. —Su repugnante carcajada resonó por toda la habitación antes de desaparecer.

Katia cayó de rodillas al suelo. Sus ojos amenazaban con llenarse de lágrimas, pero se obligó a sí misma a reponerse. Hizo un enorme esfuerzo por ponerse en pie. Su destino estaba decidido, su vida por la de su madre, un trato justo. Se lo debía. La culpable de la situación en la que se encontraba era ella misma por bocazas.

Salió al balcón a respirar aire fresco y despejar la mente. La calidez de la noche la envolvió. Admiró el hermoso paisaje que se extendía ante sus ojos. Pudo comprobar que la fiesta aún continuaba porque el sonido de la música llegaba hasta su balcón y los aromas de la comida continuaban flotando en el ambiente. El murmullo de las conversaciones y el eco de las risas la embelesaron. Cómo desearía no tener miedo. Iba a enfrentarse a su peor enemigo de la peor forma posible; sola. Pero no tenía más remedio, si avisaba a alguien, Atarrán mataría a su madre y a Will.

Conjuró una taza de té caliente, tomó asiento e intentó calmarse un poco. Tenía que pensar con claridad. No podía irse en ese momento porque se arriesgaba a que la descubrieran. No podía transportarse desde La Casa Principal porque se darían cuenta, ya que había unos sensores mágicos que detectaban las apariciones y desapariciones para evitar sustos pasados. Tenía que hacerlo desde fuera y, en ese momento, las calles no estaban vacías. Esperaría a que terminaran los festejos, momento para el que no debía faltar mucho, teniendo en cuenta que al alba partirían a la batalla y deberían estar descansados.

Lo que más la entristecía era que no podría despedirse de nadie, ni siquiera podría disculparse con Aekya. Will sufriría mucho su pérdida y ella le echaría de menos con toda su alma.

Una lágrima se deslizó por su mejilla y un sollozo se escapó de sus labios. ¿Qué pasaría con ella? ¿Qué le haría Atarrán? No quería pensar en eso. Decidió echarse un rato mientras esperaba que todos se durmieran. Intentó vaciar su mente, como Elean le había enseñado, despejarla de todo pensamiento y endurecer su corazón. Ahora más que nunca debía ser fuerte.

40

A ESCONDIDAS

Katia se embutió los pantalones ajustados de color marrón que usaba en los entrenamientos, una túnica ajustada de color verde y unas botas de piel hasta las rodillas. Se puso una capa con capucha para ocultar su rostro, recogió su pelo en una cola de caballo y se colocó a la espalda su arco y su carcaj.

Antes de irse se coló en la habitación de Will. El muchacho estaba completamente dormido. Contempló su rostro apacible y carente de preocupaciones, inmerso en sus sueños. Lo amaba más que a sí misma y le dolía dejarlo, pero todo estaba decidido. Le dio un beso en la mejilla, con cuidado de no despertarlo, y le apartó un mechón de pelo que le ocultaba el ojo derecho. Su amor… Si todo hubiese salido bien, ahora estaría durmiendo junto a él en una casita de madera, junto al río Nissa. Su mayor preocupación seria hacerlo feliz y tener hijos a los que adorar… Sus padres estarían con ellos, amándose, como siempre lo habían hecho. ¡Los echaba tanto de menos!

Miró a Will una última vez y respiró hondo para evitar el llanto que amenazaba con brotar de su garganta. Se obligó a calmarse. «Lo siento Will… Te quiero tanto…», pensó mientras se iba.

El exterior aún estaba oscuro, faltaba casi una hora para el amanecer. Estaba plantada en la puerta de La Casa Principal, dispuesta a marcharse, cuando decidió visitar la cabaña de su madre. «Solo estaré unos minutos y me marcharé, al menos la veré por última vez», se dijo, y se apareció en la puerta. Hizo el hechizo que la hacía visible y la contempló con los ojos empañados. William y ella la habían arreglado en los pocos ratos que disponían para sus quehaceres. Lucía un aspecto flamante, era perfecta.

Habían lijado y pintado las paredes de blanco y le habían reparado las goteras al tejado, poniéndole tejas nuevas de color rojo. La puerta, corroída por el paso del tiempo, había sido sustituida por una nueva que el propio Will fabricó. El interior también había cambiado. Entre los dos, construyeron cuatro estanterías de madera que pintaron en tonos violetas con bordes negros y que habían sustituido por las viejas. En ellas colocaron todos los objetos que su madre y su abuela habían guardado con el paso del tiempo.

Cada vez que podían se escapaban a la cabaña. Era el lugar idóneo para pasar juntos un rato y evadirse de las preocupaciones diarias... Echaría de menos los buenos ratos que había pasado en ella...

Un ruido la puso en guardia. Buscó en todas direcciones sin hallar nada fuera de lugar; sin embargo, captó una consciencia acercándose a ella.

Volvió a lanzar el hechizo para ocultar la cabaña justo a tiempo.

—¿Katia? ¿Qué haces aquí? —le preguntó Errolw acercándose a ella.

Observó al elfo. Parecía cansado y preocupado, un aura de tristeza infinita lo rodeaba. Logó atisbar un ápice de su interior y sintió la culpabilidad que lo recomía por dentro. Antes de descifrar algo más, Errolw se cerró en banda.

—Katia, ¿estás bien? —insistió ante su silencio.

—Sí... Yo estaba... paseando —intentó mentir, aunque no se le daba bien.

—¿Paseas vestida para luchar? —inquirió con una ceja arqueada, sin creerla.

—No... Esto... Yo... —No sabía qué decir para evitar sus sospechas, así que tomó la única decisión viable en ese momento—. Lo siento, Errolw, de veras que sí, pero no tengo otra alternativa...

—¿Qué quieres decir...?

Antes de terminar la frase lo alcanzó un hechizo que le dejó inconsciente. Al caer, se golpeó con una piedra en la cabeza. Katia lo inspecciono y comprobó que no era nada grave, solo una pequeña herida. Lo acomodó lo mejor que pudo en el suelo para que luego no estuviese demasiado dolorido. El conjuro lo mantendría así un par de horas y, probablemente, se levantaría con dolor de cabeza y un buen chichón. «Lo siento Errolw, no quería hacerlo, pero… tengo que protegeros».

«No puedes ir sola, Katia».

Mirka estaba posado en un árbol, frente a ella. A la muchacha no le sorprendió ver al fénix. Sus conciencias estaban unidas y estaba al tanto de sus intenciones.

«Tampoco puedo ir acompañada. Piensa en lo que le haría a Will o a mi madre… Tengo que hacerlo…»

«Iré contigo».

No era un ofrecimiento, constataba un hecho.

«Mirka, por favor… Si vienes lo sabrá y todo estará perdido. Debes quedarte aquí y ayudar a los demás. Confía en mí…».

«¿Me pides que te deje ir sola?», preguntó con los ojos abiertos por la sorpresa.

«Sí».

«No puedo hacer eso. Podrías morir… Ni hablar», atajó.

Katia apareció en la rama y se sentó con sorprendente habilidad a su lado.

«Te pido que confíes en mí. Te necesito aquí ayudando a los demás, esa es la única manera de que todo esto salga bien».

«No puedo, Velikya… Si te sucediese algo… Yo no…» El pájaro apartó los ojos, pero ella le agarró con suavidad el pico para que volviese a mirarla.

«Por favor. Ayuda a transportar al ejército y luego ven a buscarme si quieres. Necesito llegar sola…»

«No estoy de acuerdo con esta decisión, Katia. Pero entiendo tu preocupación. —Mirka dio un largo suspiro de resignación. No ganaría esta discusión, estaba decidida—. *Está bien, pero cuando termine de trasladar al ejército voy a buscarte»*.

«Muy bien. Una cosa más, no le digas nada a nadie».

Mirka asintió con la preocupación reflejada en el rostro.

«Cuídate, pequeña».

Kat asintió, le besó en la coronilla con cariño y, echando un último vistazo a la cabaña y al elfo, desapareció.

Unos instantes más tarde apareció en el puente Olero. Miró en todas direcciones, en busca de los lacayos de su padre, pero parecía que aún no habían llegado. Un ligero rayo de sol iluminó el cielo. El amanecer estaba próximo. Se apoyó en la barandilla metálica del puente y admiró el amanecer.

—Hola, hija mía —le saludó la detestable voz de su padre.

Se giró para encararlo. Estaban todos. El demonio vestido de blanco inmaculado, la naga, con la perla que tenía en la frente de color rojo carmesí, la imagen borrosa de su padre y, por fin, su madre.

—Mamá... ¿eres tú? —preguntó indecisa, mientras leía en su interior para comprobar que era ella.

—¿Katia? ¿Estás bien? —Noa no podía creer lo que veía.

Sin importarle lo que pudiesen hacerle, corrió a su encuentro. La abrazó con todas sus fuerzas mientras ella la besaba una y otra vez.

—Mi niña... ¡¿qué has hecho?! —la regañó mientras la besaba.

—Tenía que hacerlo, mamá. No podía dejar que te matara... —Las lágrimas brotaban de sus ojos y no hizo nada por ocultarlas. Ella podría morir, pero su madre se salvaría...

—Bueno, ya está bien... Me alegra vuestro reencuentro, pero ya es hora de cumplir con nuestro trato, Katia —dijo Atarrán destilando odio.

Noa le dedicó una mirada cargada del mismo rencor con el que él había hablado. Tenía los ojos cerrados en dos rendijas y una mueca de desprecio le cruzaba el rostro.

—Algún día, Atarrán, te mataré. Te juro por mi vida que te mataré, aunque eso suponga mi muerte... —le amenazó con desdén y los dientes apretados.

—Muy bien, querida, cuando quieras... Te estaré esperando. Pero mientras eso sucede, mis hombres me traerán a mi hija.

—No pienso dejar que te la lleves...

—Pero eso no lo decides tú, ¿verdad Katia? —le preguntó a la muchacha con una sonrisa de suficiencia.

Asintió con la cabeza. Un trato era un trato, su vida por la de su madre.

—¿Qué...? ¿Qué le has prometido, hija...? —La impotencia y los nervios se estaban apoderando de Noa. Podía soportar cualquier cosa que le sucediese a ella, pero a su hija... No se lo permitiría a ese...

—Yo... Tenía que hacerlo. Por mi culpa descubrió que soy yo la que tiene el anillo... —intentó disculparse mientras la comprensión cruzaba el rostro de su madre—. Iba a matarte... pero... me prometió dejarte libre si me entregaba —le contó con lágrimas en los ojos.

—¡No! —lloró Noa.

Atarrán hizo un gesto con la cabeza y Elirni, elevándose un poco con su cola de serpiente, cogió a Katia por los hombros para inmovilizarla. La muchacha no se resistió. Asmodeo se puso delante, entre ellas y Noa.

—¡No! ¡Soltadla, despreciables! —les gritó impotente, pues aún llevaba puesto el *Collar Lejikfra.*

—Puedes irte, Noa. Eres libre —le dijo Atarrán que, a continuación, se dirigió a sus lacayos antes de desaparecer—: Traédmela.

Lágrimas de impotencia y rabia cubrieron el rostro de la guardiana mientras observaba cómo su preciosa hija era arrastrada hasta Infierno Oscuro.

Intentó seguirles, pero el collar se lo impedía. Lo único que podía hacer era regresar a Esmelina, allí encontraría una solución.

Respiró hondo para calmarse, se enjugó las lágrimas y emprendió la marcha. Corrió tanto como sus piernas se lo permitieron. No se detuvo ni miró atrás, corrió más de lo que había corrido en sus casi dos mil años de vida.

Atarrán caminaba de un lado a otro en la sala del trono. Estaba impaciente por ver a Katia. Todo estaba saliendo como lo había planeado, no sin algún contratiempo, pero bien, al fin y al cabo. Unas voces le llegaron desde la antesala al trono, ya habían llegado.

Se atusó el cabello y se colocó la casaca negra con vetas doradas que se había puesto esa mañana. Se sentó en el trono y encaró a su invitada con altanería.

—Saludos, Katia. ¿Qué tal el viaje?

Ella le miró con desprecio. Elirni la soltó y se colocó a su derecha mientras Asmodeo se colocaba en el lado contrario para que no escapara. Suspiró con resignación y encaró a su padre.

—¿Qué vas a hacer conmigo?

Atarrán sonrió.

—Directa al grano… Así me gusta…

—No necesito alargar esta pantomima, Atarrán. Tú me odias y yo te odio, así que no es necesario fingir —le escupió con descaro—. Sé que lo que quieres es el anillo y que no me lo puedes arrebatar a la fuerza y, por supuesto, yo no te lo voy a entregar por las buenas, así que, te repetiré la pregunta… ¿Qué demonios piensas hacer conmigo?

Una carcajada resonó en la estancia. El hechicero observó la osadía de su hija con una sonrisa de complacencia. Asmodeo y Elirni permanecieron impasibles ante la conversación, vigilando con atención cada nimio movimiento de la muchacha.

—Pareces muy segura de ti misma, pequeña ilusa. Es cierto que no puedo arrancarlo de tus manos, ya que explotarías, pero… ¿qué te hace pensar que no puedo obligarte a dármelo?

—Todos están a salvo —atestiguó Katia con firmeza, adivinando sus intenciones.

Atarrán la observó con detenimiento. La chica tenía carácter y estaba descubriendo que era más poderosa de lo que había pensado en un principio. Si era capaz de sentir a su madre en Bosque Terrina —y sospechaba que por eso se mostraba tan segura— su alcance era inimaginable. Se frotó las manos con expectación.

—Así que ya ha llegado a Terrina… Bien, me alegro por ella —dijo jocoso.

—Exacto, todos están allí y me consta que no puedes entrar, así que… No puedes hacerles daño.

—No adelantemos acontecimientos —rio—. Por lo pronto… voy a asegurarme que no intentas hacer nada para disgustarme. —Chasqueó los dedos y un collar de bronce, liso y frio al taco, apareció ajustado al cuello de Katia.

—¡¿Qué demonios es…?! —gritó mientras intentaba quitárselo en vano.

—Eso, hija mía, es un *Collar Lejikfra* y ya deberías conocer su utilidad —se mofó.

Katia intentó quitárselo con todas sus fuerzas, pero ni siquiera tenía cierre. Una sensación de agotamiento se apoderó de ella y un profundo dolor se instaló en su pecho. Sus pulmones se cerraron al paso del aire y su cuerpo comenzó a convulsionar, haciéndola caer de rodillas en el suelo. La agonía de la muerte la sobrevino mientras su vista se oscurecía. Una irritante carcajada fue el último sonido que escuchó antes de caer en la inconsciencia.

41

FANTASMAS PASADOS

Noa iba corriendo lo más rápido que podía, aun así, no había avanzado demasiado. El vestido largo que llevaba le dificultaba el movimiento, obligándola a ir más despacio. Se detuvo junto a un abeto para descansar. Estaba sedienta y hacía varias horas que había dejado el río Nissa atrás. Necesitaba llegar a Esmelina lo antes posible, pero a ese ritmo no la alcanzaría hasta el atardecer, como poco.

Suspiró. Se sentía inútil sin sus poderes y, todos los años que había vivido, toda la sabiduría adquirida, no le servían para nada.

Oteó el horizonte para ubicarse, pero la espesura de su amado bosque no le dejaba ver más allá de unos pasos en cualquier dirección. Encontró una piedra puntiaguda a sus pies y tuvo una idea. Con su ayuda rasgó el vestido hasta la altura de las pantorrillas, dejando así las piernas al descubierto. De un tirón se arrancó las mangas y, con un trozo de tela, se recogió el cabello en un moño. Con los restos se secó la cara del sudor que la empañaba y tomó una larga bocanada de aire; ya estaba lista.

Sin mirar atrás, retomó la carrera hacia Esmelina, pero no llegó muy lejos. Apenas había recorrido cien pasos cuando una sensación similar a un golpe en el estómago la dejó sin aliento. Cayó de rodillas, boqueando. El collar había desaparecido y sus poderes estaban volviendo con rapidez. Con un gran esfuerzo, intentó ponerse en pie y, aunque necesitó varios minutos para recuperarse, se sintió con renovadas fuerzas.

Un oscuro pensamiento nubló su mente. Si le habían quitado el collar, solo se le ocurría un cuello al que había ido a parar… Sola e indefensa y rodeada de seres perversos, su hija no podía estar en un sitio peor. Tenía que darse prisa.

Cerró los ojos para concentrarse y desapareció.

Aekya paseaba impaciente de un lado a otro en su habitación. Ya debería haberse presentado para ayudar con el traslado antes de emprender la misión de rescate, pero William le había pedido que le esperara. El humano quería que ella intercediera por él frente al Consejo y los guardianes para que le dejaran ir a combatir. Tenía que reconocer que el muchacho tenía coraje.

Se suponía que él y Katia debían quedarse en Esmelina junto a los que no iban a participar en la batalla, como Gypsy y Elean; pero ninguno de los dos estaba de acuerdo con esa decisión. La noche anterior, Katia le había dejado claro su posición y, por ello, estaba tan preocupada. Esa niña era capaz de escaparse entre traslado y traslado… Era una imprudente y había conseguido sacarla de sus casillas, pero estaba arrepentida de las acusaciones e improperios que le había soltado.

Duke le contó que Kat se pasó toda la tarde llorando y que se sentía culpable. Ella no había pretendido eso, solo estaba enfadada y no midió sus palabras… Quería disculparse, pero no sabía cómo. Ella no era conocida por su compasión y no era propensa a las disculpas, no obstante, había decidió tener una charla con ella antes de partir. Al menos, intentaría arreglar las cosas.

Varios golpes a la puerta la hicieron regresar de sus pensamientos. ¡Por fin había llegado Will! Se vistió con magia y se puso su conjunto favorito, un mini pantalón de cuero negro, un corpiño ajustado y escotado del mismo material y color, y unas altas botas. Se colgó el cinturón en el que llevaba la vaina de su espada, la cual enfundó antes de recogerse el cabello en una cola de caballo.

—¿Nos vamos? —le preguntó Will impaciente en cuanto le abrió la puerta—. He pasado por los aposentos de Katia, pero no está. Probablemente estará ayudando con el traslado.

Aekya lo observó con detenimiento. Se había vestido para la batalla. Llevaba unos pantalones ajustados de cuero, una camisa ancha y ligera y, sobre ella, la coraza de Sacre. En su cinturón colgaba *Dairhiak*, enfundada en su vaina.

—Vamos —le indicó que caminara.

Duke les estaba esperando junto a la estatua de Noa, en el vestíbulo. *«Tardabais mucho, así que he venido a por vosotros. Hasta me ha dado tiempo de ir a despedirme de Gypsy»*, les explicó moviendo el rabo con frenesí.

—Muy considerado por tu parte —dijo Aekya con ironía, a lo que Duke ladró.

Justo cuando se iban a poner en marcha, Noa apareció delante de ellos. Los tres se quedaron de piedra e intercambiaron miradas de desconcierto. Durante unos instantes reinó el silencio.

Aekya observó el deplorable aspecto de la guardiana. Sus ropas estaban ajadas y sucias, y se veía demacrada y muy preocupada. Su mirada estaba cargada de una gran tristeza.

—¿Noa...? ¿Eres tú? ¿De...? ¿De verdad eres tú...? —le preguntó con la voz entrecortada mientras se acercaba lentamente.

—Aky... mi niña elfa... —Corrió a abrazarla. Ella permanecía quieta a causa del asombro.

Duke, emocionado, movía el rabo tan deprisa que daba la sensación que de un momento a otro saldría volando. Se acercó a las dos mujeres y se apretó contra Noa a modo de abrazo. Estaba muy contento de verla sana y salva. Will, que observaba la escena desde lejos, comenzó a tener un terrible presentimiento.

—¿Cómo es posible que estés aquí? —le preguntó.

La guardiana observó al amado de su hija con los ojos empañados en lágrimas. Estaba contenta de estar en casa, pero no al precio que había pagado Kat.

—Hola, Will. Me alegro de verte... —Soltó a Aekya y a Duke, se acercó al muchacho y le dio un abrazo con ternura.

El presentimiento de Will se incrementó, aun así, le agradeció el gesto devolviéndole el abrazo. Noa enterró el rostro en su cuello y se disculpó entre lágrimas:

—Lo siento tanto… No he podido hacer nada. Ella…

Will la cogió por los hombros y la miró a los ojos, invadido por la preocupación y la sospecha, cuando Errolw entró en el vestíbulo con la cara desencajada y llena de angustia. Un reguero de sangre seca le recorría el rostro. Cuando vio a Will, intentó ir hacia él, pero Aekya, anticipándose, acudió en su ayuda, preocupada por su estado.

—¿Qué demonios te ha ocurrido? —le gritó mientras conjuraba una compresa mojada para limpiarle la sangre.

—Katia… ella ha… huido. Me hechizó y… —intentó decir entrecortadamente.

—¡¿Qué?! —gritaron al unísono Will, Aekya y Duke.

Noa, que permanecía cogida a Will y de espaldas a la puerta, no había visto al elfo entrar, pero al oír esa voz… Se giró para encararlo y un horrible recuerdo volvió a su mente.

—¡Tú! ¿Cómo te atreves…? —le escupió entre dientes temblando de rabia.

—¡¿Noa?! —El elfo, presa del pánico, la miró. El color abandonó su semblante.

Los demás observaban conmocionados. Noa, encolerizada, se deshizo del agarre de Will y se dirigió hacia el elfo. Con el cuerpo dolorido a causa de las horas que pasó tirado en el suelo a la intemperie, se incorporó a duras penas y, con los brazos extendidos hacia la Guardiana, pidió clemencia. Ella hizo caso omiso a las suplicas y le dio un bofetón con tanta fuerza que le arrancó varios dientes. Errolw cayó al suelo y rompió varias losas con el impacto. Noa le agarró por el cuello y lo levantó como si fuera una pluma. A continuación, lo envió volando varios pasos, hasta que la espalda del elfo chocó contra una columna, que se resquebrajó.

Aekya, sin entender la reacción de Noa, acudió a ayudarlo. Había quedado tendido bocabajo hecho un ovillo, y se agarraba con fuerza el abdomen. Le dio la vuelta con cuidado. Tenía el labio partido y una enorme brecha en la frente. Le desabotonó la camisa azul que llevaba puesta y observó el feo moratón que estaba comenzando a salir; tenía varias costillas rotas.

La elfa le dedicó una mirada de reproche a Noa que, ignorando el estado de Errolw, volvía a la carga. Will la interceptó a mitad de camino y la sujetó con fuerza. Ella intentó zafarse sin hacer daño a Will, algo que no le resultó muy fácil.

—¡Suéltame! ¡Esto no va contigo! —le gritó durante el forcejeo.

—¡Noa, cálmate por favor!

—¡¿Qué diablos te ocurre, *Onika*?! —le gritó Aekya.

—Por... favor... Noa... siento... —balbuceó Errolw escupiendo sangre.

La Guardiana no quería escuchar nada de lo que dijeran, únicamente quería destrozar a ese maldito bastardo. Recordaba su cara con claridad... Ese traidor...

Intentó de nuevo, sin éxito, zafarse de William, que la agarraba con firmeza. Era difícil soltarse de su agarre sin dañarle, pero jamás haría tal cosa, y menos por rencor o rabia. Cerró los ojos y tomó una gran bocanada de aire, que fue exhalando poco a poco. Comenzó a contar, desde cien hacia atrás, hasta que se fue calmando, aunque el dolor y la rabia no la abandonaban. Percibió mentalmente como el elfo se incorporaba con dificultad, y advirtió la preocupación de Aekya por él. De todos los hombres que había conocido, y le daba por preocuparse por un traidor...

—Lo siento, Noa... —se disculpó Errolw con la voz quebrada—. Siento... el daño que te causé... —Apenas podía hablar debido a que las costillas rotas lo dejaban sin aliento y la sangre invadía su boca, no obstante, no se rindió—: Sé que... nada justifica... lo que... hice. Pero no hay día... en que no me... arrepienta. —Un fuerte golpe de tos le sobrevino.

—¿De qué estás hablando? —preguntó Aekya con la ceja arqueada.

Will observó el semblante impasible de Noa, que escuchaba a Errolw sin creer una palabra. Su cuerpo ya no temblaba de ira y parecía calmada, así que decidió soltarla poco a poco. Ella se lo agradeció y se giró para encarar al elfo.

—Solo dime una cosa... ¿Por qué? ¿Qué fue lo que te ofreció para que nos traicionaras? —le preguntó con la voz cargada de dolor.

Errolw miró a los ojos a Aekya, que aún permanecía a su lado, curándole las heridas. Desde que la había conocido, era la primera vez que estaba siendo amable con él, pero todo eso cambiaria cuando supiese la verdad. Todos cambiarían con él, y no los culparía. Había sido bonito tener amigos y sentirse querido, pero no fue más que una ilusión. Nada era real porque nada era cierto.

Todo lo que había hecho en la vida estaba marcado por ese terrible día y esa desafortunada decisión... Si pudiese volver atrás...

—No sé... por qué lo hice... —se sinceró—. Estaba herido y... me cegó la rabia. —Un acceso de tos lo invadió y se cubrió la boca con la mano. Cuando la retiró, estaba cubierta de sangre.

Aekya conjuró un cuenco con agua y un paño limpio para lavársela. Mientras lo hacía, todos permanecieron callados.

Errolw apenas podía respirar y el semblante de Noa reflejaba un profundo dolor. Aekya siguió curándolo. Si era sincera consigo misma, no deseaba conocer la verdad de las palabras de Errolw, ni el motivo que había impulsado a la Guardiana a actuar de ese modo; la conocía desde hacía muchos años y estaba segura de que tenía un motivo muy importante que lo justificaba. Y eso significaba que Errolw había hecho algo terrible.

Noa permanecía expectante, a la espera de que el elfo se recuperase un poco para poder hablar. Después de todo lo que había sufrido por culpa de su traición, necesitaba conocer el motivo que lo había impulsado.

Percibió la preocupación de Will, que la observaba de reojo, preparado para intervenir si decidía atacar a Errolw. No para dañarla, de eso estaba segura, pero si para contenerla. Ese maldito traidor se había ganado la confianza de los suyos; incluso Duke, con el rabo entre las piernas, se paseaba de un lado a otro, interponiéndose en su camino. La preocupación por la salud del elfo y la sospecha emanaban de su querido lobo, que se debatía entre aceptar que había hecho algo terrible y el cariño que le tenía.

Errolw intentó incorporarse con la ayuda de Aekya. Quería contarle a Noa porqué lo hizo, quería que supiera cuán arrepentido estaba, y que había intentado reparar el daño protegiendo a Katia y a los suyos. Era consciente de que los motivos que le habían impulsado a cometer la traición no calmarían el corazón de Noa, ni el daño que les había causado a todos, ni mucho menos cambiaría la situación a la que se enfrentaba; pero al menos se quitaría un peso de encima y podría morir en paz. Paz... Era algo que anhelaba con desesperación...

—Estaba enamorado, Noa... Hubiese dado mi vida por ella... Abandoné a mis padres, dejé mi hogar... lo dejé todo por ella. —Tosió—. Sus padres la expulsaron de Kaliam por un acto que, según ella, no cometió. Vino a mí y me pidió que me fuera con ella... Mis... padres me avisaron, me dijeron que no le hiciera caso, que en su interior había maldad...

Un fuerte acceso de tos, seguido de una bocanada de sangre lo interrumpieron. Aekya intentó ayudarle, pero él la rechazó, se la limpió con la manga y, con un gran esfuerzo, continuó:

—Me dijo que todo era mentira, que la habían acusado injustamente y... yo la creí. Abandoné a mi familia... a mi madre. Lo dejé todo por ella. La amaba tanto... No vi cómo era en realidad... o no quise verlo... —Su voz se deshacía mientras las lágrimas le cubrían el rostro.

Un ápice de compasión cubrió el rostro de Noa, pero rápidamente lo desechó. No se iba a permitir sentir lástima por un traidor. Sabía que lo que estaba contando era cierto porque había dejado su interior al descubierto para ella. Percibía su dolor y su arrepentimiento, incluso podía ver los intentos que había llevado a cabo para ayudar a Katia y a los demás. A pesar de todo, él era el responsable de que Atarrán hubiese conseguido entrar en Esmelina, burlando su hechizo de destierro, y todo su dolor fue causado aquella noche...

—Nos instalamos en Ristin... —continuó Errolw—, ella estaba acostumbrada a un nivel de vida que yo... que yo no podía darle... Aun así... lo intenté. Pero no sirvió. No había pasado ni un año cuando me traicionó. Me robó... me dejó sin nada y se fugó con mi amigo... Estoy seguro de que lo embaucó con sus bonitas palabras y sus falsas promesas... —Su voz quebrada se cargó de todo el dolor que ocultaba en su interior—. Me quedé destrozado y decidí regresar a casa... pero cuando volví... todo estaba mal. —Las lágrimas le recorrían el rostro sin tregua. Tuvo que tragar varias veces para poder continuar, pues recordarlo le torturaba cada día de su vida—. Cuando llegué, mi padre y mi hermano se sorprendieron al verme. Creía que me perdonarían, pero no fue así. Mi hermano me escupió a la cara y mi padre me dijo que me fuera, que yo ya no era bienvenido. No entendía nada...

hasta que miré a mi alrededor. Todas las cosas de mi madre habían desaparecido, no había ni rastro de ella… No me atreví a preguntar, pero mi hermano se percató de mi reacción y me lo contó. Ella había muerto de pena por mi culpa, unas semanas después de que me marchase. Se había dejado morir… por mi culpa.

Aekya lo miró con tristeza y le pasó el paño húmedo por los labios.

Ninguno habló, ya que no tenían palabras. Duke se acercó a él y se tumbó a su lado. Conocía de primera mano la culpabilidad por la muerte de un ser querido, ya que él se encontraba en la misma situación.

—Salí corriendo de allí… Caminé durante días sin comer ni beber. Sentía tanta rabia y tanto dolor… La culpé a ella porque fue más fácil que aceptar mi culpa. Volqué toda la rabia en su persona y hurgué un plan para vengarme de ella. Fue entonces cuando encontré a Atarrán. Vio la oscuridad que estaba creciendo en mi interior. Pudo saborear mi dolor y se aprovechó. Me propuso un trato. Solo tenía que robar un objeto, entregárselo, y descubrir dónde tenían a su hija. Si lo hacía, él me daría el poder para vengarme. Acepté, pero… juro que no sabía lo que planeaba hacer. Yo no era consciente su maldad, aunque no tengo excusas. Hice lo que me pidió y por mi culpa entró en Esmelina y mató a Diomira… Cuando vi lo que hizo intenté quitarle los dos objetos y entregarlo, pero me venció con un solo movimiento de su mano. Era demasiado poderoso para mí, por eso, decidí hacerme fuerte y hacer lo posible por restaurar lo que había hecho. Encontré mi oportunidad cuando vinisteis a Bruntik.

Will miró a Noa e intentó descifrar su expresión. Le puso la mano en un hombro, ella le devolvió la mirada. No podía justificar el comportamiento de Errolw ni lo que había hecho, a pesar de lo que había sufrido; pero al menos, ahora, sabían que no lo había hecho por maldad sino por desesperación. Había cometido un error, terrible y con consecuencias desastrosas, pero un error, al fin y al cabo. Además, se había arrepentido y lo había intentado arreglar. Les había salvado la vida en Bruntik y desde entonces no dejó de ayudarles.

Will sabía que sus pensamientos estaban llegando a Noa por el cambio en su expresión. Se dio cuenta de que la Guardiana intentaba ocultar su dolor y, sobre todo, la compasión que sentía por el elfo. Ella le miró y asintió, confirmando sus pensamientos. No le justificaba, ni le había perdonado, pero su arrepentimiento era un comienzo.

—Siento lo que pasó, Noa. Sé que no me puedes perdonar porque no tengo perdón, pero quiero que sepas que... he hecho lo que he podido para mantenerles a salvo. He interceptado casi todos los intentos de Atarrán por verles con el *Ojo de Jade*. —Tosió y escupió más sangre. Su voz era apenas un susurro, pero luchaba por continuar—. Por eso... por eso ha tardado tanto en descubrir que Katia tenía el anillo... Yo lo he intentado... Incluso he intentado detenerla... pero me ha derribado.

—¿Detenerla? ¿Qué quieres decir? —preguntó Will sobrecogido, recordando de golpe las primeras palabras del elfo al entrar en la estancia—. ¿Dónde está Katia, Errolw?

—Ella ha huido y estoy seguro que ha ido a entregarse...

—La tiene Atarrán —intervino Noa—. Os oyó discutir y le hizo una proposición a Katia: ella y el anillo a cambio de mi vida. Aceptó... Ahora estará en su fortaleza. Y eso no es lo peor... Le han puesto un collar para bloquear su magia, así que está indefensa.

—Pero... sin su magia... —Will no pudo terminar la frase. El miedo se apoderó de él.

Noa se le acercó y le puso una mano en el hombro.

—Tranquilo, no le hará nada.

«¿Cómo estás tan segura, Onika?», preguntó Duke.

—Porque la quiere viva para ponerla en mi contra y aprovecharse de sus poderes. Mi hija es demasiado poderosa y él ama el poder, no la matará.

—Debemos hacer algo... No podemos permitir que ese maldito se salga con la suya... lo malo es que no sabemos cómo llegar hasta la fortaleza. Ni siquiera los guardianes lo saben... —dijo Aekya con rabia.

«Tampoco es una opción preguntarles. Solo nos retrasarían y nos impedirían ir. Es una misión suicida», comentó Duke

—Yo voy a ir a buscarla, me da igual cómo —afirmó William.

«Yo voy contigo», añadió el lobo.

Aekya y Noa les miraron y asintieron.

—Yo puedo llevaros —se ofreció Errolw con apenas un susurro—. Ya he estado en la fortaleza y conozco el camino.

—¡Pero si apenas puedes caminar! —exclamó Aekya mientras le acariciaba el rostro con preocupación. Para su desgracia, y después de todos sus esfuerzos, no podía evitar preocuparse por él.

—Eso no es un problema —dijo Noa con acidez. Se acercó a él y miró directamente a sus ojos—. Vuelve a traicionarme y la muerte será el menor de tus problemas, ¿lo has entendido? —Su voz sonó fría y siniestra.

—Sí, jamás volveré a traicionarte, Noa. Lo juro.

—Más te vale.

Noa se alejó un poco y, con un suspiro, cerró los ojos. Alzó las manos abiertas frente al elfo y dejó su mente en blanco, algo que no le fue nada fácil. Se concentró en el interior de Errolw. Flashes de sus recuerdos y pensamientos asaltaron su mente, pero los desechó rápidamente, concentrándose en las heridas. Halló tres costillas rotas, de las cuales, una estaba clavada en el pulmón derecho, lo que había provocado el encharcamiento del órgano. Con su magia, fue restaurando cada una de las fracturas y selló todas las heridas. En menos de cinco minutos el elfo estaba, físicamente, como nuevo.

Pequeñas gotas de sudor brillaban en la frente de la guardiana, que abrió los ojos y los fijó en el elfo a modo de advertencia silenciosa. Él asintió agradecido.

Aekya observó en silencio el gesto de Noa. No podía ignorar el hecho de que Errolw había ayudado a Atarrán, pero tampoco podía olvidar los actos que habían regido su vida desde entonces. Cuando estaba herido, dejó caer los muros que protegían su mente y, tanto ella como Noa, pudieron ver y sentir todo lo que llevaba en su interior. No había maldad, solo arrepentimiento y tristeza, igual que en su propio interior. No justificaba sus actos, pero tampoco los juzgaba. Ella misma había cometido traición contra su pueblo al unirse a la causa de Noa. Muchos drows habían caído por el filo de su espada y, aunque no se sentía orgullosa, había tenido que hacerlo. No era el mismo caso, pero ambos cometieron la traición creyendo que era lo correcto.

Errolw se puso de pie y dedicó una sonrisa de agradecimiento a cada uno por todo lo que habían hecho por él. Se sentía feliz al ver que, a pesar de todo, no le habían abandonado. Incluso percibía algo de compasión por parte de Noa. No les fallaría. Su determinación se hizo más fuerte.

—¿Cómo vamos a hacerlo? —preguntó, dispuesto a dar su vida por la de Katia.

—Tengo un plan —dijo William.

Todos se acercaron a él para escuchar atentamente.

42

DOS MUNDOS EN UNO

William bajó de la espalda de Errolw con dificultad. Le temblaban las rodillas y tenía el estómago revuelto. Era la primera vez que recorría una distancia tan larga con magia y su cuerpo no estaba acostumbrado. Inspiró varias veces, intentando calmar las náuseas. Todo le daba vueltas, así que alzó la vista a fin de buscar un punto fijo al que mirar. Aekya y Duke llegaron unos segundos más tarde, seguidos de Noa.

El muchacho contempló asombrado el extraño paisaje que se extendía ante él. A un lado se hallaba el Infierno Oscuro. El lugar, carente de luz solar, estaba iluminado por un ligero resplandor azulado, asemejando al que ofrecía la luna llena; sin embargo, en el cielo, solo asomaban algunas estrellas asustadas. El terreno era escarpado y rocoso, de tonalidades grisáceas. Se le erizó el vello de la nuca, imaginando las criaturas que vivirían en un lugar tan sombrío como aquel.

Al otro lado había una inmensa llanura, iluminada por un ardiente sol que se abría paso ante sus ojos. Era como si estuviese en la frontera de dos mundos completamente opuestos: luz y oscuridad, calor y frío, desierto y rocoso… Era asombroso y a la vez aterrador.

Posó sus ojos en el páramo, seco y cuarteado por la falta de agua, y miró en rededor. Solo pudo ver algunos matorrales mustios. Al respirar, podía saborear la fina arena que el viento agitaba de un lado a otro.

Apenas llevaban un par de minutos en aquel lugar y ya le costaba tragar a causa de la sed. Solo los reptiles podrían sobrevivir en un lugar tan yermo y baldío como La Llanura de la Desesperanza.

—Había oído hablar de este lugar —comentó Will—, pero no pensaba que existiese de verdad.

«Ya ves que sí. Estamos en el punto en que termina La Llanura de la Desesperanza y comienza Infierno Oscuro —dijo Duke—. *Nadie, con dos dedos de frente, se aventuraría en este lugar. Es la frontera entre la locura y la muerte. Si te quedas mucho tiempo te vuelves loco y te mueres, y si te adentras en Infierno Oscuro, algún ser malvado te mata o, peor, te come».*

—Gracias, Duke. Ahora me siento mucho mejor. Morir entre las rocas o morir en un desierto... No sé qué idea me complace más...

Aekya y Errolw sonrieron ante el tono irónico del muchacho. Noa, por el contrario, contempló el paisaje con tristeza, evitando mirar hacia Infierno Oscuro.

—Sí, la llanura es ahora un desierto triste y desolado, inundado por la desesperación de los que han hallado la muerte en él, pero no siempre fue así.

—¿Qué quieres decir? —le preguntó Will extrañado.

—Antaño, fue un lugar próspero y hermoso. Sus tierras eran fértiles y estaban plagadas de vida. El verde predominaba por doquier, y los animales y los lugareños vivían en armonía.

—¿Qué sucedió?

Noa suspiró.

—Lo que ocurre siempre... Envidia, codicia, poder... ¿Qué provoca las guerras, si no? El deseo de ser mejor y tener lo que otros tienen. La guerra lo destruyó todo. Las tierras se tiñeron de sangre y absorbieron todo el dolor y la desesperación de los que perecieron aquí. Así se transformó en La Llanura de la Desesperanza, una tierra baldía y maldita. Cada vez que alguien pone sus pies en ella, queda atrapado para siempre. La Llanura se apodera del alma y la confunde con espejismos, haciéndote vagar errante hasta la muerte —contó con tristeza.

—Algunos dicen que cuando caes preso escuchas las voces de todos los que han muerto en estas tierras —intervino Errolw—. Incluso aventuran que la tierra se alimenta de la desesperación que provoca en los que osan venir aquí. Nadie escapa sin ayuda de la magia.

«Pues démonos prisa en irnos», apremió el lobo.

—Tiene razón, deberíamos ponernos en marcha ya. Desde aquí solo podemos ir andando hasta la fortaleza y no está cerca.

—¿Cuánto crees que tardaremos? —le preguntó Noa con sequedad.

—Bueno... No podemos ir a caballo porque llamaríamos la atención y no debemos ser vistos, por lo que tardaremos más. Si nos detenemos lo justo y andamos rápido, yo creo que poco más de dos días.

—Dos días... Eso es mucho... ¿Quién sabe lo que ese miserable tiene planeado para Kat? —se lamentó William.

—Bueno, más o menos llegaremos al mismo tiempo que el ejército... Quizás eso sea bueno... —añadió Aekya.

—¿Más o menos? —preguntó Noa desconcertada.

—Aproximadamente al anochecer, todo el ejército estará en la Cordillera de las Almas, supongo que harán noche allí y saldrán al amanecer. Tardarán unos dos días en llegar al punto de encuentro, que será donde tendrá lugar el enfrentamiento —expuso Aekya—. Según Errolw, también tardaremos dos días. Atarrán estará ocupado preparando a su ejército y controlando a Katia, tú eres quien lo conoce mejor, ¿crees que sospecha lo que planeamos? ¿Puede vernos con el *Ojo de Jade*?

—No, no lo puede usar con nosotros porque lo he bloqueado. En cuanto a si lo sospecha... Yo no lo subestimaría, Aky. De todos modos, no tenemos otra opción, no podemos usar la magia para llegar antes porque no conocemos el lugar, así que démonos toda la prisa que podamos.

—En marcha pues —les animó Errolw mientras hacía aparecer cuatro zurrones y los repartía entre ellos, a excepción de Duke.

—¿Qué es esto? —inquirió Noa con desconfianza.

—En Infierno Oscuro, cuanta menos magia, mejor. No queremos atraer a ningún indeseable. En cada saco hay agua, comida, una manta y armas, además, he hechizado las bolsas para que no pesen. Al menos estaremos preparados.

«¿Y yo qué?», preguntó indignado el lobo.

—Sería raro ver a un lobo con un zurrón —sonrió el elfo—. Tu ración la lleva Aekya.

—Gracias por el detalle —le concedió la guardiana, algo más relajada.

Errolw asintió. Con un ademán, cambió la ropa que llevaba por unas calzas grises, cubiertas hasta las rodillas por unas botas de cuero, una túnica corta y ligera de color azul oscuro y, sobre ella, una coraza de cuero ajustada. A su espalda, hizo aparecer un arco y una aljaba llena de flechas. Noa le imitó y cambió su ropa ajada por un conjunto apropiado para la guerra. Botas altas de cuero, calzas ajustadas verde lima, túnica ajustada y corta de color verde oscuro y una coraza similar a la que llevaba Errolw; el pelo se lo recogió en una cola alta. Ya estaban todos listos. El elfo les indicó que le siguieran.

Abandonaron la claridad de la llanura y se internaron en el temido Infierno Oscuro.

Katia se despertó en los aposentos en los que había sido confinada. El hechicero le contó que pertenecieron a Noa durante el tiempo que se «hospedó» allí; algo que no la tranquilizó en absoluto. Al menos ya estaba a salvo y pronto tendría lugar el enfrentamiento. Sus esperanzas estaban puestas en los valientes guerreros que iban a participar. Todo saldría bien, o al menos eso quería creer.

Unos suaves golpes a la puerta la devolvieron a la realidad.

—Adelante —murmuró sin entusiasmo.

—Hola, querida. Me he percatado de que te despertabas y he venido a verte. —La voz de su padre sonaba amable—. ¿Qué tal has dormido?

—Mal.

—Los modales, ante todo, querida. ¿No te han enseñado a ser cortés?

—Por supuesto, pero tú no te lo mereces —le escupió con brusquedad.

—Tienes la simpatía de tu madre, Katia —sonrió—. ¿Deseas algo de comer?

—No. No tengo hambre.

—Bueno, ahora tengo que retirarme, pero no tardaré en regresar. Si deseas algo, solo tienes que pedirlo en voz alta y te lo traerán.

Katia alzó una ceja, molesta.

—No pensarías que te iba a dejar sin vigilancia, ¿verdad? No. Seguro que mi niña no es tan estúpida. Bueno, mi cielo, nos vemos en un rato. Hasta pronto —se despidió meloso, enfatizando la última frase, y desapareció.

Katia, exasperada, comenzó a caminar de un lado a otro de la enorme habitación. No podía hacer nada. Estaba atrapada y sin magia. Había imaginado que la encerraría, pero no tomó ninguna precaución para el collar. Al desconocer que Atarrán lo poseía, no se le había ocurrido que algo así le podría pasar. Había creído que podría escapar para enfrentarse a él.

Tenía que hallar un modo de salir de esa habitación. En algún lugar de la fortaleza habría algún libro que contuviese la manera de quitarse ese dichoso chisme. Incluso podría buscar el Libro Perdido, que tampoco andaría lejos, aunque por el momento no le quedaba otra cosa que esperar. Impotente, se tumbó en la cama, cerró los ojos y dejó vagar su mente hacia los momentos felices de su vida.

Atarrán entró en su despacho y se acercó al *Ojo de Jade*. Intentó, nuevamente y sin éxito, convocar la imagen de Noa, pero el orbe se negaba a mostrársela. Sabía que su dichosa mujercita estaba tramando algo a espaldas de Xaelhon, estaba seguro, pero le resultaba imposible espiarla. Lo último que necesitaba era que se entrometiera por libre, la necesitaba ocupada en la batalla junto con el resto de mágicos engreídos y estúpidos. Estaba ante un momento crucial para sus planes. Tenía a su hija atrapada con el anillo, había juntado un ejército con las peores y más sanguinarias criaturas de toda Zailën, y todo estaba dispuesto para la guerra. Y, lo más importante, en unas horas contaría con la ayuda de su propia hija.

Se apareció en la sala del trono y se apresuró hacia la enorme silla. Con cuidado, sacó la Rosa de Naran y la contempló emocionado. El brillo de sus ojos se reflejaba el cristal templado. Tomó una bocanada de aire y se dirigió a ver de nuevo a su hija.

A pesar del collar, Katia percibió la presencia de su padre a través de la puerta de roble, y una presencia aún más oscura. Un escalofrío le recorrió la espina dorsal.

—Toc, toc, toc… ¿puedo pasar? —preguntó Atarrán irónicamente, pues ya estaba en el interior.

—No comprendo para qué preguntas si luego haces lo que te viene en gana —le reprochó Katia de espaldas a él.

—Simplemente quería ser cortés… —rio.

Kat se dio la vuelta para encararlo, cansada de su falsa amabilidad y sus hipócritas modales.

—Dime de una vez qué es lo que deseas de mí… —La frase murió en su garganta al fijarse en lo que sostenía en la mano—. ¿Esa…? ¿Esa es la Rosa de Naran? —preguntó sorprendida y con un ligero temblor en la voz.

—En efecto. Me alegra que la reconozcas, hija. Pocos conocen el aspecto real que posee esta poderosa flor. Su poder es verdaderamente impresionante.

Se acercó a Katia.

—¡No te atrevas a usarla conmigo, Atarrán! —le amenazó alzando el dedo índice.

Conocía su poder y podía adivinar las intenciones de su padre. Se obligó a sí misma a no mostrar el miedo que la recomía por dentro. Si usaba la rosa con ella, estaría perdida…

—Gracias a este objeto las cosas serán como deberían haber sido… Eres mi hija y la futura Guardiana de la Tierra, y ahora estarás de mi lado.

Alzó la rosa y la colocó a la altura de los ojos de Katia y, con una sonrisa de satisfacción, pronunció las palabras que activaban la magia que anidaba en el interior de la Rosa de Naran:

—Trie ni dahiruk nie natekha xiu gaghiak[39].

Una neblina de oscuridad y confusión envolvió a la chica, dejándola indefensa y mareada. Estiró los brazos en un intento de aferrarse a algo sólido, sin éxito, cayendo de bruces contra el suelo. Palabras sin sentido le llegaban extorsionadas a sus oídos, y una angustia infernal se apoderó de ella. Incapaz de controlar la situación, perdió la conciencia. Lo último que creyó oír fue una tétrica y despreciable carcajada.

[39] «Que mi deseo se convierta en tu realidad», en Idioma Antiguo.

43

EL RESCATE IMPOSIBLE

Caminaban a paso ligero y en silencio. Llevaban andando toda la jornada y solo se habían detenido a comer, hacía más de nueve horas. Se suponía que la medianoche estaba próxima, claro que no estaban seguros, puesto que todo permanecía igual. Los acompañaba el mismo resplandor azul desde que se habían adentrado en Infierno Oscuro, hacía casi dos días. Hasta ahora habían esquivado a sus malvados habitantes, aunque no sin dificultad.

Iban caminando por un terreno pedregoso y escarpado, como todos los senderos de ese sombrío lugar. Se trataba de un pasillo natural flanqueado por dos enormes montañas, lo bastante estrecho para que tuviesen que ir en fila. Errolw encabezaba la marcha, seguido por Aekya, Noa, Duke y William. Poco a poco percibieron que el tránsito entre las montañas se iba estrechando cada vez más, de manera que tuvieron que andar con la espalda pegada a la roca.

«¿Estás seguro de que este es el camino, Errolw?», preguntó Duke, preocupado por la estrechez de la garganta.

—No te preocupes, sé perfectamente por dónde vamos. Pronto llegaremos a una caverna. Allí podremos comer y descansar unas horas, ya casi hemos llegado a la fortaleza.

Todos se mostraron expectantes ante la idea de comer y descansar. Las mujeres albergaban la idea de poder asearse un poco.

Tal y como había dicho el elfo, unos minutos más tarde la garganta se ensanchó hasta que desembocó en una amplia caverna. Observaron sorprendidos que, en vez de la oscuridad propia de una cueva, estaba iluminada con el mismo resplandor azul del lugar. El fondo de la gruta carecía de pared y mostraba, a modo de ventanal, una vista siniestra de la enorme fortaleza de Atarrán.

«*Vaya*… —murmuró Duke impresionando y asustado mientras se acercaba a la apertura—. *¡Es imponente!*»

—Ten cuidado. La gruta está en lo alto de un desfiladero. No te inclines mucho o podrías caerte —advirtió Errolw.

William y Duke, intrigados, fueron a asomarse para comprobarlo y quedaron asombrados. Se encontraban a más de setecientos pies de altura de un suelo plagado de rocas puntiagudas y tremendamente afiladas. Pudieron apreciar algunos cadáveres clavados en ellas que les provocaron escalofríos y, precavidos, se alejaron de la apertura y se sentaron junto al resto.

—¿Se os ha pasado la curiosidad? —preguntó Aekya mientras sacaba pan y queso.

«*Es impresionante* —comentó Duke—. *Desde aquí parece como si estuviésemos en una de las habitaciones del Árbol Raíz y contempláramos el paisaje desde una de sus ventanas*».

—Bueno, la vista no es la misma, pero sí que parece una ventana —intervino Noa antes de dar un mordisco al queso.

—Aquí estamos a salvo, eso es lo importante —aseguró Errolw—. Descansaremos unas horas para reponer fuerzas y emprenderemos la última parte del viaje hasta la fortaleza, después de la medianoche. Si todo va bien, llegaremos antes de que amanezca. Solo quedan unas dos o tres horas de camino.

«*¿Cómo sabes en qué momento del día estamos? Todo parece igual...*», preguntó el lobo.

—Por la luna —comentó Aekya con un deje melancólico en la voz y la mirada perdida—. Su luz azul desaparece cuando amanece en el resto de Zailën.

Errolw y William la miraron extrañados por el cambio de actitud, pero no les dio tiempo a procesarlo ya que Duke habló con algo de urgencia.

«*Errolw, ¿y por qué después de medianoche? ¿Por qué no vamos después de comer?*»

—Esto... —carraspeó Errolw, volviendo la atención al lobo—. Aunque en Infierno Oscuro no salga el sol, sus habitantes duermen durante las horas que corresponden a nuestra noche. De ahí que la medianoche sea la hora más segura.

—Tiene sentido —asintió William.

Comieron en silencio mientras observaban el entorno. La fortaleza se alzaba imponente frente a ellos. Estaba construida en piedra y se asemejaba a un castillo humano, con la excepción de que era mucho más grande y siniestra. Había cuatro torres que se elevaban en lo alto, dos de ellas, una a cada lado, eran más altas que el resto. En ellas había varias ventanas de cristal oscuro, por la que se podía apreciar una tenue luz. En el centro, a ras del suelo, había una enorme puerta de dos hojas, también de piedra y coronada con un filo dorado en el borde, que se utilizaba de entrada principal.

Para acceder a la fortificación había un puente levadizo de madera y piedra que atravesaba una oscura y profunda fosa que rodeaba todo el castillo.

«Esa es la Fosa de Urnius, ¿cierto?», preguntó Duke.

Errolw asintió, lo que provocó que el pelaje del lobo se erizara.

—¿Qué es esa fosa? —preguntó Will, que nunca había oído hablar de ella.

—Es un lugar peligroso, sus aguas fueron hechizadas hace muchos años y tienen la propiedad de despojar de todos sus recuerdos al insensato que ose tocarlas —le explicó Aky—. Los humanos no tienen constancia de su existencia.

«Y no solo eso —añadió Duke con un escalofrío—. *Se cuenta que, en su interior, viven unas criaturas similares a las sirenas que, aprovechando la confusión que provocan sus aguas, te hechizan con su belleza y sus ilusiones, para arrastrarte con ellas al fondo, ahogarte y comerte».*

Will, asimilando lo que acababa de escuchar, observó con detenimiento el lugar. El agua, negra como la noche, permanecía impasible y en infinita quietud, cuán serpiente a la espera de su presa, ocultando su terrible ferocidad.

—No va a ser nada fácil entrar en la fortaleza —comentó en tono sombrío.

—Entrar no será complicado —dijo Errolw—. Salir... Eso es harina de otro costal.

—¿Cómo se supone que vamos a bajar de aquí? —preguntó Aekya.

—No os habéis fijado, pero justo debajo de la apertura hay un pequeño sendero.

«¡¿Pretendes que bajemos por ahí?!», se sobresaltó Duke.

—Sí. Es estrecho y tendremos que ir con cuidado, pero es el camino más corto y no podemos demorarnos más.

«¡¿Pero tú has visto la altura?! Un paso en falso y nos hacemos puré».

—No exageres, Duke. Tampoco es para tanto, además, el fin de este viaje tampoco es que sea ir a una fiesta —comentó con brusquedad Aekya.

«No es lo mismo, Aky. Imagina que, después de toda la distancia que hemos recorrido para salvar a Katia, morimos justo antes de llegar. No me parece nada bien, en serio...»

—Tranquilo, pequeño —lo tranquilizó Noa acariciándole el lomo—. Caminaremos con cuidado y llegaremos de una pieza, ¿de acuerdo?

Duke asintió, nada convencido.

Aekya se comió el último pedazo de queso y se tumbó sobre la manta. Los demás la imitaron. Al poco, todos salvo William, que le había tocado hacer guardia, se durmieron como infantes.

Una hora más tarde, Aekya se revolvió en el improvisado lecho. Se había desvelado y no conseguía volver a dormir. Decidió relevar a Will, que parecía exhausto. A pesar de su entereza, solo era un humano con debilidades humanas.

—Vamos, William, duerme un poco mientras yo hago la guardia.

Asintió agradecido. Aekya se apoyó en el lateral de la ventana natural de la caverna y observó el paisaje. A lo lejos, más allá de la fortaleza, un conjunto de edificios de piedra clavados en la propia montaña llamó su atención. Una silenciosa lágrima descendió por su mejilla.

—¿Lo echas de menos?

La voz de Errolw la sorprendió. El elfo se acercó hasta ella y contempló el lugar con la mirada perdida.

—¿A qué te refieres? —replicó ella con disimulo mientras se enjugaba la lágrima.

—Tu hogar —contestó el elfo, señalando el mismo conjunto de edificios que ella había mirado.

—No sé de qué me hablas —aseveró con brusquedad.

—Vamos, Aky, ¿crees que no sé quién eres?

—¿Y quién soy según tú?

—Tu apellido no es muy común, ¿sabes? y menos siendo una drow.

Aekya suspiró resignada. De nada servía negar lo evidente y estaba cansada de ocultar su identidad. Era quien era y nada podría cambiar eso.

Durante unos minutos permanecieron en silencio, contemplando la ciudad de los drows.

—Nunca he sentido que fuese mi hogar, solo es donde nací y crecí, pero nada más. En ese lugar solo hay dolor para mí —confesó al fin con voz queda.

—¿Y tu familia? —preguntó él, recordando lo que descubrió en la Sala del Consejo.

—Mi familia son Noa y Duke… Bueno, y esos pesados de Katia y William —contestó con el amago de una sonrisa—. Esa es la única familia que necesito y que poseo. Mi padre y mis hermanos dejaron de serlo en el momento en que escapé de allí. El gran dirigente de los drows me desheredó, así que no pertenezco a su familia —aclaró con sorna.

Errolw estuvo a punto de preguntar por su madre, pero se lo pensó mejor y decidió no meter el dedo en la llaga.

—Lo siento —dijo con sinceridad.

—No lo sientas. Soy mucho más feliz desde que conocí a Noa. Si volviera atrás, haría exactamente lo que hice.

—¿Aunque no pudieses volver a amar ni ser amada? —Tan pronto como formuló la pregunta, Errolw se mordió la lengua al darse cuenta de su error.

—¿Cómo sabes eso? —inquirió Aekya con brusquedad.

—No te enfades… Yo solo… —intentó disculparse—. Un día estabas pensando en eso y yo… Fue sin querer… no pretendía…

La elfa lo fulminó con la mirada. Estaba enfadada porque no quería que nadie conociese su maldición, pero al observar con detenimiento el semblante contraído del elfo, sonrió para sus adentros. Todo un hombre y parecía un niño asustado.

—Soy consciente de lo que he de pagar por estar al lado de Noa, pero prefiero eso antes que vivir aquí y ser una de ellos.

—La bondad antes que el amor… —comentó Errolw con cautela.

—No es bondad, es hacer lo correcto a pesar de las consecuencias.

—Pero a veces no sabes qué es lo correcto… Puedes confundirte y…

—Bueno… Es inevitable equivocarse —se encogió de hombros, sabiendo que se refería a sí mismo y a lo que había hecho—, pero has de aceptar tu error, aprender de él e intentar solucionarlo, eso es lo correcto. —Le miró a los ojos—. Regodearte en tu dolor no te va a ayudar a ser mejor, Errolw. No se trata de ser bueno o malo, todos albergamos maldad y bondad en nuestro interior, pero depende de uno mismo qué parte queremos que dirija nuestra vida. Debemos elegir un camino y ser fiel a él.

—A pesar de sus consecuencias…

—Exacto.

—Pero renunciar al amor es demasiado —se lamentó el elfo.

Aekya suspiró y volvió a mirar el horizonte. Hasta hacía poco, nunca se había planteado lo duro que sería renunciar al amor de un hombre porque creía con firmeza que ninguno se lo merecía. Durante años creyó que amar era una equivocación y una manera de dar a otros la posibilidad de destruirte, pero cuando conoció a Kat y a William todo cambió. Nunca había visto un amor tan puro como el suyo. Ambos estaban dispuestos a morir por el otro sin un ápice de duda. Se había dado cuenta de que existía el amor incondicional, el amor verdadero, uno tan fuerte que era capaz de hacer que un simple humano quisiera enfrentarse a un ejército de criaturas más fuertes, únicamente para que su amada pudiese ser feliz. Y todo sin esperar nada a cambio…

Para colmo de su desgracia, conoció a Errolw y a partir de ese momento, todo empeoró. Comenzó a descubrir sentimientos y deseos olvidados. Poco a poco se fue dando cuenta de que su corazón reaccionaba ante el elfo. Anhelaba verle, tocarle o simplemente escuchar su voz. Deseaba que él se fijara en ella, incluso comenzó a soñar con él.

Quería sentirse amada, algo que la asustaba en demasía. Todas sus barreras, tan fuertemente erigidas durante tantos años, habían sido destruidas en segundos. No podía dejarse vencer, jamás. No sucumbiría porque para ella no estaba permitido.

Volvió la vista hacia el elfo, que la miraba con los ojos vidriosos y expectantes. Esos ojos como miel líquida que la quemaban por dentro... Desechó ese último pensamiento, carraspeó y, con todas sus fuerzas, se obligó a volver a la realidad.

—Nunca he conocido el amor, así que puedo vivir sin él —soltó con su brusquedad habitual, dando por zanjada la conversación—. Despertemos a los demás, ya es la hora.

Errolw la observó mientras despertaba a los demás y recogían el improvisado campamento. Durante unos instantes, había podido leer en su interior una mezcla de emociones muy confusas, pero entre la maraña de sentimientos creyó haber distinguido... ¿Amor? ¿Por él?

Una involuntaria sonrisa le cruzó el rostro mientras sopesaba la posibilidad...

—Errolw, quita esa cara de idiota y recoge tus cosas, es hora de irnos —le recriminó ella con brusquedad.

—Esto... Sí —se apresuró a contestar, mientras recogía, incapaz de dejar de sonreír.

—¿Se puede saber qué te ocurre? —le preguntó intrigada la elfa.

—Nada... —¿Qué podía decirle? ¿Me alegra que sientas algo por mí porque yo siento lo mismo? Le patearía con fuerza si se atrevía siquiera a mencionarlo—. No me ocurre nada...

Errolw se apresuró y se colocó al frente de los demás para guiarlos en el descenso. Iba lanzando miradas de reojo a Aekya, que le observaba con desconfianza, pero con curiosidad.

44

COMIENZA LA BATALLA

Sacre, ataviado para la batalla, esperaba impaciente en la improvisada carpa mientras repasaba, una vez más, el gigantesco mapa que tenía delante. Más de la mitad estaba cubierto de diminutos puntos rojos y solo una tercera parte estaba cubierta de puntos azules.

Mordisqueaba con nerviosismo la pipa, aún apagada, mientras tambaleaba los dedos en el lateral de la mesa. Esto no estaba bien. Demasiados puntos rojos. ¿Dónde diablos estaba ese alven?

—¿General? —la voz provenía de fuera.

—¡Ya era hora! —gruñó—. ¿Qué has averiguado?

El alven miró al tétrico elfo y suspiró, provocando una ligera brisa.

—Los dragones han confirmado la alineación, mi señor. El mapa es correcto. Creemos que fue culpa de un hechizo de confusión.

—¿No me digas? —contestó con sorna.

—Mi equipo vio solo una ilusión provocada por Atarrán.

—¡Esto es un desastre! —exclamó con desagrado.

—Lo siento —susurró el alven mientras desaparecía en un remolino de aire.

—¡Maldición! ¡Nos harán picadillo! —escupió el elfo, a la vez que se sentaba en una silla de mimbre que acababa de hacer aparecer. Con brusquedad, encendió la pipa y dio una larga calda.

Xael entró en la carpa. Vestía similar a Sacre, calzas ajustadas y túnica corta en tonos tierra, armadura y botas de cuero y una enorme espada ajustada al cinto. El cabello se lo había recogido en una cola de caballo.

El dirigente observó a su hermano con preocupación.

—Todo está mal, Xael. Son demasiados… ¡fíjate en el mapa! —se quejó.

—¿Ellos son los rojos?

Sacre asintió.

—Son muchos más…

—Son más del doble, hermano —le contestó, exhalando el humo.

—Bueno, no debemos desanimarnos… No tenemos elección.

—No.

—¿Los has distribuido?

—Sí.

Sacre se levantó y señaló los puntos azules del mapa. Cada uno tenía algo escrito.

—He hechizado el mapa. Cada punto azul representa a uno de los nuestros, y cada punto rojo, un combatiente de Atarrán. Esto —señaló al azar uno de ellos y la inscripción que ponía debajo—, es su nombre, raza y situación en el campo de batalla. Además, también muestra si está vivo o muerto.

—Es un hechizo localizador muy logrado.

—Ajá… Así será más fácil contabilizar las bajas… —comentó Sacre apesadumbrado.

—No seas pesimista, hermano —le animó, mientras le daba unas palmaditas en la espalda con fingido entusiasmo.

—No soy pesimista, soy realista. Nos superan en número, diez a uno como poco… No sé, Xael… No lo veo…

—Ten fe en nuestros guerreros. No podemos perder. Hay demasiadas cosas en juego. El futuro del mundo mágico…

—Lo sé —lo interrumpió.

Le dio una larga calada a la pipa y se la ofreció a Xaelhon, que la rechazó.

—¿Cómo será la línea de ataque? —prefería centrarse en lo importante.

—Primero irán los arqueros, dispuestos en dos filas. Los guardianes, tú y yo iremos a caballo y seremos los siguientes. Seremos la cabeza de la serpiente.

—Bien pensado —aprobó Xael.

—Nos seguirán los más diestros en la magia, a caballo. Luego los jinetes y paladines. La infantería, dividida en tres brigadas, será la siguiente y, cerrando el grupo, los gigantes y los golems. Los dragones y los seres de aire sobrevolarán el campo. Eso nos dará más posibilidades, aunque, ellos también tienen dragones y algunos garudas.

—Era de esperar.

—Supongo.

Un estridente rugido de cuerno les avisó de que todo estaba listo. Ambos suspiraron y salieron de la tienda. Sendos caballos aguardaban.

Montaron y se dirigieron en busca de los guardianes para ocupar sus posiciones.

Rokth, un elfo de fuego, jugueteaba con la vaina de su espada. Estaba demasiado nervioso para permanecer quieto. Desde su posición podía contemplar el campo de batalla. Cientos de criaturas estaban situadas por doquier. Él había sido ascendido a capitán solo unos meses antes y no esperaba ir a luchar tan pronto; no obstante, estaba dispuesto a dar su vida por la causa.

Era el Capitán de la primera brigada de infantería, compuesta por elfos de fuego, de agua, enanos y duendes. Cada una de las tres brigadas estaba compuesta por diversas razas y dirigida por un capitán o capitana. La infantería estaba situada de punta a punta y la componían miles de guerreros dispuestos a vencer o morir. Todos estaban preparados y armados.

Ambos bandos aguardaban la señal que haría comenzar la contienda. Cada facción observaba al contrario. Unos, situados bajo la luz del sol, lucharían por la supervivencia de su modo de vida y por la vida de todos los seres mágicos; otros, en la más siniestra oscuridad, combatirían con ferocidad para salir de un lugar que odiaban y una forma de vida que detestaban. Muchos de ellos no verían el desenlace, pues sus vidas, se perderían entre sangre y espadas.

Rokth alzó la vista y contempló cómo los guardianes, el dirigente de los elfos y el general ocupaban sus puestos en la vanguardia. Sacre levantó su espadón, que brilló a la luz del sol, y con voz potente gritó:

—¡Primera de Arqueros!

Una masa de flechas de fuego salió disparada hacia el bando contrario. Más de cien criaturas cayeron al suelo. Pero antes de darles tiempo a reaccionar, Sacre ordenó que lanzaran una segunda salva. La ola de flechas, también en llamas, salieron disparadas y, antes de que llegaran a su destino, el general entonó en voz de grito mientras el enemigo respondía con sus propias flechas y ataques de magia:

—¡Fuego a discreción! ¡Manteneos firmes! ¡Luchad!

45

EL PUENTE VIGILADO

William alzó la vista al cielo e intentó adivinar en qué momento del día se encontraban, tarea difícil, teniendo en cuenta que nunca salía sol. No había más que ese exasperante y eterno fulgor azul.

Un fuerte estruendo resonó por doquier y la tierra tembló bajo sus pies. El muchacho reconoció el sonido, tan familiar para él: un cuerno de guerra. Esa era la señal. La batalla había comenzado y el futuro de Zailën, su propio futuro, se decidiría en la contienda.

Cerró los ojos y suspiró profundamente. Lamentaba no poder formar parte de una lucha tan decisiva como la que estaba teniendo lugar en ese momento, pero su amada le necesitaba. Ella estaba en serio peligro, cautiva por un ser malvado e inestable; aunque esperaba que el enorme afán de poder de Atarrán, incluso sus lazos de sangre, la mantuviesen a salvo. Apelaba a que los planes del hechicero incluyesen a Katia con vida, claro que, con él, nada podía darse por sentado.

—La guerra ha comenzado —aseveró Aekya.

Todos contrajeron el gesto. Comprendían lo que esas palabras significaban.

«Todo saldrá bien, ya lo veréis», deseó Duke, expresando la esperanza que todos albergaban en su interior.

Aceleraron el paso, casi habían llegado al comienzo del puente. Cada uno de ellos estaba sumido en sus propios pensamientos.

Para evitar ser descubiertos, caminaban en silencio y con toda la rapidez posible, ocultándose entre la maleza y los salientes que encontraban. El suelo resquebrajado les dificultaba el avance e iban tan ensimismados que, cuando Errolw se detuvo, chocaron unos con otros.

—Silencio —les advirtió el elfo.

Miró en todas direcciones para verificar que no había nadie. Les indicó con un gesto que se colocaran tras un saliente que tenían a su derecha, así permanecerían ocultos.

—Bien, hasta aquí ha sido fácil. Ahora viene la parte más difícil. —Señaló un conjunto de rocas del tamaño de un hombre que había frente a ellos—. Ese es el último lugar en el que podremos escondernos, porque tras él se encuentra la fortaleza. Ya habéis visto que está rodeada por la Fosa de Urnius y solo hay una manera de entrar: el puente levadizo.

—Tendrá vigilancia —constató Noa.

—Lo sé. Primero deberíamos averiguar qué tipo de vigilancia hay. Si van armados, qué tipo de criaturas son y si pueden atacarnos con magia —propuso Errolw.

«Yo lo haré», se ofreció el lobo, silencioso por naturaleza.

Se adelantó con sigilo y echó un vistazo al puente. Al cabo de unos instantes regresó.

«Hay ocho drows. Son corpulentos como puertas y están armados hasta los dientes», les detalló afligido.

—Probablemente también puedan atacarnos con magia —aventuró Aekya con el ceño fruncido.

—¿Alguna sugerencia? —preguntó Errolw.

—Yo tengo una…

«Una sugerencia que no implique matarlos a todos sin miramientos y morir en el proceso», cortó Duke a Aekya.

—Entonces no… —reconoció ella, encogiéndose de hombros.

—Podríais usar la magia para entrar —propuso Will—. Podríamos transportarnos hasta el interior como hicimos para llegar a Infierno Oscuro.

—No —dijo Noa—. Atarrán tiene la fortaleza protegida con sensores mágicos que evitan este tipo de conjuros. Sus lacayos tendrán algún tipo de protección, pero una aparición nuestra seguro que activaría las trampas y nos capturaría, o algo peor. Los hechizos menores no suelen ser detectados, pero él es demasiado astuto... Puede que esté ocupado con la batalla y con mi hija, pero no habrá dejado cabos sueltos. No, esta vez, estoy con Aekya. Debemos usar la fuerza.

Todos se mostraron de acuerdo, salvo William y Duke, que movía el rabo con nerviosismo.

Errolw suspiró. Aekya sacó su espada, no sin antes crujirse todos y cada uno de sus dedos.

—Muy bien. Son ocho, nosotros cuatro, dos para cada uno —repartió la elfa con la euforia previa a la batalla.

—Cuando nos vean llegar, darán la alarma y levarán el puente. Debemos ser muy rápidos y no darles tiempo a hacerlo —añadió el elfo.

—Esperad —les pidió Will, viendo que se iban—. Noa, ¿podrías llevarnos sin que nos vieran? Al menos hasta donde se eleva el puente.

—Poder si puedo... Es un hechizo menor, aunque es un riesgo.

—Pero puedes —aseveró el muchacho.

La guardiana asintió.

—¿Qué tienes en mente, chico? —le preguntó Errolw.

—Bueno, podemos hacernos invisibles de algún modo y sorprenderlos. Así no les daría tiempo a dar la alarma, sería un ataque sorpresa. Aunque también debéis usar la magia, veríamos en todo momento lo que está sucediendo y podríamos dar la vuelta ante algún contratiempo.

«Podemos intentarlo, ni Onika. No tenemos muchas otras opciones...», dijo Duke.

Noa asintió, dando su aprobación.

—Aekya, ¿puedes hacerte invisible? —le interrogó Errolw.

—No. Puedo transportarme, pero la invisibilidad se escapa a mis posibilidades.

—Yo puedo haceros invisibles a todos a la vez —aseguró Noa—. Simplemente tenéis que estar en contacto unos con otros para que mi magia se transmita.

—Pues en marcha —indicó el elfo.

Caminaron hasta el peñasco y, una vez allí, se colocaron en fila. Errolw iba el primero y William cerraba la marcha, de manera que Noa, Aekya y Duke quedaban en el centro.

Cada uno situó su mano derecha en el hombro del que tenía delante.

«¿Alguien me puede decir cómo diablos voy a agarrarme a Aky?», se quejó el lobo.

—Utiliza el morro. Espera… —La elfa le agarró del hocico con la mano libre—. Ya está. Es incómodo y no podrás hablar, algo que todos agradeceremos.

«No necesito mover el hocico para hablar… —le replicó molesto—. *Lo que pasa es que a veces lo muevo por… por costumbre»*.

Su respuesta arrancó una carcajada a todos.

William agarró su rabo.

—Ya estamos todos.

Noa cerró los ojos y suspiró. Unos segundos después, un velo de invisibilidad los cubrió a los cinco.

—Ahora no pueden vernos, pero si alguien se suelta, se volverá visible. Una cosa más, aunque seamos invisibles, pueden oírnos. Mi hechizo amortigua un poco el sonido, pero no lo oculta del todo, así que permaneced en silencio y no os soltéis.

Emprendieron la marcha caminando despacio y sin hacer ruido hasta llegar al comienzo del puente. De cerca era mucho más impresionante. Debía medir al menos treinta pies de largo por diez de ancho. La parte levadiza ocupaba los últimos diez pies, lugar donde se hallaban los drows, armados y vigilantes.

Errolw observó que algunas de las tablas del puente estaban corroídas y mohosas.

—Tened cuidado e intentar pisar por donde yo piso para no resbalar —advirtió en un susurro. Se transmitieron el mensaje uno a otro.

Casi habían llegado al lugar donde estaban apostados los drows cuando Duke resbaló con las patas de forma tan aparatosa que a Will se le soltó el rabo. Ambos se volvieron visibles.

—¡Maldición! —soltó el muchacho viendo como los elfos más cercanos se ponían en guardia al fijarse en ellos.

—¡A por ellos! —exclamó Aekya.

Desenvainó su espada con una mano, sacó una daga con la otra y se lanzó a por el drow más cercano a ella.

Errolw extrajo una flecha del carcaj, tensó el arco tan rápido como fue capaz y disparó a uno que corría en dirección a la polea que izaba el puente. El impacto lo derribó y quedó tendido en el suelo.

—¡Uno menos! —gritó mientras recargaba el arco y disparaba a otro drow, esta vez sin acertar.

Duke sacó los colmillos y atacó al que acababa de esquivar la flecha de Errolw. Le costaba mantener el equilibrio ya que resbalaba a cada paso, así que se impulsó con las patas traseras para saltar sobre él. Sus dientes fueron directos al cuello.

William, con *Dairhiak* en la mano, lanzaba estocada tras estocada al drow con el que se estaba enfrentando. Era bastante más corpulento que él y golpeaba con mucha fuerza, lo que le hacía retroceder con cada espadazo que recibía, pero él se mantenía firme, usando todo lo que había aprendido con los cuatrillizos.

—Solo eres un humano. ¡No eres rival para mí! —le escupió con sorna, a la vez que embestía de nuevo.

El muchacho fintó a la derecha con rapidez para esquivarlo. Sin perder tiempo, contraatacó y le hizo un tajo en el hombro. El elfo, enfurecido, usó el mango de la espada para propinarle un porrazo en la cabeza que lo dejó aturdido. Dispuesto a terminar con el humano, el drow lanzó su golpe de gracia; sin embargo, se apartó en el último instante y le soltó un puñetazo en la nariz, haciéndolo trastabillar. Aprovechó el momento y le clavó a *Dairhiak* en el estómago. El drow se encogió y se tapó la herida, que sangraba a borbotones.

—Soy un humano, pero estoy cabreado —le soltó antes de rematarlo.

Noa tenía a un elfo oscuro acorralado justo en el borde del puente y estaba a punto de lanzarlo a la fosa, cuando otro se le acercó por detrás para sorprenderla. William, que estaba cerca, se percató y corrió hasta ellos.

Le atravesó con la espada antes siquiera de darle tiempo a reaccionar. Con fuerza, rajó hacia arriba, derramando las entrañas en el puente. La guardiana clavó su daga en el corazón al otro drow y lo dejó caer al agua. Se giró para ver el estropicio del muchacho. El elfo yacía a sus pies.

Solo quedaban dos.

Aekya luchaba contra el más corpulento. El otro se acercaba a Errolw con el mandoble en alto. El elfo estaba encogido en el suelo agarrándose el estómago. Duke intentaba llegar hasta ellos, pero cojeaba y el moho del suelo no le ayudaba.

William corrió hasta su posición y llegó a tiempo de bloquear el golpe de la espada antes de que acertara en Errolw. El drow gruñó y se lanzó contra el muchacho. Sus brazos estaban cansados, pero no se dejó amedrentar.

El lobo consiguió alcanzarles y aprovechó que el elfo luchaba contra Will para morderle en la pierna. Apretó la mandíbula todo lo que pudo y sintió como el hueso se quebraba. El grito del drow resonó en el lugar. Cayó de rodillas, con la cara desencajada.

Will le clavó la espada en la clavícula y le atravesó hacia abajo con fuerza, rasgando todo a su paso. Un chorro de sangre le salpicó en la cara.

El cuerpo cayó inerte.

Solo uno.

—¡Eres una traidora!

Escucharon cómo le gritaba a la elfa. El único que quedaba con vida seguía enfrascado en su lucha con Aekya. Ella parecía ir ganando, aunque su rival no se lo estaba poniendo fácil. Su rostro estaba contraído en una mueca de dolor. El odio predominaba en ambos.

—¡Cállate! —le gritó la elfa fuera de sí, a la vez que embestía con fuerza una y otra vez, hasta que le clavó la espada en el hombro. Él rugió—. ¿Traición? ¿Qué sabrás tú de traición, Guildruk? —le escupió llena de odio mientras retorcía la espada, hundiéndola más.

—Has… traicionado a tu pueblo… a tu familia… por una guardiana —le dijo mientras un reguero de sangre se derramaba de su boca—. Ellos fueron… los que nos desterraron aquí… La oscuridad… lo que somos se lo debemos a ellos.

—Somos lo que elegimos ser. Cada uno es libre de escoger y vosotros elegisteis la oscuridad. Yo no.

—Tu libertad le costó la vida a...

—¡No! —Aekya le dedicó una mirada llena de odio con los ojos vidriosos—. No te atrevas a decir su nombre.

No esperó una respuesta. Con la mano libre, hundió la daga en el cuello del elfo y le arrebató la vida. Una lágrima recorrió su rostro, no se molestó en enjugarla.

Con lentitud, sacó la espada del cuerpo sin vida de su hermano, la limpió en su ropa y la envainó.

—Salvemos a Katia y salgamos de aquí.

46

REALIDAD ALTERADA

Katia oía a alguien llamándola. Abrió los ojos, algo desorientada, y reparó en que se encontraba tumbada en su cama. Se incorporó con lentitud y miró en rededor. Sí, estaba en sus aposentos. Una idea sin forma acariciaba su mente. Tenía la sensación de que algo no estaba bien…

La voz de su padre la sacó de sus confusos pensamientos. Desechó sus dudas y, sin demora, abrió el armario. «¿Este es mi armario? —se preguntó—. Pues claro que es mi armario, lleva siéndolo toda la vida. Katia, vístete y déjate de tonterías».

Cogió un vestido sencillo de color canela con manga asisa y se lo puso. Mirándose al espejo, se hizo una cola de caballo y se sorprendió al ver un collar que no recordaba haberse puesto. La gargantilla estaba hecha de bronce liso y pulido, y le daba un toque elegante. Decidió dejársela puesta.

Salió de la habitación con urgencia. Su padre la esperaba en el salón del trono y no le gustaba que le hiciera esperar. Sabía que quería tratar con ella el asunto de la batalla que estaban librando contra los demás mágicos de Zailën. Él decía que eran ególatras, vanidosos e hipócritas, y que no respetaban a las demás criaturas de la tierra, por eso no podían ganar. Decía que, con su ayuda, podrían vencerlos, pero ella no estaba segura de querer participar.

No conocía a ningún mágico de la luz y no quería juzgarlos sin conocerlos. Por otra parte, cómo podría conocerlos si nunca había salido de Infierno Oscuro. Ella solo conocía la tenebrosa oscuridad, el asfixiante silencio y la despiadada maldad que reinaba allí.

Nada de días soleados, cantos de pájaros... Añoraba las tardes de verano, cuando se sentaba en el tranco de su colorida casita.... «¡Espera! —se gritó a sí misma—. ¿Qué había sido ese pensamiento?» Agitó la cabeza confusa.

Ella nunca había visto el sol... ¿o sí? De nuevo, el mismo pensamiento agitado comenzó a rascar su subconsciente. Antes de que tomara forma, la voz enfadada de su padre llegó a su mente.

«Hija, ¡¿quieres venir de una vez?!»

«Enseguida».

La muchacha se deshizo de esos turbios y extraños pensamientos y se apresuró a reunirse con su padre.

—Por fin nos honras con tu presencia —comentó con sarcasmo el hombre que había sentado en el trono.

—Lo siento, padre. —Ella le observó con detenimiento. Habría jurado que su padre era más anciano y con calva.

—¿Te encuentras bien? Pareces distraída.

—No es nada, padre. No he dormido bien.

—Ven y siéntate. Hay muchas cosas que discutir.

Katia asintió. Observó el asiento vacío que había al lado del trono. La decoración de ambas sillas era similar. Terciopelo rojo en el asiento y el respaldo, hechos de madera de roble teñida de negro y toques dorados. Solo había dos diferencias significativas entre ambas: el tamaño del trono, que predominaba; y que la silla en la que se sentaba su padre tenía una joya en forma de rombo engarzada en el respaldo, tan negra como el azabache. La que estaba vacía tenía una joya roja como la sangre.

Mientras la muchacha acudía a su asiento, observó que la sala era el lugar más deprimente que había visto en su vida. A pesar de poseer varios ventanales a ambos lados, estaba sumida en una inquietante penumbra. La única luz de la estancia era el tenue fulgor azulado que entraba por las ventanas.

Reparó en que su padre la escrutaba intensamente. Un escalofrío le recorrió la espalda y un fugaz sentimiento de aversión la abrumó, pero antes de encontrarle sentido, se esfumó.

—Hija, ¿estás bien? —insistió su padre una vez que hubo tomado asiento.

—Sí, padre.

—Muy bien. Vamos a convocar a Elirni y a Asmodeo para que nos informen…

Esos nombres… Había algo en ellos que la escamaba. Le sonaban… «¡Pues claro! ¡Los sirvientes de mi padre! Hoy estás ida», se reprendió y se obligó a prestar atención a lo que decía su padre:

—… ya sabrán algo. Más les vale que no hayan estado retozándose por ahí. En otro momento ya los habría despachado. Un demonio y una naga… Ya no respetan ni los códigos… ¡Malditos! Ya deberían saber que el amor no sirve para nada.

Katia no estaba de acuerdo con esa afirmación y estuvo a punto de rebatirle cuando los interpelados aparecieron ante ellos. Un demonio vestido de blanco y una mujer-serpiente. Ambos se inclinaron y saludaron a sus amos. Naga y princesa cruzaron una mirada. Ella se quedó desconcertada ante la desconfianza y la rabia que Elirni irradiaba hacia ella. No entendía qué podía haberle hecho para que la odiara… ¿solo porque casi acaba con su vida…?

«¿Qué había sido eso?», se preguntó confusa. ¿Un recuerdo? ¿Un sueño? Definitivamente, hoy no se encontraba bien. Su mente era un hervidero de pensamientos sin sentido. Imágenes extrañas, sensaciones vacías… Sentía cómo si una parte muy importante de ella estuviese en otro lugar… cómo si no perteneciese allí… «¡Tonterías! Aquí nací y aquí he crecido», se reprendió sin mucha convicción.

Su padre estaba hablando con los dos sirvientes, pero era incapaz de prestar atención. Hasta que el demonio de blanco dijo algo que despertó su interés…

—Están todos muertos, mi señor. Los vigías de las almenas dicen que eran cinco: dos hombres, dos mujeres y un lobo. Han sorprendido a los guardias en medio del puente y les han dado muerte. Dicen que uno de ellos era humano, pero que debía estar poseído para pelear de ese modo. Él solo ha matado a tres de los mejores drows. He mandado un grupo a buscarles. Estoy seguro de que son ellos.

Katia se sorprendió a sí misma sintiéndose orgullosa. No entendía de qué, ni por qué; sin embargo, el sentimiento era abrumador.

Desconcertada, miró a su padre. Tenía el rostro crispado con ira.

El hechicero se acarició el puente de la nariz, en un intento de calmarse. No debía perder los estribos delante de su hija. No era conveniente en ese momento.

—Probablemente tengas razón. No quiero correr riesgos. Encontradlos y detenedlos… —dijo con la voz contenida y mirando de soslayo a Katia antes de continuar—. La Rosa no ha funcionado como esperaba y debo…

—¿La rosa? —lo interrumpió la chica, interesada.

—Nada, un experimento sin importancia —comentó con amabilidad, pero con el ceño fruncido.

Kat no quedó satisfecha con la escueta respuesta, aunque se guardó sus preguntas y sus dudas. Asintió y permaneció en silencio mientras su padre daba órdenes al demonio y a la naga. Una vez se fueron, se dirigió a ella.

—Vamos, Katia, acompáñame a mi estudio. Vamos a averiguar un par de cosas.

La tomó de la mano y la guio por los laberínticos pasillos. Mientras caminaban en silencio, Kat daba vueltas a una palabra que rondaba su mente desde que había escuchado a su padre pronunciar la «rosa». Naran… No conocía su significado, sin embargo, recordaba haberla oído en algún lugar, aunque no imaginaba dónde. Por más que se esforzaba, una neblina ocultaba la respuesta.

Su padre se detuvo frente a una enorme puerta de roble tintada en negro, colocó la mano sobre el pomo y la abrió sin emitir sonido alguno.

—Toma asiento, querida —le ofreció a la muchacha, indicando una butaca que había al lado de una mesita pequeña de cristal.

Kat permaneció en la puerta, sin moverse.

—¿Sabes lo que significa la palabra «Naran»? —soltó sin pensar.

El semblante de su padre, hasta ese momento amable, se tornó perspicaz y con un tinte de enojo.

—¿Naran? ¿Dónde has oído esa palabra, querida?

—¡Deja de llamarme querida! —le espetó con furia, sentimiento que desapareció al instante—. Lo… Lo siento, padre… No… —intentó disculparse, sorprendida por esa reacción.

—No te disculpes —le dijo con brusquedad. Se acercó a ella y la guio hasta la butaca—. No te preocupes, Kat.

—¿Cómo...? —titubeó—. ¿Cómo me has llamado?

Le resultaba tan familiar ese diminutivo, pero tan fuera de lugar...

—Pues como te llamo siempre —le aclaró, consciente de su error—. Tranquila, quer... cielo —añadió afable—. ¿Te apetece una taza de té de hinojo? Calmará tus nervios.

Asintió. Algo no estaba bien. Observó como su padre hacía aparecer una taza humeante de té y se la ofrecía. Obediente, la tomó y dio un sorbito. El líquido caliente bajó por su garganta, dándole una agradable sensación de calma.

Su padre fue hasta el escritorio que había al fondo de la habitación y comenzó a pasar las hojas de un extraño libro que había en el centro de la mesa. Parecía estar buscando algo, pues su rostro mostraba preocupación y sus ojos transmitían enfado e impaciencia.

Unos golpes secos resonaron en la puerta y un sirviente tembloroso y asustado entró.

—Mi señor Atarrán, Asmodeo le espera en el estudio de abajo. Dice que es importante.

—Ahora mismo voy. —Cerró el libro—. Esto tendrá que esperar un poco. Hija —llamó a la muchacha, que parecía haber visto un fantasma, ya que el color la había abandonado—, ahora mismo vuelvo. No te muevas de aquí.

Sus palabras ocultaban una amenaza, pero Katia no prestó atención. Ahora estaba segura de que algo malo estaba ocurriendo en ese lugar. Cuando el criado había pronunciado el nombre de su padre en voz alta, un escalofrío recorrió todo su cuerpo. Lo había reconocido como una amenaza, con aversión. Una sensación de angustia la invadió.

Desde que se había levantado, le había estado rondando la misma idea en la cabeza. Se sentía envuelta en una nube borrosa y sin sentido. Esa era su vida, pero al mismo tiempo, no lo era. No sabía cómo explicarlo, pero estaba segura de que algo le estaba pasando... ¿un hechizo? Podía ser.

Incapaz de permanecer sentada, comenzó a caminar por la habitación, de un lado a otro. Intentaba encontrar sentido a las dudas que se arremolinaban en su interior. Se acercó a la ventana que había tras el escritorio. Solo había oscuridad y silencio. Pero no, ella recordaba otro lugar. Un lugar con árboles, cantos de pájaro, sol, calidez… Estaba segura de que no eran sueños. Eran recuerdos de… ¿otra vida? No estaba segura…

Por el rabillo del ojo distinguió un fulgor verdoso proveniente de la habitación. Al girarse, se encontró con una esfera de cristal flotando en medio de la estancia. Sintió el impulso de acercarse. Cuanto más lo hacía, mayor era la luz que emitía. Había pasado de un simple destello a inundar el lugar e, incapaz de contenerse, extendió la mano y la tocó.

Su tacto era frío y liso. La luz la envolvió y la elevó del suelo. Una sensación de calidez la invadió, todo volvió a su lugar. Su mente encajó los recuerdos como piezas de un puzle y la neblina desapareció.

El hechizo que confundía su mente había sido destruido. La esfera, que en realidad era el *Ojo de Jade*, la había reconocido. Ella era Katiana Isilrá, hija y Sucesora de Noahana Isilrá, Guardiana de la Tierra. Era la *Velikya* de Mirka, la nieta del dirigente de los elfos de la luz y la futura esposa de su amado William.

El orbe, con su magia ancestral, la había liberado de la influencia de la Rosa de Naran. En su oscuro escondite, el cristal de la rosa que mantenía cautiva a Naran se resquebrajó. El objeto, mágico y maldito, ahora era un simple cascaron vacío. El alma de la cuarta Guardiana de la Tierra había sido liberada y su magia, devuelta a los Espíritus de los Elementos.

47

EN LA FORTALEZA

Atarrán se dirigía al salón del trono. Esperaba que ese demonio sin sentido del gusto hubiese hecho algo bien. Estaba demasiado ocupado para nimiedades. El hechizo de la Rosa de Naran no había salido bien y tenía que descubrir qué había fallado antes de que fuese tarde y su estúpida hija descubriera el ardid. Necesitaba ese anillo y solo podía conseguirlo si ella se lo entregaba, y estaba demasiado recelosa para pedírselo directamente.

Asmodeo le esperaba junto al trono con cara de satisfacción. Le hizo una reverencia mientras él se sentaba.

—Espero que tengas algo bueno que contarme —le espetó con rabia.

El demonio asintió.

—Suéltalo —le apremió el hechicero.

Su siervo desapareció. Unos instantes después, las puertas se abrieron y entró caminando. Tras él venían Elirni, Balkor y Kroll, que traían unos prisioneros.

William miró el salón. Era enorme y deprimente. En su interior, el miedo crecía a cada paso que daba, pero se obligó a sí mismo a tranquilizarse. Él había propuesto el plan y ahora no podía echarse atrás. Noa creía que Katia podía estar en la misma habitación que ella, pero dado que no pudo ver nada del castillo cuando estuvo retenida, desconocía la ubicación. Evitaron realizar cualquier hechizo por si se activaban los sensores de Atarrán, y tras varias horas de infructuosa búsqueda, Aekya sugirió usar un conjuro de localización. No funcionó, pero tampoco saltaron los sensores. Noa había estado en lo cierto en cuanto a eso; sin embargo, tampoco podían encontrarla con magia. Por eso pensó que podrían conseguirlo dejándose atrapar. Incluso si los llevaban ante Atarrán, sería más fácil dar con ella. Así que expuso su idea ante el resto. La elfa no estaba de acuerdo, pero como a ninguno se le ocurrió otro modo de hacerlo, aceptaron su plan. Se dividieron en dos grupos. Decidieron que Noa, Errolw y él mismo, se entregaran, mientras Duke y Aekya los seguirían de cerca, en la retaguardia, por si las cosas se ponían muy feas.

Los llevaron ante el hechicero, que los recibió con asombro. Asmodeo agarró a Noa desde atrás, inmovilizándola, mientras que Kroll hizo lo propio con Errolw. Elirni, con una perversa sonrisa, enroscó su cola alrededor de William. El formoriano se puso al lado de la naga, con el hacha en alto, por si a alguno se le ocurría escapar.

Atarrán observó la escena con desconfianza, los prisioneros estaban demasiado tranquilos. Tenía la extraña sensación de que no intentarían escapar. Sospechaba que era una artimaña para rescatar a Katia. Justo lo último que necesitaba.

—Balkor, desármalos —ordenó. Fuera lo que fuese lo que tenían planeado, sin armas, mejor.

—Sí, señor.

Mientras su lacayo le obedecía, suspiró con resignación. Su enfado crecía por momentos mientras miraba con detenimiento a «sus invitados».

—Querida… empiezas a resultar irritante. —Noa le mantuvo la mirada desafiante. Él no le prestó atención y posó sus ojos en el humano del que su hija estaba enamorada. En ese momento, Balkor le estaba quitando la espada. Una obra de arte desperdiciada con la sangre del muchacho. Iba a continuar con su escrutinio cuando algo llamó su atención—. ¡¿Esa es la Coraza de Efhirt?! —Con un chasquido, el peto apareció en sus manos. Lo observó asombrado—. Cuentan maravillas de esta armadura. Sacre debe estar perdiendo facultades con la edad… qué disparate dársela a un simple humano. Aunque reconozco que me alegra que la hayas traído… Gracias por el regalo —rio con maldad mientras la depositaba en el sillón de su hija y se fijaba en el último acompañante—. ¡Pero qué sorpresa! ¡El pequeño elfo traidor! Siendo sincero, no esperaba verte con vida. Aunque pronto pondremos remedio a ese contratiempo… —comentó con frialdad.

Un escalofrío recorrió la espada de Errolw. Tantos años escondiéndose del hechicero y ahora se había servido a sí mismo en bandeja. Al menos era por una buena causa.

—Ya que estás con mi despreciable esposa y ese insignificante humano, deduzco que no saben lo que hiciste…

—Te equivocas. Sé perfectamente quién es y lo que hizo —intervino la guardiana.

—Y, aun así, aquí está.

—Porque, a diferencia de ti, yo sí tengo corazón —le escupió Noa con desdén—. El perdón es algo que tú no conoces, Atarrán.

—Ahora eres tú la que se equivoca. Por supuesto que conozco el perdón, simplemente no le encuentro utilidad —declaró con vehemencia.

—Estás lleno de odio y te has dejado corromper por la maldad y el poder. Eres despreciable. ¿Qué le has hecho a mi hija? —gruñó Noa con furia.

—Nuestra hija —la corrigió con sorna.

El rostro de la guardiana se crispó de rabia.

—¡¿Cómo te atreves, maldito…?! —gritó, intentando zafarse.

—Tranquilita, Guardiana —le susurró el demonio, reforzando su agarre—. Podrías hacerte daño… —rio.

Atarrán sonrió complacido por la reacción que sus palabras causaban en Noa; sin embargo, no era momento de tonterías. La guerra se estaba librando y necesitaba el anillo para invocar el poder del Guardián Supremo de los Elementos. No tenía tiempo para juegos.

—Basta de pantomimas, Noa. Sé que no has venido con «nuestro» yerno y con el traidor a charlar. La drow renegada y el lobo deben andar cerca. Francamente, querida, tienes muy mal gusto para las compañías.

—No sé de qué me estás hablando. —Noa desvió la mirada.

—¿Crees que van a encontrar a Katia? ¿Dónde están?

Permaneció en silencio, mirándolo con desprecio.

Atarrán hizo un gesto a Elirni, que agarró con fuerza a William del pelo, echándole la cabeza para atrás. El muchacho aulló de dolor.

—No me hagas volver a repetirlo, Noa.

Se le había acabado la paciencia. Lo último que necesitaba era tenerlos deambulando por el castillo y que Katia los viera.

Cansado y furioso, se levantó de la silla y lanzó un hechizo. Noa no tuvo tiempo de reaccionar y, al intentar moverse, descubrió que el conjuro la había paralizado. Impotente, observó como Atarrán se acercaba a ella. Vio la rabia que había en sus ojos y la determinación. Iba a matarla…

Alzó la cabeza y se enfrentó a él con osadía. William y Errolw se miraron con pánico en los ojos, tampoco podían moverse.

Asmodeo soltó a Noa y se deslizó a un lado, cediéndole el lugar a su amo. Atarrán la agarró del cabello y la miró a los ojos.

—Esto acaba aquí, Noa —le susurró mientras alzaba la mano para matarla.

Un rayo de energía rozó su hombro.

—¡¿Qué diablos?! —exclamó sin soltar a Noa.

—¡Aléjate de ella, maldito! —rugió Aekya furiosa tras entrar en el salón. Su ataque había fallado, pero logró evitar que matara a Noa. Duke la seguía, gruñendo y mostrando sus afilados colmillos.

Asmodeo les interceptó. El hechicero observó, sin soltar a Noa, el enfrentamiento entre su lacayo y la paladina. La cosa se ponía interesante.

La elfa, que llevaba la espada desenvainada, propinó una estocada con fuerza, pero el demonio se agachó, e hizo aparecer un alfanje en su mano derecha. Se lanzó contra ella rugiendo, aunque no logró sorprenderla. Aekya esquivó el golpe con una finta veloz y le propinó un puñetazo en el estómago. Asmodeo soltó el aire de golpe y se encogió, pero se repuso con rapidez. Lanzó dos estocadas seguidas con una celeridad inhumana. Aekya evitó la primera, pero la segunda la alcanzó en el hombro derecho. Un grito de dolor retumbó contra las paredes de la sala.

—¡Maldito! —rugió entre dientes mientras se agarraba la herida—. ¡Pagarás por esto!

—Estoy deseando verlo —se burló su contrincante.

Aekya cambió la espada a la otra mano, pues la herida era profunda y le resultaba muy doloroso sostenerla. Encolerizada, cargó con todas sus fuerzas. Logró sorprender al demonio con un amago por la derecha que se convirtió en un tajo horizontal por la izquierda. Asmodeo lo paró justo antes de que el filo tocara su cuerpo aunque, con el movimiento, descuidó el otro costado y la elfa utilizó la mano herida para desenfundar una daga y clavársela.

Asmodeo la miró con furia. Se extrajo el puñal, ignorando el dolor y el chorro de sangre negra que salió a presión de la herida, y se abalanzó contra ella. Le lanzó un golpe de viento que la arrojó por los aires. La elfa cayó de bruces y rodó por el suelo. Mientras se incorporaba, agarrándose el hombro sangrante, el demonio aprovechó para acercarse con la intención de asestarle el golpe final; sin embargo, Duke, pillándole desprevenido, se lanzó hacia su yugular y le dio un buen mordisco. El lobo escupió un trozo de carne ennegrecida.

Elirni, presa del pánico, vio cómo su amado contraía el rostro de dolor y se llevaba la mano al cuello, intentando taponar la herida, que sangraba a borbotones. Quería soltar al humano y ayudarle, pero sabía que eso lo enfurecería más.

Asmodeo se olvidó de Aekya y encaró al lobo. Se enzarzaron en una encarnizada lucha. Duke se defendía con garras y dientes, pero Asmodeo, a pesar de sus heridas, era más fuerte y más rápido. Logró cogerle del cuello y lo arrojó con violencia contra la pared, dejándolo inconsciente. Elirni suspiró aliviada.

Al ver a Duke tirado, Aekya volvió a cargar contra el demonio, pero Balkor se interpuso entre ellos. La elfa, desesperada por vengarse de Asmodeo, lanzó una bola de fuego al formoriano para deshacerse de él. La llamarada se apagó en cuanto le alcanzó el pecho, sin dejar mella.

—Elfa estúpida, ¡yo soy inmune a la magia! —se burló con voz gutural—. Tu magia no puede hacerme nada.

Aekya se quedó perpleja, pero se recompuso y cargó contra él. Balkor se acercó, esquivando los cintarazos de su espada, y le propinó un puñetazo en pleno estómago. La elfa se encogió, agarrándose el abdomen. El formoriano la golpeó con fuerza en la espalda, aprovechando que estaba encorvada y Aekya, demasiado furiosa para prestar atención a los golpes que le estaba dando, se incorporó y le clavó la espada, atravesándole el corazón.

—Pero no eres inmune a mi espada —aseveró con satisfacción, viendo el reguero de sangre que empañaba la camisa del deforme.

Balkor la miró con los ojos desorbitados. Bajó la vista hacia la hoja que le atravesaba, robándole la vida. Antes de morir, alzó el hacha y, con las últimas fuerzas que le quedaban, la estampó contra Aekya. Ambos quedaron tendidos en el suelo.

Impotentes, Noa, Errolw y Will observaban horrorizados la escena. La guardiana, en un intento desesperado, y dado que lo único que podía mover era la cabeza, mordió a Atarrán en la mano, clavándole los dientes con fuerza. El hechicero se distrajo lo suficiente para que el encantamiento de parálisis perdiese fuerza y los demás intentaran zafarse de sus captores. Errolw dio un codazo con todas sus fuerzas en las costillas de su captor, haciendo que lo soltara. Sin demora, corrió a ayudar a Aekya.

Will, que observaba a Errolw, intentó lo mismo con la naga, pero esta, más precavida que Kroll, apretó su agarre.

—Ni se te ocurra, estúpido.

El muchacho sintió como el aire abandonaba sus pulmones. La presión de Elirni lo estaba matando. Intentó zafarse en vano. Cuanto más se movía, mayor era la presión que ejercía.

Errolw y Asmodeo luchaban con magia. Uno de los rayos de energía del elfo alcanzó al demonio, cuyo alarido distrajo a Elirni lo suficiente para que el muchacho sacara un brazo y la agarrara del cabello. Elirni rugió y apretó con más fuerza. Las costillas del muchacho se hicieron añicos. El aire abandonó sus pulmones, no sin antes emitir un grito de dolor que resonó por toda la fortaleza.

Katia estaba nerviosa en el despacho de Atarrán. Había salido a encontrarse con sus sirvientes y ella tenía poco tiempo para decidir qué hacer. El anillo quemaba en su dedo y brillaba más de lo habitual. No entendía por qué, pero no tenía tiempo de preocuparse por eso. Necesitaba un plan. Al llevar el *Collar Lejikfra*, no podría hacer magia, así que tendría que escapar por sus medios. Lo primero, decidió, era agenciarse de algún arma.

Miró en rededor, en busca de algo que pudiese utilizar, cuando un alarido de dolor llegó hasta ella. Se quedó paralizada. Todo su ser reaccionó, estaba segura… Era William.

Temblando, se acercó con rapidez al *Ojo de Jade*.

—Por favor, ¿puedes mostrarme a William? —suplicó al orbe.

El *Ojo de Jade*, feliz de que le pidieran las cosas con educación, mostró lo que se le había solicitado. La imagen de William apareció en la superficie. Katia observó la escena horrorizada. El muchacho, preso por Elirni, había adquirido un tono azul violáceo y convulsionaba. Su madre estaba intentando zafarse de Atarrán, que la tenía fuertemente agarrada. Aekya y Duke estaban tirados en el suelo y no se movían, y Errolw estaba enfrascado en una pelea contra ¡¿Kroll?! ¿Qué hacía ese elfo ahí?

Reconoció el lugar, era el salón del trono. Sin pensárselo dos veces, y presa del pánico, cogió una de las butacas que había en la habitación y, con una fuerza que más tarde la sorprendió, arrancó un brazo de madera y salió corriendo.

48

EL ÚLTIMO ALIENTO

Noa intentaba liberarse de Atarrán para socorrer a William. Elirni lo tenía enroscado con su cola y lo estaba asfixiando, como una vulgar serpiente hacía con su presa. Errolw luchaba contra el demonio de blanco y el drow al mismo tiempo, y no iba a salir bien parado. Tenía que pensar rápido.

Percibía una fuerza maligna muy poderosa emanar de Atarrán, probablemente la había adquirido con la ayuda del Libro Perdido, pero no le quedaba más remedio que enfrentarse a él. Recordó lo que su tío Sacre le había enseñado, hacía ya cientos de años y, decidida, pegó un fuerte pisotón al hechicero, que no se esperaba esa reacción.

Aprovechando la distracción momentánea, le dio un codazo en las costillas y se giró para, con todas sus fuerzas, golpearle en la cara. Salió corriendo hacia Will; sin embargo, Atarrán se recompuso antes de que le diera tiempo y le lanzó una bola de energía oscura que le impactó en la espalda y la tiró al suelo. Noa se puso en pie con dificultad.

—Eres poderoso, Atarrán, pero no olvides que yo soy una guardiana.

Con un simple gesto, de sus manos surgió un remolino de tierra que dirigió contra él y lo lanzó contra el trono. Un reguero de sangre le empampó la cara al abrírsele una brecha en la frente por la colisión. Con parsimonia, se incorporó, se atusó el cabello y se sacudió la túnica negra que llevaba puesta. Se pasó la mano por la herida y la cerró con magia.

—Si un duelo mágico es lo que quieres —encaró a la guardiana con una sádica sonrisa—, un duelo mágico es lo que tendrás.

Comenzó a recitar un ensalmo en un idioma desconocido para Noa. En menos de un segundo, dos sombras oscuras comenzaron a adquirir forma, una a cada lado de ella. De apariencia humana y tenebrosa, los espectros se inclinaron para apresarla. La guardiana percibía la magia oscura emanar de las formas, y entendió que bastaría un roce para llevar a cabo el propósito para el que habían sido creadas. Con rapidez, se agachó en el momento justo para esquivarlas. Se enderezó y las encaró, conjuró una brisa de luz blanca y la dirigió hacia ellas. En cuanto la luz rozó el contorno de una de ellas, se disipó. La sombra que quedaba se retorció en un intento de alejarse del rayo, que le seguía y que, finalmente, la envolvió hasta destruirla.

—¡Tus trucos oscuros no podrán conmigo! —le escupió al hechicero mientras se envolvía en un escudo mágico protector.

Atarrán sonrió.

—Y tu escudo no te servirá de nada —replicó el hechicero, que la imitó.

Noa no se dejó amedrentar y le lanzó un rayo de energía que rebotó en su barrera protectora. Atarrán alzó la mano y contraatacó con un rayo de confusión. La guardiana resistió el ataque con entereza y, durante unos minutos ambos se lanzaron todo tipo de hechizos, cada cual bloqueado, esquivado o repelido con magia.

—Parece que estás en forma, guardiana.

—Esto es solo el principio.

El duelo mágico continuó.

Errolw se enfrentaba al demonio y al elfo como podía. Aunque oponía resistencia, le estaban dando una paliza entre los dos. Intentaba llegar hasta Aekya, pero le resultaba imposible. Estaba herido y apenas se tenía en pie. Ninguno de ellos estaba bien. Por lo que sabía, Aekya y Duke podían estar muertos y William no lo llevaba mejor. La serpiente lo estaba asfixiando y no podía hacer nada para ayudarle.

Un sablazo en el estómago lo hizo caer de rodillas. Dos figuras sonrientes se inclinaban hacia él. Este era su fin. Todo había acabado. «Siento no haberte podido ayudar, Aekya», pensó. Cerró los ojos, resignado, esperando el golpe que lo mataría, cuando oyó un fuerte porrazo y, a continuación, un cuerpo inerte que caía a su lado.

Abrió los ojos desconcertado y se encontró a Kroll tirado en el suelo, inconsciente. Asmodeo estaba encogido sobre sí mismo y se aferraba con fuerza a su propio estómago. Un hilo de sangre negra le brotaba del labio. Katia sostenía un palo de madera maciza y sonreía satisfecha.

—¡¿Katia?! —exclamó Errolw sorprendido.

—Ayuda a Aekya y a Duke —le ordenó.

El elfo asintió y corrió hasta donde estaban tirados.

Atarrán oyó la voz de su hija. Se giró y comprobó, con fastidio, que estaba allí. ¿Cómo era posible?

Noa aprovechó la distracción para invocar una lluvia de rocas y lanzarla contra el hechicero, que intentó esquivarlas. Mientras, observó a su hija, sana y salva, que acudía a ayudar a William y, aliviada, corrió a socorrer a Aekya y Duke.

Atarrán se incorporó con dificultad. Algunas piedras le habían alcanzado, aunque no le habían herido de gravedad; sin embargo, tuvo que curarse las más profundas para no morir desangrado. Sus poderes estaban viéndose resentidos con el duelo mágico, pero no podía mostrar su inferioridad, eso jamás. La guardiana lo estaba llevando al límite. Ella también estaba cansada pero sus poderes habían nacido con ella y en segundos, volvía a la carga. Su humanidad era un lastre, un entorpecimiento de su grandeza. Necesitaba ese maldito anillo, pero la estúpida de su hija había conseguido librarse de su hechizo. Tenía que idear un nuevo plan, y rápido. Desaparecería de allí... Sí, y se la llevaría consigo, pero necesitaba la Rosa de Naran para intentarlo de nuevo. Estaba guardada en el hueco trasero del trono. Era imperioso que llegase hasta allí.

Katia buscó con la mirada a William. Estaba a solo unos metros de ella. Elirni la miraba complacida mientras le arrebataba la vida a su amado, lentamente. La muchacha crispó el rostro con rabia.

—¡Suéltalo!

—Eso ni lo sueñes, princesa —respondió la naga con arrogancia.

—Tú lo has querido.

Con todas sus fuerzas, y haciendo acopio de su puntería, le lanzó el palo que sostenía en la mano. Con un golpe seco, el trozo de madera acertó en la piedra preciosa de la frente, quebrándola en mil pedazos. Elirni se llevó la mano a la gema, con un aullido de dolor. El muchacho, casi sin respiración, aprovechó que la naga había perdido sus fuerzas y consiguió zafarse, no sin esfuerzo. A rastras, se alejó unos centímetros.

Katia suspiró aliviada y fue a reunirse con su amado, pero Asmodeo, que se había recuperado del garrotazo, la retuvo del brazo.

—No tan rápido, Sucesora —jadeó el demonio—. Pagarás lo que has hecho. —Sin darle tiempo a nada, le pegó un puñetazo que la lanzó hacia atrás.

Katia se recompuso y se limpió la sangre del labio con la manga. Enfurecida, cargó contra el demonio. Golpe tras golpe, fue ganando terreno. Asmodeo, desesperado, le lanzó una bola de fuego, pero ella la esquivó con soltura. Cargó de nuevo contra él, pero le envió un rayo de energía que la estampó contra la mesa de madera que había en un lado del salón. Cayó sobre ella, partiéndola por la mitad.

Ignorando el dolor, se arrancó un trozo de madera que se le había clavado en el costado y corrió hasta el demonio. Le lanzó un puñetazo tras otro, pero él los esquivó todos. Acto seguido, Asmodeo la golpeó con el puño derecho, dándole en la mejilla, y lo repitió con el izquierdo, pero la muchacha se agachó a tiempo para esquivarlo y aprovechó para propinarle, con fuerza, un puñetazo en sus partes. Asmodeo cayó al suelo encogido y retorciéndose de dolor.

—Ahí nunca falla —sonrió de manera fugaz.

La rabia se apoderó de Elirni. Su demonio estaba herido y su preciosa gema había quedado destruida. Cerró los ojos invocando sus poderes. Un líquido negro comenzó a gotear de cada una de sus largas y afiladas garras.

Serpenteando con rapidez, se colocó detrás de William. Lo enroscó en la cola y lo alzó en alto sin esfuerzo.

—¡Sucesora! —llamó con soberbia.

Katia la encaró. Observó las garras de la naga y tuvo un mal presentimiento.

—Suéltalo —le pidió secamente.

El rostro de la naga se iluminó con una perversa sonrisa. Alzó las manos para que Katia pudiese apreciar sus garras chorreantes.

—¿Sabes qué es esto? —preguntó con malicia. La muchacha negó con la cabeza—. Esto, Sucesora, es veneno de Tejo. Es un veneno muy raro. Hace muchos años, una hechicera naga con el corazón roto hizo un trato con el espíritu oscuro de los bosques. Ofreció su alma y la de sus crías para que le concedieran la petición de poseer un veneno tan mortífero que ni el ser más poderoso de los dos mundos pudiese salvarse. El espíritu cogió un fruto del Tejo, el árbol de la muerte, extrajo su jugo y se lo entregó a la naga. A los pocos días, el hombre que le había roto el corazón murió de manera horrible. Desde ese momento, todas las nagas podemos invocar ese poder. Para este veneno, no existe remedio alguno. Basta con un simple arañazo… —Su sonrisa se ensanchó y acercó el cuerpo de Will hasta ella. Trazó una línea con su garra, desde el mentón hasta el pecho del muchacho y lo arrojó al suelo sin miramiento— …como este, para morir.

Katia abrió los ojos de par en par, aterrada. Su corazón dejó de latir. Conocía la historia del veneno, lo había leído en uno de los libros de Elean y sabía que Elirni decía la verdad. Se acercó a William con un reguero de lágrimas cayéndole sin tregua. La naga, complacida, reptó hasta Asmodeo.

Katia cayó de rodillas, vencida y destrozada. Con cuidado, levantó la cabeza de Will y la colocó sobre sus rodillas. La fina línea roja que atravesaba su cuello estaba cambiando de color a una velocidad fulminante, y se ramificaba en pequeñas franjas, propagándose como tentáculos.

—Mi vida… —lloró Katia desconsolada.

—No… temas, mi niña… —jadeo el muchacho—. Siento no… haberte servido de mucho… —Un reguero de sangre comenzó a brotar de sus labios, provocándole un absceso de tos.

—No… Al contrario… —Se le había hecho un nudo en la garganta que apenas la dejaba hablar. Sentía que se le partía el alma.

—Te amo… más que a nada…

—Will… no… por favor…

—Sé… feliz…

Su voz era apenas un susurro, la vida se le escapaba con cada respiración y sufría un dolor insoportable. Sentía que su cuerpo estaba siendo retorcido de tal manera que se estaban rompiendo todos y cada uno de sus huesos. Ya no le quedaban fuerzas. Y mientras los ojos se le cerraban y exhalaba su último aliento, le dedicó a Katia su última sonrisa, cargada de amor.

La chica sostenía su mano y vio acongojada cómo perdía fuerza, hasta quedar flácida.

—Will… No, no, no… ¡¿Will?! ¡¿William?! ¡Despierta!

La muchacha le pegó una bofetada con suavidad mientras lo zarandeaba, pero no obtuvo respuesta. Alterada y con desesperación, agitó con fuerza su cuerpo inerte, sin resultado.

—No puede ser… No… Will, no… —balbuceó, llorando incontroladamente.

Noa dejó a Errolw al cuidado de Aekya y Duke, que estaban recobrando la consciencia y, sin prestar atención a nada más, corrió a su encuentro. La muchacha temblaba y lloraba sin cesar.

Elirni había acudido a ayudar a Asmodeo, que estaba herido y sangraba por varios sitios. Se percató de que Kroll seguía tendido en el suelo, inconsciente, pero para ella no era más que otro siervo de su amo, así que no le prestó atención. Saboreó la victoria de haberse vengado de la Sucesora matando al humano.

Katia oía la voz de su madre infundiéndole palabras de ánimo. Ni siquiera se había percatado de sus brazos rodeándola. Nada era real. No podía serlo. William no podía haber muerto… Todo lo que le importaba había sido destruido. Sus padres, su pueblo, todo. Lo único que le quedaba era Will. Con él, todo tenía sentido, pero ahora… todo se había esfumado. Su vida ya no significaba nada. Ya no le vería sonreír, no volvería a sentir su calor, no volvería a escuchar su voz…

El nudo en la garganta se hizo mayor, tanto que le impedía respirar. Una presión creció en su interior y, sin poder evitarlo, gritó con todas sus fuerzas. Una inmensa luz nació del interior de Katia y la envolvió por completo, fundiéndose con ella. Su intensidad era tal que obligó a los presentes a protegerse los ojos. Se produjo una fuerte explosión que lanzó a todos, excepto a ella misma, contra la pared.

Su cuerpo, bañado en luz, se alzó sobre el suelo y permaneció flotando en el aire. Sus cabellos ondeaban al compás de un viento que soplaba solo para ella. Sus ojos, en llamas, miraban al infinito. Una poderosa fuerza la embargó y entonces supo cuánto poder albergaba en su interior. *El Collar Lejikfra* explotó en un millón de pedazos que salieron disparados en todas las direcciones. Poco a poco, la luz fue disminuyendo y la muchacha bajó lentamente hasta el suelo.

Todas sus heridas habían sanado. Miró a su amado con tristeza. Su cuerpo reposaba a sus pies, con el rostro sereno.

Atarrán, que gracias a la explosión había conseguido llegar al trono, estaba atónito.

—¡No puedes ser tú! ¡Es imposible! —exclamó fuera de sí.

Katia miró al hechicero.

—¿Qué quieres decir?

—Estúpida niña. ¿Es que esos idiotas no te han enseñado nada? Hoy es un día de profunda oscuridad.

—¡La profecía! —comprendió Noa, y se puso en pie con la ayuda de Aekya, que ya había recuperado la consciencia—. Hoy hay un eclipse.

—Exacto. Se ha convertido en la Guardiana Suprema de los Elementos… —murmuró Atarrán airado.

Katia explotó con furia y miró a su padre con tanta rabia que sus ojos echaban chispas.

—¡Ya basta de tonterías! Estoy cansada de todo esto. Todo es culpa tuya. Culpas a los mágicos por tus desgracias y los tachas de egoístas, cuando tú eres mil veces peor. Disfrutas con el sufrimiento y no te importa nadie más que tú. Tienes el corazón tan negro como el carbón. —Las lágrimas le caían sin tregua y su tono de voz se había elevado hasta convertirse en un angustiado grito—. Por tu culpa toda mi vida se ha desvanecido. Tu maldad y tu afán de poder han destruido a mi familia y me han quitado a William. ¡Te odio! Y pagarás por todo.

Se lanzó contra él, asestándole un puñetazo en plena cara. El labio comenzó a sangrarle. Irritado, escupió al suelo y comenzó a recitar un ensalmo para apresar el alma de Katia. Ella, demasiado furiosa, hizo un gesto con la mano y Atarrán salió despedido contra la pared con tanta fuerza que la resquebrajó.

Magullado, el hechicero se levantó con dificultad. Consciente de que no podría vencerla, y antes de que volviera a cargar contra él, hizo aparecer en sus manos un enorme libro encuadernado con piel envejecida, dispuesto a escaparse.

—Ahora no puedo luchar contra ti, pero encontraré la manera, no te quepa duda.

—¡Eres un cobarde! —le escupió la muchacha furiosa y, fijándose en el libro, añadió—: Ese libro no te pertenece.

Atarrán sonrió y Katia supo que iba a huir.

—No importa dónde vayas y no importa lo que tarde. No descansaré hasta destruirte y recuperar el libro. Pagarás por todo lo que me has hecho, padre —le advirtió, destilando odio.

El contorno del hechicero comenzó a difuminarse.

—Pronto volveremos a encontrarnos —le prometió y, acto seguido, desapareció.

Katia resopló ofuscada. Buscó con la mirada a Elirni. Ella también pagaría por su dolor.

La mujer serpiente estaba ayudando a incorporarse al demonio. Ambos estaban bastante magullados y tenían varias heridas sangrantes. Con la explosión, se habían golpeado contra una de las paredes de piedra de la sala y su aspecto había empeorado; sin embargo, seguían juntos.

La agonía y la desolación se apoderaron de ella. Incapaz de contenerse, y consciente de su poder recién liberado, se elevó del suelo y planeó hasta la naga.

Elirni observó aterrada a Katia y su cara desfigurada por la rabia.

—Tú me has robado la vida, ahora te la robaré yo —le dijo entre dientes con aversión.

Katia le clavó el puño en el pecho, arrancándole el corazón. El cuerpo de la naga cayó inerte al suelo. Todo pasó tan rápido que ni Asmodeo, que estaba justo a su lado, pudo hacer nada.

La chica se dejó caer al suelo. Ya no le quedaba nada. Con un simple pensamiento, atrajo el cuerpo de Will hasta ella y lo abrazó desconsolada.

Asmodeo se había quedado aturdido por el golpe y estaba demasiado herido para presentar batalla. Consumido por el odio y la rabia, recogió el cuerpo sin vida de Elirni con sumo cuidado y, mirando a Katia directamente a los ojos, habló, transmitiendo toda la rabia que sentía:

—Has matado a Elirni, Sucesora. Esto no quedará así.

Se envolvió en una nube oscura y desapareció, llevándose el cuerpo de la naga con él.

Noa se acercó a su hija, seguida de Errolw, Duke y Aekya, estos dos últimos, cojeando. Se arrodillaron a su lado y lloraron la muerte de Will.

49

LA GUARDIANA SUPREMA DE LOS ELEMENTOS

Noa tenía abrazada a su hija, que sollozaba sin descanso. Aekya, Duke y Errolw estaban a su lado, en silencioso respeto. Katia acariciaba el rostro apagado de su amado. Todo había terminado, su vida ya no tenía sentido alguno.

Aekya, apenada, le puso una mano en el hombro.

—Debes dejarle ir —dijo con dulzura.

Katia negó con la cabeza.

—¿De qué me sirve ser tan poderosa si no he sido capaz de salvarlo? —preguntó entre lágrimas.

Nadie sabía qué decir. Duke lamió la mano de la muchacha y se recostó al lado del difunto. Era duro pensar que ya no estaba con ellos.

Errolw oyó un ruido a su espalda y se puso en guardia, pensando que serían más enemigos. Cuando se giró encontró al ave fénix, que había aparecido en mitad del salón. Se acercó hasta ellos y restregó el pico en el hombro de Katia, cariñosamente.

—¡Oh, Mirka! —lloró.

«Lamento no haber llegado a tiempo. He sentido tu dolor y he venido lo más rápido que me han permitido mis alas».

—No... Los demás te necesitaban y yo... —suspiró, incapaz de pronunciar nada con sentido—. ¿Qué voy a hacer sin él?

«Salvarlo», contestó el pájaro, tajante.

—¡¿Qué?! —preguntaron todos a una voz.

«Puede hacerlo».

—¿Cómo? —Una chispa de esperanza brilló en los ojos de Katia.

«Eres la Guardiana Suprema de los Elementos», dijo Mirka, como si eso lo explicase todo.

Todos los presentes observaron desconcertados al pájaro, esperando una aclaración.

—¿Y qué? —La muchacha se encogió de hombros, sin entender.

Mirka graznó.

«Tu poder se ha desatado. Como Guardiana Suprema dominarás los cinco elementos: Aire, Agua, Fuego, Tierra y Vida. O en este caso, Muerte. Ve al reino de los muertos y tráelo de vuelta».

—¿Cómo? —preguntó Katia resuelta.

«Yo te ayudaré».

La chica asintió con renovada energía. Los demás, más animados y esperanzados, se hicieron a un lado y dejaron espacio. Observaron atentos y en silencio.

«Busca una posición cómoda y concéntrate», le ordenó el fénix con amabilidad.

Kat permaneció sentada en el suelo, cerca de su amado. Cerró los ojos y se concentró. Le costó más de lo habitual porque estaba muy nerviosa. Respiró varias veces, intentando dejar la mente en blanco. Tras varios intentos lo consiguió.

«Muy bien. —Mirka percibió la concentración de poder en el interior de Katia—. *Tienes que abrir un portal hasta allí».*

—Pero, ¿cómo abro un portal si no sé dónde está? —preguntó en un susurro.

—Concéntrate en Will. Intenta sentir su alma —intervino Noa—. Estás unida a él por el sentimiento más poderoso que existe, el amor. Únicamente tienes que concentrarte y seguirlo.

—¿Como si nos uniera una cuerda? —preguntó confusa.

—Exacto. Imagina que tienes atado un cordel en la cintura y que el otro extremo está atado en la de Will. Visualízala en tu mente e intenta seguirla. Averigua dónde está.

Katia suspiró apesadumbrada. No parecía tan fácil, pero tenía que intentarlo. No. Tenía que conseguirlo. La vida de William, su propia vida, dependía de que lo lograra.

—Jamás he conocido a nadie con tanta determinación como tú, Katia. Si alguien puede lógralo, esa eres tú.

Todos miraron asombrados a Aekya. La elfa había hablado con amabilidad y convencimiento. Errolw y Duke sonrieron orgullosos, Katia la miró agradecida. Noa y Mirka asintieron.

«¿Eso es un cumplido, Aky?», preguntó Duke divertido.

—Es lo que pienso, nada más —contestó tajante, pero con una ligera sonrisa.

Katia sonrió, algo más relajada. Iba a ir a por William y lo iba a traer de vuelta. Cerró los ojos y pensó en él. Recordó el primer día que lo conoció y lo que sintió cuando le vio. Rememoró cuando le pidió en matrimonio, lo nervioso que estaba —sus manos temblaban— y lo sexy que se veía mientras tartamudeaba. Una sonrisa se extendió por su rostro. Sentía su poder, convergía en su interior.

Concentrada, evocó una cuerda como las que utilizaba su amado padre para atar la leña. La visualizó en su cintura e imaginó que Will tenía el otro extremo. Se vio a sí misma siguiéndola. Al principio no ocurría nada, salvo lo que ella creaba en su mente, pero, poco a poco, fue advirtiendo la presencia del muchacho.

Dejó la mente en blanco y se concentró en lo que estaba percibiendo. Se sintió perdida y asustada y supo que esos sentimientos provenían de William. Sentimientos reales que su amado estaba experimentando en ese momento. Eso la afectó profundamente. La necesitaba.

Intentó imaginar cómo sería la puerta que le conduciría a él, hasta que comprendió que sabía exactamente qué aspecto tenía. La visualizó en su mente y se concentró en ella. Un murmullo de aprobación llegó hasta ella.

Abrió los ojos y allí estaba. En medio de la sala había una apertura, seis pies de alto por tres de ancho, oscura como el carbón. Una brisa helada se colaba a través de ella.

«Ahí está —indicó Mirka—. *La entrada al mundo de los muertos»*.

Katia suspiró y se puso en pie. Respiró hondo y se dirigió hasta el portal. Antes de cruzarlo, se giró.

—¿Cómo sabré dónde encontrarlo?

«Solo tú puedes responder a esa pregunta, mi Velikya. Haz caso a tu corazón, pues es el único que conoce el camino».

—Ten cuidado, mi niña —le pidió Noa.

«Ánimo, Kat. Seguro que lo encuentras en un santiamén», la animó Duke con toda la alegría que fue capaz de proyectar.

Aekya y Errolw le dedicaron una mirada de ánimo. Katia reparó en que el elfo la tenía agarrada por la cintura, soportando su peso ya que apenas se tenía en pie. Sorprendentemente, ninguno de los dos parecía disgustado por el contacto.

Sonrió para sí. No todo estaba perdido con esa elfa.

Dispuesta a registrar el fin del mundo si era necesario para encontrar a Will, cruzó el portal.

Un débil haz de luz le indicó hacia dónde caminar. Salió a un amplio espacio apenas iluminado. Miró en rededor para ubicarse y observó el paisaje. Estaba en un bosque de aspecto lúgubre y funesto. Era difícil distinguir las cosas, pues no había más luz que la de un día nublado. Todo estaba envuelto en una espesa niebla, no había flores, ni se oían cantos de pájaros. Un opresivo silencio inundaba el lugar.

Los árboles eran fantasmagóricos, de ramas retorcidas y carentes de hojas. Sus troncos, demasiado oscuros, añadían un tinte sombrío al bosque.

A lo lejos vio una sombra deambular por el terreno. Despacio, caminó hacia ella y descubrió a una anciana que andaba en círculos con la mirada perdida. Un escalofrío le recorrió la espalda.

La desconocida hizo caso omiso de su presencia. Murmuraba algo inteligible mientras andaba. Katia se debatía entre hablarle o seguir buscando sin ayuda, pero, mirara donde mirase, no había nada más que árboles y niebla.

—Disculpe, señora, ¿lleva usted mucho en este bosque? —Quizás había visto pasar a Will.

La anciana se detuvo y reparó en Kat por primera vez. Dejó de murmurar y asintió.

—¿Ha visto pasar a un joven?

Volvió a asentir.

—He visto pasar a muchos. ¿A quién buscas tú?

—Yo… A mi prometido. Es alto, robusto y de cabellos rubios… Su nombre es William, William Turón —detalló, con un tinte de desesperación en la voz.

La anciana la observó con detenimiento. Por un momento parecía que iba a contestar, pero volvió la vista al frente y reanudó la marcha y los murmullos. Katia resopló impaciente.

—Perdone, señora, ¿lo ha visto? —insistió.

—¿A quién? —preguntó la mujer confusa.

—A mi prometido —la conversación se volvía tediosa por momentos.

—He visto pasar a muchos prometidos, querida.

Katia se dio por vencida. La anciana llevaba demasiado tiempo perdida y no decía nada coherente. Decidida a no perder más tiempo, le dio las gracias y se giró para irse.

No había dado ni dos pasos cuando la llamó.

—Tu alma no pertenece a este lugar, muchacha. —Sus ojos brillaban con inteligencia—. Tienes potestad para estar aquí, pero no debes hacerlo. El mundo de los muertos no es para los vivos. Si buscas un alma, nunca la encontrarás. Esa es la maldición de este lugar.

—¿Qué quiere decir? —preguntó con inquietud.

—¿Con qué?

—Con lo que me acaba de decir.

—He dicho muchas cosas, querida. —La anciana volvía a caminar en círculos entre murmullos y la chispa de cordura había desaparecido.

Hastiada por las rarezas de la mujer, Kat se alejó con pasos agigantados. Encontraría a Will, aunque fuese lo último que hiciese.

Al cabo de un rato se detuvo en seco, alarmada. La anciana estaba frente a ella, andando en círculos y murmurando. ¿Cómo era posible?

Llevaba un rato caminando y no la había visto pasar delante de ella. ¿Estaría andando en círculos ella también? Una idea la asaltó. Quizás aquel lugar no fuese tan grande después de todo. Quizás, si gritaba su nombre, Will la escucharía:

—¡William! ¡Cariño, soy Kat! ¡Will!

Esperó, mas no obtuvo respuesta.

Llamó varias veces más, alzando la voz todo lo posible, pero nadie parecía escucharla. Siguió caminando, pues no sabía qué otra cosa podía hacer.

Poco a poco fue descubriendo a más personas diseminadas por el lugar. «Juraría que antes no estaban ahí —se dijo—. Probablemente no habré reparado en ellas antes». Cada una hacía algo en particular: arrancar los mismos matojos una y otra vez, andar hacia atrás, mirar hacia el cielo o, simplemente permanecer inmóviles. Kat reparó en que estaban atrapados en un bucle interminable, igual que la anciana.

Probó a acercarse a algunos de ellos y preguntarles por William. En cada intento obtuvo la misma respuesta: nada.

Desanimada, pensó que era un lugar horrible: «Si aquí es donde venimos cuando morimos, no quiero morir nunca. Es muy deprimente».

—Te equivocas, Sucesora —le dijo una voz masculina, a su espalda.

Katia, vacilante, se giró en busca del propietario de la voz, pero no vio a nadie.

—No busques a quien no desea mostrarse ante ti —la reprendió.

—¿Quién eres?

—Eso es difícil de explicar.

«Aquí todo es difícil de explicar y difícil de entender —pensó abatida—. Todo es demasiado extraño».

—Eso es porque lo comparas con el mundo de los vivos. Reglas distintas para mundos distintos.

—¿Por qué todo el mundo se empeña en hablarme con acertijos?

—Hay cosas que uno debe aprender por sí mismo.

Katia resopló indignada. Ella solo quería recuperar a Will y marcharse a casa. Ni siquiera había asimilado los últimos acontecimientos de su vida y, ahí estaba, entre los muertos. Sonrió ante la ironía.

—Cierto, has hecho huir a Atarrán, el Señor Oscuro —comentó sin emoción.

Katia asintió, pensando que el apodo le venía muy bien, cuando cayó en la cuenta de que no había emitido ni un sonido en voz alta. Quien fuera el que le hablaba había escuchado sus pensamientos.

—No oigo tus pensamientos, Sucesora —la corrigió—. En este lugar no hay cuerpos físicos que nos compriman. No tenemos boca, ni ojos, ni oídos. Al menos no de la manera que tú imaginas. Solo somos almas, espíritus que adoptan la forma que conocen y aman. Pueden cambiar a voluntad; aunque nadie lo hace. Prefieren aferrarse a algo que ya no poseerán jamás.

—¿Y cómo es que tú hablas con tanta cordura? He intentado hablar con varias personas, pero no dicen más que incoherencias.

—Bueno, eso es porque yo soy diferente. Yo no he tenido que morir para venir aquí. Cuando tardan mucho en irse, se olvidan de lo que han vivido y se convierten en lo que has visto.

Un escalofrío recorrió la espalda de la muchacha y se imaginó a su amado William atrapado en aquel lugar tan horrible. Sacudió la cabeza, intentando quitarse ese pensamiento de la cabeza.

—Sí, es muy posible que acabe así —le confirmó la voz, ante los pensamientos de la muchacha.

—¿Puedes ayudarme a encontrarlo?

—No. Solo tú puedes encontrar lo que buscas.

—Más acertijos… —resopló la muchacha.

La voz permaneció en silencio, observando a la muchacha. Era muy poderosa y había logrado en un día lo que los mágicos llevaban años intentando. Había demostrado valentía al internarse en su mundo sin conocerlo. Se apiadó de ella, parecía tan frágil en ese momento…

—Verás, Sucesora. Este es el lugar al que vienen los que han sido arrebatados de la vida de una forma violenta. Estas almas necesitan un tiempo de reposo para asimilar lo que les ha ocurrido. Algunos lo consiguen rápido, otros tardan siglos y… otros jamás lo consiguen. A fin de cuentas, de lo que se trata es de comprender la gran verdad.

—Que están muertos —entendió Kat.

—Exacto. Ya no volverán a ver a sus seres queridos. Nunca volverán a experimentar ninguna sensación, salvo el miedo y la desesperación de este lugar. Algunos prefieren sentir esto, aunque sea angustioso y los destruya lentamente, a dejar de sentir. Creen que esta forma de vida los mantiene unidos a lo que fueron.

—Pero es muy cruel —se lamentó la muchacha.

—Es su decisión. Así son las cosas aquí. Es complicado entenderlo para un ser vivo. Tú aún posees un cuerpo al que aferrarte.

—¿Y tú eres el que los vigila?

—Algo así.

—¿Y no sabes dónde está William? —preguntó Katia escéptica.

—Este lugar es infinito, sucesora. Tú solo has logrado ver un atisbo de lo que en realidad es. Hay demasiadas almas.

Las lágrimas brotaron de sus ojos.

—¿Cómo voy a encontrarlo? —La desesperación se iba apoderando de ella.

—Eres la Guardiana Suprema de los Elementos. Eres el único ser vivo que puede viajar entre los dos mundos sin estar muerta. Si hay alguien que puede encontrar a William y devolverle la vida, eres tú. Aunque, cómo ya sabrás, todo tiene un precio. —Ante la mirada perpleja de la muchacha, decidió explicarle algo que ya debería saber—: Su alma ya no pertenece al mundo de los vivos, Sucesora. Como Guardiana Suprema, tu deber es proteger este lugar y hacer que las leyes se cumplan. Así que, si las rompes, deberás pagar un precio.

Eso la sorprendió. ¿Un precio? Estaba dispuesta a pagar cualquier precio por recuperar a William; sin embargo, no podía imaginar cuál sería, en un mundo en el que lo material no tenía razón de ser.

—Nadie te ha explicado las reglas, ¿verdad? —le preguntó la voz, comprendiéndola.

—Acabo de enterarme de lo que soy. Ni si quiera sabía que podía venir aquí.

Katia sentía que su voluntad y su determinación se reforzaban. Estaba dispuesta a luchar hasta el final por salvar a su amado. Por muchos obstáculos que aparecieran, ella los superaría todos. Por él, por su William.

—¿Cuál es el precio? —preguntó dispuesta.

—Una vida. Si te llevas un alma, dejas un alma. Ese es el precio. La tuya, por supuesto, no es válida. No puedes dejar un alma mágica a cambio de un alma humana.

Katia cayó al suelo, rendida. Comprendió cuán segura había estado de que lo recuperaría. Descubrió, desolada, cuantas veces podía destrozarse un corazón en un solo día. Jamás haría algo así, amaba a William más que a nada en el mundo —habría dado su vida sin dudarlo un segundo a cambio de la suya—; pero arrebatar una vida era otra cosa. Sería incapaz de condenar a alguien a cambio de su felicidad y sabía que William jamás se lo perdonaría.

—Sin embargo, ya lo has hecho —la acusó.

—Eso es distinto —se defendió, sabiendo a qué se refería la misteriosa voz—. Eso fue supervivencia. Jamás he querido matar a nadie, pero eran ellos o yo.

—¿Y Elirni? ¿No ha sido eso venganza? —le preguntó con picardía.

—No... es distinto... ella me hubiese matado de haber podido —dijo convencida—. Puede que me haya vengado de que matase a William, pero nos habría matado a todos de haber podido.

—Puede.

Aunque su determinación y su fuerza la habían abandonado, pues ya no había razón para seguir, no aceptaría que era una asesina. Había matado a Krill y a Elirni, sí, pero en ambos casos fue en defensa propia. No había disfrutado con ninguna de sus muertes y, aunque se había vengado, no había ganado nada, salvo dolor.

—No. Jamás lo haré. Ninguna vida, ni siquiera la de William, vale la vida de otra persona —dijo decidida y con lágrimas en los ojos, enfrentándose a la verdad de que jamás volvería a estar con él.

—Tu decisión te honra —la aplaudió la voz.

Katia solo quería llorar. Todo lo que la había mantenido en pie, su razón de seguir adelante, había desaparecido. Para qué seguir. Ya no había nada por lo que luchar. Ya no tenía una vida a la que volver. ¿Qué iba a hacer ahora?

—Convertirte en Guardiana de la Tierra y honrarme siendo feliz.

Katia se emocionó. Conocía esa voz como la suya propia. Se puso en pie y se dio la vuelta. Allí estaba él. Tan guapo como siempre lo había estado, y ahora para toda la eternidad.

—¡William! —exclamó entre sollozos.

—¡Katia, mi vida! ¡Te he sentido! ¡Sabía que estabas aquí! Te oía hablar y sentía tu presencia... La he seguido y... ¡te he encontrado! —El semblante del muchacho se iluminó con una sonrisa y alzó los brazos para atraer a la muchacha hacia sí.

Kat intentó afanarse a él con desesperación, pero sus brazos solo lo atravesaban. Las lágrimas caían, sin tregua, por su rostro.

—No podéis tocaros —les dijo la voz con un deje de compasión—. Tú tienes cuerpo, Sucesora, pero él no. Ya no.

Katia asintió destrozada y dejó caer los brazos. Will tenía la cara contraída en un gesto de dolor. Quería llorar, pero ya no podía. Todo era un desastre, aunque al menos podía verlo una vez más.

«Tengo que ser fuerte, no quiero que sufra por mí. Tiene que superar lo que le ha pasado para poder avanzar. Tiene que salir de este lugar tan horrible. Al menos, eso sí puedo dárselo». Se enjugó las lágrimas y le dedicó a Will su mejor sonrisa.

—Will, mi vida, no dejes que lo que ha pasado te entristezca. Yo estaré bien y, bueno, sé que hay un lugar mejor para ti. Esto... Esto solo es un tránsito... —Las palabras salían aturulladas. Tenía que calmarse porque las lágrimas comenzaban a asomar de nuevo y no podía dejar que el chico supiese cómo se sentía en realidad.

—Siempre he sabido cuando intentabas ocultarme algo. —Sonrió con nostalgia—. Sé cómo te sientes, mi vida. No me hace falta este lugar para saber qué hay en tu interior. Estoy bien, Kat. Solo quiero que tú seas feliz. Lamento no haberte ayudado, pero sé lo poderosa que eres y todo el bien que vas a hacer con tus nuevos poderes.

—Will... Yo... —Katia irrumpió en llanto, incapaz de contenerse.

—Estaré bien, mi dulce niña.

Ambos se sostuvieron la mirada, cargada de amor. La vida no era justa, pero no podían hacer nada.

Ella asintió e intentó calmarse, no iba a desperdiciar sus últimos minutos con Will llorando. Se enjugó las lágrimas, por enésima vez, y sonrió. Esta vez de verdad.

—Te amo, William. Jamás amaré a nadie como te amo a ti.

—Y jamás existirá nadie que te ame a ti como lo hago yo.

La voz observaba la escena con interés. Los sentimientos brillaban por su ausencia en su mundo. Esos dos habían llenado todo el lugar con su amor. Siempre se sorprendía con ese sentimiento. La gente era capaz de hacer grandes locuras en su nombre. Pero en todos sus años como Guardián de las Almas, que se contaban por miles, jamás había observado un amor tan poderoso y tan puro. Estaba realmente asombrado.

Las leyes eran las leyes, eso estaba claro. Él no podía ayudarla, pero era triste ver un amor así desperdiciado por un tecnicismo. Sonriendo, se apareció ante ellos, algo que hacía tiempo, mucho tiempo, que no hacía.

Katia se sorprendió al ver a un hombre aparecer. Era alto y delgado, pero con un porte elegante. Tenía los ojos almendrados y el cabello oscuro, a melena, peinado para atrás. Vestía un pantalón sencillo y una túnica corta, ambos de color negro. Su rostro denotaba curiosidad y sabiduría.

—Encantado de presentarme ante vos, Guardiana Suprema de los Elementos. —Hizo una reverencia y habló con aire ceremonial—. Y ante vos, valeroso guerrero.

—¡La voz! —exclamó la muchacha con reconocimiento.

El caballero asintió.

—Mi nombre es Barrabás, y soy el Guardián de las Almas.

—¡¿Un Guardián?! —se sorprendió Katia—. Creía que solo había cuatro guardianes.

—Cinco guardianes para cinco elementos, así ha sido siempre y así será. Y un Guardián Supremo, que mantendrá el orden de los cinco elementos. Aunque en este caso, La Suprema y la de la Tierra son la misma —sonrió.

—Aún no soy la Guardiana de la Tierra —confesó Katia aliviada, pensando en su madre que, sana y salva, la esperaba en la habitación del trono.

—Pero lo serás. Pronto.

Katia miró su anillo. El símbolo de la Tierra comenzaba a difuminarse.

—Lo sé.

William reconoció la mirada perdida de su amada y, antes de que se entristeciera de nuevo, intervino con educación.

—¿Y a qué debemos el honor de su presencia, Guardián de las Almas?

—Lo cierto es que me parecéis muy interesantes. Los sentimientos me fascinan y por aquí no suelen proliferar. Os amáis como jamás había visto. Daríais vuestra vida por el otro sin un ápice de duda. De hecho, Will, ya lo has hecho. Sin embargo, ella tiene la oportunidad de salvarte cambiando un alma por la tuya, y prefiere ser infeliz sin ti, a entregar una vida. ¿Cómo puede un desconocido valer más que el ser al que más amas? No lo comprendo. Es muy complejo.

—Nadie está por encima de los demás —dijo Katia con autoridad—. Tengo que ser fiel a mí misma y hacer lo correcto.

—¿Y sufrirás y harás sufrir a la persona más importante de tu vida? Piensa que puedes traer a cualquiera. Solo necesitas a un humano o la parte humana de cualquier ser —ofreció Barrabas con despreocupación.

—No —contestaron Will y Katia al unísono.

Ella iba a continuar con su razonamiento, cuando algo de lo que había dicho Barrabás llamó su atención.

—Solo necesito a alguien que sea humano, o su parte humana…

Barrabás sonrió. Esa chica las pillaba al vuelo.

William observó a su amada divagar. Algo estaba tomando forma en su mente, la conocía demasiado bien.

—Has dicho «la parte humana», eso quiere decir que puedo cambiar el alma de Will por la parte humana de una persona, ¿no? —preguntó Kat.

—Técnicamente, por la parte humana de un alma, sí.

—Es decir… puedo cambiar el alma de Will por la parte humana de mi alma, ¿correcto?

Barrabás sonrió y asintió.

El rostro de Will se tiñó de preocupación.

—¿Y qué implica eso? ¿Renunciar a tu sangre humana? Cómo puedes desprenderte de una parte de ti misma. ¿Y si mueres…?

—Tranquilo, mi vida —lo cortó Katia—. No me pasará nada. Solo voy a renunciar a mi humanidad. Seré un ser mágico, como mi madre y mi abuelo.

La muchacha sonrió. Sabía perfectamente a lo que iba a renunciar, a tener una vida normal. Ya no podría volver al reino de los humanos, jamás realizaría su sueño de vivir con Will en su casita, rodeada de hijos. Tendría una vida con su amado, pero no la que habían soñado. Cómo mágica tendría que vivir en el mundo de los mágicos, con sus reglas; sin embargo, cualquier vida con él era mejor que ninguna. Tenerle a su lado merecía la pena, además, tampoco era tan terrible. Solo tendría que renunciar a una pequeña parte de sí misma y lo que ganaba era mucho, mucho más importante para ella.

—¿Qué debo hacer? —preguntó decidida al Guardián de las almas.

Barrabás se acercó a ella. Cerró los ojos un segundo. Con fuerza y de golpe, introdujo ambas manos hasta la altura del codo, en la espalda de Katia. La muchacha aulló de dolor y cayó de rodillas al suelo. Will desencajó el rostro y trató de ayudarla, pero el Guardián le indicó con la cabeza que no lo hiciera. Eso era algo que tenía que pasar sola.

El muchacho, impotente, observó a su amada sufrir el dolor más desgarrador de su vida.

El proceso no duró más de unos minutos, pero para Katia, parecía que habían pasado horas. Al abrir los ojos se encontró tirada en el suelo. Will, arrodillado a su lado, la miraba desolado. Su rostro transmitía un dolor infinito. Deseaba poder tocarlo.

Intentó decirle que estaba bien, pero tenía la garganta demasiado reseca. Tragó un par de veces.

—Estoy bien —susurró con la voz ronca.

Will negó, sabiendo que mentía.

Le dolía todo el cuerpo. La sensación era horrible. Tenía la impresión de que la habían partido por la mitad, aunque pensándolo bien, era eso precisamente lo que le había ocurrido. Sentía un peso en la boca del estómago y tenía la sensación de que le faltaba algo. Comprendió que ese sentimiento perduraría para siempre, pues nunca estaría completa. Se sacudió de encima el estremecimiento que la había invadido y miró al guardián, que le devolvía la mirada con satisfacción. En sus brazos yacía inconsciente una niña pequeña de unos cinco años de edad, de una belleza inmaculada. Katia se percató de que la piel del infante era casi transparente. Podía ver a través de ella. Un escalofrío de reconocimiento la recorrió.

—Es mi alma humana, ¿verdad?

Barrabás asintió y miró a Will.

—El pago ya está hecho, Suprema. El alma de Will os pertenece. No temáis, cuidaré bien de ella. Será una buena compañera.

Y desapareció.

Katia se incorporó y miró al lugar vacío que había dejado el Guardián de las Almas. Todo había acabado. El alma de Will regresaría con ella.

—¿Has notado cómo ha cambiado el tono contigo? No te ha llamado Sucesora, como antes —le comentó Will preocupado.

Ella asintió. También lo había notado, pero estaba cansada. Las últimas horas habían sido las peores de su vida y necesitaba descansar. En su interior se arremolinaba un torbellino de sentimientos que no quería detenerse a descubrir.

Miró a Will y le dedicó una sonrisa cansada.

—Volvamos a casa, mi vida.

50

EL SONIDO DE LA GUERRA

Katia atravesó el portal junto a Will.

—¡Katia! —exclamó su madre, y corrió a abrazarla—. ¡Qué rápida has sido!

—El tiempo no pasa igual allí, he tardado horas —les explicó a todos, que la observaban intrigados.

Noa buscó al muchacho y, al no verlo, se temió lo peor.

—¿Qué ha ocurrido? ¿Y Will? —preguntó alterada.

—Will está aquí conmigo, mamá —la tranquilizó con una sonrisa, entendiendo que no podía verlo.

Duke llegó trotando hasta donde el espíritu de Will flotaba. Él si podía verlo. Compartía su alma con la de un animal y, los animales podían ver a los espíritus.

«Debes regresar a tu cuerpo antes de que la muerte te reclame de nuevo, Will», le dijo Mirka, que también podía verle.

El muchacho asintió e, indeciso y azorado, miró su propio cadáver. Le habían colocado una tela bajo la cabeza a modo de almohada. Parecía tranquilo, como si estuviese durmiendo. Era extraño verse así.

Aunque no estaba seguro de que debía hacer, se le ocurrió tumbarse en el mismo lugar donde estaba su cuerpo, en la misma posición. Al instante sintió como si le absorbieran. De repente era consciente de su peso, sus huesos, sus músculos, sus órganos... de cómo la sangre inundaba sus venas. Respiró con lentitud, saboreando la sensación de llenar los pulmones de nuevo. Parpadeó varias veces, abrió los puños y los cerró, flexionó las rodillas... No había sido consciente de cuánto echaba de menos tener un cuerpo.

Se puso en pie, tambaleante, con la ayuda de Aekya y Errolw, que lo observaban con alegría. La elfa se enjugó una lágrima y fue blanco de las risas de los demás.

Katia y Will cruzaron una mirada. Sonrieron radiantes y corrieron a abrazarse. Permanecieron así y lloraron juntos. Él la besó en los labios con tanta pasión que los presentes apartaron las miradas, avergonzados.

Se besaron durante un rato, olvidándose del mundo. Primero un fogoso beso, largo y apasionado, luego cortos y salados, a causa de las lágrimas que ambos derramaban.

—No quiero perderte jamás, mi dulce niña —le susurró entre besos.

—Te amo —le contestó ella, sin dejarle un solo hueco en el rostro sin besar.

Un carraspeó, seguido de una risita les devolvió a la realidad. Sin separarse, dejaron de besarse, pero mantuvieron la mirada uno en el otro un poco más. No había sensación más dichosa en ese, ni en ningún otro mundo.

—Me alegro por vosotros, tortolitos —dijo Aekya, con un tinte rojo en las mejillas—. Pero hay que volver a la realidad. Hemos vencido aquí, pero la batalla aún continúa fuera.

—Es cierto, Atarrán ha huido, pero su ejército sigue luchando. Debemos ayudarles. Esto tiene que acabar de una vez —dijo Noa.

Todos estaban cansados y malheridos, pero el deber era lo primero.

—Curémonos antes —propuso Errolw, observando como Aekya, y él mismo, aún sangraba por varias heridas—. En este estado no serviremos de gran ayuda.

Noa asintió e hizo una rueda de reconocimiento, sopesando el estado de cada uno.

—No puedo curaros todas las heridas, quedaría demasiado cansada para presentar batalla. Os sanaré las más profundas, ¿de acuerdo?

—Yo os llevaré a todos —dijo Katia con resolución.

Los demás la miraron sorprendidos.

—¿Estás segura? —preguntó Aekya vacilante.

La muchacha asintió. Estaba convencida de que podía hacerlo.

—Muy bien —asintió la elfa, decidida a confiar en ella.

—Puedo curarte yo, si quieres —le ofreció Katia mientras Noa curaba a Errolw y a Duke.

De nuevo, asintió.

—Has cambiado —le dijo mientras sus heridas sanaban en menos tiempo del que habría supuesto.

Katia no parecía haberse cansado usando magia.

—Lo sé.

—¿Qué ocurrió allí?

La muchacha sonrió.

—Cuando todo termine, habrá tiempo para charlas. Ahora debemos terminar con esto.

Aekya asintió. Observó cómo se alejaba y abrazaba de nuevo a Will. Pensó que su estancia en el mundo de los muertos la había hecho madurar. Sonrió. Se alegraba profundamente de que esos dos volviesen a estar juntos. El amor era un buen sentimiento.

Miró de soslayo a Errolw. El elfo estaba ayudando a Noa a recoger las armas que Balkor les había quitado y la coraza de Will, que aún seguía en el sillón. Se acercó y les ayudó a repartirlas.

Mirka se acercó a Katia y a William, que no se despegaban ni un instante.

«Hola, mis niños».

Ambos sonrieron.

«Estoy muy orgulloso de ti. De los dos. Habéis tomado la decisión correcta. Sé que no ha sido fácil».

—Sí, pero a un precio demasiado alto. Kat ya no es humana —comentó Will apenado.

«Era su decisión. No debes sentirte culpable. Tú habrías hecho lo mismo por ella».

—Lo sé. Pero pensar que mi pequeña ha sufrido por mi causa...

—Te amo, Will, y volvería a hacerlo una y mil veces, si fuera necesario, para tenerte a mi lado.

—Yo también lo haría por ti. Siempre.

Una lágrima descendió por la mejilla del muchacho. Kat se la enjugó y le dio un beso.

—Ahora es momento de terminar con todo esto y seguir con nuestras vidas.

Fueron a reunirse con los demás. Ella les indicó que formaran un círculo y se cogieran de las manos para que su poder se extendiera hasta ellos. Todos notaron una vibración que les recorría y cerraron los ojos. Katia se concentró y se percató de que ya no era necesario haber estado con anterioridad en un lugar para desplazarse. Poco a poco fue visualizando el campo de batalla. El suelo estaba teñido de sangre y cientos de cuerpos yacían sin vida y amontonados por donde quiera que mirase. El paisaje era desolador.

Sangre y muerte. Vio a los guardianes junto a su abuelo y Sacre. Este último parecía enfadado y gritaba órdenes a un grupo de elfos ensangrentados.

Ni los guardianes, ni su abuelo, ni siquiera Sacre, parecían ilesos. Ropas rasgadas, heridas sangrantes, feos moratones... en una batalla, comprendió Kat, nadie ganaba. Daba igual en qué bando estuviesen y no importaba quién tuviese razón, nadie saldría ganando.

Observó a ambos grupos. Muchos habían caído, otros seguían en pie. Choques de espadas, flechas en el aire, gritos de guerra, hechizos cruzados... Ambos bandos luchaban, ambos bandos perdían. Todos eran seres vivos y todos, sin excepciones, tenían derecho a la vida. Ahora lo sabía. Ella era La Sucesora de la Tierra y, ahora, La Guardiana Suprema de los Elementos; aunque aún no conocía todos sus deberes, estaba segura de que mantener la paz entre los pueblos, fuesen de la raza que fuesen, era uno de ellos.

Concentró la magia que bullía en su interior, mucho más poderosa sin su parte humana, y los trasladó al centro del campo de batalla. Antes de que su madre y los demás se soltaran, se comunicó con ellos mentalmente:

«Os pido que permanezcáis a mi lado y confiéis en mí. Creo que sé cómo terminar con esto sin derramar más sangre».

Todos se mostraron de acuerdo. Confiaban en ella y cada uno se lo transmitió. Agradecida, se preparó para lo que iba a decir.

Los guardianes se miraron unos a otros, sobrecogidos por la concentración de poder que estaba teniendo lugar. Una magia muy poderosa estaba apareciendo allí mismo.

Xael tuvo un presentimiento y esperó que fuese certero. Observó que los combatientes de los dos bandos habían dejado de luchar. Todos los ojos estaban fijos en la resplandeciente silueta que había aparecido ante ellos.

—¡Os habla Katiana Isilrá, la Sucesora de la Tierra y la Guardiana Suprema de los Elementos! ¡Atarrán ha huido como un vil cobarde y el castillo ha caído! —Una ola de murmullos recorrió el lugar—. ¡Insto a todo aquel que quiera vivir a que deponga las armas! ¡Esto ha terminado! ¡No quiero ver más sangre derramada! ¡Las deudas de Infierno Oscuro han sido saldadas! ¡Seréis libres, siempre que os rindáis! ¡Volved a vuestro hogar y todo quedará aquí!

Su voz resonó con fuerza en todo el lugar y llegó a todos los confines de Infierno Oscuro. Xael y los guardianes se miraron. La profecía se había cumplido.

El ejército oscuro se reunió alrededor de su comandante. Aún eran numerosos, pero muchos compañeros habían caído y, algunos, ni siquiera sabían por qué se habían unido a la batalla. Murmullos de aprobación se extendieron por todo el ejército. Era una oferta generosa. El hechicero ya no estaba y todos preferían vivir. Todo el mundo sabía lo que significa el hecho de que la Guardiana Suprema de los Elementos hubiese resurgido.

Poco importaba si estaba preparada o no. Su poder era demasiado para pasarlo por alto. Tras consultarlo con sus hombres, el comandante del ejército, un elfo oscuro perteneciente a la realeza de los drows, se acercó a la Guardiana Suprema con las manos en alto, en señal de rendición.

Aekya y el comandante cruzaron una mirada fugaz llena de odio antes de dirigirse a Katia.

—Suprema, los míos aceptan el trato. Nos retiramos, pero pedimos a su alteza que nos deje vivir en paz, tal como ha prometido. Sin represalias.

Katia asintió.

—No temas, guerrero. Mi palabra será respetada por los míos, id en paz y llevaos a vuestros muertos. Que reciban sepultura —ordenó.

El drow asintió e hizo una reverencia. Se dirigió hacia sus hombres y, con un gesto, indicó a su segundo al mando que organizara la partida.

—Valientes guerreros de la luz, recojamos a nuestros heridos y regresemos a casa. La batalla ha terminado.

Clamores de alegría resonaron entre los suyos. Nadie podía creer que Atarrán hubiese sido vencido y que todo hubiera terminado.

—¡Viva la Suprema! ¡Viva la Sucesora! ¡Qué los dioses bendigan a Katiana! —Cientos de voces corearon palabras de ovación para Katia. El respeto y la celebración se extendieron como la pólvora.

«Me alegro de que todo haya salido bien», comentó Duke con su tono infantil de siempre mientras meneaba el rabo.

—Venga, ayudemos a los demás. Hay demasiados cuerpos y todos deben recibir la sepultura que merecen —les instó Aekya mientras se alejaba.

Mirka hizo una reverencia a Kat y se alejó, dejándole saber que iba a ayudar. Errolw siguió a la elfa, que se puso a dar órdenes a un grupo de centauros que estaban parados.

Y juntos, se pusieron a recoger los cuerpos.

Xael y los guardianes se acercaron a Katia. Noa se alegró al ver a su padre y lo abrazó. Sentía como si llevara años sin verle.

—Me alegro de que estés bien, hija mía —le dijo con lágrimas en los ojos—, temía lo peor. Y tú, Katia, lo has hecho muy bien. Estoy orgulloso de ti, mi niña.

—Gracias, abuelo —le sonrió y le dio un abrazo.

—William, te has ganado nuestro respeto. Has estado al lado de la Sucesora en todo momento, a pesar de tu inferioridad. Has luchado por nosotros y serás recompensado. Jamás se te volverá a juzgar por tu condición humana. De ahora en adelante, eres bienvenido al mundo mágico —le comunicó el Guardián del Fuego, con la aprobación de los demás guardianes.

—Gracias… Eso significa mucho para mí.

Los guardianes sonrieron ante la humildad del joven.

—Katia, tienes muchas cosas que contarnos —le dijo Aylen.

—Cierto.

—Es una historia muy larga —intervino su madre—. Ahora, todos estamos cansados y aún debemos llorar a nuestros muertos. Más tarde, habrá tiempo para historias.

—Ha sido un día muy largo —añadió Katia mirando al horizonte y viendo cómo, por primera vez, el sol comenzaba su ascenso en Infierno Oscuro.

Un murmullo de incredulidad se propagó en segundos. Nadie podía creer que el sol estuviese iluminando ese lugar.

—Y esto, te lo debemos a ti —dijo Nuberum—. Tu hazaña será recordada, Suprema.

—Gracias —la muchacha se sintió azorada por tantos cumplidos. Solo había hecho lo que creía correcto.

El sol bañó con sus cálidos rayos y con su esperanza una tierra, hasta entonces, baldía.

En una taberna deprimente de Infierno Oscuro, un elfo de cabellos blancos bebió cerveza rancia hasta que no pudo más y dio las gracias a los dioses, si es que existían, por estar vivo. Decidió que ya era hora de sentar la cabeza y tener una familia.

Pagó con el oro que había «cogido» como pago por sus «servicios», y salió dando tumbos a emprender una vida mejor.

51

DESPUÉS DE LA BATALLA

Durante los dos días siguientes a la batalla se realizaron funerales en memoria de los que habían perdido la vida. Se crearon campamentos de curación para sanar a los heridos y se llevaron a cabo tareas de reparación, pues el páramo dónde había tenido lugar la batalla quedó destrozado. Todos los mágicos se implicaron.

Antes de que cada uno partiera a su lugar de origen, se anunció que habría un banquete para celebrar la victoria. Entretanto, los guardianes, el Consejo, Katia, Aekya, Duke, Errolw y William se reunieron en la Sala del Consejo. Todos deseaban saber lo ocurrido.

Katia les relató lo que aconteció aquella noche en su habitación, cuando Atarrán contactó con ella. Les contó lo acaecido en la fortaleza y cómo el *Ojo de Jade* la ayudó a romper el conjuro de la Rosa de Naran, dejando libre el alma de la guardiana. Y narró el momento en el que se convirtió en Guardiana Suprema de los Elementos, mató a Elirni y viajó al mundo de los muertos.

Noa intervino en ese punto para explicar cómo habían decidido viajar hasta el castillo a salvar a su hija. Relató su enfrentamiento con los lacayos de Atarrán y mencionó los pormenores de la aventura; el hechicero escapó llevándose consigo el Libro Perdido y, poco después, su fiel demonio también huyó.

Los consejeros contenían el aliento y los guardianes no salían de su asombro. Al cabo de la narración se hizo un silencio opresivo que duró varios minutos, hasta que Nuberum lo rompió:

—Aunque hemos vencido esta vez, la guerra contra Atarrán continúa. En algún lugar de Zailën, sigue vivo y con el Libro Perdido. Es cierto que ahora es más débil, pero su amenaza no ha desaparecido.

Un murmullo de conformidad recorrió la sala.

—Suprema —dijo Noa—, debes terminar tu instrucción como Guardiana de la Tierra. Te restan cinco años para ocupar tu puesto. En ese momento me retiraré y tú serás la nueva guardiana.

Katia asintió.

—También debes averiguar qué atañe ser la Guardiana Suprema de los Elementos —añadió Nuberum—. Es un cargo que hace miles de años que nadie ocupa y debes aprender todo lo que puedas para desempeñar tu papel correctamente.

—En cuanto a eso, en los libros no aparece nada, salvo menciones sin importancia —anunció Noa—. Creemos que esos conocimientos están únicamente en el Libro Perdido.

Había pasado los últimos dos días repasando todos los índices de todos los libros de Esmelina con ayuda de Elean y Xael; y no encontraron nada. No sabía cómo haría frente su hija a esa situación.

—Tengo el conocimiento de que existe una copia del Libro Perdido —intervino Aylen.

—¿Cómo es eso posible? —preguntó Ondina, con los ojos abiertos a causa de la sorpresa.

—Mi padre me lo dijo antes de morir. Me contó que, en uno de sus viajes a las Tierras Lejanas, más allá de Zailën, encontró unos escritos muy antiguos. Entre ellos había un mapa que indicaba el modo de hallar la copia del Libro Perdido. Al parecer uno de los Creadores realizó un segundo libro para evitar que se perdieran todos los conocimientos que contiene el original, en caso de que desapareciera. O eso se cree. Mi padre juraba que estaba escondido en Vâtra.

—¿Y por qué no tenemos constancia de ese descubrimiento? —preguntó Noa escéptica.

Aylen se encogió de hombros.

—Siempre he pensado que mi padre desvariaba en la etapa final de su vida. Nunca le di importancia. Cuando murió revisé sus cosas y no encontré ningún mapa, solo garabatos sin sentido. De hecho, no creía que el libro original siguiese en este mundo, hasta que Atarrán lo descubrió.

—Eso demuestra que ni siquiera nosotros estamos exentos de errores —lo acusó la Guardiana del Agua.

—No es momento de discusiones —los tranquilizó Noa—. Debemos repasar esos papeles, Aylen. Tal vez alguno de nosotros encuentre el mapa.

—Por supuesto —aceptó él—. Podéis venir a buscarlos, aunque dudo que encontréis algo relevante.

—No perdemos nada si lo intentamos —intervino Nuberum.

—Muy bien. Nos trasladaremos a Vâtra en cuanto termine el banquete —dispuso Aylen.

—No es necesaria tanta prisa. Todos necesitamos un merecido descanso. Katia y William, por supuesto, deberían ir. Si el libro está escondido allí, podrán buscarlo —dijo Noa.

Los demás asintieron. Katia y Will cruzaron una mirada de resignación.

—Suprema. —Se puso en pie—. ¿Estás dispuesta a ir a Vâtra, a buscar la copia del Libro Perdido?

—Sí —respondió Katia mirando a su madre—. Supongo...

—Yo también lo estoy —añadió Will.

—*Ni Onika*, yo la acompañaré, si me lo permites —se ofreció Aekya guiñándole un ojo. Kat la miraba estupefacta.

—Gracias por ofrecerte, mi niña elfa.

«Yo también os acompaño, Onika», ladró Duke.

—Con vuestro permiso, a mí también me gustaría acompañaros.

—Errolw, tu deuda conmigo y con mi hija está saldada. No nos debes nada —le dijo Noa, seria pero amable.

—Lo sé, Guardiana. No lo hago por interés. Quiero ayudar.

Errolw miró a Aekya de soslayo. No lo admitiría en voz alta, pero no quería alejarse de la elfa. Sabía que entre ellos no podría ocurrir nada, ella jamás lo permitiría, pero se conformaba con estar a su lado. La voz de Noa le devolvió a la realidad:

—Que así sea. De aquí a un mes, partiréis hacia Vâtra. ¿Queda algún asunto que tratar?

—Yo tengo una duda —dijo Aekya—, ¿qué ha pasado con el destacamento enviado a salvar a Noa?

Su pregunta provocó una tristeza general en los presentes. Comprendió por qué cuando Xael contestó abatido:

—Por desgracia, les tendieron una emboscada y los masacraron por el camino. Es una suerte que las cosas hayan terminado como lo han hecho, la verdad…

Aekya bajó la mirada y suspiró.

Katia se entristeció al conocer el destino de esos pobres valientes que dieron su vida al intentar salvar la de su madre. Lo lamentaba, pero ya no se podía hacer nada por ellos. Sin embargo, aún quedaba algo de esperanza para las hijas de Mamá Ewyn… O eso esperaba.

—Yo también tengo una pregunta —habló en voz alta, rompiendo la quietud—. ¿Qué les va a pasar a las hijas de Mamá Ewyn? ¿No hay ningún modo de salvarlas?

—Estamos haciendo lo que podemos, Sucesora —contestó Xaelhon—. No se les puede alimentar, ni hidratar… Sin el *Myrt* morirán.

—Hay que preparar a Mamá Ewyn. No podemos darle vanas esperanzas, solo alargaremos más su sufrimiento —expresó Aylen.

—¿Podríais congelar sus cuerpos con magia? —preguntó William de improviso—. Así tendríamos más tiempo para buscar una solución. Quizá, si encontramos el Libro Perdido haya algo que podamos utilizar.

—¿Se puede hacer algo así? —inquirió Katia esperanzada.

Los guardianes se miraron unos a otros, vacilantes. Congelar los cuerpos podría darles más tiempo o acelerar su muerte. Dependían del azar.

Eso mismo fue lo que les explicó Nuberum. Katia, al conocer los riesgos, decidió que era mejor intentarlo a no hacer nada y dejar que se marchitaran poco a poco.

—Mañana trasladaremos los cuerpos de las muchachas a Esmelina —habló Aylen—. Realizaremos el conjuro y… si tiene éxito, reposarán congeladas en una de las cámaras del Árbol Raíz hasta que demos con una solución. Al menos tendrán un cuerpo al que regresar. Xaelhon, encárgate de que se prepare una cámara para mañana.

El elfo asintió conforme.

—Ahora, si no hay más asuntos que tratar, tenemos una celebración a la que acudir. Comamos y bebamos. ¡Celebremos la victoria de este día y honremos a los que han caído!

La sala se llenó de aplausos y, poco a poco, los miembros del Consejo fueron desapareciendo.

Cuando solo quedaban los guardianes y el grupo de Katia en la sala, Will tomó la mano de muchacha y se arrodilló, solemne. La muchacha, ruborizada, sonrió. Noa y Xael se cogieron de la mano, emocionados. Los demás sonrieron, Duke movió el rabo con frenesí y Aekya y Errolw se lanzaron una mirada de reojo.

—En estos últimos meses, nuestra vida ha cambiado demasiado. Muertes, secretos, derramamientos de sangre... demasiadas cosas —suspiró el muchacho—. Sin embargo, hay algo que no ha cambiado: mi amor por ti. He tenido que morir para darme cuenta de lo efímera que es la vida. No quiero esperar más. Katiana Isilrá, ¿me harías el honor de casarte conmigo en esta noche tan especial?

Katia se emocionó y las lágrimas empezaron a salir a borbotones de sus ojos.

—¡Por supuesto que sí! —Una gran sonrisa iluminaba su rostro.

Will se levantó y la tomó en sus brazos, alzándola. Kat le besó y él fue el más feliz de todos los hombres.

—Entonces, tenemos una boda que celebrar —los felicitó Nuberum.

Los muchachos asintieron.

—Yo la oficiare, si os parece bien —se ofreció Xael.

—¡Claro, abuelo!

—Podemos poner el altar en el centro de la plaza, antes de que las elfas preparen las mesas del banquete —propuso Ondina, visiblemente emocionada.

—Lo podemos llenar todo de flores —se sumó Noa.

—También podemos poner luces de colores. Darán un toque bonito —intervino Aekya, contenida, pero con ilusión.

Errolw los felicitó y le puso la mano en el hombro a William.

—Venga, compañero, vamos a buscarte un traje decente para ponerte y deja a las mujeres que lo arreglen todo. ¿Vienes, Duke?

«Esto... sí. Id tirando que ahora os alcanzo».

—Muy bien —aceptó William siguiendo la mirada del lobo.

El muchacho sonrió. Esperaba que tuviera la conversación que había dejado pendiente con el hada.

Dio un beso fugaz a Katia.

—Te espero junto al altar, mi vida.

Katia le dedicó la más radiante de las sonrisas.

—Yo soy la que va de blanco —bromeó.

Will la besó de nuevo y se fue riendo, mientras Errolw tiraba de él.

Duke vio a Wanda, esperándole al otro extremo de la Sala del Consejo. El hada le había indicado con la mano que se acercara. Caminó con lentitud, poniéndose más nervioso a cada paso.

Aylen, Nuberum y Xael se despidieron y desaparecieron para empezar con los preparativos. Noa, Ondina y Aekya rodearon a Katia. Las cuatro estaban radiantes y emocionadas. Incluso la elfa estaba siendo amable y participativa.

—Tu felicidad es el mayor regalo para mí —le confesó Noa a su hija, con lágrimas en los ojos—. Poder estar a tu lado en este momento tan especial para ti… No imaginas lo que significa para mí… Siento todo lo que has sufrido por mi causa y lamento que hayas tenido que renunciar a tus sueños y…

Katia negó con la cabeza, mientras tapaba con delicadeza la boca de su madre para que no continuara. La miró a los ojos y la abrazó cariñosamente.

—Hoy es un día feliz, mamá. Todo eso ya ha quedado atrás. No he renunciado a ningún sueño —dijo lo que creía de verdad—. Solo he cambiado unos sueños por otros. Voy a tener una vida con William y eso es lo que importa. Lamento haber perdido a mis padres por el camino, pero no sirve de nada llorar por cosas que no podemos cambiar. Hay que seguir adelante, afrontar lo que venga y aprender todo lo que se pueda.

—Cuánto has crecido, pequeña —comentó Noa, orgullosa.

—¡Disfrutemos hoy, ya nos preocuparemos mañana! —exclamó Ondina.

Juntas guiaron a Katia hacia la salida.

—Vamos a por tu vestido. Vas a estar preciosa —le dijo Noa.

Duke y Wanda observaron cómo salían riendo. El lobo tragó saliva.

«Hola», saludó escueto.

—Hola, Duke.

El lobo bajó la mirada. Sentía que las mejillas le ardían.

—Me alegro de que estés sano y salvo. Temía por ti. Yo... cuando descubrí que te habías ido, imaginé lo peor.

«Tú... ¿Estabas preocupada por mí?», le preguntó conmovido.

—Claro que sí, tonto.

Las mejillas de ambos estaban tan rojas que podrían haber pasado por tomates maduros.

«Gracias por preocuparte por mí».

—Me importas, Duke.

«Tú a mí también, ya lo sabes».

Wanda asintió.

—Aunque eso no cambia las cosas. Tú aún eres un lobo y yo soy un hada. ¿Cómo podría ser?

«No lo sé... pero no quiero perderte. —Duke se había envalentonado—. *Te quiero Wanda, y he visto a mis amigos sufrir por no decir las cosas a tiempo. No sé cómo podría ser, pero no debemos alejarnos uno del otro. Al menos, podemos estar juntos».*

—Tienes razón, Duke.

«¿Tengo razón? Eso. ¡Tengo razón!», aceptó sin creerse que Wanda pensara como él.

El hada rio.

—Encontraremos la manera de devolverte tu humanidad. Juntos lo lograremos.

«Juntos».

Wanda sonrió, mucho más feliz. Se sentó en el lomo de Duke y le abrazó con sus diminutas extremidades. El lobo cerró los ojos y sonrió. Le valió el mínimo contacto con el hada para comprender que estaba enamorado de ella.

Feliz de haber hecho las paces, salió trotando para acudir a la boda de Katia y Will.

52

UNA BODA PRECIOSA

Katia se miraba en el espejo de su habitación. Se veía hermosa vestida de novia. Su madre, con la ayuda de Ondina y Aekya, le había conjurado un vestido blanco precioso, de estilo humano.

La parte de arriba tenía cuello barca y corte recto, y las mangas le caían con vuelo, dándole un toque elegante. La falda caía en cascada hasta el suelo, realzando su figura. Una flor iba prendada a un lado de la cintura. El cabello se lo habían recogido en un moño, y varios mechones le caían casuales por el cuello y la cara. Había insistido en que le pusieran la mariposa de Emma.

Aekya la esperaba fuera, en la puerta de su habitación. Podía sentir su inquietud y su preocupación por esquivar a Errolw.

Sonrió de manera involuntaria. No podía creer que de verdad se fuese a casar. Habían ocurrido tantas cosas... Ya no era la niña dulce que trabajaba con su padre. Si en aquellos tiempos alguien le hubiese dicho lo que le iba a ocurrir, jamás lo habría creído. Había hecho nuevos amigos y su familia se había ampliado. Echaba de menos a Ron y a Emma, pero sabía lo que le habría dicho su padre en un momento como ese: «Deja de preocuparte por lo que no puedes arreglar y ocúpate de lo que sí puedes». Siempre decía lo mismo.

Una lágrima se deslizó por su mejilla. Sacudió la cabeza, intentado desechar la tristeza. Era feliz y todo estaba saliendo mejor de lo que había pensado. Estaban a salvo y pasaría el resto de su vida con William, eso era lo importante. Todo lo demás podía esperar.

Aekya golpeó impaciente la puerta. Katia se echó un último vistazo en el espejo y salió.

Se sorprendió al ver a la elfa acicalada para la ocasión. Su níveo cabello estaba recogido en un intrincado moño y había prescindido de su habitual atuendo de cuero negro para ataviarse con un hermoso vestido, largo hasta los tobillos, dotado además con un generoso escote. El color era burdeos, con ribetes negros.

—¡Vaya! ¡Estás preciosa! —la felicitó.

—Gracias, tú tampoco estás mal —contestó la elfa con una ligera sonrisa.

—Gracias. Viniendo de ti, es todo un cumplido.

Las dos rieron.

—Venga, vamos, que llegamos tarde y William tiene que estar desesperado.

—¿Qué sería de una boda si la novia fuese puntual? —rio la muchacha mientras caminaban.

Mirka las esperaba fuera. Katia lo miró sorprendida, pues pensaba que ya estaría en el Árbol Raíz con los demás.

«Te he esperado porque te voy a llevar. Vamos, sube».

—Muchas gracias —dijo mientras se sujetaba el vestido como podía y subía a lomos del ave—. Pero podría haberme aparecido.

—Hoy es un día especial —le dijo Aekya guiñándole un ojo a ambos.

Katia los miró con la ceja arqueada.

«Sujétate, mi Velikya».

La chica se percató de que Mirka tomaba la dirección opuesta al Árbol Raíz.

—¿A dónde vamos?

«Es una sorpresa».

—Podría haberme aparecido allí y hubiésemos tardado menos —comentó, con la agradable sensación del viento golpeando su cara.

Mirka percibió la euforia de la muchacha y sonrió.

«Pero entonces, no sería tan emocionante, ¿verdad?»

La muchacha rio, volar era una sensación indescriptible. Se sentía libre y dichosa. Cuando llevaban veinte minutos en el aire, Kat reconoció el terreno que se extendía a sus pies.

—¡Es el Bosque Circular! —exclamó entusiasmada.

«Ajá».

—Pero…

«Ten paciencia. Ya casi hemos llegado».

Mirka descendió con destreza. Kat percibió un manto de invisibilidad, algo anormal en aquel lugar. Sonrió para sí, imaginando el motivo. No cabía en sí de gozo.

«Avast, Onika», lo saludó una voz familiar.

—¡Bronce! —exclamó emocionada.

«No pensarías que iba a perderme tu boda —rio—. *Estás muy hermosa, mi niña»*.

—¡Oh, Bronce! Gracias… —dijo, al borde de las lágrimas.

Mirka se posó a unos quince pasos del ancestro. Katia observó el paisaje, estupefacta. Todo estaba decorado de manera exquisita. La belleza del lugar hizo aflorar las lágrimas que había intentado aguantar.

Habían dispuesto un camino central, decorado con flores de varias tonalidades. Sus diversas fragancias embriagaban el ambiente. A ambos lados del camino, había hileras de bancos hechos de troncos de madera, también decorado con flores. Ocupando los asientos se encontraban los invitados. Miles de lucecitas de colores flotaban sobre sus cabezas. Al final del camino, se alzaba Bronce, majestuoso. Y a sus pies estaba el altar. A la luz del ocaso, todo poseía una linda tonalidad dorada.

Katia, fascinada, intentaba controlar las lágrimas para que no le estropearan el maquillaje, tarea que le estaba resultando imposible. Su madre llegó hasta ella.

La guardiana vestía un bello vestido de tonalidades verdosas y ribetes dorados. Estaba compuesto de un corsé de palabra de honor ajustado y una falda con vuelo, larga hasta los tobillos. El cabello le caía en cascada hasta la cintura.

Se abrazaron entre lágrimas de emoción. Noa atusó el cabello a su hija y le pellizcó la mejilla. Sonrieron.

—Es la hora, hija mía —le tendió el brazo y, juntas, emprendieron el camino hasta el altar.

Katia iba mirando a los invitados, radiante y sonriente. Todos los consejeros estaban presentes con sus respectivas parejas. Vio a las elfas que trabajaban en la Casa Principal. Todos la saludaban al pasar.

Gypsy y Bianca la miraban con admiración. Elean tenía lágrimas en los ojos. Errolw y Aekya observaban con emoción mientras se lanzaban discretas miradas de reojo. Duke y Wanda, juntos y felices, le sonreían. Su tío, Sacre, la saludaba junto a los cuatrillizos. Muchas caras conocidas la recibían con ilusión.

Y al final, esperándole frente al altar, estaba su amado William. Llevaba el cabello peinado hacia atrás y vestía un traje ceremonial élfico. El jubón y las calzas verde oscuro con ribetes más claros. Una capa del mismo color con los filos hilados con filigrana de oro, y unas botas de piel negras.

Al mirarle a los ojos, todas sus preocupaciones, todos sus temores y todos los malos acontecimientos que les habían ocurrido en los últimos meses, desaparecieron. Solo importaban ellos. Y su amor… Lo único de lo que estaba completamente segura.

Radiantes de felicidad, se mantuvieron la mirada. Podían perderse en los ojos del otro.

Noa entregó la mano de su hija a Will, que besó a su suegra en la mejilla antes de que tomara asiento en la primera fila.

Los novios miraron a Xael, que les indicó que alzaran las manos que tenían unidas para rodearlas con un hilo de plata que significaba su unión, en cuerpo y alma, según las costumbres de los mágicos.

Xael comenzó la ceremonia con palabras hermosas sobre el amor. Los muchachos eran incapaces de prestar atención, tal era la emoción y el nerviosismo que sentían.

—Los anillos —pidió Xael al cabo de unos instantes.

Wanda brilló y llevó hasta ellos dos anillos dorados forjados por los guardianes.

—William Turón —le dijo el dirigente—, ¿aceptas a Katiana Isilrá como esposa y compañera, en lo bueno y en lo malo, en la salud y en la enfermedad y por el tiempo que duren vuestras vidas?

—Sí, acepto. —El muchacho le puso a Katia el anillo en el dedo anular de la mano izquierda, dónde ya descansaba el anillo de pedida que le había regalado hacía semanas.

—Katiana Isilrá, ¿aceptas a William Turón como esposo y compañero, en lo bueno y en lo malo, en la salud y en la enfermedad y por el tiempo que duren vuestras vidas?

—Sí, acepto —colocó el anillo a Will.

Xael sonrió y extendió los brazos hacia arriba.

—Por el poder que me ha sido concedido por los guardianes y en su presencia, yo os declaro marido y mujer. ¡Podéis besaros!

Los muchachos se besaron con intensidad. La culminación de su amor. Estaban unidos en ese y en todos los mundos. La dicha los embargaba y supuraba por los poros de la piel. El amor los envolvía. Ellos ante el mundo.

Una ovación, seguida de aplausos inundó el ambiente. Los muchachos dejaron de besarse, pero se mantuvieron cogidos de la mano.

Sonriente, Xael pidió silencio.

—Queridos invitados, hemos preparado un banquete con música en el Árbol Raíz. Será una velada extraordinaria, celebraremos la victoria y esta preciosa unión.

Hubo un murmullo general de aprobación. Uno a uno, felicitaron a los recién casados y fueron desapareciendo para acudir al banquete. Al final solo quedaban los muchachos.

«Os deseo la mayor felicidad que se pueda desear», dijo Bronce.

—Muchas gracias —contestó Will con sinceridad.

«Os lo merecéis, muchacho. Ahora, id a disfrutar de vuestra boda. Aunque espero que me visitéis más a menudo».

Los chicos se reunieron con los demás en el banquete y festejaron el enlace. Hubo música, brindis y comida en abundancia.

Muchas horas después se retiraron a dar un paseo. El astro rey ya asomaba por el horizonte.

—Ha sido una boda preciosa —comentó el chico, besando la mano de su amada mientras caminaban.

Ella asintió distraída.

William se detuvo y la miró.

—¿Qué ocurre?

—Nada… Solo estaba pensando… ¿Dónde vamos a vivir? —preguntó con un deje de preocupación.

Will sonrió.

—Ese es mi regalo de bodas —contestó misterioso.

Le pasó el brazo por la cintura y la instó a continuar caminando. Katia se percató de que habían tomado el camino que llevaba a la casita de su madre. Emocionada e impaciente, caminó sin rechistar.

Cuando llegaron, se quedó maravillada con lo que vio.

—Esta será nuestra casa —dijo William sonriente.

—Es... Es preciosa... —Se había quedado sin palabras.

Una casa de dos plantas se erguía ante ellos. Estaba pintada en color rojo y tenía el tejado revestido de tejas anaranjadas, similar al que había tenido la casa de Ron y Emma.

—Tu madre y los demás me han ayudado, sin magia no la habría tenido lista a tiempo.

—No puedo creerlo...

—Espera a verla por dentro.

Katia corrió al interior. En la planta de abajo había un enorme salón con una chimenea. A un lado, dos sillones de aspecto confortable y color marrón, una mesita de té de madera y una gran estantería cubierta de libros, todo cerca de la chimenea. En el suelo había una alfombra colorida. Al otro lado del salón vio una gran mesa de madera y seis sillas. La cocina era similar a la de Emma. Una lágrima descendió por su rostro.

En la planta de arriba había tres habitaciones. En una de ellas, dispuestas en estanterías, estaban colocadas todas las cosas que habían estado en la cabaña de su madre. Kat sonrió al verlas. Aún le quedaba por ver las otras dos, cuando Will la abrazó por atrás.

—¿Qué te está pareciendo?

Se giró para besarle.

—Es la mejor casa del mundo. Es preciosa.

—Aún te quedan dos habitaciones. Una está vacía. Quizá, cuando volvamos de Vâtra, podríamos llenarla con un bebé —le propuso entre besos.

La muchacha asintió sonriendo.

—¿Y la otra? —preguntó picarona.

Will la estaba conduciendo hasta la tercera habitación mientras, entre besos, iba quitándole el vestido.

—Esta es la nuestra.

Abrió la puerta y Katia pudo ver su habitación. Era sencilla, pero preciosa. Había un armario con tallados florales, un mueble con cajones, dos mesitas y una gran cama en el centro. Todo en madera de cerezo.

Cuando llegaron a la cama, Kat apenas iba vestida.

William le dio un largo y apasionado beso.

—Te quiero, mi dulce niña.

—Yo a ti más, amor mío.

Se perdieron entre besos y caricias y se entregaron a su amor, consumándolo por fin. Aquellos fueron los momentos más felices de sus vidas. Ninguno de los dos había imaginado, jamás, que se pudiese estar tan unido a una persona como en esos momentos. Encajaban a la perfección.

Cuerpo con cuerpo, alma con alma. La felicidad los embargaba. Había muchas cosas por hacer, muchas obligaciones les esperaba, pero en aquellos preciosos instantes, nada del mundo les importaba, salvo ellos y su amor.

Horas después seguían tumbados en la cama, exhaustos. Sus cuerpos descansaban entrelazados. Will dormía plácidamente y Katia lo observaba, acariciándole el cabello. No imaginaba un momento más feliz en su vida.

Sabía que no duraría mucho, tarde o temprano, tendría que hacer frente a sus nuevas obligaciones. Tendría que preparar su viaje a Vâtra y encontrar la copia del Libro Perdido. Recuperar el original que su padre había robado…

Recordó el juramento que le hizo antes de desaparecer. Le prometió que volvería para vengarse y ella tendría que estar preparada para enfrentarse a él. Asmodeo también quería venganza…

Pero ahora, en el silencio de la noche y en brazos de su amado, nada más importaba. Con un suspiro de satisfacción, se quedó dormida sobre él.

EPÍLOGO

Asmodeo entró en una oscura habitación circular carente de ventanas. Solo había una puerta y una alfombra en el suelo, aunque no se apreciaba el color a causa de la falta de luz.

En sus brazos, aún caliente, yacía el cuerpo sin vida de Elirni. El demonio se sentó en el suelo sosteniéndola. Mientras la miraba, una negra y resbaladiza lágrima se deslizó por su rostro: su primera lágrima. Con suavidad, acarició sus pálidas mejillas y sus labios mortecinos. Deslizó un suave mechón, apartándolo de sus ojos vidriosos y fijos y, temblando a causa de la rabia y la pena, se los cerró.

Jamás se había sentido así. Se suponía que los demonios no amaban y, por tanto, no sufrían por la pérdida de nadie. Pero no era cierto. Una inmensa rabia bullía en su interior y recorría cada fibra de su ser. Le habían arrebatado lo único que merecía la pena en el mundo para él. Esos despreciables habían acabado con lo más bello de su vida y debían pagar por ello. Venganza. Eso era lo que iba a buscar. No dejaría que su amada Elirni hubiese muerto por nada. Se vengaría de ellos, aunque pereciera en el intento.

Estaba al tanto de que la Sucesora, ahora Guardiana Suprema de los Elementos, había salvado a su humano del reino de los muertos. Su amo se había puesto en contacto con él y, con desdén, le explicó a dónde se dirigía. Le había sugerido que no se entretuviera con el cuerpo de Elirni y que regresara con él, pues debían reponerse y trazar un nuevo plan.

Atarrán, conocedor de su sed de venganza, le ordenó que no tocara a su hija. Le explicó que ella era primordial para sus planes, aunque ahora tenía que organizarse y decidir cuál sería su siguiente paso. Asmodeo no estaba dispuesto a acatar esa orden. Su venganza se llevaría a cabo. Él no podía desobedecer una orden directa de su amo, puesto que el hilo de su vida estaba atado al hechicero mediante un hechizo, y si le desobedecía, moriría. Pero sabía exactamente lo que debía hacer.

Con cuidado, extendió el cuerpo de la naga en el suelo. Le dio un último beso a sus fríos labios y se apartó un poco. Inspiró profundamente y conjuró un pequeño trozo de carbón; con él, trazó un círculo y en su interior, una estrella de cinco puntas. En ellas dibujó la marca de cada una de las cinco castas en las que se dividían los demonios. En el centro de la estrella hizo un intrincado dibujo que representaba a la sexta casta, la más poderosa de todas. Era la realeza de los demonios y la formaban un grupo reducido de miembros llamados Demonios Reales.

Si se poseía el conocimiento necesario, se les podía invocar y solicitar cualquier cosa a cambio de algo que el Demonio Real pedía. No siempre aparecían y no siempre accedían a cerrar un trato.

Cuando terminó el dibujo, colocó a Elirni en el centro del círculo e invocó cinco velas, que dispuso en cada una de las puntas. Las encendió con un chasquido. Se colocó en perpendicular al cuerpo de la Naga, fuera del círculo. Cerró los ojos y tomó aire.

—Asmodeus, hijo de Jaskep y príncipe de la Sexta Casta, te invoca, Radian. Aparece frente a mí, te lo ordeno.

Abrió los ojos con lentitud y esperó unos segundos. En el centro del círculo, y desde el interior del cuerpo de Elirni, se fue formando una espesa y oscura nube, que poco a poco fue tomando la forma de un hermoso y vigoroso hombre. Iba ataviado con una capa negra que cubría desde su cuello hasta la nube que se alzaba unos centímetros sobre los restos de Elirni. Era moreno y llevaba el cabello, suelto y grasiento, por encima de los hombros. Sus ojos, fríos y calculadores, eran de un siniestro tono rojizo.

—Saludos, príncipe Asmodeus —lo saludó el recién llegado con una áspera y gutural voz, mientras hacía una insulsa reverencia—. ¿A qué se debe este honor, hermano?

—Salvé tu libertad entregando la mía, ahora, te pido que me devuelvas el favor.

—¿Qué necesitas? —preguntó Radian con los brazos cruzados.

—Quiero que me ayudes a llevar a cabo mi venganza. Voy a matar a un humano y a una semihumana.

—¿Me pides ayuda para matar a unos simples humanos? ¿Qué te han hecho en esta dimensión, hermano? —le miró con una ceja arqueada.

—Están protegidos por los guardianes.

—Estás siendo demasiado escueto. Si quieres que te ayude, dame más datos, Asmodeo.

—Quiero matar al esposo de la Sucesora de la Tierra. Quiero que sufra, viéndolo morir de la manera más dolorosa posible. Quiero arrebatarle todo lo que ama… Y después, quiero matarla. Yo no puedo tocarla, pero tú sí.

—Cuenta con mi ayuda.

—Gracias, hermano.

Asmodeo extendió una sádica y perversa sonrisa. Iba a devolver a esa desgraciada hasta el último golpe. Dolor por dolor. Amor por amor. No podía tocarla, pero iba a hacer que deseara no haber nacido.

Su venganza había comenzado.

GLOSARIO DEL IDIOMA ANTIGUO

Ajklar: robar.
Alhinak: energía.
Amker: prometido.
Ánika: en nombre de
Aquem girtyua: guardiana del agua.
Ara: con.
Arthek: arqueros.
Askani: sabio.
Atra nie, ni oik: se lo juro, mi señor.
Avast: saludos (con respeto).
Awaky: coraje/valor/determinación.
Berithat: verdad.
Bijket: buenas (sin t «buena»)
Bleh/blehta: bloquear/bloqueado.
Brismar: permitir.
Byuh: usa (usar).
Cabjka «cabjkio, cabjke, cabjkaf, cabjklof, cabjkef»: acompañar.
Dahiruk: deseo.
Dairhiak: persona de corazón valiente.
Derthiaj: consejo.
Dhe: de.
Dhej: del.
Dhiart: hablar.
Diagrit: reunión.
Diks/toks/siks: mis, tus, sus.
Ej: y.
Ejikya: adelante.
Erhat girtyua: guardiana de la tierra.
Eshgork: esperar.
Eshorka: rota.

Essende: hasta.
Fahokia: por favor.
Fherjum: respeto.
Fhiaz: creer.
Figtra/figtrio: eliminar/eliminado.
Firthe Girtyu: Guardián del Fuego.
Furhita: pureza.
Fuyrt: sangre.
Fya: hija.
Gaghiak: realidad.
Ghaliek: caballería.
Ghan: pasar.
Girtyana: sucesora.
Hakde: jade.
He: no.
Ie: sí.
Ikoloth: semejantes.
Imoph: idioma/lengua.
In: al lado del verbo que quieres poner en futuro.
Io, iu, ae, kop, kua, ikar: yo, tu, él, nosotros, vosotros, ellos.
Ithek: noche.
Iye: ojo.
Jhande: cuándo.
Jhikat: bienvenidos.
Jilgryt: lanzar.
Jsaur: retirar/irse.
Juhia: descaro.
Kahiak: valentía/valor.
Kahil: olvidar.
Kalia tuk: de nada.
Kegurt: hermano (con n al final, plural)
Kegurty: hermana
Khan/khania/khano/khava/khanth/khoerf: quiero, quieres, quiere, queremos, queréis, quieren.
Ki/ik/ka/kie: lo/le/la/los.
Kirte: entrada.

Kyka/kiest/ken/kryan/kakira/kek: puedo, puedes, puede, podemos, podéis, pueden.
Lejikfra: nombre del collar. Sirve para bloquear la magia del que lo lleva y causarle dolor si intenta hacer magia.
Likho: solo.
Ma: al lado del verbo que quieres poner en pasado.
Merthum: muestre.
Mioka: dónde.
Myrt: alma/esencia.
Natekha: convertir.
Neie/ ne/nie/ kaie/iko/kiu: me, te, se, nos, os, les (se ponen al final de la frase).
Nelma: gracias.
Ni/ti/xa/rekia/mekia/gejkia: mía (mí), tuya, suya, nuestra, vuestra, suya.
Nika: nombre.
Nima: por qué.
Noe: sin.
Oik/onika: señor/señora (con respeto y admiración).
Oka sina: ¿quién sois?
Oka: quién
Okida: cómo
Omawa: bella/hermosa/guapa...
Oxo: seguir.
Palhatik: paladina.
Phio, phia, phi, phiok, phiak: ese, esa, eso, esos, esas.
Phirk: pues.
Phokio: poder.
Quytha: sala/salón.
Rethkia: residir.
Rike: abrir.
Rilah: oculta.
Sinr: ordenar.
Syka/sest/sen/sekira/sina/sek: ser/estar. Soy, eres, es, somos, sois, son
Thejk: tanto.
Thikek: infantería.

Thofkia: digno.
Thon: todo
Tokzo: tono.
Trie: qué.
Tska: adiós.
Tyur/tyura/tyue/tyuram/tyurian/tyurka: pido/pides/pide/pedimos/pedís/piden (solicito).
Valhetka: fuerza/fortaleza.
Varkh: abundancia.
Velikya: compañero de un fénix
Ventika girtyu: guardián del aire.
Vikhaf: viajero.
Virka: ver
Wey: ésta.
Xhia: ahí.
Xi: en/sobre/encima.
Yah: claro, por supuesto.

Extracto de La Rosa de Naran II. El destino de Aekya:

UNA HISTORIA OLVIDADA

Todo es oscuridad. Y frío… mucho frío.

El dolor me invade y desgarra mi alma. Estoy acurrucada en una esquina. Noto la dureza del suelo y la rugosidad de las paredes. Mi alma se derrama por las heridas que cubren mi piel. Hay tantas… Los jirones de mi ropa están empapados. Me concentro en lo que siento para alejar los pensamientos que me invaden. Su rostro me tortura sin tregua.

Abro los ojos, usando todas mis fuerzas en ese pequeño e insignificante gesto, para poder apreciar el débil haz de luz azulada que se cuela por la diminuta apertura que hay en una de las paredes. No hay nada que ver, pero no quiero morir en la oscuridad.

No me quedan fuerzas para seguir. Su mirada impasible se cuela en mi mente provocando que mi corazón se desgarre aún más, si eso es posible… ¿Cómo ha podido quedarse mirando sin más? ¿No ha sentido nada? Recuerdo las veces que me decía: «No deben saberlo, Aekya. Escóndelos. Que no vean lo que sientes». ¿Eso hacía? No… Su mirada era cruel, como las demás.

Siento una humedad cálida recorriendo mis mejillas y me odio a mí misma por dejar que me afecte tanto. Pero estoy rota de todas las formas que puede estarlo una persona. No queda en mí ni un ápice de esperanza. No queda piel que desgarrar y no queda alma ni corazón que destrozar. Intento abrazarme para calmar mi sufrimiento, pero miles de pinchazos de dolor me atraviesan. ¿Por qué no he muerto ya? Mis huesos, mi piel… todo está roto. ¿Por qué sigo respirando?

Ellos me han quebrado físicamente, pero él… él me ha quitado algo que jamás recuperaré. Le creí… Sus mentiras… No puedo dejar de pensar en todas esas palabras, ahora vacías, que me decía… Sólo quiero morir.

Aekya abrió los ojos y permaneció mirando el techo unos minutos. Las lágrimas habían dejado un reguero por sus mejillas. Cerró con fuerza los párpados, obligándose a reprimir un grito. Odiaba las pesadillas…, o recuerdos. Durante un tiempo había conseguido librarse de ellas, pero en los últimos días la visitaban con frecuencia.

Se levantó y fue hacia la ventana. Aún era noche cerrada y Esmelina estaba en calma mientras sus habitantes descansaban. Sólo se oía el ulular de los búhos, las únicas criaturas que estaban despiertas a esas horas en esa parte de Zailën; y ella, una elfa oscura que vivía entre elfos de la luz. Sonrió ante la extraña situación. Quién lo habría dicho…

Se dirigió al pequeño habitáculo contiguo a su habitación. Hizo un aspaviento con la mano a la vez que susurraba una palabra y la bañera se llenó mágicamente. Se deshizo de su diminuto *kamese* y se metió en ella. Dejó que la sensación del agua casi hirviendo la invadiese. El dolor físico la ayudaba a concentrarse y aliviaba el enorme peso que cargaba. A veces creía que se ahogaría.

No supo cuánto tiempo estuvo sumida en sus pensamientos, pero cuando volvió a la realidad, el agua estaba helada. Mientas se secaba frente al espejo, dejó que la magia que escondía sus cicatrices desapareciera. Su largo cabello níveo ocultaba parte de la espalda, pero a ella no le hacía falta verlas para saber cuántas había: doscientas treinta y nueve exactamente. Pero sólo eran marcas sobre la piel; las que realmente importaban, las que le quitaban el sueño y la destrozaban, no eran visibles a los ojos de nadie.

Las volvió a ocultar y se vistió con su conjunto de cuero favorito. No quería seguir sola, mucho menos pensar, así que decidió ir al campo de entrenamiento. Al salir, la frescura de la noche le dio la bienvenida. Cerró los ojos y aspiró con fuerza. Una voz llegó a su mente de improviso.

«Una linda noche para pasear, ¿no crees, Aekya?»

—¡Diablos, Mirka! —exclamó con brusquedad y el corazón a punto de estallarle—. Deberías colgarte unas lucecitas de colores o algo así. Un día vas a matar a alguien de un susto.

Lo buscó con la mirada. El fénix estaba posado en una rama cercana y la observaba con esos profundos ojos que parecían ver a través de sus escudos. Desvió la mirada, incómoda.

«Siento haberte asustado. No esperaba encontrarme con nadie».

—Ya… Bueno, yo tampoco.

«Aún es pronto para entrenar». Mirka alzó la cabeza emplumada hacia el cielo.

—Lo sé… —Aekya no sabía muy bien qué decir. La presencia del pájaro la ponía nerviosa—. La verdad es que no me apetecía seguir en la cama. Necesito pegarle a algo.

Mirka le dedicó su profunda mirada y emitió un sonido parecido a una risa.

«Deberías descansar. Se avecinan malos tiempos».

—Prefiero entrenar. Me ayuda a no pensar —confesó, encogiéndose de hombros y mirando al horizonte.

«Recordar no es malo, Aekya. Recordar sin dolor es difícil, mas no imposible. Pero guardar las cosas que nos hacen daño y no dejarlas salir… Eso sí es malo. A veces, hablar con alguien nos hace más bien de lo que podemos llegar a entender».

El ave emprendió el vuelo, dejando a la elfa desconcertada.

AGRADECIMIENTOS

Cuando comencé mi andadura como escritora, jamás pensé que llegaría donde estoy. Nunca imaginé que mi vida cambiaría tanto.

En el camino he encontrado gente maravillosa, personas que se han convertido en verdaderos amigos. En estos años he vivido muchas experiencias, unas muy buenas, otras no tanto… Pero todas especiales. Momentos únicos que me han enseñado a caminar y me han dado fuerzas para seguir.

La Rosa de Naran fue mi primera novela. Durante quince años viajé por los lugares más recónditos de Zailën. Fui creando mi pequeño mundo y acompañé a Katia en sus aventuras. Fui creciendo y madurando con ella. No pensé que llegaría a más, pero entonces le disteis una oportunidad a su historia y, dos años después de la primera publicación, aquí estamos de nuevo con una segunda edición. Gracias de corazón a todos los que habéis confiado en mí y me habéis apoyado, porque sin vosotros, no sería lo que soy ni mis historias tampoco.

Por supuesto, las aventuras de Katia y los demás personajes aún no han terminado, pero me hace muy feliz esta nueva edición. Es algo que nunca esperé y que me ha emocionado profundamente.

Gracias a todos los que habéis formado parte del proceso de creación, con vuestra ayuda, he dado forma y color a todo lo que un día soñé.

Cosmin F. Stircescu… ¿Qué decir de ti? Gracias por aguantar mis «arranques» y tener esa paciencia infinita conmigo. Sin ti, la rosa no sería la que es.

Encarni Maldonado, da gusto saber que siempre estás ahí para escucharme y darme tu opinión. Fuiste la primera en subirte al tren de mi «vida literaria» y doy gracias por tenerte como amiga.

Mamá, gracias por ser la mejor madre del mundo y apoyarme, aunque no siempre estés de acuerdo.

Y, sobre todo, gracias a vosotros, lectores. Por vuestro cariño y por hacer posible que mis sueños se hagan realidad.

¡Gracias!